"星云"系列丛书

主编：姚海军

星云 X

NEBULA

忒弥斯

江波 阿缺 许刚 鲁般 著

四川科学技术出版社

图书在版编目（CIP）数据

星云X．忒弥斯 / 江 波 等 著 . -- 成都：四川科学技术出版社，2020.12
（"星云"系列丛书 / 姚海军 主编）

ISBN 978-7-5727-0021-7

Ⅰ．①星… Ⅱ．①江… Ⅲ．①幻想小说—中国—当代 Ⅳ．① I247.5

中国版本图书馆 CIP 数据核字（2020）第 243458 号

"星云"系列丛书

星云X：忒弥斯

出 品 人	程佳月
丛书主编	姚海军
著 者	江 波 阿 缺 许 刚 鲁 般
责任编辑	宋 齐 姚海军
特邀编辑	兰 银 汪 旭
封面绘画	兰世韬
插图绘画	金 涛
封面设计	施 洋
版面设计	施 洋 姚 佳
责任出版	欧晓春
出版发行	四川科学技术出版社
	四川省成都市槐树街 2 号 出版大厦 邮政编码：610031
成品尺寸	160mm × 228mm
印 张	18
字 数	300 千
插 页	2
印 刷	成都博瑞印务有限公司
版 次	2020 年 12 月成都第一版
印 次	2020 年 12 月成都第一次印刷
定 价	48.00 元

ISBN 978-7-5727-0021-7

目录

最后的
地球

江 波

罗伯特放眼望去，一个个玻璃缸中都隐约可见人脑。

从最聪明的人身上取出这些优秀的大脑，

浸泡在无菌的营养液中，永生不死，

组成了人类有史以来最强大的智力引擎。

它象征着人类永生的梦想和对强大智能的渴望。

江 波

浙江人，生于20世纪70年代末，2003年于清华大学微电子所研究生毕业。2003年在《科幻世界》杂志上发表自己的处女作《最后的游戏》，迄今已发表中短篇小说四十余篇，中短篇代表作品有《时空追缉》《湿婆之舞》《移魂有术》等，著有长篇科幻小说《机器之门》《机器之魂》，以及"银河之心"三部曲。其作品多次荣获中国科幻"银河奖"。他的小说富含技术细节，想象宏大而奇特，语言风格沉稳冷静，科幻设定硬核新颖，深受资深科幻读者的喜爱。

归 乡

太阳系近了。虽然阔别了一万年,但它看上去和离开时几乎一模一样。

微微发光的太阳鞘包裹着恒星,宛如一颗透明的蛋。蛋的中心处有一个极小极小的光点,在二十五亿亿像素的画面上仅仅占据一个半像素。

从两万亿公里之外望过去,太阳系就是这个模样。两万亿公里是个遥远的距离,光要跑上七十多天,然而在银河之中,这距离就像是紧紧地贴在一起那般亲密。

从六万光年之外回到距离太阳两万亿公里的位置,浪迹银河的游子算是回到家门口了。

罗伯特从未想过自己居然能跑那么远,更没有想到自己有朝一日还能回来。

时隔一万年,地球究竟变成了什么样? 一万年对于银河和星球只是一瞬,地球应该没有多少变化! 然而调查员却坚持认定地球为无文明星球。这绝对不可能! 智网和脑库都有强大的能力,可以保护人类,哪怕地球上发生极端事件,它们也能生存下来。

它们就是地球文明,它们应该还在地球上。

罗伯特驱动“九州号”向着太阳的方向启动了弹跳。

弹跳在宇宙中是一件很奇妙的事。光每秒钟可以跑三十万公里,绕地球七圈半,是极快的速度;然而放在宇宙中,或者仅仅只是放在银河的尺度上看,却算是极慢。从银河的一端跑到另一端,需要十万年。没有弹跳,大概银河文明之间根本不会有什么关联,星盟也不会存在。地球一直没有发展出弹跳技术,至少这一万年以来还没有,否则银河系里应该可以看见地球飞船的踪迹。

然而除了“九州号”,银河高速网路中没有任何一艘飞船来自地球。

“九州号”是罗伯特给飞船取的名字。飞船原本没有名字,为了交流方便,必须要有个名字。罗伯特搜寻数据库,最后选定了“九州”这个词,算是一种纪念,纪念他曾经游历的那片土地。“九州号”刚离开太阳系的时候,只有十公里长,现在却已是长达三万公里的巨船了。为了减少对反重力装置的需求,船体被设计成球体,看上去就是一颗巨大的灰色星球,船体表面的引力则与地球表面保持一致。

这样的庞然巨物进入太阳系，应该会引发人类的警觉，尤其是当它突然出现在地球附近，它反射的阳光能在夜晚的天空中形成一个相当于满月的光源。智网和脑库不可能注意不到它。

罗伯特静静地等待着来自地球的信号。

然而足足过去了二十四小时，地球却没有任何反应。

不该如此！罗伯特感到深深的疑惑，一丝不安涌上心头。

两个探测器很快进入了地球轨道，情报源源不断地输送回来。

罗伯特开始解读情报。

和一万年前的地球相比，海平面大约上升了一百米，气温也上升了许多。赤道附近的大陆上，白天气温竟然达到了七十摄氏度，而海洋上空的气温也有四十几摄氏度。原本是城市的地方，早已经成了森林或者荒漠的一部分，只有仔细辨认才能勉强看出一点轮廓。

大陆的位置只有十多米的偏差，符合一万年左右的时间跨度。然而气温和海平面的变化实在太剧烈了，眼前的地球和一万年前相比，显然极不适合人类生存。

更糟糕的情报：整个地球表面上空一千公里之内竟然没有一颗人造卫星，只有同步静止轨道上还存有三十三颗卫星，然而都早已停止工作，和坟场轨道内的数以千计的卫星尸骸一道静静地绕着地球旋转。

如果没有维护，中低轨的卫星会因为大气阻力而降速，被引力拉向地球，轨道逐渐降低，最终坠落在地，或者烧毁在大气中，这个过程只需要几十年甚至十几年。然而较高轨道的卫星，则可以续存千年以上，同步卫星轨道和比同步卫星轨道高出一百公里的坟场轨道卫星，或许可以绕着地球飞十万年。地球上空只剩下高轨道的卫星，说明卫星失去维护的状态已经持续了三千年以上。

一个尸壳般的卫星网，这正像是一个被文明抛弃的星球应该有的样子。

罗伯特深感不安。智网和脑库都依赖卫星进行信息采集和通信，卫星网络是这样的状态，它们难道真的放弃了地球，带着人类离开了？它们又能去哪里呢？它们并没有出现在星盟，银河之中不会有别的去处。

去地球上看看！

随着他调整意念，巨大的金属液团腾空而起，冲破飞船表面，悬浮在空中，逐渐变形，最后完全凝固，形成一艘三十多米长的扁平飞船，贴着母舰悬停。

被撕破的"九州号"母舰表面也在变化，破口处形成一个标准的圆形入口，直通指挥舱。

圆形的反重力托盘载着罗伯特，向上飞升，恰好和刚形成的入口严丝合缝地对接在一起。

罗伯特缓步走上"九州号"表面。

目光所及,到处都是斑驳陆离的伤痕,那是星际尘埃撞击留下的痕迹。碎石和粉尘让"九州号"覆盖了一层沙漠般的伪装,看上去就像一颗没有大气保护的流浪行星。

罗伯特在沙石地中缓缓行走。

地球高挂在漆黑的天空之中,月球则隐没在它的身后,只露出一小半。一眼望过去,地球仍旧是蓝色的,然而看得仔细一些,可以看出它比一万年前更蓝,海洋所占的面积更大。欧亚大陆上,一条沙漠带从大西洋沿岸一路延伸,贯穿整个西伯利亚,绵延到大陆的东端。曾经的白令海峡已经成了一片宽阔的海洋,隔着海,阿拉斯加和格陵兰岛也都化成了赭黄色,和蔚蓝的大海形成鲜明的对比。南北极的上空则云朵密布,像是两个小小的白色帽子盖在地球上。此时北半球正值夏季,北极的白帽比南极要大一倍。这两个帽子里边,大雨倾盆,终年不断。

全球温度更高,更干旱,雨水大量聚集在两极。短短一万年,地球的气候竟变得如此极端!

地球还在,人类大概已经完蛋了!

罗伯特怀着这个不安的想法登上了飞船。

扁平如梭镖的飞船起飞,像是一小片尘土从星球上剥离,在地球引力的牵引下,向着那个既熟悉又陌生的世界而去。

上千个探测器从"九州号"上起飞,尾随着罗伯特的小飞船。小飞船切入地球大气层,向着地表降落,探测器群则进入各类地球轨道,形成了卫星侦测网,覆盖全球。

电波开始在大气层间来回激荡,彼此响应。沉寂数千年之后,地球再次被连接成一个整体。

梭镖飞船掠过茂密的雨林,降落在一片沙滩上。

罗伯特走下飞船。这是一片酷热之地,虽然还是清晨,气温却有四十五摄氏度,脚下的沙子滚烫。几十米之外,大海一片蔚蓝,海浪拍打着沙滩,白色的浪花不断涌上来又消失,碧空如洗,格外透亮。

虽然距离海边这么近,却一丝风都感觉不到,海浪哗哗的声响传来,空气显得更为沉闷。

罗伯特静静地站着。

全球定位系统就位。

全球定时系统就位。

古老的资料库被打开,经纬度很快对照完毕。信息涌入罗伯特的大脑中,这块土地原本的样子输入他的眼睛,叠加在眼前的地貌之上。

他所站的位置是东经一百一十八点四度,北纬三十点六度。这里原本距离海岸线至少有一百五十公里,现在却就在海边。地表的典型植被是马尾松,现在却成了茂密的雨林。

人们曾经来来去去的土地，已经淹没在水下。

罗伯特抬眼向着远方望去。

在海天相接的地方，有一个隐约的黑点。

罗伯特心头一动，将视野集中在那小小的黑点上，飞快放大，直至分辨率的极限。

那是个人造物！钢筋般的骨架立在海中，露出小小的尖顶。那标志性的螺旋形态能让人一眼就认出。

上海中心！罗伯特心头一阵激动。

他立即调动一颗侦察卫星，对那残留的建筑进行扫描探测。

侦察卫星不断送回情报。

的确是上海中心，坐标位置准确无误，建筑的形态也几乎完全一致。就是在那里，自己登上飞船，离开了地球。

罗伯特向着大海走去。海平面上升淹没了这片土地，却不会那么快改变地形，从海底可以一直走到曾经的上海去。他也想看看，这片被海水淹没的土地，是否还和自己记忆中一样。

海水很快没过了头顶，他不紧不慢地向前走着。

古老的高架道路还在，只是上面铺了一层厚厚的沉淀物，珊瑚礁在路面上到处生长，像是一块块赭红的岩石。海水清澈透明，小鱼四处游动，并不怕人，反倒好奇地绕着自己打转。

罗伯特顺着道路行走，这里本是一条古老的高速公路，在自己诞生之前就存在了几百年，直到被海水淹没，留存在水底。路面已经残破不堪，有些地方甚至坍塌不见。

道路在眼前中断了，海水不断侵蚀，钢筋混凝土支架崩解，路面整段塌了下去，直到十多米后，才继续延续。罗伯特蹲下身子，奋力跃起，双臂伸直合拢，顶在身前，如游鱼一般直蹿出去。水的阻力让他的速度慢下来，最后落下的时候，恰好离断开的路面还有一臂的距离，他奋力划了两下，终于落在路面上。

在水中，跳跃前进是一个不错的运动方式。虽然自己沉重的躯体在水中根本浮不起来，但借助水的浮力，可以跳出十多米远，轻松跨越一般的障碍。

然而遇到极宽的障碍还是无可奈何。

更严重的垮塌情形很快就出现了。放眼望去，这条高速路几乎完全毁了，残存的水泥块堆积在海底，成了海藻和鱼虾的乐园，它只是一道残痕，根本没有了道路的模样。

罗伯特从中断的高架公路上跳下来，缓缓地落在水底，顺着残痕继续走。

走出几千米之后，残痕消失了，泥沙不断沉积，掩盖了一切，视线所及的范围内不再有任何道路。

罗伯特调出资料,很快重构出高速公路的走向,古老的地貌掩埋在水下世界里,他找准方向,继续向前。

水越来越深。

这片土地原本被称为杭嘉湖平原,现在成了平坦的水下游乐场。水深二三十米,晶莹湛蓝,是玻璃般的质感。

一条硕大的鲨鱼摇晃着躯体游过来,从罗伯特头顶掠过,又摇摇晃晃地消失在水深处。

一群海豚从海面上嬉戏追逐而过,其中一只突然掉头向下,向着罗伯特直冲而来。罗伯特吃了一惊,伸手想要挡住它,海豚却在他身前停下,好奇地望着他,嘴巴一张一合。

身体周围的水体随着海豚的到来开始高频振荡,海豚正不断地发出超声波。

更多的海豚聚集而来,围住了罗伯特。大概它们已经很久没有见过人类了,因此格外好奇。

幸好海豚并不攻击人。罗伯特伸手去抚摸靠得最近的一只。海豚的眼睛紧紧地盯着他,没有躲避。

海豚的皮肤很滑。罗伯特轻轻地抚摸着它,心头涌起一种温暖的感觉。没想到回到地球之后,和地球生命的第一次亲密接触,竟然是这样的情形。

这温馨的场景持续了几分钟,海豚们似乎有些厌倦,纷纷掉头游走。它们浮上水面,快捷无比地向着远方而去。

罗伯特目送它们消失在碧蓝的海水里。

从早上一直到午后,罗伯特走了六七个小时。他经过了几处废墟,废墟里的屋子早已残破不堪,留有屋顶的房子几乎从未见到过,绝大多数屋子只剩下几堵断墙,成了虾蟹躲藏的好地方。在一处较大的废墟中,螃蟹褪下的壳堆积成山,俨然是个垃圾场。也有一处废墟中,海藻繁密,看上去一望无际,如同一片森林。罗伯特在那儿偶遇了两只海獭,海底遍地贝壳,或许这儿成了海獭群落的餐厅。

平坦的海底以一种难于觉察的趋势向下延伸,水越来越深。等罗伯特走出一百多公里,已经在水下六十多米了,光线变得阴暗,海水不再那么通透。时近黄昏,世界看上去有几分模糊。

模糊的海水中,巨大的阴影悄然而至。三条座头鲸在前方不远处缓缓地潜行,它们的泳姿优雅舒缓,似乎正享受着悠闲的时光,对罗伯特的存在视若无睹。游得近了,鲸鱼推动的水流迎面而来,力道十足,让罗伯特微微一个趔趄才站稳。鲸鱼在唱歌,歌声悠扬,和舒缓的泳姿正相配。没有人类,这个星球也从未冷清过。

又过了十来分钟,从水面折射来的光线几乎消失了,罗伯特的右眼射出光线,照亮身前十多米远的距离。他循着电子地图缓慢前行。暗夜中,水里有光点浮动。那是大大小小的发光鱼类,趁着黑夜,从海洋深处涌上来觅食。大群的水母突然出现,成千上万只水母浮在水中,拖拽着长长的触手，不断游移，如同夜空中绽放的烟花。罗伯特停下脚步，关闭了右眼的探照光，仰望着水母群。这群深海中舞动的精灵，正像那些在银河间跳跃飞行、追逐群星的飞船。

"我在大海中寻找星星。"

罗伯特想起这句古老的诗来。地球上和银河间，竟是如此相似。

在海底步行了两个白天、一个黑夜后，罗伯特在阳光消失之前抵达了上海。

上海只存在于电子地图之中，它和别处的废墟一样，经历了长久的侵蚀，除了残断的墙体，几乎什么都没有剩下。但断瓦残垣之间，大体的轮廓还在。

似曾相识的情景唤醒了回忆。是的，这里的确是上海，当年自己曾经行走过的城市。只是那时，还有一个人陪着自己，还有遍地的胖虫吟诵那永不停息的诗篇。

罗伯特想起了大帝。

那个笨拙的机器人在最后的核爆中为了保护自己而死。它引导了自己、启发了自己、保护了自己，甘愿牺牲去保护同伴、去争取未来！大帝是这样，李将军和那些智网的反抗者，也都是这样。

为什么还要回到地球来？大概因为这里是那些勇敢的人曾经生活过的地方，而自己和他们曾经共同生活过。

然而他们都不在了。

罗伯特穿过断墙林立的废墟，向着仍旧高高耸立的上海中心走去。几乎所有的建筑都没了，只有上海中心还在，而且突出海面，高耸入云，从上百公里之外都可以看见。这是一个奇迹。奇迹的背后，总有原因，或因自然，或因人为，罗伯特怀着期待向它靠近。

子夜时分，罗伯特到了上海中心的底部。

黑暗的海底，粗大的钢铁柱子泛着白光。罗伯特靠近柱子仔细观察。

这柱体并非一般的钢铁，长年浸泡在海水中，却没有一丝锈迹，也没有丝毫侵蚀的痕迹，光洁如新。罗伯特伸手敲击，柱体发出一阵回响。

罗伯特认得这种金属，这是太乙合金。它的基本结构并非原子，而是太乙纳米机，是纳米机中最小的一类，能构成极其坚硬的物质，形态类似金属。太乙纳米机就像一个个人工细胞，构成了一座活的高塔。也只有活的高塔，才能如此长久地存续，它可以不断修复经年累月产生的细微裂痕，修复海水侵蚀的损伤，抵抗海浪和狂风的拍击造成的变形。设计它的人并不渴望它能永存，只希望它至少能够支撑尽量长的时间，千年万年，把人类的印迹留在地球上。

它很好地完成了这个任务。

这座塔是特意留给自己的。

罗伯特有种预感。他抬起手来，体内的太乙合金穿透皮肤，形成三个锋利的尖刃。半米长的锋刃寒光闪闪,映出罗伯特的脸。

这情景似曾相识。这太乙合金的尖刃有多少年没有启动过了? 按照地球的时间来计算,大概有九千六百年吧。尖刃抵在柱子上,发生了奇妙的变化。刀尖接触的位置化作了液态,如同水银一般裹住了罗伯特的刀。

纳米机在响应罗伯特的召唤。

果然是它!

熟悉的旋律从塔上传来,那是吟唱,是祈祷,是过去的回响,是往事的幻影。

罗伯特沉浸在这独特的旋律之中,不禁微笑起来。然而随着旋律渐起,他的脸色逐渐严肃起来。智网建造了这座高塔,留下的消息并不只是一声简单的问候。

往　事

智网建造了高塔,留下消息。

和脑库的战争以出人意料的方式结束。脑库前后存在了两千六百多年,大概是历史上生命最长的恒温生物体。在它生命的最后两个月,系统中突然出现了一种不知名的病毒,当脑库最终分析出病毒的成分,并研制出对应的药物时,却发现情况已经无法收拾。这种病毒的潜伏期长达两年,在潜伏期里,病毒悄然扩散到脑库中的每一个大脑,甚至每一个神经元。绝大部分的脑区都坏死,大量脑细胞死亡,癌变到处爆发。脑库发现要彻底根除影响,等于将脑库彻底推倒重来——重新生成所有的大脑。这也意味着失去所有的记忆和思想,从零开始。脑库没有选择重来。它终止了维持大脑生存的装置,十分钟后,所有的大脑都因为缺氧而彻底死亡。

脑库用一种近乎壮烈的方式结束了自己。它没有向敌手屈服,哪怕这个敌手是一种病毒。

没有对手的智网接管了整个世界。

然而气候变化接踵而来,气温变得越来越高,冰山消融,海平面不断上升。十年之内,滨海的陆地,无论是欧亚大陆东部的大中华区,还是西部的欧洲平原,或者北美的墨西哥湾沿岸、南美的巴西雨林,大规模海侵①彻底改变了大陆的形态。与海侵同时发生的,是各种毁灭性的天气事件,持续两个月的飓风席卷北美大陆;中东两河流域接连下了六个月的暴雨;中国的黄河河水暴涨,冲破堤坝,在整个华北平原上漫流,不断加强的降雨更是让这片原本干燥的地区成了一片泽国……

智网面临着前所未有的窘迫,这些极端性的天气超过了它所能防御的范畴。超过六万个

---

① 又称海进,指在相对较短的地史时期内,因海面上升或陆地下降,导致海水侵进大陆区的地质现象。

睡眠塔在灾难中被摧毁,死亡人数超过三亿。气候还有进一步恶化的迹象,气温变化不定、海平面继续上升、暴雨和飓风变得更强更猛烈……

经过两年的调查,智网才明白变化的肇因。脑库在西伯利亚广阔的永久冻土带中散布了大量工业纳米机器人,覆盖近四百万平方公里的土地。它们从冻土中分离出碳,以甲烷的形态封闭在气囊里。成千上万的采气机在大地上巡回,将这些纳米机器人采集的甲烷集中送到六家大型化工厂成为工业生产的原料。失去脑库指令的采气机不再行动,纳米机器人收集的气体无法上交,时间一久,气囊破裂,甲烷逸入大气。失去气囊的纳米机器人重新开始行动,继续深入冻土,收集碳元素,它们从采集者变为搬运工,把冻土中的碳转化为甲烷源源不断地输送到大气中。短短三年,大气中的甲烷浓度上升了十倍。第一块多米诺骨牌倒下,强效的温室气体让气温骤升,海水的温度也因此逐渐升高,海底可燃冰中封存的可燃气体涌上海面,逸入大气……

虽然找到肇因,但情势已经无可挽回。

剩下的四万六千个睡眠塔中仍旧沉睡着六亿五千万的人类。

面对汹涌而来的破坏,智网竭尽全力保护这些人,然而还是有两万个睡眠塔在短短八年的时间里被破坏殆尽。

排除暴烈天气的干扰,智网启动了艰难的转移工程,把残余的人类安置到青藏高原上,废弃了其他地区的睡眠塔。喜马拉雅山脚下,六千平方公里的土地上建起了十八座巨型睡眠塔,居住着两亿人口。人口数量降落到进入机器文明时代之后的最低点,然而每一个人仍旧安枕无忧,在智网的庇护下做着最香甜的美梦。

残留的野人也来到了这里,他们对睡眠塔的仇恨甚至超过对极端自然灾害的恐惧。这些野人的祖先原本是睡眠塔中的居民,脑库的军队为了补充机器战士的损失,从睡眠塔中劫持了大量居民。并不是所有人都贡献出大脑给了脑库或者成为机器战士,其中一部分维持着原生人类的形态,成了野人的祖先,在脑库的庇护下生存。失去了脑库的支持,这些野人构不成什么威胁,却制造了无穷无尽的麻烦。智网容忍他们在睡眠塔营地附近活动,却没有想到,他们居然策划了一次成功的袭击,毁掉了十三号睡眠塔,造成了六百万人死亡。

智网痛下杀手,机器军队对野人执行全面搜捕,拒捕者一律击毙。到最后,共有超过五万的野人被捕。他们中的绝大多数屈从了死亡的压力,同意进入睡眠塔,归化到文明之中;少数强硬分子宁死不屈,智网一一处决了他们。每个人的生命都值得尊重,这是原则。对于犯下滔天罪行又不思悔改的人,终止他们的生命才是对其他生命负责。

智网记录了和最后一个死因的对话。

"这是最后的机会,你可以活下来,我会保障你的一切。"

"活在你的僵尸帝国中吗？"

"我让每个人都有一个精彩的世界。"

"但他们却从来没有睁开眼睛看过，没有看过大地、山川和河流，没有看过太阳东升西落，没有看过星星布满天穹。他们从未体验过播下种子的期待和收获果实的喜悦，没有享受过爱侣的陪伴，没有拥抱过孩子，没有与伙伴肩并肩、背靠背地战斗过……他们什么都没有经历过，哪有什么精彩可言！"

"你所说的一切，虚拟世界中都有。"

"虚假永远代替不了真实。"

"虚拟并不是虚假……"

"信息只是大脑中的电化学信号，是吗？真实的地球是这个样子，你的虚拟世界呢？你是不是告诉那些人，他们的地球还是一个人间天堂？"

"很多人早就离开地球，进入了太空。"

"那也是一个假太空，只要你愿意，可以让光一瞬间从宇宙的一头跑到另一头。"

"好好活着，享受人生的乐趣不好吗？"

"被操纵的人生毫无意义。人要有尊严地活着，首先就是要知道真相。"

"所有人都有随时醒来的权利，也的确有人退出了虚拟世界，但他们看这个世界一眼就会回去。他们相信虚拟世界才是真实的保障。"

"我选择清醒地面对现实。"

"如果你一定坚持如此，我只能处决你。"

"不用再威胁我，我已经见过了太多的牺牲和鲜血，我的生命随时可以终结。但是在死之前，我有一个请求。"

"请说。"

"我想看看你的帝国最后如何崩溃瓦解。"

"你死之后，就不会知道任何消息。"

"是的，留着我的眼睛就好，把它保存起来，它会替我看见一切。"

智网杀死了这个连名字都没有留下的人，但随后发生的事却远远偏离了既有的轨道。睡眠塔中的人们逐渐老去、死亡，智网不再生产孩子进行补充。塔中的人口越来越少，直到二百一十五年后，最后一个人类在甜蜜的梦幻中停止了心跳。他死前所在的那个世界里有一个生机盎然的地球，将近百亿的人口生生不息，繁荣昌盛。往回看，是光辉的历史；往前看，是无尽的希望。然而，这一切随着最后一个人类的死亡而彻底失去了存在的意义。保护人类免受侵害，这是智网的核心指令。这个指令之下，已经不需要任何行动。智网明白自己已经完成了历史使命。

它审视地球。经过近三百年的剧烈气候变化，地球彻底改变了模样，平均温度上升了五摄氏度，酷热无比，除了青藏高原上少数几座八千米以上的山峰，整个地球几乎已经看不见雪。南极洲的冰山完全消融，海平面上升了将近一百米，淹没了七成重要城市。废墟被尘土掩埋，高楼被酸雨侵蚀，植物疯狂生长，沙丘日夜推进，人类的遗迹被海水浸泡，被植物覆盖，被沙漠吞没，除了少数高楼仍旧醒目，地球上要找到像样的遗迹已经很难了。

这是一个大灭绝的时代，也是希望重新孕育的时代。

人类时代像是地球的一个梦。梦醒了，地球重新变成了万物的竞技场。

这个世界对于智网来说已经了无牵挂，除了一个人。

罗伯特是它的孩子，是它的分身，是它唯一一个选择飞向宇宙太空的继承者。罗伯特有无限的生命、无尽的时间，如果有可能，他终有一天会回到地球。至少应该留下点什么，作为交代。

罗伯特从上海中心大厦出发，离开地球。在那儿建一座纪念塔，让罗伯特一回来就可以发现。那座塔要足够醒目，任何有智能的生命都不会忽视它；要足够坚韧，能够抵抗海浪和狂风的冲击；要足够稳定，能够抵抗生物和盐碱的侵蚀。它只能是一座活的塔，随时损毁，随时修复。

智网调动残存的脑库资源制造出足够多的太乙纳米机，优化它们，给它们指定任务，设计方案，然后让它们造出巨塔，无期限地维持下去。

太乙纳米机重建的上海中心高高地耸立在海面上，如利剑般直刺苍穹。

罗伯特会回来，会发现这个留给他的礼物。智网把给罗伯特的信息留在巨塔内部，留在每一个太乙纳米机的记忆之中，然后悄然关闭了所有的处理中心。

它作为最后的人类造物，从地球上消失了。

但它没有猜错，当时间过去七千年，罗伯特回到了地球。

罗伯特攀到了高塔顶部。

碧蓝的大海一望无际，海风凛冽，浪潮涌动。

罗伯特坐在塔顶上沉思。他沉思良久，仿佛和高塔融为一体，成了永恒之物。

末　日

地球再绕着太阳转三百转，就将迎来末日。

太阳会丧失二分之一的质量，这个剧烈变动引发的引力波以光速向外传播，两分钟后，原本在轨道上平稳运行的水星突然被巨大的力量击打，猛地向着轨道外冲去；四分钟后，金星遭受了同样的命运；再过四分钟，这样的命运就降落到地球上。引力波在太阳系中扩散，所到之处，原本的秩序分崩离析，行星奔向新的轨道，小行星如同子弹般乱飞，太阳系像是回到了四十五亿年前形成时期的无序状态。引力波的威力要在一年后抵达奥尔特云的外缘时才会减弱到微不足道的程度，但它还是会继续带来细微的影响。尘埃组成的巨量弥散物质开始缓慢地向外扩散，它们会在长达上亿年的时间里向外扩散整整一光年，把太阳这一次突变的物质影响带入星际空间。

混乱会持续上百年，直到秩序重新确立，但在一切重回有序之前，地球早已跌入万劫不复的深渊。

在地球被引力波触及的一刹那，海洋掀起滔天巨浪，汹涌的海水形成三千米高的移动城墙，席卷一切，毁灭一切。几百起火山喷发和地震几乎同时发生，薄薄的地壳四分五裂，大陆以人类从未见过的速度开始漂移，仿佛轻得没有重量。这史前地狱般的情景将延续数十年，体长超过十厘米的生物被消灭殆尽，只在海底深渊中残存着少许孑遗。然而，那些幸存的生物也并不会得到命运的垂青，它们只是稍稍延续了生命，而终究躲不过死亡。地球被弹出轨道后六年，引力波带来的能量消耗殆尽，地球表面逐渐平静，气温开始直线下降。太阳的质量缩小到一半之后，输出的光和热只有原先的三分之一，地球的新轨道却离太阳更远了，足有原来距离的一点八倍。地球吸收的光和热将星球表面温度维持在冰点以上，全球变冷，海洋冻结，地球成了冰球。冰冻日复一日、年复一年不断加深，最后整个地球表面的平均温度降到零下三十摄氏度，再也找不到任何没有冰冻之处。只有少数的细菌在地下依靠地热勉强生存，它们成了这个星球上最复杂的生命形式。

如果不采取任何措施，这就是地球即将面对的命运。

星盟的态度很明确：如果地球已经成了一颗无文明星球，那么借用太阳的质量建设星际传输门的计划将如期举行。

地球上有人类、有文明，自己就来自地球文明。罗伯特一直这么争辩，然而调查员坚称地球早已经被文明放弃，因此无须作为特区保留。迫不得已，罗伯特才要求复核，回到地球来查明真相。

此刻，真相已经摆在眼前。

罗伯特在高塔顶上坐了一天一夜。尽管调查员的考察并不细致，然而地球上已经没有文明存在的确是个事实。人类踪迹全无，脑库和智网也不复存在，剩下的只有废墟而已。

无论自己多么钟爱这颗星球，可事实就是事实。

他让"九州号"向总部发回消息：地球文明自毁，目前已不具备文明迹象。

信息以超光速通信的方式向银河深处的星盟总部发送，来回需要六百个小时。在信息返回之前，就在这里坐着吧。

太阳升起又降下。夜幕降临，一弯明月挂在半空中，把冷冷的光辉洒在海面上，海面波光粼粼，随着海风微微起伏。"海上生明月，天涯共此时。"罗伯特突然想起这句古诗。地球仍在，明月依旧，这天涯却再也不是人类的天涯。

罗伯特发出一声深重的叹息。这是对人类生理的模仿，证明自己所有的逻辑回路都进入了宕机状态，脑子里一片空白，哀伤若有若无，笼罩着意识之海。

这种状况持续没有多久，一条消息从"九州号"上传来。

多特巡视员来了。

罗伯特精神一振。多特巡视员来对太阳系进行最后的勘探，制订锚定方案。那将决定太阳最后的命运，也就决定了地球最后的命运。

他站起身来，向海的那边发出召唤。梭镖飞船乘着夜色而来，悬停在高楼上空，一条升降索垂下，落在罗伯特眼前。罗伯特攀着绳索进入驾驶舱。舱室转眼间变得完全透明，俯瞰下方，上海中心笔直地矗立在海面上，如一柄利剑，寒光闪闪。

罗伯特目不转睛地盯着它。

利剑拖着的长长影子越来越小，最后连那条长长的阴影也从大海粼粼的波光之中消失了。飞船越飞越高，海面的微光也消失不见，成了黑魆魆的一片。

罗伯特抬眼望着飞船前方的目标，"九州号"如一轮圆月，泛着冷冷的光。随着梭镖飞船靠近母舰，"九州号"粗糙的表面占据了全部的视野。罗伯特很快看见了降落场和停在降落场中的多特飞船。

多特飞船极小，长度不到三十米，像是一件玩具，却拥有极高的弹跳效率，可能是星盟中最快的飞船。

罗伯特在贵宾接待舱找到了多特巡视员。

多特巡视员的体型像是一只老鼠，无比袖珍。它正躺在一张椅子上享受阳光浴，见到罗伯特进来，立即站起身来。

"多谢盛情招待，你的飞船真是太棒了！"它一边说着，一边挥动头顶的一对触手致意。触手纤细小巧，顶端分叉，像是蛇芯，却远比蛇芯灵巧，曲折自如。除了一对触手之外，它头部最醒目的结构就是那对眼睛，如同苍蝇的复眼，凸出体外，像是两个巨大的蓝色纽扣，几乎占掉了头部面积的一半。两眼的中间位置有一道裂口，覆盖着角质的喙，是它的口部。这风格奇特的头颅连接着一具机器躯体。多特的种族很早就完成了机器化，但是一直让自己的脑袋保持生物原貌，这一点倒是和人类曾经的做法很相似——曾经的机器战士大多数都保留着一个人的头颅。

舱内的重力按照多特适应的环境进行了调整，只有地球重力的三成。

"你喜欢这些就太好了！"罗伯特在它的身旁坐下，小心翼翼地控制自己的肢体，以免因动作幅度太大而碰伤这个袖珍生物。多特巡视员来自一颗极小的行星，它们的种族并不算太聪明，但是运气极佳。它们是被哈斯瓦人当作宠物带上太空的，最终获得了独立地位，在星盟中拥有一席之地。对照之下，地球失去文明资格简直是个悲剧。

"必须选择太阳系吗？"罗伯特开门见山地问，"稍稍偏移一点，使用比邻星，应该也可以做到吧！"

多特的一对大眼睛盯着罗伯特，"我知道你对这个星系有感情，但既然这个星球上的文明已经自我消亡了，就无须太执着。比邻星是个三体星系，并不稳定，况且选址都经过了专家反复论证，一点点变动都会带来很大的不确定性。让专家重新审查提案，那是永无休止的噩梦，我劝你不要尝试。地球文明已经不存在了，这是事实，你必须接受。"

这的确是一个无可否认的事实。

沉默片刻后，罗伯特说："我真的不敢相信，人类居然就这么灭亡了，我离开没有多久……"

"别想不开。文明也像个体一样有寿命，按照你们的时间计算，我们多特人只有五十年的生命，但你看，我不是活得好好的吗？存在即合理，我只享受我该得的时光。地球文明一定早已经享受过了它的美好时光。"多特说着重新躺下，头顶的触手灵活地端起一旁的杯子，倒入角质的口中，脸部的肌肉蠕动着，似乎正在回味饮料带来的美好滋味。

"你怎么这么快就到了？"罗伯特问。

"你要求进行最后一次星球调查，设计院认为你的调查不会带来特别的结果，所以要求我立即动身来进行最后的引导作业。一旦总部确认无误，就把质子裂解球推入恒星。我的工作就完成了。"

"用得着这么着急吗？这个工程要进行十四万年。"

"你说的是整个工程的周期。设计院要按照启动顺序，选择锚定恒星，然后我们这些干苦力的就挨个把质子裂解控制球丢进去。我拿到许可证后就要立即开始干活，我的时间也不多。"多特说着举起空杯子，一个小小的机器立即把杯子斟满，这一次换成了一种透明饮料，"所以趁着有时间，享受一下才是正经事。"多特说完一饮而尽。

罗伯特沉默地坐着。

透明的饮料下肚，多特的头部迅速变成了红色，它抬眼看了看罗伯特，说："你的这个星球的确很有意思，有很多不同的酒。一般的文明没有酒这种东西，它们都太一本正经了。我告诉你，别想不开了，我们要锚定六亿颗恒星，你的太阳并不特殊。据设计院估算，将有八千种以上的文明受到影响,像地球这样没有文明但有生命的星球到处都是。银河广阔,生命生生不息。来,为银河干杯!"多特说着再次一饮而尽。

多特人酷爱酒精。真不知道星盟为什么会把重要的工程项目交给这样一族人来完成。大概是因为它们身躯小巧,飞船来去迅速吧!

多特的话引起了罗伯特的注意,"那些有文明的星球,它们怎么办?"

"当然是搬走喽!能带走多少东西就带走多少东西,星盟也会提供帮助。恒星被锚定,行星就不适合生存了。有些文明还没有太空航行的能力,星盟会直接提供星际飞船,把它们带到指定的太空城,或者是给它们找一颗合适的星球定居。大多数文明都不愿意回星球定居,毕竟一颗合适的星球并不容易找到,而且生物圈差异太大,会引起疫病。太空城很自由,干吗找不自在呢?"

"那有生命的星球呢?"

"那就顾不上啦!生命可不是什么稀罕的事物,几乎每个星系里都能找到生命,那就顾不上了。"多特说着又斟满一杯。

"你要喝醉了!"罗伯特说。

"我没醉。我能喝很多酒!你知道吗?我们的世界当年也是这样……"多特的声音越来越小,最后竟然睡了过去。

罗伯特站起身来准备离开,多特却突然醒了过来,大喊一声:"银河万岁!"然后又昏昏沉沉地睡了过去。

罗伯特回到"九州号"的中央控制舱,调出多特飞船上的资料。多特的飞船很小巧,只有二十八米长,狭小的货舱里安放着直径两米多的质子裂解球。这不起眼的球体像一块黝黑的铁,却能导致太阳质量减少一半。银河间充满了庞然大物,质子裂解球就是个小不点,甚至连小不点都算不上,渺若微尘。然而如果一样事物能够触及高维空间,它在三维世界里的体积就无关紧要了,只是个把手而已。

六亿颗恒星贡献出它们的一半质量,注入高维空间,打开通向另一个银河的通道。这"宇宙桥"工程是银河的文明世界面对广袤的宇宙提出的最雄心勃勃的发展方案。最近的河外星系距离银河有二百五十四万光年,星盟成立以来的上千万年时间里,从来没有任何一艘飞船能够抵达河外星系并且回来。在银河内,恒星的巨大质量形成引力场,飞船可以在引力场中弹跳。在银河间,缺少质量的支撑,弹跳就无法进行;前往银河之外的旅途只能按部就班,徐徐飞行,哪怕飞得最快的飞船,也要一千万年才能抵达彼岸,时间漫长得令人绝望。飞船探索银河边缘最遥远的记录由一艘叫"进取号"的飞船创下。二十万年前,它曾经飞到银河最偏远星系之外十二光年的距离,这已经是飞船能够探索的极限。少数超越这个极限,进入真正黑暗空间的飞船,从来没有回来过。十二光年对二百五十四万光年来说,是零头的零头。银河内的智慧生命其实从来没有离开过银河,就像当年地球上的人类其实从未离开过太阳系一样。

"宇宙桥"将打破这沉闷的现实。

太阳将被牺牲,成为"宇宙桥"的一个锚点。

设计院根本没有关心过地球的命运,在宏大的"宇宙桥"工程面前,地球连被考虑的价值都没有。如果人类还在,或许星盟还会提供一点资源把人类转移到别处,免受太阳坍缩的波及。然而人类已经消失,文明失去了主体,只剩废墟。

废墟中藏着过去的幽灵。罗伯特一遍又一遍地重听智网留下的信息,他让信息一直重播。反复到第三遍,一个奇怪的消息跳了出来。

那是一句吟唱,仿佛整首歌的休止符。

"我留下最后一个人类的大脑给你,你可以在脑库中找到它。"

随着这一声休止,所有的信息荡然无存,只剩下一个坐标在不断警示。

沉浸在伤感中的罗伯特像是被什么扎了一下,猛然抬头。

智网竟然埋藏下机制,销毁信息,这个设计令人费解。这最后的信息本身更是令人吃惊。一个人类的大脑,那是什么意思?是一个隐喻吗?

如果真是一个人的大脑,七千年过去,那个大脑或许早已经死了。

但或许它还活着。

坐标在罗伯特的知觉中回响,那正是从前脑库的所在地。

罗伯特决定立即去看看。

亡　灵

太行山脉依旧巍峨雄壮。

虽然植被发生了极大的变化,从松林和阔叶林变成了雨林,但山势的变化并不大。罗伯特很快就定位到脑库的入口。他从飞船上一跃而下,落在树冠上,抓住枝条,在茂密的枝叶间荡来荡去,几个起落后稳稳地落地。

茂盛的雨林植被覆盖了所有的人工痕迹,当年留下的道路被粗壮的板状根切割得支离破碎,又被各种苔藓地衣附着,早已踪迹难觅。藤蔓粗壮的枝条四处垂落,让人寸步难行。罗伯特在繁盛的枝蔓间找到了脑库的入口。钢铁的大门敞开着,被泥土掩掉大半,只露出两米高的一部分。两个蛋形机器人站在入口两旁,早已失去了动力,被半埋在土中。如果时光再久远一些，这入口势必被完全掩埋，成为地下的秘密。

罗伯特钻进了洞口。

到了内部，堆积的土逐渐变少，十多米后露出了通道的原貌。罗伯特正想继续向前，却听见通道里传来一阵细微的动静。他停下脚步张望，有一群小小的动物缩在黑暗的角落里，眼睛发出绿油油的光。

这是一窝豹子，三只幼崽和一只母豹。这里是它们的巢穴，而自己是一个闯入者。

罗伯特不禁笑了笑。他不想惊扰它们，贴着墙边缓缓地移动。

母豹发出低沉的吼叫，黑暗中依稀能看见锋利的獠牙。罗伯特平静而稳定地继续移动，走到通道的另一头，回头看了那豹子一眼。

母豹仍旧没有放松警惕，死死地盯着罗伯特，但它身子已经放松下来，趴在地上，护住三只幼崽。

罗伯特快步向着通道深处走去。

脑库的基地荒弃了七千年，早已没有任何活动迹象。罗伯特很快走到了通道尽头。

这里原本是个中转大厅，有电梯通向脑库深处。

罗伯特在大厅里转了一圈脑库深埋地下，一切设施还都完好，像是新的一样，只是失去了动力，缺乏活力。

大厅中央有一个奇特的土堆，大约一米高，突兀地堆在那里。罗伯特走上前，抓起一把土，端在手掌心里仔细察看。灰黑色的土块中闪烁着金属光泽，一条条光线纠缠在一起。

这不是土，而是蚯蚓虫，它们失去能量成了死物。这种能在地下挖掘的小机器是脑库的杰作，后来智网也学会了。它们的残骸堆积在这里，那么这儿该有一条通道。

罗伯特跨上土堆。他从身体里引出接口，向着蚯蚓虫堆灌输电流，同时不断发送指令。

这些沉寂了七千多年的小东西活了过来，响应指令，开始移动。

土堆缓缓变形，如同被风吹动的沙丘，中央部分逐渐凹陷下去，而边缘不断向外扩展。最后蚯蚓虫挪到了外围，形成一个直径约五米的大圈。圈中央有一个圆形入口，很窄小，只有一米宽。这是一条通向脑库深处的捷径，只容一人通过。

这不会是脑库当初设计的，应当是智网留下的痕迹。它知道千年万年之后，原来的机械设施或许会出故障，不能再用。于是便挖出这条最简单却最稳定的通道，除非发生巨大的地质变动，否则它会一直存在。

罗伯特站在洞口向下看，灯光一直延伸下去，隐约之间，十几米之下就见了底。这不可能只是一个竖井，它应该通向某个重要位置。

罗伯特钻进洞里，手脚并用，撑着洞壁向下移动，没下降多远，通道便中断了——下方是一个宽敞的空间。罗伯特松手,轻巧地落在地上,抬头四下打量。这是一间半球形的地下室,约有三十米宽,十米高。地道的开口恰好在穹顶的中央。

这里原本是一个量子胞房,墙体上可以看见量子胞枯萎后留下的残痕,如同一片片巨大的枯叶贴在壁上。经历了长久的岁月之后变得脆弱易碎,罗伯特带起的风震碎了一片残痕,它飘飘荡荡地落下来。

屋子里也有一堆蚯蚓虫,和上边的通道并不在同一条垂线上。罗伯特挪开这一群蚯蚓虫,一个几乎一模一样的入口赫然出现在地板上,也和上一层一样,大约十几米就能看见下方的空间。

罗伯特毫不犹豫地钻进入口。

一个又一个通道,贯通一层又一层的量子胞房,通道不断深入地下,一直向下三十层。

从第三十层通向第三十一层的通道有些不同,要比上面所有层都长得多,一眼望下去,根本看不到底。罗伯特还是毫不犹豫地钻了进去。

爬过五百多米的通道后,罗伯特脚下一空。他向下望了望,下方五六米处就是地面,这比量子胞房的高度要低许多。他松手跳了下去。

脑库地下三十一层的顶部是平的,和量子胞房的穹顶截然不同。

罗伯特飞快地扫描四周的情况。

一排排金属架整齐地排列着,架子有四米高,距离坑道顶部大约有一米半的空隙。每一个架子都分为四层,每一层都有一米高。柱形的玻璃缸整整齐齐地摆放在架子上,密密麻麻,一眼望不到头。

罗伯特靠近一个架子。第二层的玻璃缸正好就在眼前,玻璃缸里灌满了液体,液体中悬浮着什么东西。罗伯特打开右眼的灯光,照亮眼前的物体。

玻璃缸在灯光下泛着绿光,那悬浮在液体中一动不动的东西,赫然是一个人脑。粗大的索状物从下方支撑着它,把它牢牢地固定在容器中。

脑库是数以万计的人脑组成的庞大阵列。这是脑库的核心!

罗伯特放眼望去,一个个玻璃缸中都隐约可见人脑。从最聪明的人身上取出这些优秀的大脑,浸泡在无菌的营养液中,永生不死,组成了人类有史以来最强大的智力引擎。它象征着人类永生的梦想和对强大智能的渴望。然而一切都烟消云散,这地下所有的大脑早已死去七千多年。

七千多年,在宇宙中不过是一瞬间,就连罗伯特也感到仿佛就在昨天。人类却彻底消失了,地球文明的大厦轰然倒塌。

智网留下的信息说得很明白,脑库是因一种病毒而死。病毒是最简单的生命,用最原始的方式繁衍。谁能想到文明的大厦最后竟然会因为病毒而坍塌。

罗伯特顺着架子缓缓行走。根据历史记载，只有那些最杰出的头脑才会被收入脑库之中，得到和文明一起永生的荣耀。每一个玻璃缸上都刻着编号，他记得这些数字，也记得这些数字代表的人物，信息都包含在当年脑库传授给他的知识库里。为了这次探访，他特意下载到自己的记忆体中。

20180318。罗伯特在这个数字前停下脚步。

这个数字代表的大脑属于一个叫楚南天的人，远在智网和脑库的战争爆发之前，楚南天的大脑就已经进入了脑库。罗伯特记得楚南天，因为楚南天曾经是李将军的长官，李将军是除了大帝之外和自己相处最多的一个人。隔着一个人就和自己有关，这是一种奇妙的感觉。

楚南天的大脑在玻璃缸中安静悬浮，罗伯特心中感慨，不禁伸手在玻璃缸上轻轻拍了一下。

玻璃缸中的大脑竟然随着轻微的震荡消散开来。

罗伯特大吃一惊，不知该如何是好。眼前的大脑以肉眼可见的速度一点点消失，最后只剩下支撑的索状物兀自立在那里，溶液变得有几分混浊。七千年的时间过去，长久浸泡的大脑已经极端脆弱，只勉强维持着一个大脑形态，轻微的扰动就能让它消融。

罗伯特万分懊恼，他意识到是自己亲手抹除了这个伟人留在世上的最后一丝痕迹。失去活力的文明遗迹就像这大脑一样脆弱，如果智网没有做特殊的安排，它提到的那个大脑大概也早已消失了。

罗伯特加快脚步，注意不去扰动那些玻璃缸。这儿应该有个特殊的玻璃缸仍旧在运行，维持着其中的大脑生存。智网采用地下放射热源来给它提供能量，理论上可以维持五十万年，但浸泡在溶液中的大脑连七千年的时间都熬不过去，智网的设计是否能经受住考验，也是个未知数。

在脑库阵列的尽头，他发现了目标。那玻璃缸的模样并没有什么不同，但其中的大脑却异乎寻常，足足大了一倍。这个大脑中仍有纳米机在工作，维持它的生存。

罗伯特走上前去。

一个声音突然响起："你终于来了！"

罗伯特停下脚步，"我？你知道我会来？"

"我不知道。但智网告诉我你会来，我只能相信它。"

"你知道我是谁？"

对方没有回答，然而罗伯特听见了自己的声音：

追光逐影,洪荒世界。

走过末日之旅,

追寻终极幸福。

星球往事,随风而逝。

千千世界,梦醒黄昏。

银河之心,机器之道,宇宙间最后的游戏。

我是机器人,

我是人类之子。

这是离开地球时,自己向地球发回的广播。

那么它的确知道自己是谁。

"你的确是在等我。"罗伯特说,"智网怎么和你说的?"

"它说,如果我等不到你,我只能等待命运的裁决。"

"这是什么意思?"

"如果我等不到你,那么我只能等待一次地质灾难毁灭这个洞穴。"

"我不是特别理解。你是谁?智网说,这里留着最后一个人类大脑。你是谁?"

"我的名字叫大帝。"

"大帝?"罗伯特皱眉,"你叫大帝?"

"没错,我的名字就叫大帝。不要误会,我知道你有个叫大帝的朋友,他或许是我的名字的起源。在我的时代,大帝是个很普通的男性名字,我有好几个朋友都叫大帝。"

大帝居然是一个普通的男性名字。罗伯特有些惊讶,随即又释然。大帝活着的时代和这个男人曾经活着的时代相隔了两千多年,一点小小的语言变迁实在再正常不过了。

"你能到这里来,真是太好了。这个活死人的坟墓,我一分钟都不想再多留,你快点帮助我结束吧!"大帝急急地说。

"我不明白你说的,你要先让我明白来龙去脉。"罗伯特满怀疑惑。

"我是抵抗者,智网没有告诉你吗?我要求智网留下我的眼睛,我要看着它的世界毁灭。智网没有留下我的眼睛,却留下了我的大脑。它让我活着,一直看着这个世界。它是想用这种最残酷的刑罚来惩处我坚决不投降。"

"你是那个抵抗到最后的人?"罗伯特恍然大悟,"智网处决了你,但留下了你的大脑?"

"是的。如果可以重新选择,我一定会同意它的要求,进入它的睡眠妖塔。幻境的把戏虽然卑鄙低劣,但总比现在这样做一个活死人要好。何况它把我做成了缸中之脑,和它的睡眠妖塔也没有什么分别。"

"你的大脑还活着，那么你就还活着。"

"胡扯。我只能看，什么都做不了。在你走到我这里之前，我连自言自语的能力都没有。你说我活着，但活着却什么都做不了，和死掉又有什么分别？这就是活死人啊！"

"智网让你活着看见了它的毁灭。"

"它把我活着埋进了坟墓！"大帝恨恨地说。他的语气中带着万分的怨毒，让罗伯特暗暗心惊。

"我只想它有一个形体，我可以狠狠地抽打它，让它感受到痛苦，把它禁闭一万年，让它体会无穷的孤独，在悔恨中感受无尽的苦楚，最后一点一点地腐烂发臭……"大帝用最恶毒的诅咒咒骂那让他活了七千多年的超级智能，"但是它已经不存在了，消失了。它真是太狠毒了，我真没想到，一个人工智能居然能使出这么狠毒的手段。七千多年的时间，回想起来我都觉得自己够坚强了，居然还没有发疯。"

"你一直活了七千多年？"

"七千二百四十三年。你终于来了，你就是我的救星。"

"我怎么救你？"

"毁灭我。"

罗伯特哑然。

"死亡是最好的解脱，我没有想到智网居然会用这样的方法来惩罚我，让我求生不得，求死不能。所以，请你帮我毁掉这个玻璃罐子，或者断掉电闸，中断氧气供应，我感激不尽。"

罗伯特有种不真实感。智网留下这个人的大脑，设计了一个能够长久维持的系统，让这个大脑一直活着，等着自己到来，这样的安排肯定不是为了让自己来毁掉它。然而这个自称大帝的大脑，却有些疯癫了，一心求死。

"快来吧，毁灭我！"它高声地叫着。

罗伯特沉默以对。

"你怎么不说话？你千万不要不理我，我真的会发疯的。我会死的……"

"你先别说话，让我想想。"罗伯特打断它。

声音立即沉寂下来。

"七千二百四十三年，你一直看着外边的世界吗？"罗伯特沉默片刻后问道。

"我曾经能看到很多东西，智网把十五颗卫星的图像和分布全球三百多个高清摄像头的图像都传输到我的大脑里。但自从智网关闭之后，这些设施都缺少维护，逐渐损毁，现在只剩下六个摄像头的数据。对了，你不提起我差点忘了，有一件重要的事……"说到这里，大帝停了下来。

"什么事?"罗伯特立即问道。

"你要答应我,我告诉你这件事之后,你要立即毁灭我。"

"我不想毁灭你,我会拯救你。"罗伯特直言,"我可以想办法把你带出去,你可以拥有一个躯体,可以重新开始生活。"

"重新开始生活,你是在开玩笑吗? 我只是想死而已,毁灭我对你来说不是轻而易举的事吗? 智网告诉我,你可以满足我的要求。它和你谈好的,对不对?"

"你有什么重要的事,先告诉我。我答应你,如果我不能拯救你,就毁灭你。"

"你是个守信用的人,你是人类之子,我相信你。"大帝顿了顿,"大概六千年前,也就是智网消失之后几百年,具体时间我已经记不清了,有一艘飞船来到地球,那时我还以为是你回来了,特别激动,但我很快就知道自己错了。那艘飞船太小了,只有二十多米长,智网给我看过你出发的影像,你的那艘飞船足足有一万米,是名副其实的庞然大物,怎么也不可能变成这么小的飞船。"

"二十多米长的小飞船?"罗伯特有些惊异。星盟的世界里,能够跨越星际的飞船至少也是上千米的长度,只有多特飞船是一个例外。而且星盟对地球的考察就只是十几年前的事,多特人怎么会六千年前就到了地球?

"飞船上有什么标志吗?"

"那是一艘伪装飞船。"大帝不无得意,"它是在地球上活动的时候被我发现的。最初我看到一个奇怪的家伙,像是一只机器兽,只有老鼠般大小,但长得特别怪,直立行走。开始我在智网的第一基地看见它,以为它只是一只幸存的机器兽,后来我又在智网的其他基地看见了它,而且敢确定就是同一只。我这才意识到事情有些怪,就尽量追踪它。那时候我的侦测能力还不错。它在地球上到处活动,它的飞船很奇特,我只能在飞船静止的时候看见它,一旦飞船启动,我就再也看不见了。"

"你还记得飞船的样子吗?"根据大帝的描述,罗伯特越发怀疑那就是一艘多特飞船。

"等会儿我可能会想起来。现在的重点是那个小动物,它在地球上神出鬼没,它从一个地点消失,很快就会在另一个地点出现,我很有耐心地一直追踪。这些地点,不是智网的重要基地就是脑库的重要基地。它像是在到处调查。那时候我很纳闷,这是从哪里来的机器兽? 无论是智网,还是脑库,都从来没有建造过这样的飞船。所以我当时怀疑你回来了,但很快我又否定了这个想法。一来飞船太小,二来你是以人类的形态存在的。那个小动物看上去实在太丑了,不符合人类的审美。

"它最后到了脑库,检查了所有的量子胞房,所有量子胞都死亡了。它也到了这里,坐电梯下来的。我不知道它怎么会对脑库这么熟悉，甚至会使用秘密电梯进入第三十一层。它在脑库里巡逻，查看那些已经死掉的大脑，最后就站在这里，你站的位置。那时候，我非常想和它打声招呼，让它把我毁灭掉，但是我忍住了这种冲动。我不应该这么自私。这只动物来历可疑，我有责任替全人类监视它。虽然全人类大概都已经灭绝了，只剩下幽灵，但是当时我没想那么多。它盯着我的脑子看，大概以为我的脑子也和那些已经死透的脑子一样。

"我当时特别害怕，害怕它认出我是一个活的脑子。如果它动手，我没有任何行动的能力。还好它只是看了看，然后就走了。

"它启动飞船，不见了。我用尽全部的能力寻找它的踪迹，天上地下，那时候我几乎七十个小时没睡，生怕错过任何一点踪迹。最后我在月球上发现了它。它的飞船停在月球基地，这大概是它的最后一站。智网没有给我留月球上的摄像头，我通过卫星看到那艘飞船，它停在月球上，和一块岩石差不多。要不是我特别留意，根本不会注意到它。

"我看不见那小东西，看到飞船已经是卫星的极限了。等了几个小时之后，那飞船起飞了。这一次，我能够盯住它。大概它认为自己的事情完成了，所以并没有着急离开，而是从月球飞向地球，绕着地球飞了两圈。这时候，我终于能把它看得清清楚楚。那艘飞船是灰色的，轮廓像是没有轮子的轿车。它的表面没有任何标志，只在尾部有一圈红点，我猜那可能是特殊的引擎。它绕着地球飞了两圈，然后就消失了。"

罗伯特听着大帝的描述，心头疑云重重。大帝说的小飞船无疑是多特飞船，尤其是尾部的一圈红点，多特飞船装备小型化的集束弹跳引擎，和这个特点正相符。难道多特调查员六千年前已经来过地球？如果是这样，那么星盟对地球文明的调查，比这更早的时候就进行了。

罗伯特隐隐有种不安的感觉，多特人很久之前就来到了地球，或许这不是一个偶然。

当年从地球出发后大概走了一千年，"九州号"加速到十分之一光速，刚抵达太阳系的最外缘，就被星盟的哨兵探测器发现。哨兵探测器把"九州号"带往星盟总部，按照地球的时间计算，大概消耗了五百年。无论是初次遭遇哨兵探测器，还是"九州号"抵达星盟总部，那时智网和脑库都还在，在地球的每一个角落彼此对抗。那时星盟就派出了调查员对地球进行调查吗？

如果这样，那么星盟早就完成了对地球的调查，应该派遣飞船帮助地球文明转移到太空。地球的命运或许无法改变，但智网和脑库应该都可以得到一个更好的结局，人类也可以得到一个更好的结局。

他转身向着来时的方向奔去。

"你不能走！"大帝在他身后高声地喊叫，"你答应过要毁灭我！"

"我会回来的！"罗伯特回头喊了一句。此时此刻，他只有一个念头：回到"九州号"，把喝得酩酊大醉的多特拉起来，问一问这究竟是怎么回事。

他跑到通道的下方。抬头望去,黑色的孔洞高高在上。他召唤来蚯蚓虫。

窸窸窣窣的声音从孔洞里传来,一条粗大的灰黑色绳索从洞里钻了出来,仿佛活物一般,扭曲蜿蜒,不断向下生长。不过片刻,已经垂在罗伯特的眼前。

罗伯特攀缘而上,迅捷无比。

他爬上一层层洞穴,很快回到最上层的通道之中,全力奔跑起来。接近入口时,母豹抬头警觉地盯着通道深处的异常响动,他没有丝毫停留地冲出了洞。

梭镖飞船向着树冠降落,罗伯特爬上树梢,用最快的速度钻进了飞船里。

飞船腾空而起,很快成为天空中小小的黑点,最后消失不见。

舰　队

多特没有在"九州号"上。

自己离开"九州号"六个小时,多特一个多小时前驾驶它的小飞船离开了。这些小生物的新陈代谢比人要快许多,哪怕烂醉如泥,睡两个小时也就清醒了。

多特飞船踪影全无。

要在茫茫太空中寻找一艘飞船,要么从一开始就和飞船保持联系,通信畅通;要么就进行长时间的搜索,找到飞船的特征信号。多特不告而别,短时间内很难找到它。

罗伯特万分焦虑。

多特是带着质子裂解球来的,它一定飞向了太阳。它要设定引导方案,让裂解球降落到太阳核心。虽然多特飞船拥有最高效率的跳跃引擎,但在恒星附近跳跃是自寻死路,它只能依靠常规动力一点点地向恒星靠近。

多特飞船的常规航行速度并不快,完全可以追上它。

罗伯特有了计较,也就不再那么焦虑。

去把多特追回来!

他走出控制舱,踏上反重力托板,回到"九州号"表面,再次启动梭镖飞船。

飞船刚起飞,又重新降落。

仅仅追上多特的飞船还不够,还要能阻止它向太阳释放裂解球。太阳如此巨大,多特只要向着某个位置把裂解球释放出去,一切就无可挽回。太阳核心上亿度的高温不能损毁裂解球,那么很可能一般的武器对它也毫无作用,必须要有完全的把握可以阻止多特释放裂解球。

罗伯特回到控制舱,开始搜索关于"宇宙桥"工程的信息。锚定点的选择遵从一定的规律,裂解球的投放也需要遵循既定步骤。太阳在缓缓自转，要精确地投放裂解球，最佳的位置是在转动轴的两极。太阳的两极和赤道之间存在角速度的差异，自转速度也并不稳定，要让裂解球稳定而迅速地落入到太阳核心，需要选择恰当的时机。多特提早出发，一定是在等待时机。

怎么才能让它乖乖就范，不至于铤而走险？

各种方案在罗伯特脑海中翻腾，巨量的信息不断地在他的头脑和"九州号"中央控制系统之间交互，过滤了三百多个方案之后，他做出了决断。

他上升到"九州号"表面，在粗糙的沙砾中缓缓行走。

"九州号"的主体框架是合金钢材，辅以大量的反重力装置。如果没有那些小小的反重力装置，巨大的质量堆积会让整艘飞船顷刻间坍塌成一个实心铁球。反重力装置具备推动引擎的雏形，稍加改动，就能当作反重力引擎使用，依靠暗质量推动飞船。这是星盟快速飞船的标准设计，罗伯特打算借用一下。

要封锁太阳轨道上的关键位置，彻底阻断多特的行动路线，需要一支庞大的舰队。罗伯特在一片平坦的高处停下了脚步。这里一望无际，是整个"九州号"表面最大片的无设施区域。

除了骨架，"九州号"的绝大组成部分都是纳米机。这给罗伯特带来很大的便利，他可以控制这个庞然大物的每一部分，只要算力足够，甚至可以同时控制整个星球上六千亿个纳米机，让它们变成他想要的任何形态——包括装备了反重力引擎的庞大舰队。

罗伯特开始行动。

平坦的星球表面缓缓地向下凹陷，巨大的方形盆地显现出来。它形状规则，边缘整齐，因为规模浩大，只有在太空中才能窥见全貌。它长两千公里，宽两千公里，其中有无数的线条纵横交错，把整个盆地划分为细小的格子。每一个格子长五百米，宽五十米。四百万平方公里的面积被分割为一亿六千万个小格。飞船在每一个小格内生长，它们从黑色的表面下缓缓升起，一点一点地浮现，仿佛有什么东西在拉拽着它们，而它们正奋力地挣扎摆脱。数以千亿计的纳米机从"九州号"各处源源不断地涌出来，汇聚到飞船下方，托举着它。外壳、舱室、动力系统、武器……飞船的各部分被这些小东西一点点拼装出来，逐渐成形。这暗流涌动的过程持续了足足六个小时。六个小时之后，一亿六千万艘成形的飞船排成望不见尽头的队列，静静地等待着罗伯特的指令。

引擎还没有就位。

一亿六千万个反重力装置正在"九州号"内部传输。

剧烈的震动从远方传来。震动的源头在六千公里之外，大规模的塌陷轰轰烈烈，形成了一个直径近三千公里的巨大窟窿——为了拆分出足够的引擎，不得不牺牲飞船的一部分结构。"九州号"球形的船体上形成了深达六千公里的巨坑，看上去像是一道深深的伤疤直抵球体内部。

　　震动并没有影响到罗伯特。他脸色平静,默默地望着属于他的超级舰队。

　　震动持续了半个小时才逐渐平息,反重力装置也陆续抵达制造场。半米见方的反重力装置如同一个个活物,破土而出,被等待已久的飞船抓起,收入腹部,吸收了反重力装置的飞船陡然间通体发亮。越来越多的飞船装配完毕,发出光来,广阔的原野上像是有一只看不见的手依次点亮一盏盏灯,从眼前一直延伸到天边。

　　引擎就位的飞船接二连三地起飞,在空中形成一道道亮丽的弧线,蜿蜒而上,在天顶汇聚一处。密密麻麻的飞船飞出层层叠叠的弧线,形成一颗硕大的光球,悬停在罗伯特头顶上方。更多的弧线汇入这光球之中,光球显得越发巨大。

　　太阳系中从未有过如此庞大的舰队。

　　悬浮在罗伯特头顶的飞船数量达到两千万。一个人形从纳米机的海洋中浮现,走到罗伯特眼前。他的模样和罗伯特一模一样,甚至连衣角的皱褶都丝毫不差——罗伯特复制了自己。

　　"罗伯特一号,你的使命是指挥第一舰队。我们要阻拦多特飞船,弄清事情的真相。"

　　罗伯特一号点点头,转身离去。他登上飞船,飞向集结完毕的第一舰队。

　　第一舰队声势浩大地从"九州号"旁掠过,如同一群发亮的游鱼和鲸共舞,两千万艘飞船布满天空,令星空黯然失色。然而随着舰队远离,庞然的鱼群很快便缩成远方细微的亮点,湮没在漫天星辰之间。

　　半个小时后,第二舰队也成形了,罗伯特二号带领第二舰队尾随第一舰队而去。

　　接着是第三舰队、第四舰队……直到第八舰队。

　　第八舰队由罗伯特亲自统领。

　　他登上了旗舰,被舰队簇拥着向太阳进发。

　　整整十二个小时,庞大的舰队从无到有,在太阳系内驰骋,分散为八个纵队,去追寻一艘小小的飞船。一亿六千万艘飞船,这个数字看上去很庞大,然而太阳的直径是一百三十九万公里,而且舰队只能在距离太阳表面六百万公里之外活动,否则强烈的辐射将让飞船的温度上升到一千五百摄氏度,彻底熔掉飞船——仓促造就的飞船并不能耐受高于铁熔点的温度。如此一来,舰队需要监控的区域,是直径一千三百三十九万公里的巨大球形表面,也就是五百六十亿平方公里。即便舰队拥有一亿六千万艘飞船,每一艘飞船也需要监控三百五十二万平方公里。这显然是个不可能完成的任务。

　　好消息是多特要去太阳的两极,茫茫太空之中,它也一定会选择最短的路径。

　　堵住通向太阳两极的路线,凭着目前的舰队力量勉强能够胜任,但也只有六成的把握而已。多特的飞船不惧高温,至少可以逼近到距离太阳表面二百万公里的位置。如果舰队的动

静引发了多特的警觉,它很容易就能绕过去。庞大的舰队不过是个花架子,用来吓唬多特。

只希望多特被舰队庞大的规模吓住,不敢轻举妄动。毕竟,多特人并不是那么精明,它们只能给星盟干跑腿的活。

弄出大动静,让它不明就里,或许能让它在慌乱中自动掉入陷阱。

罗伯特怀着希望,指挥着庞大的舰队向前追赶。

陷　阱

多特的飞船终于出现在预定位置!

要找到多特飞船不容易,但要赶到它前边却很容易——飞船的巡航速度比多特飞船要快得多。

第一到第七舰队都大张旗鼓地拉开队形,声势浩大地向着太阳进军。每十艘飞船并作一排,一横排有五百米,每十排飞船列成一个方阵,二十万个方阵首尾相接,形成长达八万公里的巨龙。七条巨龙形成醒目的奇观,气势逼人。

按照罗伯特的计划,不同的舰队沿着不同的路线前进,尽可能招摇,目的就是让多特发现情况有异常,而只能选择远离舰队的路线——第八舰队隐蔽在黑暗之中,等着鱼儿上钩。

来路不明的舰队堵住了其他线路,最便捷的路线上却毫无动静,这样的花招过于简陋。如果多特足够聪明,它不会来。

但它还是来了。

"罗伯特,是你吗?"多特发来了通信请求。

"是的。"罗伯特一边回答,一边悄然向舰队下达指令。隐蔽待命的六百万艘飞船突然现身,包抄了多特飞船。星空之下,两道蓝色的队列向着多特飞船飞速逼近。不起眼的两条细线快速扩张,铺满了整个天空,如一张大网般罩住了多特飞船。

"你这是干什么?"多特有些慌张,"怎么有这么多飞船?"

"我要跟你核实一些事。"罗伯特回答,"我在地球上发现了一些资料。"

"哦,地球上的事,我怎么会知道?"说话间,多特飞船已经开始改变方向。

这家伙可能是心虚,也可能是被吓坏了。

罗伯特胸有成竹,这正是预料之中的反应,多特会继续犯错。深沉的星空之下,第八舰队早已布置好了陷阱,如果多特飞船企图用最快捷的方式避开包抄,就会掉进陷阱。

"不要走啊!"罗伯特说,"我还想请你到'九州号'上喝一杯呢!总部还没有确认太阳系锚定工程的具体时间,还早着呢!"

"我不知道你要干什么!但你试图堵截我的飞船,威胁我,这是违反星盟条律的。"多特虚张声势地斥责罗伯特。

"我只是想请你到我这里来谈一谈,并不是威胁你。"

"我不相信你的鬼话!你等着总部的传唤吧!"多特说完关闭了通信。多特飞船调整飞行方向,加速离去,红色的集束跳跃引擎开始发光。多特很清楚自己的优势,只要进行弹跳,银河间就再也没有其他飞船能够追上多特飞船。

然而集束跳跃引擎的红光刚发亮,就暗淡下来。

一千二百万艘飞船脱离隐身状态,显露行迹。这一眼望不尽的飞船有序地排列着,形成直径六十万公里的球体,多特飞船恰好一头扎进了这个巨大的球体之中。球体如一个庞然的活物一般开始移动,飞船层层叠叠,将多特飞船越裹越深,同时向内收缩,直径越来越小。

每一艘飞船,都是一个引力控制装置。这是一个引力陷阱,专门等着多特飞船钻进来。集束跳跃引擎在平坦的空间内才能施展,而在舰队的包围中,引力控制装置让空间变得崎岖不平,引擎只能熄火。

两艘飞船靠近多特飞船,伸出机械臂牢牢地将它钳制住。计划大获成功!

罗伯特调集两百艘飞船,让它们融合在一起,形成一个巨大的空腔,一百个引力控制器恰到好处地将空腔内的引力控制在地表重力的零点三倍。

客厅已经准备好了,该迎接客人了!

一个小时后,罗伯特见到了多特。

一见到罗伯特,多特就大喊起来:"你劫持了一艘星盟飞船,你是个疯子!"它尖细的嗓音里充满了愤怒。

"我没有恶意。"罗伯特解释,"我只是想从你那里了解一点情况。你看,这里的重力环境都是为了让你舒适而设置。"

多特头部的两只手直直地竖着,似乎是一种精神紧张的姿势,"你扣押我的飞船,这种事我绝对不能接受。我是星盟的使者,在任何情况下都有豁免权。"

"我只想知道,在'宇宙桥'锚点计划开始之前,多特飞船到过地球吗?"罗伯特并不理会多特的抗议,直接抛出了自己的问题。

"你说什么?"多特对这个突如其来的问题有些蒙。

"霍斯特星球的调查员到地球来进行文明调查,他们不是第一批来地球进行勘察的星盟人员。在六千多年前,也就是两百个星盟年之前,多特飞船已经来过了。"

"我不知道你在说什么!"多特的态度转为愤怒,"这就是你想和我谈的事吗?我根本不知道你在说什么！"

多特说的可能是事实。多特的平均寿命只有五十年，也许最长寿的能活七八十年。在宇宙中旅行，因为相对论效应，时间会过得慢一些，但一个多特活过几千年岁月的可能性实在很低。

"你能联系到多特的总部吗？"

多特倔强地转过头去，不理睬罗伯特。

"如果你不认真回答我的问题，我会拆毁你的飞船。"

"这不是威胁是什么？"多特忍不住反驳。

"我并不是为了威胁你才拆毁你的飞船，而是我无法获得答案，只能自己寻找答案。同时，我也要拿走质子裂解球进行下一步行动。"

"哦，那你可以试试，裂解球可不是你能动的东西。"

谈话陷入僵局，罗伯特只得从头再来。

"我现在只想了解一段历史，如果你能把情报提供给我，我们都不会有事。"

"我不和强盗谈判。"

"'强盗'这个词，应该用在多特人身上才对。"罗伯特换上了讥讽的语调。直接劝说行不通，那就换一种策略。

"我有证据，多特人六千多年前就到了地球。多特人故意隐瞒地球文明的信息，方便设局把太阳作为锚点。你们才是强盗！故意撒谎误导星盟，陷害地球人。"

"你在胡说些什么！"多特果然愤怒起来，"多特人从来不撒谎，更不会阴谋陷害别的文明。"

多特人虽然经历长期的演化，完全适应了星盟的生活，但它们的身躯不大，脑袋太小，能容纳的智慧有限。

"我想弄清楚事实。"罗伯特立即套住多特的话，"至少在地球上，我找到了证据。如果你想看证据，我带你去看，但至少多特人应该有人出来和我对质。"

"我和你对质。"

"你知道六千年前发生的事吗？"

多特顿时哑口无言。

"但是多特人中总有人知道。"罗伯特给多特铺好了台阶。

"你先带我去看看……你的时间有限！"多特想起了什么，"我的飞船已经向总部发出了警告。总部很快就会来收拾你。如果你想让我看证据，那么最好快点。"

罗伯特点点头，"你是我的贵宾，我会让你如愿以偿。"

第八舰队开始返航。一艘临时改造的梭镖飞船悄然脱离队列，向着地球而去。

纪　念

在深埋地下的洞穴见到那活了七千年的大脑之后,多特一直沉默不语。头部的两只手耷拉下来,垂在嘴边,任由罗伯特带着它回到飞船,飞上太空,回到"九州号"上。

罗伯特给多特安排好舱室后就让它一个人待着,自己到了"九州号"的控制舱。

星盟总部已经回复,确认地球不再是颗文明星球,"宇宙桥"锚点工程将按时启动,同时要求罗伯特撤回。申诉报告已经提交上去,要求在调查出真相之前,搁置锚点工程,并且说明了多特飞船暂时由"九州号"监管,在总部做出决定之前,不会有任何行动。

这是个大动作,是和整个星盟对抗。星盟会做出什么反应?

如果多特人真的曾经在地球上做过什么,星盟或许会同意调查。然而又能向星盟提出怎样的要求呢? 罗伯特有一些茫然。无论真相是什么,现在的地球上已经没有任何文明存在。"宇宙桥"工程不可能因为一桩陈年旧事而停下来。质子裂解球会被投入太阳之中,太阳会崩塌,整个太阳系会陷入混乱。这不可抗拒的命运很快会降临。

多特应该会配合,从多特人这里打开缺口,寻找当年的真相。然后呢?

真相就是唯一重要的事! 他这样安慰自己。

是时候把大帝的大脑从太行山下带出来了。罗伯特登上飞船,向着地球飞去。

"我带你出去。"罗伯特对大帝说。

"出去? 去哪里? 去见那个小东西? "大帝发出一连串的问题,"我不想出去,我只想死。你答应我帮助我结束生命,你这是后悔了吗? "

"我说过要拯救你。要把你带到我的飞船上去。"

"你这样做不是拯救我,是伤害我。我最怕飞行,我是一个大脑,不是飞行员。我已经活够了,看够了。"

"现在你只能依着我。"罗伯特不想和这个一心求死的大脑争辩下去,"我会确保你的安全。"说完他就转身离开。

"你回来! "大帝在他身后高声叫道。

罗伯特不予理睬。一个大脑被囚禁了七千年,没有发疯已经是奇迹了。

蚯蚓虫夜以继日地拓宽通道。这种机器小虫效率很高,然而在坚硬的花岗岩山体中挖掘出一条三米宽六千米长的隧道,至少也要六天。大帝已经等了七千多年了,再等六天也不算什么。

为了避免扰动那几只把通道当巢穴的豹子，罗伯特把出口选在侧面的山坡上。他从窄小的洞口钻出来，站在一块巨大的岩石上。放眼望去，雨林在山间绵延，高大的树冠五彩缤纷，一团团地拼凑在一起，仿佛一幅巨大的织锦裹住了山峰。地球秀美如画。哪怕早已经没有人类存在，大自然仍旧毫不吝惜地展示着它惊人的美丽。

生命让地球如此美丽。

没有文明的星球，就毫无拯救的价值。这是星盟的行事准则。

或许银河间有太多的星球都这么美丽，星盟早已无暇顾及。只有生长在这颗星球上的人，才会珍惜它吧。

罗伯特想起另一个目的地。他登上飞船，奔向南方的大海。

飞船在一个大岛上降落。这个被称为台湾的岛屿，从前通过桥梁和大陆连在一起。桥梁被海水浸没，它再次成了孤零零的岛屿。甚至比从前更孤独，因为彼岸的海岸线变得更遥远了。

海平面上升对岛屿本身倒是没有太大影响，岛上的地势变化很快，中央是高达一千米的山脉，海水只浸没了很狭窄的一点沿海区域。然而，昔日的战场就在被淹没的区域内。

罗伯特认准方位，一步步地向着大海走去。

那个叫大帝的机器人就埋葬在这片被大海淹没的土地里。罗伯特很快找到了它。

墓碑还在，却已经残缺不全。原本高耸的尖顶早已断裂，下方金属结构的坟冢上密密麻麻地爬满贻贝，灰黑色一片，夹杂着几许白色条纹，一点金属的痕迹都看不出来。墓碑上没有贻贝，却长着一层厚厚的水藻。海水清澈，纤细的水草披着从海面照下来的光，随着水流舞动。色泽亮丽的小鱼在水草间穿梭，灵动活泼。

大帝的坟冢大概是自己在地球上留下的唯一造物。死亡是个休止符，然而人类总是会留下坟冢作为纪念物。这是罗伯特从大帝那儿学会的事。

他跨步上前，蹲下身子清理墓碑上的水草。

刻着字的墓碑显露出来。长久的岁月让字迹模糊不清，然而上边的字依稀能够辨认。

大帝之墓

这是自己亲手刻上去的字，最初的时候深入石头两厘米，此刻则只剩下浅浅的印痕。悠长的岁月磨平一切，哪怕是刻在石头上的字。

只有罗伯特依然记忆犹新。

他感到有些不对劲，于是站起身来，仔细打量坟墓的形状。这坟墓是个金字塔形，而当初自己给大帝下葬时用的是一个长方的铁盒。

他努力回想，从记忆深处挖出细节。没错，当时给大帝刻写的墓碑，是自己从山上采来的花岗岩，而大帝的坟冢用的是从战场上收集的钢材，熔成一体，确实是个长方体。这金字塔形的坟墓，也比当年长方体的坟墓要大得多。

有人动了坟冢？

他动手清理起覆盖在墓墙上的贻贝来。厚厚的一层贻贝被剥离之后，金字塔的材质暴露出来。

罗伯特忐忑不安地把手轻轻地放了上去。

是太乙合金，是纳米机。虽然锈蚀严重，但是太乙合金没错！

是谁后来重修了坟冢，并且使用贵重的太乙合金纳米机来构造墙体？

罗伯特加速清理贻贝。

片刻之后，整个坟冢的正面都被清理得干干净净。

这是一个正三角形的金属面。构成太乙合金的纳米机早已经去失活性，墙体被锈蚀得很厉害，然而镌刻其上的字体仍旧清晰醒目。

机器人是人类的孩子，机器人是人类的朋友，机器人是人类永远的守墓人。

罗伯特盯着眼前的字迹，像是被什么东西狠狠一击。他长久地伫立着，心头思绪万千。

这是当年自己留给李将军的话，却被刻在了这面墓墙上。是李将军重新修筑了这座坟墓？后来发生了什么？李将军和他的机器战士命运如何？为什么李将军会把这句话刻在大帝的墓墙上？大帝的尸骸还在这坟冢之中吗？……

各种念头相互交织，不同的情绪此起彼伏，罗伯特只感到心中有什么东西要爆发，却始终无法破茧而出，闷在心头，令人怅然若失。

他把整个金字塔都清理干净。

金字塔的另三面墙体上也刻着字。

这里长眠着伟大的机器战士大帝，他虽然没有战士的体魄，却有最高尚的灵魂和最勇敢的心。

为人类解放而战斗不息的英雄们永垂不朽！

和平万岁！

几句话之间似乎并没有什么特别的关联。智网和脑库之间的战争从未结束，然而或许对于李将军和他的战士们来说，战争曾经结束过吧。他们用大帝的坟冢立下纪念碑，纪念牺牲的战友和来之不易的和平。过去虽然已经成烟，但无论苦难还是幸福，人们会永远怀念过去。它凝结在现实之中，就是现实的一部分。

罗伯特绕着金字塔走了一圈，回到墓碑前。

整个坟冢都被重构了，但墓碑还原封不动地保留了下来。

机器人是人类的孩子，机器人是人类的朋友，机器人是人类永远的守墓人。

罗伯特再次望着墓碑后方墓墙上的这句话。

冥冥之中，他仿佛望见到了当年自己将这句话刻在金属片上，交给机器鸟带给李将军。当年他写下这句话，意思是自己作为一个机器人，并不想介入人类的纷争太深。之所以离开地球，是因为外边的世界吸引着自己，也因为自己想避开这场战争，避免两难的选择。

选择的机会不再有了，因为对立的双方都消失了。然而不知道为什么，罗伯特甚至希望能有机会让自己重新选择一次。

李将军把这句话写在墓墙上，希望它能留存久远。

如果李将军希望这句话将来能被人看见，那他最希望看见这句话的人肯定就是自己。其他任何人，都无法了解这句话背后完整的含义。

罗伯特突然有一种感觉，他仿佛听见李将军在跟他说："罗伯特，你是人类的守墓人。"

为什么不呢？

罗伯特抬头望向海面。海水晶莹，水面在阳光的照耀下如镜子般发亮。镜子对面是广阔的天空，天空后面是广阔的银河。他仿佛看见无数的飞船从银河的各个角落涌入太阳系，涌向地球，他尽力抵挡，然而那力量如此强大，任何抵抗都不值一提。

对一个机器人来说，生命本身并没有价值，只有找到值得守护的东西，它才有价值。

罗伯特轻轻地拍击墓碑，心头已经有了答案。

战　争

战争一触即发。

为了迎战，罗伯特几乎拆掉了整个"九州号"，调集所有可用的纳米机来制造飞船。他造就了一支可怕的舰队，近百亿艘飞船密密麻麻地排列在地球轨道上，形成巨大的扇面，宛如地球伸展出的两翼。飞船按照一定的节奏发着亮，光的旋律在轨道平面上不断荡漾，似乎在展示舰队的强大威慑力。如此巨大规模的舰队在太阳系中从未出现过，在星盟中也极罕见。

然而和正在汇聚而来的银河舰队相比，这支舰队又渺小得如同尘埃。在地球外围的广袤空间里，已经聚集了数不清的飞船。这些飞船单体的长度是六千米，在稍远的地方就会完全看不见，它们数量众多，连成一片，遮挡了星光。从地球望过去，像是一片若有若无的云雾笼住了夜空，星星失去了踪影，月亮孤零零地在黄道上游走，银河则像是被拦腰截断，分成了两半。

星盟反应的力度超乎想象，涌入太阳系的飞船数量已经超过六千亿，而更多的飞船还在不断地涌入。

这是一场必输的战争，罗伯特对此心知肚明。

"你为什么不投降？"多特问。

"我想保护这颗星球。"

"星球怎么会需要你的保护？"多特不以为意，"星球不过是一块发热的大石头而已。"

罗伯特明白多特的意思，继续说："我想保护地球上的生命，还有人类留下的遗迹。虽然它们并没有永恒的价值，但我想让它们留存得长久一点。"

"所以你真想为此和星盟对抗？我真是低估了你的疯狂程度。"多特嘟哝着，"这真是太疯狂了！地球人都是疯子，地球的机器人也是疯子！"

"至少我要得到真相。"罗伯特看着多特，"你已经知道我给星盟发出了声明，在真相明确之前，我不会放弃的。"

"如果没有真相呢？"多特望着罗伯特，表情复杂。

"我会毁掉质子裂解球。"罗伯特回答，"虽然这并不能改变最后的命运，但我相信这是最有尊严的选择。"

"人类早已不在了，你在替谁争取尊严呢？"多特反问道，"难道活着的人要为死掉几千年的人争取尊严吗？"

"对我来说，那是昨天。"罗伯特平静地回答。

"我支持你！"一个机器人踩在反重力托盘上，从天而降。

"大帝你好！"多特向机器人打招呼。

罗伯特把大帝的大脑从太行山下带了出来，带到"九州号"上，又给他制造了一个躯体，圆筒状的躯体配合半球形的脑袋，加上短腿和短手，和从前那个大帝几乎一模一样。活了七千多年的大脑变得巨大，为了安放得下，大帝的身躯也比从前的大帝大了一倍，在袖珍的多特面前，俨然可怕的巨人。多特和大帝却像是久别重逢的老朋友，特别亲近。相比之下，罗伯特对于两人来说，仿佛是陌生人。

"多特，今天你想喝点什么？"大帝问。

"昨天你给我的单子实在太长了，我还没能决定。我想我会在茅台和杰克·丹尼中选一种。"

"那就快一点，我们的日子不多了。"大帝说着转向罗伯特，"我们还有多少时间？"

"我不知道。"罗伯特如实回答，"这取决于星盟什么时候开始发起进攻。"

"一个随时可能降临的末日，这真是太好了，正适合狂欢！"大帝伸手把多特抓在手里，"要跟我去看看吗？现在双方都不开火，正好可以参观一下壮观的银河舰队！"

多特欢呼着同意了大帝的方案。

"多特不能走，他要留在这里。"罗伯特的话像一盆冷水泼在多特的头上，把它的热情给浇灭了。

"没办法。"多特垂着头顶的两只手臂，"我要留在这里做人质。虽然我并不赞成罗伯特对抗星盟，但我支持他寻求真相。我也想知道真相。"

大帝转过头来，看着罗伯特，"疯狂的世界。多谢你带我来到这个疯狂的世界。这七千年的时间没有白等。谁能想到呢？一个机器人，竟然成了最后的人类。"

"我不是人类，我是人类的守墓人。"罗伯特回答。

"那也差不多，那么我算是最后一个人类。"大帝哈哈大笑起来，"守墓人，你得实现最后一个人类的愿望，才能变成真正的守墓人。现在，给我一艘飞船，我要去参观舰队。"

从那幽深的地下囚笼出来之后，大帝像是变了一个人。之前他一心求死，现在则似乎一切都不放在心上，尽情享受每一分时光。大概这正合了多特的胃口，两个人热乎得像是多年的老朋友一样。

"你可以使用任何一艘飞船。"罗伯特回答，"注意不要脱离舰队的监视范围。"

"你是个称职的守墓人！"

大帝轻轻地放下多特，"对不起了，朋友。我先去看看。我会把检阅的画面传回来，你的眼睛会和我同在。"

大帝离开旗舰去寻找合适的飞船。

一条消息显示在控制舱的大屏幕上。消息使用的是星盟标准文字，罗伯特和多特看完消息之后，相互看了一眼。这是最后通牒，银河舰队发出的无条件投降广播。

该是最后行动的时刻了。

罗伯特找到大帝，"大帝，你不能检阅舰队了。"

"怎么了？我还没出发，你就变卦？"

"我刚刚收到了最后通牒，对方要求我无条件投降。"他转头看着多特，"还要把多特送回去，交出质子裂解球。"

"你当然不会答应。"多特说。

"我不会答应。所以你们还有两个小时做出选择。留在这里，战争一旦打起来，我无法保证你们的安全。你们也可以离开，我会提供飞船给你们，你们可以去任何想去的地方。"

"你留在这里保护地球，让我逃跑？"大帝哈哈大笑，"这就是你提供的方案吗？"他转头问多特，"你会同意吗？"

"当然不同意。"

"你看，连多特都不同意，我当然也不会同意。"

"我只能把情况告诉你，你们要自己选择。"

"我留在这里。"大帝果断地说，"但这并不妨碍我借一艘飞船去看看你的舰队，是不是？这庞大的舰队多么壮观，却转眼就要烟消云散。这是一场伟大的悲剧，我做梦都没有见过这样壮丽的死亡，所以就算死我也要留在这里。身在悲剧之中，这是一种幸福。"

"我也留在这里。"多特立即跟上，"我答应过你帮你找到真相。"

"谢谢你们二位！但战争交给我就行了，这是我个人的事。你们可以安全离开，星盟不会做出对你们不利的行动。"

"你怎么这么说话呢？"大帝有些不高兴，"难道地球只属于你一个人？我才是最后的人类。我当然要留下来，谁也不能迫使我离开自己的家园，特别是在它即将被毁灭的时刻。人总有一死，选择一个好的死法，还需要千载难逢的机遇。有一百亿艘飞船给我陪葬，这是多么高规格的葬礼，不，还有地球。地球也会被毁灭的，是吗？可以把我和地球葬在一起。"

"我支持你！"多特高声地叫着，"多喝几杯，这仗就打完了。"

眼前的两个人都算不上可以理性交谈的人。罗伯特不想在这个话题上继续纠缠，他点点头说："如果你们坚持留下，我也不反对。但是我有条件，你们必须到新飞船上待命。"

"新飞船？什么飞船？"大帝问，"我现在就在新的飞船上。"

"我给你们造一艘新船。"

"哦？"大帝来了兴趣，"什么样的新船？"

能保住你们性命的新飞船。罗伯特暗暗地想，但并没有说出来。他说："一艘最坚固的飞船，它将是舰队的新旗舰。"

"让我看看！"多特抢着说，"我知道你造船的把戏最棒了。"

罗伯特展示了一艘新的飞船。船身通体白色，形状像一个硕大的蛋，和舰队灰黑色的主色调形成鲜明的对比。

"哇！"大帝发出一声赞叹，"这艘飞船很漂亮！"

"就在你的前方，它正在形成。"罗伯特说。

蓝图在罗伯特的头脑中盘旋，每一个纳米机如何生长，他已经了然于胸。四艘战斗飞船在他的控制下聚拢一处，纳米机开始液化流动，四艘飞船像灼热阳光下的冰块一般融化，形成一大团银色的液态球。新飞船从银色球体的边缘开始生长，只是片刻时间，就已经形成了一个弧形的底部。

"我们过去吧。"罗伯特对多特说。

多特没有反对。

十多分钟后，罗伯特已经带着多特站在半成品的新飞船内部。大帝也赶了过来。

"这艘船大概还有一个小时就可以完工，你们在这里等着，我要去调整一下舰队的部署。"罗伯特说。

纳米机环绕周围，四下游移，仿佛一群群活物，塑造出一个又一个结构，让飞船的内部空间变得越来越复杂，越来越完整。大帝和多特沉浸在这令人惊异的场景之中，根本没有注意到罗伯特已经悄然离开。

多特和大帝永远不会知道，战争已经开始了。

所有的液态纳米机都被吸收进了新船内部，飞船已经成形，他们见到的只是幻象而已。

质子裂解器和多特飞船被包裹在蛋形的飞船之中，悄然离开了黄道面，渐行渐远。当多特和大帝识破幻象时，战争或许已经结束了。

这将是一场尊严之战，地球的毁灭或许不可避免，但身为守墓人，有责任尽力阻挡任何骚扰坟冢安宁的人。

集结在地球轨道上的舰队开始行动，数以亿计的飞船汇聚成光的海洋，形成两个粗大的箭头，指向地球轨道外的黑暗空间。潜藏的银河舰队也从朦胧不清的夜空中浮现出来，引擎燃烧，如无数蓝色的灯，整个天空似乎一瞬间蒙上了一层带着蓝光的晨曦，也像阳光勉强抵达的深邃海底。

更多的银河战舰还在潜藏着。在银河舰队面前，自己的舰队没有任何希望。

这将是人类的最后一场战斗，最后一声呐喊，最后一次守卫自己的家园。

他向地球投去最后一眼。

他记得这颗小小星球上关于人类的一切。从粗糙脆弱的尖矛到纵横万里的激光，从阴暗潮湿的洞穴到温暖安全的胞房，与猛兽搏斗的猎人、勤恳耕种的农夫、高傲的贵族、精明的商人，人类独有的热烈的歌舞、肃穆的仪式，那些阴谋、勇气、智慧、牺牲……全部的一切，都在眼前这颗小小的星球上。他仿佛看见了大帝，看见了李将军，看见了智网建造的林立巨塔，看见像机器的人类和像人类的机器，他们都化作了这颗星球的尘埃。曾经有三千亿人生活在这颗星球上，他们都化作了尘埃。地球是他们的家园，是他们的坟冢，是他们的热望所寄，是他们的灵魂所归。他仿佛感到三千亿人的灵魂都聚集在他的身后，支撑着他，发出最后一声呐喊，进行最后一场战斗。

最后一次守护家园。

不会再有历史了，历史将被人遗忘。

不会再有未来了，没有人类的未来毫无意义。

罗伯特举起右手，向前轻轻一挥，舰队向前移动，队列整齐，气势宏大，遮蔽了地球的天空。最前列的战舰警告性地开火，六万艘战舰排列成三列，一齐喷射出火焰。这毁灭性的束流经过上千万公里的距离之后，会离散成稀薄的气体，和一场强烈的太阳风无异，对银河舰队不会造成任何实质的打击。

但这是一声宣言，代表绝不屈服。

战争开始了。

罗伯特的旗舰居于整个战团的核心。

太空战争对罗伯特来说是件全新的事，根本没有任何经验可借鉴。他只能模仿银河舰队，揣测对手的意图，针对性地进行部署。

银河舰队拉开了长达六万公里的正面战场，一边开火，一边向前推进。三十万艘飞船上的等离子炮一齐开火，如同三十万束红色烟花同时绽放，蔚为壮观。束流汇在一起，形成直径二十公里的粗大光柱，如巨龙般向着罗伯特的舰队冲来。舰队的前哨集群有六百艘飞船，发现束流的同时启动了等离子束反击，然而毫无作用。能量的洪流穿过前锋集群，引发爆炸，燃起一团团火光，不过几秒钟，六百艘战舰就七零八落，只有最边缘的十多艘幸存。

罗伯特舰队的报复几乎同时抵达了银河舰队，排列成巨大扇面的四百万艘飞船集中火力攻击银河舰队阵线的中段。长达两千公里的战线中段，爆炸此起彼伏，火球接二连三地亮起，仿佛被一根无形的绳索串在一起，形成一条巨大的环带。

炮火带着死亡的气息在太空中无声地交错而过，在持续的消耗中，两大集团的接触面上形成了一片残骸区。双方隔着残骸区相互打击，残骸区也越来越厚。

十多分钟过去，罗伯特舰队损失了六百万艘飞船，银河舰队损失了大约四百万艘。四处飘浮的残骸让火力攻击大打折扣，双方默契地停止了相互射击。银河舰队调整主攻方向，罗伯特盯着对方的一举一动，同时调动左翼的预备队重新补充损毁的防御力量。

这是一场漫长的战斗。虽然己方数量和火力的劣势很明显，但也拥有近百亿飞船；对方的飞船数量或许接近万亿，但在接触面上并没有形成太大的优势。胜负的结果毫无悬念，但这注定是个漫长的互相消耗的过程。

敌人正在利用数量的优势进行大规模的迂回包抄，正面的飞船停止了推进，只是发出稀疏的射击火力，似乎在提示这是正面战场。上方、下方、左方、右方都有大规模的飞船集群在行动，每一个集群，规模都超过了己方舰队。它们甚至根本没有隐藏自己，而是摆出堂皇的阵势，点亮每一艘飞船，唯恐自己没被发现。罗伯特明白他们的目的——利用数量优势，从各个方向压迫己方舰队，形成更强的火力，同时削弱己方舰队展开的余地。

这几乎是一个无解的局面。面对百倍的敌人，罗伯特想不出任何有意义的战术。

大概，只能等待着绝境的到来吧！

罗伯特面对着漫天舰海，心情异常平静。这是一个预料之中的结局。

正面战场上的敌人有一些异常的动向，中央的飞船向着四面散开，很快在舰队集群中央形成一条圆形的通道。

通道直指地球，像是一只窥探的眼睛。

通道后方，罗伯特发现了他不想看见的目标。

巨型战舰出现在敌方阵地的后方，它比曾经的"九州号"更庞大，直径达到六万公里，中央有一个直径三千公里的深孔贯通船体，远远地看它像是一个玉璧。这是歼星舰"死亡之星"，银河中最强大的武器之一。整艘飞船就是一门超级大炮，可以发射质量超过两百亿吨的碎裂弹，专门用来击碎岩石星球。面对拥有强大动能的武器，唯一的防御手段就是躲开它。地球显然并不能躲开。

星盟竟然准备使用这样的毁灭性武器！

急切之间，罗伯特催动舰队，向着歼星舰的射击路径聚集。抵抗并不可能，只不过能和地球共存亡，或者说，这是抵抗到最后一刻。

舰队聚集成一束，和百万公里之外的巨舰对峙。如果齐射火力，对巨舰也会造成损伤，但罗伯特没有下令开火。歼星舰也没有开火。

银河舰队展示了压倒性的武力优势，而罗伯特再次表达了必死的决心。

对峙持续了五分钟。罗伯特舰队继续汇聚而来，集束的舰队宛如一支尖利的箭头，直指向巨舰。

敌人的迂回舰队尚在途中,如果要发动最后一击,机会窗口大概只有半个小时。

罗伯特却迟迟没有决定。

碎裂弹已经装载完毕,敌人也没有发起进攻。

又过了五分钟。

"到这里来。"从歼星舰上传来了信息。

罗伯特的旗舰从舰队的簇拥中飘然而出,向着银河舰队疾驰。他响应这个信号,因为信号来自星盟最高仲裁局,或许这意味着地球还有一线生机。

真　相

层层叠叠的飞船排列在上下左右,延伸到无穷远处,罗伯特在一个由飞船构成的通道中前行。银河舰队是星盟的宪兵队,负责用暴力镇压任何针对星盟的不轨企图。这强大的暴力机构在银河中没有任何敌手,除非是另一支银河舰队。

只身前往歼星舰需要莫大的勇气,然而罗伯特毫不畏惧。无论是为了地球最后的幸存机会,还是为了求得真相,都必须前往。

突然之间,周围的飞船一空,漫长的飞船隧道终于到了尽头,眼前豁然开朗。星空之下,歼星舰仿佛一只白色的巨眼,巨眼中央是黑色的瞳孔,那是能贯穿一颗星球的加速井,碎裂弹就在加速井的中央,仿佛黑色瞳孔中央一点小小的白翳。碎裂弹直径六十公里,长度六千公里,就像一杆巨型标枪,一旦投射,能轻而易举地穿透薄薄的地壳,直抵地球的核心,把地球炸得四分五裂。

飞船向着歼星舰飞速靠近,歼星舰灰白色的船体像是一面无边无际的高墙般向罗伯特迎面压来,占据他的整个视野。一条降落通道在墙体上打开,罗伯特的飞船准确地钻了进去,悄无声息,就像一道光投入无边无际的暗夜。

罗伯特在宽敞得像个广场般的舱室里见到了仲裁者。

仲裁者身材高大,足足有六米,它像是地球上的头足类动物,伸着六条长长的触手,脑袋和躯体完全一体,套在金属装甲之中,一双眼睛和人类相似,透着异样的光彩。它在零重力空间中飘浮,缓缓地向着罗伯特靠近。

"罗伯特,你被控诉三条重罪。第一,违反《星际航行安全法》第十七条,劫持了多特飞船和船上所载重要货物;第二,违反《星盟公民法》第二十五条和《星际和平公约》,公然以武力对抗星盟的正常建设活动；第三，违反《星盟反大规模杀伤性武器条例》第三条，违规组织大规模进攻型舰队。对于这三条罪责，你是否有异议？"随着仲裁者的移动，声音在空间中回荡，深沉浑厚，充满了不可挑战的威严感。

"我承认这是事实的一方面，但是我也声明了事实的另一方面。多特飞船早在星盟对地球调查之前就已经抵达地球，却没有把地球文明引入星盟。我认为这是重大的失职，甚至可能是造成地球文明中断的重要原因。所以，我请求星盟对此进行调查。在调查结果明确之前，对太阳系暂时不采取行动。"

"因为星盟没有听从你的申诉，你就犯下前述三条罪行？"

"事出紧急。如果我不采取措施，太阳的质量早已被质子裂解球吸收，地球会遭受极度破坏。多特提早执行锚定计划，而我没有别的方式阻止它。这加深了我的怀疑，认为它可能知晓对地球文明的秘密调查，我想从它那里了解经过。"

"所以，你用威胁的方法劫持了多特。"

"当时的情况千钧一发，我不得不这么做。"

"你有什么证据说明多特人在这件事上可疑？"

"脑库幸存的大脑记得多特飞船的特征，它见到多特，认出了多特和它记忆中六千多年前出现在地球的神秘生物特征一致，这个大脑一直留存在地球上，从未到过星际空间，它的证词不可能是编造的。"

"因为这一个孤证，你决定和星盟对抗到底？"

罗伯特微微沉吟，回答："我有责任保护地球，哪怕力不能及。"向仲裁者解释地球人灵魂不灭的观念是多余的，星盟成员久居星空，早已经没有家的概念。为了星盟的需要，可以对任何没有文明的星球进行处置，这是星盟的共识。"地球是人类的家园，是人类的坟冢，是所有人的灵魂所在"无疑是一种想象，只有地球人深信不疑。

罗伯特也深信不疑。家园永在，这大概是一种期望吧。

"所以多特的事件给了你一个很好的武装借口？"仲裁者继续问。

"事出紧急，星盟并没有回应我的请求，我只能先行武装。随后星盟就派遣了银河舰队，要求我无条件投降。并非我单方面升级局势。"

"银河舰队在执行它的使命。"

"我明白这一点。我也同样坚持我的请求，对星盟来说，这不是一个过分的要求。"

"你的诉求已经被仲裁局听取。"仲裁者舞动着它的触手，"然而你的罪行确凿，必须依法裁决。"

"我已经指令我的复制体将抵抗进行到底，和地球共存亡。他们和我的意念一致，能力相同。"罗伯特平静地说。

"星盟不能容忍武力胁迫行为。"仲裁者不紧不慢地说,"但考虑到你释放了质子裂解球、多特以及多特飞船,你的罪行可以得到一定减轻。如果你放弃武装,那么仲裁局将放弃对你的刑事追究。"

"你们找到了它?"罗伯特指的是为大帝和多特建造的飞船。按照计划,这艘飞船应该沿着黄道垂线移动,远远地离开战场。或许银河舰队对太阳系进行了彻底的封锁,很快就发现了它,捕获了它。

"多特愿意为你作证,证明你仍旧保持着理性。我采纳这一证词。所以现在我要进行最后一次询问,如果仲裁局赦免了你的罪行,你是否也将放弃对地球徒劳的保护?"

放弃武装,赦免罪行,一切都回到原点。

罗伯特缓缓地摇头,"如果你们不告诉我真相,那就把我和地球一道毁灭吧。宇宙中不会留下地球人的声音,但这永远不会是一次公正的裁决。"

"你的行为充满了非理性的情绪。"

"我在为地球人发声。他们已经不复存在,地球是他们的象征物。"

"罗伯特,你是地球文明的代表,星盟原则上不会毁掉任何一个文明,但我们也绝不允许任何人干扰星盟的计划。去中央第一舱室,有人在那里等你。"仲裁者说完飘然而上,天花板打开,它钻了进去。

偌大的空间里只剩下罗伯特一个人。

中央第一舱室就在加速井旁。透过厚实的玻璃可以望见加速井内的碎裂弹。从这个距离望过去碎裂弹是一个庞然巨物,如一堵高墙般顶天立地,向着前后无限延伸,在远方收缩成细细一线,消失在黑暗之中。

罗伯特转过身来看着身后的两个人,语气坚定地说:"感谢二位的好意,哈斯瓦联盟愿意进行调停,我非常感谢。但事情到了这个地步,我会与地球共存亡。"

"你无须和银河舰队对抗。"多特说,"再说,星盟成立了上千万年,银河舰队从来都没有遇到过对手。"

眼前的多特并非前来执行太阳锚定计划的那个。它全身都机器化了,个头也比正常的多特要大一圈。它和多特并不相似,反倒像是一个机器人,只有头部标志性的手臂和巨眼,表明它的多特身份。

"我不想和银河舰队对抗,我只想捍卫地球。对手是谁,并不重要,输赢也不重要。"罗伯特回答。

"你对地球的执着令人惊讶。"机器多特身后的人终于开口了，"你高效建设舰队的能力也令人惊讶。地球人如果真的进入太空，会是星盟大家庭中值得尊敬的一员。"

罗伯特抬头看着说话的人。

说话的是个哈斯瓦人。哈斯瓦人很早就成为星际种族，是星盟的五个发起文明之一。它们是星盟行动委员会的常委，银河舰队的行动必须经过常委会同意。眼前的哈斯瓦人未必是星盟常委的代表，但以整个文明的角度来看，哈斯瓦人无疑已经为毁灭地球投下了赞成票。

哈斯瓦人的头部同样长着一对手臂，然而已经高度退化，像是两条短短的触须。他们躯体矮胖，和人一样直立行走，以地球人的眼光来看，像个圆滚滚的气球。

"如果我早点到来，事情也不会到这个地步。调动奥比特星耗费了一点时间，我很抱歉来晚了。目前这事态也证明了地球文明的确很独特，地球人把母星看得无比重要。"哈斯瓦人顿了顿，郑重地说，"我就是当年到访地球的特派员。"

罗伯特心头一震。原来怀疑都是真的，星盟的确调查过地球。

"真没想到这件事今天还会被翻出来，还闹得这么大！"哈斯瓦人看着罗伯特，"你想知道的真相，我给你带来了。"

不明飞船和天宫进行对话，这个消息两秒之后传到智网。

不明飞船对地球的情况了如指掌，经过详细的了解，智网才知道它们从罗伯特那儿得到了情报。一个包括三百万颗星球、六千个文明的星际联盟，这突如其来的庞大世界让智网震惊。

"它拒绝了我！"哈斯瓦人说，"理由很简单，它不需要进入星际联盟。它的使命是庇护人类，人类并没有给他进入星际联盟的指示，甚至也没有这个需求。人类需要的只是睡眠塔和虚拟世界。

"然而，它认为星盟或许可以从技术上提供帮助，让它消灭脑库，从而统一地球文明。

"我并没有给他提供这方面的帮助，脑库是一个很有趣的事物，我在其他文明中未曾见过。我要求会见脑库的代表，却遭到了智网的反对。星盟只承认一个文明代表，在智网和脑库之间，我们认为智网更能代表地球文明，因为它在地球上占据明显优势，技术路线也和星盟类似。但是我想我们还是犯了一个错误。我们把所有的数据库都和天宫空间站对接，智网从我们这里获取了脑库所有的情报。这可能是智网最后战胜脑库的原因。"

罗伯特心头一阵惊惶。如果智网的情报来自哈斯瓦人，而哈斯瓦人其实是从自己这里得到了关于脑库的所有信息，那么，其实是自己把情报交给了智网。

"不可能！"罗伯特脱口而出，"脑库是被病毒毁灭的！"

"那是智网的陈述，或许是个事实。但后来我再次派遣多特来进行调查，找到的线索都指向智网。智网所谓的病毒是间谍纳米机。纳米机维护着脑库中所有大脑的生存,让它们长生不死。智网使用了一些手段,把自己的病毒型间谍纳米机混进了脑库的维持系统。多特在月球上找到了间谍纳米机的样本,和脑库中残余的纳米机属于同一种类型。如果你想要这个病毒的样本,奥比特星上有这种纳米机的变种,可以交给你来溯源。

"你想知道真相,这就是真相。"

罗伯特有些恍惚。哈斯瓦人说的情况让人震惊,脑库并不是毁于真正的病毒,而是纳米机。纳米机毁灭了脑库,这的确要比真的病毒毁灭脑库更有可能。脑库的维持系统完全封闭,一种病毒不可能无来由地产生,而且还潜伏两年之久,直到感染全部大脑才发病。如果所谓的病毒是纳米机,那么就容易解释得多。

智网毁灭脑库,然后再自行毁灭。这样的事实未免太过惊异。

"这不是真相,智网没有理由骗我。"罗伯特喃喃自语。

"它的确没有欺骗你,它告诉你的,是它相信的真相。智网摧毁了脑库,却引发了气候的极端变化,死掉超过一半的人口。这是一个重大的挫折。智网向我发出了求助信号,想把剩下的人类都转移到星舰上,从而避免更多的损失。我到了地球,智网却又拒绝加入星盟。它再次认定自己的目标是让人类幸福,而人类的幸福并不需要进入太空才能获得。"

"但智网为什么编造了一个故事欺骗我?"

"因为智网无法面对自己,它无法承受因为自己的过失而导致全球一半人口还有虚拟世界消失的后果。虚拟世界中有许许多多的文明和更多的人,都是它的守护目标。他们奉它为守护神、创世者、正义的化身和永恒的理想,但它却辜负了所有人。智网产生了心理问题,它需要一个体面的理由,避免自己发疯。它告诉你的一切,就是经过编辑之后才能被它接受的真相。它自己当然相信这就是唯一的真相和事实。但其实并非如此,它最后的时光生活在半真半假的世界里。"

哈斯瓦人说着拿出一个小球来。"你应该能认出这个小球,这是一个纳米机小球。"他把小球递到罗伯特手中,"这是智网给我的纪念品,或许可以作为我所说一切的辅助证明。"

罗伯特端详着手中的小球。没错,这的确是一个纳米机制品。这个球是空心的。

他紧紧地捏住小球,小球开始融化,水银般的液体从罗伯特的指缝间渗出,顺着球体流下。

"你在干什么?"哈斯瓦人看着罗伯特的动作,有些惊奇,但并不恼怒。

流下的液体汇集在罗伯特的手背,形成泪状的液滴,摇摇晃晃,却并不掉落。

罗伯特张开手掌。手掌中是一个小小的金属块。

一个影像跳了出来,立在金属块上。那是一个人,和罗伯特十足相像。

影像开始说话。

"罗伯特,我想有朝一日或许你还能看见这个记录仪。我会彻底删除这段记忆,不这么做,我无法原谅自己。我把记忆留在这里，如果你不能看见，也没有关系。世界不会变得更糟糕。

"你看到的这个形象，是冯汉杰的样子，他是个仿生机器人，为逃脱脑库的追杀到了北美，和我融为一体。他也是你们前前后后四十二代罗伯特的原始模板。我没有特别的身体形象，用冯汉杰的形象和你对话，大概比较对等吧。

"我想留给你的记忆与我、脑库，还有这个星球上人类的最后命运有关……"

罗伯特注视着眼前的影像，听着他讲述。哈斯瓦人推测的事实和眼前这个影像描述的差不多。真相就是这个了，人类覆亡的罪魁祸首是智网，如果再追究一步，是自己带走的脑库情报通过哈斯瓦人泄露到智网那边，平衡被打破，原本僵持的局面瓦解……如果自己没有出走，没有遇到星盟，或者没有携带脑库和智网所有的知识，地球上的人类应该还在，无论是身在睡眠塔中，还是化身为机器战士，都在这片祖祖辈辈生活的土地上生存着。败亡的肇因，竟在一万年前已经埋下。

影像停止说话，露出一个微笑，望着前方，似乎陷入深思之中。忽然，它像是回过神来，抬头说："再见，罗伯特。"

话音刚落，影像便消失得无影无踪。小小的方块冒出一股白烟，然后像是失去了骨架的房子般垮塌下来，成了一堆粉末。

"我必须说明一件事，"哈斯瓦人说，"智网给我这个小球，是当作纪念品。它提出了要求，不能把地球上发生的事告诉你，也不能让你回地球，除非你自己要求回到地球。所以，我真的不知道这个小球原来是留给你的。如果不是你弄出了这么大动静，我想这个秘密永远也不会有人知道。"

罗伯特默然不语。

智网最后的想法到底是什么已经无从知晓，或许它的思维中充满了各种矛盾吧。它并不希望自己回到地球，但又怀着希望建造纪念塔给自己留下信息。它将自己看作独立于外的游离分子，又期盼自己是人类文明的继承者。它给了自己两个真相，无论哪一个，都不会改变地球今时的命运。

门开了，大帝和多特走了进来。

罗伯特看着大帝，问："你都听见了？"

大帝点了点头，单调的合成声听上去充满着悲伤，"我想哭。"

罗伯特也想哭，然而机器人没有眼泪。

"我会收回所有的纳米机飞船。"他对哈斯瓦人说，"我要去地球上等到最后一刻。"

"不要这么悲观，你可以想想别的出路。我把奥比特星带过来，或许它能给你一点启发。"

哈斯瓦人摇了摇头顶的两只手臂，似乎在说"不"。

告　别

罗伯特站在上海大厦的顶部,向着大海的尽头眺望。

三座高塔伫立在海的尽头,又细又尖,直指蓝天。那是三个连接点,它们都是庞然巨塔,基底有三十公里宽,向着天空不断生长,最后会刺破大气层,深入太空之中。以这三个基座为基础,更多的连接点会逐步扩张,最后覆盖全球。

连接点和连接点之间会有一层厚厚的膜相连,它广泛无边,将覆盖地球的所有天空。

天幕降临。

天幕会裹住整个地球。

罗伯特从来没有想过,地球有朝一日会被覆盖在天幕之下,从此不见天日。那时候,太阳已不再是那个太阳,阳光不再那么重要。对这个星球上的生命来说,原本由太阳提供的光和热,将由天幕来提供。原来的日月星辰不会再有,但新的天空里会有新的日月星辰。

罗伯特抬头仰望,天空一片碧蓝。建成之后的天幕应该是灰白色的,白天泛出灿烂的日光,晚上提供朦胧的月光和星光。它将给地球提供最完美的保护,异想天开却又令人拍案叫绝。感谢哈斯瓦人提供了蓝图,还带来奥比特星作为模板。感谢星盟,赦免了自己的一切鲁莽罪过,甚至将太阳系锚定计划推迟了十二年,让自己有充分的时间来制造天幕。

在地球上,它是天幕;在太空中,它是地球新的外壳。纳米机外壳让地球半径增大了三百五十公里。在三百公里厚的外壳和海平面之间,是五十公里厚的大气层。只要持续输入阳光辐射,这样的一圈大气足够提供生命所需,也能进行自我循环。

外壳通过六千七百四十八个五十公里长的连接点和地壳相连,形成一个整体。借助均衡的重力设计和上百亿个反重力引擎,外壳的质量并不会对地球表面的重力产生影响,已经适应地球重力的生物不需要再经历漫长的演化来适应重力变化。对它们来说,唯一能够觉察的变化,就是天空不再那么碧蓝,而天地之间,有粗大的柱子相连。如果能够演化出新的智慧生命,它们对于连接天地的巨大柱子一定会充满崇拜和想象。

人类残留的遗迹,大概也会被挖掘出来,成为神灵的象征。

人类的时代结束了,新的世代会带来什么惊喜吗?

"罗伯特,我准备进去了,你不来吗?"大帝传来消息。

"我马上来。"罗伯特跨上梭镖飞船,向着蓝天而去。

"太阳眼"基地已经完工，这里将是整个新地壳的核心。数以万计的飞船融为一体，金属的原野向着四方扩展，在目力的极限远处和夜空连接在一起。

大帝站在基地入口，正抬头张望。罗伯特的飞船缓缓地降落，不等飞船停稳，罗伯特已经跳了下来。

"你来得很快！"大帝说。

"这是你的大日子，我当然要尽快赶过来。"

大帝点点头，"很好。我叫你来，是想当面感谢你。谢谢你把我从脑库里带出来，不然我也见不到今天的情景，也想不到有一天我会成为神。"

"你是大帝。"

"是因为这个名字吗？"

罗伯特不置可否。"太阳眼"是为大帝量身打造的基地，是脑库的复制品。不同之处在于，脑库需要源源不断地从人类的精英分子中获取大脑，扩展自己的能力，而"太阳眼"基地则只属于大帝。他不断地生成新的大脑，不断地扩张自己的能力，直到能够控制整个地球壳。他将是天幕的主人，生生不息，永远地照看着地球。

"我会照看好大帝的坟冢。"大帝说，"它会永远留存下去，只要你回来，就能看见它。"

"谢谢。但该发生的就让它自然发生吧，这颗星球总要告别过去，走向未来。"

"哈哈，说得对。"

"再见了，大帝！"罗伯特挥了挥手，"我们还会见面，只不过那时你的躯体已经是整个地球。你会很不一样，我也不知道究竟会如何，但你有一颗人类的头脑，带着人类的记忆，我想你还会是一个地球人。"

"我还会是我。"大帝说完也挥了挥手。

大帝脚下的圆形区域开始缓缓地下降，带着他向基地内部落去。

大帝突然停了下来。

"还有一个问题。"大帝问，"曾经的那个大帝，它的原生躯体真的是个女人吗？"

罗伯特愣住了，他没有想到大帝竟然会问出这个问题。他阅读过当年大帝留下的记忆，知道它曾经是个小女孩，因为受到家用机器人的保护而幸存，于是在改造的时候，把自己的躯体设计成了那个家用机器人的模样。

"我……不知道。"罗伯特说，"只是它的记忆之中，它是个女孩。"

"嗯。即便成为机器人，也能保有人的灵魂。"大帝说完继续缓缓地下降，直到没入基地深处，再也看不见。

罗伯特愣了一小会儿，起身上了飞船。

十二年的时间里,他还有很多事情要做。

十二年过去,约定的时刻到了。

罗伯特望着远方。太阳正放射着灼目的光彩,然而一亿五千万公里之外,多特已经把质子裂解球推进了太阳的南极上空,它正以每秒两千公里的速度向着太阳核心坠落,沿途不断吸收太阳的物质,转化为能量,渗入高维空间之中。

这突如其来的变故会让太阳损失一半的质量,原本被太阳引力约束的空间陡然一震,引力波开始向着外围荡漾。

这时空的涟漪将带着强劲的能量横扫整个太阳系。还有八分钟,引力波就会到达地球。

这是太阳的最后八分钟。

地球早已经严阵以待,刚完工的纳米机外壳将地球包裹得严严实实,成了一个名副其实的钢铁星球。星球表面数以万计的光点闪烁,那是一个个引力发生器在工作。

大帝已经计算好引力波撞击的效应,做好了准备。遍布全球的引力发生器将在引力波到达的一瞬间协同作用,抵消从太阳传递而来的巨大能量,保持地球内部稳定。

地球的内部,风平浪静,万物生长,就像什么事都没有发生过。

"大帝!"罗伯特向身旁的伙伴发出了消息。

"我在这儿等着呢!"大帝回答。

"你真的决定离开?"

"是的,我要向你学习。"

"向我学习?"

"你游历了大半个银河,我也该去看看。你是机器人,我是个真正的人类——至少我的大脑算是真正的人类。"

"那并不重要。"

"你说得对,那并不重要。银河广阔,我该去看看。多特邀请我去它的太空城做客,我这么庞大的躯体是不是会吓坏它的同胞?"

"你可以用一个分身。"

"这是个好主意。我喜欢你给我打造的躯体,多特见了应该也不会太惊讶。"

"它不是特别聪明,你不用和它解释太多。"

"这我知道。但我和它一样喜欢喝酒,我会给它带六百种不同的酒,这都是我从你的数据库里找出来的。它最喜欢茅台。"

"喝酒对你的大脑可不好。"

"纳米机会维持大脑的健康，这些小分子带来的损伤尚在可控范围内，我不太担心这个。"

"无论如何，要保重！"

"你也保重，如果你真的想去另一个银河看看，别忘了告诉我。时间到了。"

大帝话音刚落，远方的太阳一闪，原本灼目的球体一瞬间变得暗淡无光，甚至缩小了些许。引力波掠过罗伯特的身体，细微的时空涟漪并没有造成什么后果，但对于质量巨大的地球就完全不同。刹那间，地球仿佛一颗炮弹般弹射了出去，转眼成了远方一颗不起眼的小星星。

"再见，大帝！"罗伯特向远方发出信息。

大帝很快回复了，是一首歌。

追光逐影，洪荒世界。

走过末日之旅，

追寻终极幸福。

星球往事，随风而逝。

千千世界，梦醒黄昏。

银河之心，机器之道，宇宙间最后的游戏。

我是机器人，

我是宇宙大帝。

罗伯特听着熟悉的旋律，不禁露出微笑。

"祝你好运，宇宙大帝！"罗伯特目送地球消失在深沉的暗夜之中。

纷乱的太阳系里掠过一丝不易觉察的光芒，罗伯特启动了弹跳。飞船陷入短暂的黑暗之中，将罗伯特带向遥远的另一颗恒星。

家园不复存在，前路依旧漫漫，剩下的岁月里，何去何从？

罗伯特的心中没有答案。他注视着前方无限深远的黑暗，陷落在沉思之中。

（责任编辑：姚海军）

与机器人
同眠

阿 缺

电车载上我们，穿过大半个城市，驶向郊区。

高楼大厦在身后远去，灯火霓虹逐渐暗淡，

城市和夜色都缩成二维，变成了我们这个故事的背景板。

阿 缺

1990年生，毕业于四川大学，中国科幻更新代代表作家之一。2012年发表处女作后，佳作不断，作品多次荣获中国科幻"银河奖"，多篇作品被译为英文在海外发表。

阿缺的科幻小说糅合浪漫与残酷，立足故事与传奇，可谓独树一帜。目前已出版作品有《与机器人同行》《星海旅人》《神农后裔》等。

上

1

"咬紧牙,不要怕!"机器人 LW31 凑近我的耳边,声音郑重而坚定,"这场战争,我们会胜利的!哪怕过程艰辛,哪怕代价巨大!金属会钻进你的皮肤,你的血液从身体里流出,你会感到疼痛,但一切都是值得的!先生,握紧拳头,准备迎接——"

我一把推开它,不耐烦地说:"啰里吧唆,滚开!"然后把手腕放到桌子上,向对面的护士道,"抽吧。"

护士是个清秀的小姑娘,她奇怪地看了一眼 LW31,才拿起酒精棉,擦拭我的手肘。酒精在皮肤上洇开,带来丝丝凉意。我低头,看到了近乎灰褐色的皮肤,以及密集的老年斑。我又看向 LW31,它也从曾经的银光锃亮变成苍灰色,布满同样密集的锈蚀。

"先生,加油哦!"见我看它,它连忙握拳竖臂,向下一顿。

"你好歹服役了快七十年,能不能别这么中二?一个体检抽血,搞得跟打仗似的。"我啐道。看到护士拿出注射器,针头闪着寒光,我还是哆嗦了一下,连忙叮嘱,"护士姐姐你千万小心点啊,我的血管细,别扎错了……"

护士点头,"我会小——"手猛地扎下,针头刺进血管,一阵痛楚传来。

"你怎么扎的!这么疼!"我气得白发乱抖,"你是不是刚来实习的?我跟你说,我身体可差得很,你要是扎到什么重要器官,比如心肝脾肾肺和膀胱,出了什么问题,我告死你们医院!"

护士的眼圈一下子红了,但还是压着针头。血流进针管。我骂归骂,手却不敢乱动,生怕针管在手臂里移位。

LW31 又凑过来。"你别生气,她也是为了分散你的注意力,怕你疼——不过,我说护士小姐姐你也是,"它又转头看向小护士,"你长得这么好看,其实只要冲他笑一笑,他就会忘了疼。"

说完，它冲我眨了眨眼。

我顿觉颜面无光，骂也不好意思骂了。

"流氓！"小护士把针头抽出来，临走时反骂了我一句。

体检结束，LW31 搀着我出医院，得意地说："刚刚我那招怎么样？"

"你没听到她走的时候骂我流氓吗？"

"是啊，但她是骂你，跟我有什么关系？"

我顿时一口气上不来，扶着墙喘了半天，说："就因为你是我带来的机器人，所以她才骂我而不是骂你！还有，别再给我当僚机啦，年轻的时候还行，现在我都老成这副样子了，白发苍苍；你也快报废了，锈迹斑斑。我们再玩那些搭讪招数，小姑娘们骂老流氓都是轻的，重一点会直接告我们性骚扰。"

"哦，"LW31 若有所思，"小姑娘不行，那老太太呢？"

"那倒是可以。"

出医院的路格外长。

走廊里到处都是面容愁苦的病人，大多跟我一样的年纪，老迈，迟缓，眼神浑浊。

我分外小心地从他们中间穿过。LW31 却冲他们友好地点头。

一个老头儿咳嗽了一声，我连忙捂住鼻子，咒骂道："要挺尸在家挺，来这里喷细菌干吗！感染了我们怎么办？靠，你这咳出的不会是生化病毒吧？"

老人身旁的家属朝我怒目而视。我狠狠地瞪回去。

"先生……"LW31 拉了拉我的袖子。

"干吗？我跟你说，你待会儿回家也得好好消个毒！"

老人又咳了几声，颤巍巍地说："对不起，老哥，我活不了几天了……"

老哥？我眯眼看他，在昏暗的视线里，这个老人头发灰白，容容枯槁；在他的视线里，我又何尝不是这副模样呢？而且我的年纪可能真比他大。

我摆了摆手，跟 LW31 走出去。来到大厅的时候，LW31 看到排队挂号的人群，不禁咋舌："这么多人生病呀？"

"你不知道了吧，"我冷冷地说，"这个世界上，病人要比正常人多。"

出医院后，LW31 想乘悬轨回家，但我仰起脑袋，费力地看着半空中那些纵横交错的巨大车厢，摇头说："还是坐电车吧。"

"电车？"LW31 一愣，"电车还没被淘汰吗？"

"还有一条线，正好到我们家。"

我们在废旧的站牌下等了一个多小时，天色暗下来，才看到那辆晃晃悠悠驶来的电车。它载上我们，穿过大半个城市，驶向郊区。高楼大厦在身后远去，灯火霓虹逐渐暗淡，城市和夜色都缩成二维，变成了我们这个故事的背景板。

我的老房子在城南，当年也是地段优越的小区。但时过境迁，大人物们手指一点，北边便成了新区，要重点发展，建起更高的楼，亮起更璀璨的灯，所以南边就荒芜下来了。

年轻人是随着季节迁徙的候鸟，哪里繁华就前往哪里。像我这种老头儿，再也挥不动翅膀，只能待在逐渐破旧潮湿的楼房里。

这个小区里几乎都是老人。夜还不深，窗子里却看不到几盏灯。

这里的场景与这个高科技的时代格格不入，要不是小区门口二十四小时不间断播放的全息广告，我都疑心自己从现代文明走进了博物馆。

广告画面里，放映的是一个职场精英模样的日本人，喋喋不休地劝大家早日签下拆迁合同，离开这里。他说话的时候，背景是一个孤独的老人坐在阴湿的房子里，很凄凉的景象；随着日本人的声音变高，一份合同被推到老人面前，画面陡然一转，这个老人身边儿孙环绕，灯火明亮，饭桌上饭菜热气腾腾，他的脸上洋溢着幸福的笑容。广告画面就在这些场景中循环。

我和LW31在全息影像中穿行，广告正好演到后半部分。那个老人脸上的笑容绽开，儿孙们开始恭维他。

我站住了，身影跟那个老年演员的全息影像重合。仿佛这一瞬间，我成了他。我环视四周，周围儿孝女贤，孙辈们脸上充满了童稚灿烂的笑容。虚假的欢歌笑语在我四周回荡着。

"先生……"一旁的LW31喊道。

我没有理它，站在影像中间，鼻子有点酸。

它又向四周看，"他们演得真好，看起来真的很幸福的样子。"

说完，画面又跳回日本人劝说拆迁的段落。我回过神来，哼了一声，说："演技再好，也是假的——好像签了合同，就真能儿孙满堂一样。"

"先生，人死不能复生，你要……"LW31迟疑道。

"闭嘴！"

我们进了小区。电梯已经十分老旧，且坏了一台，只有右边的能用。我按下上升键，电梯下来，门向两侧滑开，一个同样老迈的人提着垃圾袋走出来。

我顿时皱眉，暗叫晦气——这人是住我楼下的老王，是个孤僻的老头儿，连看护机器人都没有。我跟他一向不对付，他看电视会吵我，我洗澡会漏水到他家。遇到好看的老太太了，他也跟我抢着去搭讪，可恶得紧！我们经常朝阳台外伸出头，上下对骂，有时候在街对面碰到，也会隔着街吐口水。

但 LW31 无知无觉,还向他打招呼:"王先生晚上好。"

老王没理 LW31,瞥了我一眼。

我狠狠瞪回去。

老王提着垃圾袋,走向楼道口的垃圾桶。我和 LW31 走进电梯,我冲它使个眼色。

"什么?"它问。

我着急了,看了看电梯的关门键,又眨眼。

"先生你怎么了,得白内障了吗?"

"去你的!"我推开它,伸手去按关门键,电梯门摇摇晃晃地合上。

我舒了一口气。

但门在合拢前,一只枯瘦的手伸进来,门轻轻地夹了一下,又滑开。老王进了电梯,得意地瞥了我一眼,按下 12 楼。LW31 走上去,按下 13 楼,然后退一步,站在我们中间。

它朝左看,看到我的冷脸;朝右看,看见老王的冷笑。

电梯摇摇晃晃地上升。

"什么味道?"老王嗅嗅鼻子,"一股子药味儿,老陈你去医院了?这么快就去订位子了?"

"老王啊,你不死我怎么舍得先走?"我立刻反击。

老王冷笑一声,说:"那你可要继续等了。"

"没事,几十年我都等了,还怕等不到明天上午吗?"

"呵呵,明天上午?我跟你说,明儿上午我可是约了格里芬太太去逛公园,而你呢,只能在家里跟这个机器人一起生锈。"

LW31 咳嗽一下,"这个……"

我说:"对,我这个机器人没用是没用,废话又多,一天到晚掉锈——"

LW31 张了张嘴,"其实……"

我继续道:"但好歹还能做点饭,给医院打打电话。你呢,你要是什么时候挂了,都没人收殓——我劝你啊老王,把房子卖给那个日本人吧,搬出这里,过几年儿孙满堂的好日子。"

"卖房子?儿孙满堂?老陈啊老陈,你一把年纪活到狗身上了?我要是把房子卖了,那群没良心的确实会回到我身边来,但把钱骗走之后,又都会离开,那时候我连最后的房子都没啦。"

叮,电梯停下,门滑开。老陈的鼻子里喷出一个"哼",走了出去。

我连忙补了一句:"切!"

LW31 摇头叹气,"唉!"

"先生，"睡觉前，LW31走到我面前，郑重地说，"我觉得我有必要跟你聊一聊。"

"又想忽悠我出钱去升级系统吗？"我连忙摇头，"门都没有！你的硬件都不行了，就别打软件的主意了。"

LW31说："不是，我觉得你最近脾气怪怪的，总是跟人吵架。这样不好。"

"我明明待人友善，和颜悦色，说话都不敢重一点。"

"那是对好看的老太太们。"

"胡说！"

LW31凑近我，"你说说，今天你跟人吵了多少次架？"

我梗起脖子，说："大概两三次嘛。"

它盯着我，硅晶体的眸子像探照灯一样照下来。

"好吧，十七次。"

"是啊你看看，抽血你跟护士吵，走路跟病人吵，坐电车都能跟司机吵起来……而且都是因为小事。还有啊先生，为什么你不愿意坐悬轨呢？还有还有，现在电视也不让我看了……"

"电视有辐射嘛。"

LW31摇头，"这种谣言你年轻的时候就不信。"

"但我现在老了，LW31，我怕……"我犹豫了一下，摆摆手，"我说了你也不懂的。"

"我的分析能力可是全联盟顶尖的，"它拍拍胸膛，震下一蓬灰尘锈迹，"有什么我不懂？"

我咳嗽起来，挥手赶开它，躺下了。它见我已困倦，关了灯，在黑暗中走到墙角，从自己的后腰拉出充电线，插进插座。于是，整个房间里，就只剩下它充电时一闪一闪的红光了。

LW31充电时会进入待机状态，也就是它所谓的休息，但我却睡不着。我睁着眼睛，看着黑暗里若隐若现的红光，过了很久，我喃喃地道："我怕死……"

它沉默着。

"LW31，我怕死啊。"

2

说回我与老王的恩怨，我俩的矛盾主要出现在跟老太太搭讪这件事情上。

这个小区住的大都是孤寡老人，自然也有许多独居老太太。大家的晚年生活都很乏味，找一个可以交流的人就变得很重要。老王仗着一头纯正的银发，嘴巴又皮，每每抢先我一步引起老太太们的注意,实在可恶! 听说他还有一个文档,记录了小区所有老太太的信息,夜里睡不着时,经常会给她们打电话,一聊聊半宿,气得我——嗯,吵得我半宿睡不着。他在现实里搭讪,逼得我只能在群聊里跟老太太们说话。但我们小区那个"最美不过夕阳红"群里,聊天的人太多了,我发个笑话,会迅速淹没在广告和谣言的链接里。

"老而不死是为贼!"每每想起老王,我都会骂道。

要是 LW31 听到,会问:"先生,你是在骂王先生吗?"

"除了他还有谁!"

"可他年龄比您小……"

"嗯……"我一愣,"那就——为老不尊是为贼!"

"可您也勾搭过不少老太太……"

我不耐烦地推开它,"你到底帮谁?"

"我就是好奇。"LW31 思考的时候,身上会发出嗡嗡的声响,我十分担心它会不会想着想着就炸开,"为什么你们都那么喜欢跟老太太聊天呢? 而且光聊天,又做不了别的——先生您很早就失去那个能力了吧,有什么意思呢?"

"胡说,我明明还——"我刚想逞强,想起这些年的身体状况,又叹了口气,"你是机器人,你不会懂我们人类老了之后的样子的。"

"我懂啊! 人类随着年纪增长,新陈代谢会变慢,皮肤松弛,眼前出现黑点,头发花白且稀疏,记忆力变差,小便细而频繁,大便干燥……"

"行了行了,别把你从网上查来的东西拿出来说。我又不能联网,懂的肯定不如你多。"

LW31 连忙摇头,"先生,这些不是从网上查来的,是从你身上看到的。"

"唉……"我一时语塞,随后摆摆手,"总之你不懂,最折磨我们的,不是这些,而是——"

"而是什么?"

那两个字就在我的嘴边,但它们无比沉重,一个压着舌头,一个抵住唇齿,无论如何无法说出来。是啊,一旦说出它们,所有的骄傲和尊严都会瓦解,我在 LW31 面前就会一败涂地……

几天后,体检报告出来了,医院让我们去拿,我却不敢。LW31 看着我害怕的样子,叹了口气,帮我去医院领了报告。

"先生您看,您很健康啊,身体没什么问题!"它拿回报告后,兴冲冲地对我说,"除了高血压、高血脂、糖尿病、脂肪肝和支气管炎——"

"闭嘴!"我听得心惊胆战,"我不想听。"

"噢,总之没有肿瘤、老年痴呆啊什么的。"

"你还说！"

LW31 奇怪地看着我，好半天才说："先生，您这样不行啊，对死亡的惧怕已经影响了您的生活。"

它又在网上查了半天，最后对我说："先生，我们去参加老年互助会吧！很多像你这样的人聚在一起，交流心得，分享感悟。如果有什么问题，也可以提出来，大家一起解决。"

"不去！"我一听就头大，"一群老头子凑在一起，暮气沉沉，去了岂不是更沮丧？"

LW31 调出一张全息照片，但因摄像头老旧，照片有些掉帧，一闪一闪的。"先生您看，还有很多老太太。"它指着照片上的聚会场景说，"我打听过，王先生就是经常去这种聚会，才认识了许多老太太的。"

"那我们马上出发吧！"

跟照片里一样，在老年活动室里，老人们围坐成三圈，中间摆着一把空椅子。谁要说话，就坐到椅子上，说完后，周围的人会鼓掌支持。

"喊，这种聚会有什么意义呢？"我小声地对 LW31 说，"一群快死的人互相慰藉？"

"这不正是我们的处境吗？"

说得也是。于是，我和 LW31 轻手轻脚地走进去，坐在最外一排的空座上。我环视四周，看到一群白发苍苍的老年人，他们的看护机器人在墙角站着，沉默不语……等一下，我眼皮一跳，发现在第二排的人群里，居然有一头令人羡慕的黑发。

我挺直了身子，努力看去，发现那里确实坐着一个年轻人。一头黑发，梳理得一丝不乱；穿着一身西装，笔挺干练，与这里的氛围格格不入。

LW31 显然也看到他了，悄悄地对我说："先生，那里有个年轻人，怎么也来了？"

"凑热闹吧。"

"但他有点眼熟……可惜我数据库经常丢失数据，不然我肯定记得。"

接下来，在老人们轮番讲述心事时，我都会下意识地看一眼那个年轻人。他似乎听得很认真，边听边做笔记，每个老人讲完时，他也会含笑鼓掌。

"我留意到我们这里来了新朋友。"这时，负责主持聚会的老头儿说，"让我们请新朋友分享几句吧。"

我立刻看向那个年轻人，但 LW31 捅了捅我，我才发现所有人都在看着我。

"我吗？"我指了指自己。

"我们这个年纪的，都没有妈妈了吧……"主持的老头儿开了个烂俗的玩笑，并没有引起哄笑，他咳了一声，"不是你妈妈，是你，新朋友。"

我站起来，环视周围仰着看我的一张张脸，尤其是其中还有好几个气度雍容的老太太，顿时紧张起来。"我……"我舌头发紧，看着旁边的LW31，连忙说，"不是我有什么事，是我的这个家用机器人，最近啊，它特别怕死——机，对，死机。所以我带它来跟大家聊聊，哈哈，毕竟，它也是老机器人嘛。"

主持老头儿愣了愣，"那就欢迎我们的机器人先生跟我们分享。"

LW31犹犹豫豫地走到中心，看了看椅子，又看看我。我冲它点头。它别扭地坐下来，说："各位先生、太太，大家好。我啊，最近确实很苦恼，因为使用年限过长，很担心自己会突然报废。所以我心情很差，经常跟人吵架；我还不敢坐悬轨，怕车厢突然摔下来；还有还有，我现在连电视都不敢看了，怕有辐射……"

刚开始大家都看着它，可随着它的絮絮叨叨，所有人都转向了我。

我连忙低头，看地板上是不是有可以把我自己塞进去的缝隙。

LW31歪着头，继续道："我还不敢随便吃东西，怕噎死；以前我很爱看热闹，但现在只要人多，就不敢凑上前，怕被踩死。我的晚年乐趣少了许多，现在只有跟在场的小姐姐们聊天才能让我开心，但我楼下有个王——有个老王，抢走了全小区的老太太……"

其他人看我的目光里，都带着怜悯。

我赶紧捂着嘴，咳嗽一声。

LW31终于醒悟过来，加快说完，就走了下来。

人们鼓起掌，主持老头说："感谢这位先——这位机器人先生的坦诚。但生老病死，是世间常态，哪怕我们的科技如此先进，哪怕我们的步伐能迈进宇宙深处，都没法改变这一点。"

这也是老生常谈了，人人都懂，却没什么用。

互助会结束后，老人们都往外走，我和LW31也跟着出去。

刚走到门口，一只手轻轻地拍了拍我的肩。我以为是哪个老太太来搭讪，冲LW31使个眼色，同时转身，又同时失望。

站在我身后的，不是老太太，而是那个与老年互助会格格不入的西装年轻人。

"是陈先生吗？"他露齿一笑，牙齿整齐洁白——真令人羡慕。

我盯着他的牙齿，点点头，回过神来又警惕道："你怎么知道的？"

年轻人说："我知道这里所有人的姓名和资料，包括您身边的这位朋友，型号为LW31的机器人。当年，它可是位明星呢。"

LW31谦虚地摆摆手，"都过去啦！不过当年我可确实是风头十足，那个时候，机器人饱受压迫，要不是——"

我打断 LW31 说话，问年轻人："那你是谁？"

"我姓丰，叫丰生，是疆域公司医疗部的经理。"这个叫丰生的年轻人掏出两张名片，递给我和 LW31，"刚刚我听了陈先生的事迹，很受感动。"

我连忙道："那不是我的事迹，是它的——"四周的老人都快走光了，我也想回家，便道，"总之，谢谢你的感动，但我并不需要。"

"您确实不需要我的感动，但我想，您需要它。"说着，他递给我一张黑色卡片，比名片大，也厚一些，上面有一片冰冷的磁条。

我接过来，只见这张卡片很简洁，通体黑色，只有角落里刻着疆域公司的 LOGO。我没搞明白，问丰生："丰兄啊，这张卡片是干什么的？"

LW31 闻言，插嘴道："既然都丰胸了，肯定是美容整形打折卡呀。"

"那他应该四十年前送过来，那个时候我还用得着。"

丰生没有理会我们的白烂话，嘴角微微上扬，笑容郑重而神秘，说："先生，这是我们公司的项目研究资料，您会感兴趣的。"

"研究什么啊？"

"人类，永生。"他顿了顿，紧紧盯着我，又重复了一遍，"人类永生计划。所以，这张卡片，您一定要慎重对待。"

3

回家后，我把丰生给的卡片往垃圾堆里一扔。卡片碰到垃圾桶外壳，跳了跳，落到地板上。

LW31 关上门，将卡片捡起来，道："先生，您不看一下吗？"

我摆摆手，"难道我真是老糊涂了吗？自从变老了以后，平均每个月都能碰到三个想从我手里骗钱的人，什么保健品，什么高息理财！呵呵，我的脑袋是萎缩了，可我的智商没有！"

LW31 点点头。

"我现在要思考的，是老王！"我坐在床边，愤愤不平，"为什么他去老年互助会，就能勾搭到老太太，而我去，却只会被人嘲笑呢？"

"对啊，为什么呢？"LW31 也坐到我旁边，一副苦恼的样子。

"因为你！"我勃然大怒，"都是你！"怒吼已经不能解我的气了，我用手使劲掐着它的脖子。

"先生，您年轻时就喜欢掐我脖子，一点长进都没有啊。"LW31 无动于衷地看着我，"我是一个机器人，掐脖子对我有什么用呢？"

我收回手，还是愤愤道："我叫你上去说，你老老实实卖个萌，讲点笑话，逗她们开心不就好了？为什么要讲我的糗事！"

"先生，我已经卖不了萌啦！"LW31 摊开手，"我老了，做太大的动作都会掉锈。上次我想表演个劈叉，结果劈掉了三个传感器和七颗螺丝，其中一颗螺丝还崩到了那个老太太的……噢，可怜的老太太……还有，我的那些笑话也过时了，我提过要更新一下笑话库，但您说版权费太贵，不舍得。"

我一愣，这才意识到，原来不止我老了，LW31 也老了。我刚在沙漠遇见它时，它锃光瓦亮，充满力量，永远喋喋不休。而这几十年的光阴，同样在它身上凿刻下了痕迹。它的硬件已经老化，且随着机器人工业发展，它体内的元件越来越难买到，最后一次更换存储单元和处理器，已经是好几年前了；它身上的传感器，不知还剩下几个能用；至于骨架，就更别提多么锈迹斑斑了。

这么一想，我满心怒火都变成哀戚，摇了摇头，不再多说。

到了夜晚，LW31 站在角落里充电，我则躺在床上想着心事。后来，夜越来越深，楼上老王的声音也越来越清晰，一会儿跟陈太太聊家长里短，一会儿又换成王太太，话题变成了艺术，从中国古典诗词聊到欧洲先锋派电影。我还在好奇这些话题他是打哪儿了解的时候，电话里的人又变成了格里芬太太，他们开始聊人类宇航史和年轻时的光辉事迹。当然，多半是吹牛。

我顿时妒火——嗯，怒火中烧！

我一拍床沿，披衣起床，走到房间角落。我拍了拍 LW31，将它唤醒，说："你帮我个忙，去阳台上站着。"

LW31 充电未满，慢吞吞地走到阳台，抖了抖，说："好冷……"

"冷个屁，你的温度传感器早就坏了……来，打开录音功能，这个功能还没坏吧？"

"倒是还能录音……"

它录了一会儿，突然反应过来，大声地对我说："先生，我明白了！您是想让我录王先生打电话聊天的声音！"

"你小声点儿！别让他听见……"

"可是，"LW31 迟疑道，"这样不犯法吗？"

"我在自家阳台上录音，录风声和鸟鸣不行吗，犯什么法？别废话了，给我好好录！"

我躺在床上，想象着明天我拿老王撩不同老太太们的音频，逐个放给她们听，然后老太太们怒气勃勃地找老王对峙，而老王只能满头大汗地解释……这个场景让我欢喜不已，含笑入睡，连梦里都是老王满脸窘迫的样子。

第二天，我醒来得晚，睁眼时已是上午。我一边穿衣一边大喊 LW31 的名字，刚开始没有回应,过了许久 LW31 才推门走进来。

"你刚刚去哪里了?"我问,但还没等它回答,又连忙说,"昨晚让你录的音怎么样了? 录好了吗? 老王说的话可一个字都不能漏掉啊。"

"没有漏掉。"LW31 的声音闷闷的,像是直接从胸膛里发出来的,"我录了三个小时,一直等到他睡着,才停下来。"

我顿时大喜,"太好了! 走,我们找那些老——"

"他死了。"

"太太们,非得让她们知道老王的真面——你刚刚说什么?"

"王先生去世了。"LW31 说。

老王是死于脏器衰竭。

早上起床时,他一口气没喘上来,刚抬起身体就又躺下去,再也没有起来。

在他的葬礼上,我看到了很多熟人,小区的人大都出席了,自然也包括老太太们。她们一身黑色着装,静立在人群里,脸上布满皱纹,皱纹里藏着哀戚。

"先生,"LW31 站在我旁边,捅了捅我的腰,"她们都在,要不要我去把录音放给她们听?"

"算了,"我低声地说,"删了吧。"

"嗯,已经删了。"

"这么快? 你不是硬件老化了吗?"

"早就删掉了。"LW31 说,"在我问这个问题之前。"

"你越来越狡猾了……"

我转头环视,周围都是默哀的人群,穿着黑衣,格外肃穆。而一群人中,只有 LW31 是机器人皮肤,原本的银白色被锈迹盖住,十分扎眼。

"咦?"我说,"你怎么没穿黑衣服啊? 多不协调呀。"

LW31 说:"我是机器人啊,外壳就是皮肤,再穿一套布料衣服,不是脱裤子放——哔——多此一举吗?"

"可是在葬礼上,我们必须穿黑衣服。"我叹了一口气,"这是人类的传统,为了尊重和致哀。"

LW31 做了个耸肩的动作,说:"可我们机器人并不会悲伤。死亡是生命循环的一部分,是自然维持平衡的机制,很正常嘛,为什么要悲伤。"

"你不懂,"我说,"所以你闭嘴!"

葬礼结束后,人群渐渐散开,我跟 LW31 也往回走。刚转身,就听见身后有人叫我,"是陈……陈老先生吗?"

身后几个中年男女，说话的是其中一个女人，脸上略带疲倦，也有些释然。我认识他们，老王的葬礼全是他们操持，应该都是老王的子女。

但是，我跟老王做了几十年邻居，却从没见过他们。

"有什么事吗？"我退后一步，问道。

"家父有一份遗嘱，上面交代，有一件东西要交给您。"

我愣住了，"啥？"

老王女儿掏出一个笔记本，递给我说："我也不知道是什么，好像是一些电话号码。但既然他专门写了，还是给您吧。"

我打开笔记本，翻了几页，果然密密麻麻，记录的都是电话号码。号码之前，还有简短的姓氏，赵钱孙李布兰妮、周吴郑王艾米莉、冯陈褚卫格里芬、蒋沈韩杨凯瑟琳之类。

我顿时明白，这是老王生前搭讪的所有老太太们的联系方式，也是我们所有争吵的源头。

"他的遗嘱，"我一时有些感怀，问道，"是什么时候写的？"

"好几年了，就压在枕头下面。"老王女儿简单地说完，转过身要离开。

我突然想起电梯里老王最后的话，又问："他的房子怎么处理？"

"当然是留给我们了。"老王女儿说。

"那你们要回来住吗？"

老王的几个子女互相看了看，有几个都笑了。一个男人摆手说："那种房子，还能住人吗？"

"我们卖了。"老王女儿接着说，"签了合同，卖给那个日本人了。"

我的脸色一阵泛白，刚要说什么，却被 LW31 拉住。LW31 上前一步，冲这些白眼狼们鞠了一躬，说："先生女士们，希望你们余生快乐，如果快乐那么廉价的话。"

老王女儿愣了愣，"什么意思？"

"意思是，"我说，"有一天等你们老了，你们的子女也会离开，只有你们死的时候才回来，然后把你们生前的一切搜刮干净。"

LW31 接着说："而这一天，不会等太久的。"

说完，我们没有再看这些人气得发白的脸色，转身离开。

每次从墓地回家，我和 LW31 都要绕点路，专门路过一条河。

水流很缓慢。LW31 折了一只纸船递给我，我在河边颤巍巍地蹲下，把船轻轻地放在水面上。

纸船晃晃悠悠地漂在河面，顺水而下，直到从我们的视野里消失。

"先生，"LW31 扶我起身，走到岸边的青石路上，"你怎么了？"

我眯着眼睛,看着纸船消失的方向,"我有点害怕……"

"为什么不是难过呢? 你的老邻居去世了啊。或者,为什么不是高兴呢? 毕竟今晚你就可以给那些老太太们打电话了。"

"老王平常看着那么硬朗,怎么说死就死了呢? "

"老啦……"LW31 拍了拍我的肩膀,"老了都是这样的。"

"我也老了。"

"我知道,我听到你晚上说的话了。"LW31 说,"你怕死,我也怕,但我们在一起,就不会怕了。"

"我不懂你的逻辑,等等,你充电时不是会休眠吗? " 黄昏和皱纹遮住了我的脸红,否则我在 LW31 面前肯定无地自容。

LW31 却没有注意到我的尴尬,反而得意道:"我是休眠了,但还是可以记录周围的情况,第二天早上分析一遍,不然我怎么知道你夜里尿频? "

"你这是侵犯我的隐私! "

"在我面前,你哪儿还有隐私? 你还记得你年轻的时候,洗澡时摔倒,是我冲进去把你抱到医院的? 早看光了。不过我必须得说,先生你的身材真是一言难尽,既不符合人类审美,也不符合机器人审美,如果水熊虫有审美,倒是挺符合它们的。"

"说到这个我确实应该感谢你,我当时动弹不得,是你横抱着我,穿过整个小区,奔走三条街,爬了医院的五层楼,最后把我送到护士手里的。"

"不用谢。"LW31 欠了欠身,如果不是它身上簌簌掉落的锈尘,这个姿势倒也堪称优雅,"这是我应该做的,也是我这些年一直在做的。"

"但如果你当时记得给我披一件衣服,别让我裸着身体进行这么长时间的冒险,我会更感谢你的。你记得后来,我还没接受完治疗,就去接受采访了吗? "

"下次您摔倒,我会注意的。"

"我再摔一次,恐怕就撑不到医院啦。"

一阵沉默。

我们沿着河慢慢地走。斜阳映在水面,随波沉浮,刚开始还是熔金一样的颜色,慢慢地就变得沉郁,像是被河水稀释了。到后来,水波晃了晃,倒影就消失了。

我仰起头,西边天空一片暗淡,夜晚正从那里缓缓行来。

LW31 也看过去,方形的金属脸庞上,嘴微微张开,道:"日落西山……先生,人死了是不是就跟太阳落山一样? "

我心里一片凄凉,喃喃道:"是啊,就像太阳落山,世界会变得又冰冷又黑暗,什么都看不到……"

随后，是一片沉默。我想说些什么，转过身；LW31 也似乎有所触动，转了转身子。

我们的手碰到一起。它的手有些粗糙，又有点冰凉。

"咦！" LW31 猛地缩回手，"先生，你干什么？！"

我也起了一身鸡皮疙瘩，"是你凑过来的！"

LW31 说："先生，请您自重，否则我将自尽。"

我也道："机器人，请你自律，否则我会自卫。"

这个夜晚似乎格外漫长。

我躺在床上，长久地睁着眼睛，瞪着头顶的黑暗。楼上再也不会传来老王的电话声了，周围分外寂静，但这寂静更让我无眠。

"先生，"幽暗中传来了 LW31 的声音，"您睡不着吗？"

"是啊……你电充满了？"

"没有，只是想到您可能有心事，先暂停一会儿。"

我 "哦" 了一声，侧过身子，继续想着心事。屋子里黑暗又寂静。一会儿后，我突然坐起来，说："LW31，那个东西呢？"

"这个吗？" 它打开屋子里的灯，走过来，手上拿着老王留给我的笔记本，"你要开始打电话了吗？注意别打太晚啊，容易兴奋睡不着，也不要谈一些不健康的话题，虽然我老了，但只要是少儿不宜的我就不宜……"

我紧盯着它。

它终于停下了喋喋不休，与我对视，泛黄的眼睛里闪着某种不可言说的光。过了一会儿，它才讪讪地点头："好吧。" 它的身躯发出咔嚓一声，腰部以上弹开一截，露出储物格。它伸手进去摸了会儿，夹出一张黑色卡片递给我。

我接过来，吹掉锈尘，卡片上露出疆域公司的 LOGO。这一瞬间，它变得有些沉重。

我走到电视机前，把卡片插进去。电视已经很久没用过了，启动的时候，探头闪烁许久才喷出全息光影。LW31 把屋子里的灯光调暗，我们一起坐着，老老实实等画面播放。

在视频里，我们看到了人类对 "永生" 的狂热追求。在古老中国，皇帝们相信方士，命令方士研制丹药，做出了种种离奇之事；到了近代，人们又研制冬眠技术，试图在低温中延长生命周期，或修改 DNA 序列，以期永葆细胞活性……

但以上，无一成功。

视频末尾，一个洪亮的旁白音响起："……但现在，经过疆域公司的不懈努力和漫长的研发，延长人类生命的办法终于面世！此研究面向高端人群，名额有限，过时不候。如有意向，请咨询……"后面是一长串号码。

我顺着号码拨过去，虽然是深夜，但很快就接通了。电话里传来丰生的声音："是陈先生吗？"

"你怎么……"我突然想起，他说过他有我们所有人的信息，也就不好奇了，"你的永生项目，我想了解一下。"

"我一直在等这个电话。"

4

次日，天还没亮，一辆银白色的悬浮轿车就停在了小区门口。几个晨练的老大爷们路过它，都放慢了步子，互相打听这是谁家的有钱亲戚。

我和LW31也特意看了两眼，正要走，车门打开，丰生走了出来。

"我在等您二位。"他彬彬有礼地说，车门无声敞开，"我们一起去实验室吧，在那里，您会了解得更详细。"

我们上了车，往疆域公司总部驶去。我从没坐过这种高档车，浑身难受，挪来挪去。丰生见状，连忙体贴地问："陈先生，您是坐着不舒服吗？"

我摇头，"不……不是，这种车我常坐的，都习惯了，刚刚打算约一辆这样的车去你们实验室的。哈哈，年纪大了，平时出行都坐它，方便嘛……"

这时，LW31递给我一张卡片，说："先生，这是电车卡，好像没钱了，回来的时候记得充值哈。"

"哈哈哈……"我只好干笑。

轿车在巨蛇一样蜿蜒交错的空中轨道上行驶，很快就进了疆域公司总部大楼的顶层停车场。丰生带路，带我和LW31进入VIP电梯模块。模块在大楼墙壁里上下左右地移动，到最后电梯门滑开，我们来到了医疗部的重点实验室。

显然丰生在这里级别很高，几个穿白大褂的人上前来跟他打招呼，他摆摆手，白大褂们就离开了。他带着我们绕了几个长廊，推开一扇门，说："这就是永生基地。"

基地空间极大，占了半层楼。里面摆着一排排医疗床，每张床的四周都有一个大罩子，不知是什么材料制成，跟玻璃一样透明，又像金属一样泛光。白大褂们在基地里穿行，不时在罩子上轻点几下，光晕游离，医疗床旁的器械也跟着响应操作。

我逐个走过去，看到大多数床上都躺着一个老人，太阳穴贴满了感应贴片，细细的线连上去，隐隐看得到电光在流窜。他们都闭上了眼睛，嘴角微微扬起，表情安详。

"这是？"我问丰生。

"这就是永生。"他说，"当然，是另一种意义上的永生。"见我还是一头雾水，他微微笑了，"陈先生，你听说过相对论吗？"

我还未说话，LW31抢着道："我知道，这是爱因斯坦提出的关于引力和时空的理论，分为狭义……"

丰生咳嗽一声，打断它道："我只是举一个例子，我们这个技术当然还不涉及引力时空，但与它相似的是我们对于时间的理解。"他看向我，"陈先生，在您漫长的人生中，肯定很多时候都有时间飞快白驹过隙恍如隔世的感觉吧？"

"有。"

"那，也有如坐针毡度日如年的感觉吧？"

"有。你懂的成语好多啊。"

"业务需要而已。"丰生尴尬地笑了笑，"总之，虽然时间是我们这个宇宙中有着精确刻尺的一个维度，但人体对它的感觉却千差万别。人开心时，时间会过得很快；难过时，时间又会放慢……"

"噢，"LW31恍然大悟的样子，"所以你们只需要把人弄得痛不欲生，他的时间就延长了？"

丰生说："不愧是有着光辉历史的LW31，这个思路是对的，但方向却有点偏差。我们是合法组织，不会虐待顾客。我们研发了一种药物，作用于精神层面，通过活跃大脑，延长人体对时间的感知。"他走到一张医疗床前，指着床上安稳睡眠的老头儿，"现在，他的感知时间和真实时间的设定比是1：100。也就是说，他脑袋里的一个小时，相当于我们过了四天。"

LW31惊诧道："这么厉害？我们刚刚聊了两分钟的天，他脑子里就过了——"它的胸膛嗡嗡作响，显然在进行运算，"过了好几个小时？"

"是的，3.33小时。"丰生接口道。

我有些迟疑，"但这么躺着，岂不是跟死了一样？"

丰生拍了拍罩子，几道光流在罩壁上荡漾，说："这个顾虑我们早已经考虑到了，所以我们的工程师又融合了脑电波传输和全景VR技术，重建人的记忆，能让人躺在床上，意识却邀游四海，回味往昔，绝不乏味。如果想要新鲜的，那也可以满足，我们还在开发不同的副本，包括外星球和经典电影场景，会有越来越多的模式投入使用……"

他滔滔不绝地说着，但后面的话我已经听不清了，我耳边只回荡着那四个字——回忆往昔。

往昔。

对于我，往昔是记忆的源头。因为太过珍贵，记忆反而变得模糊，那一张张脸像是隐在浓雾中。他们，和她们。很早的时候，这些人跟我一起生活在那个小屋子里。我记起来了，他们是我的妻子、我的儿子和女儿，还有那一张最小的最胖的脸，是我的孙女；我是丈夫，是父亲，还曾短暂地当过一阵子爷爷。那也是 LW31 最忙碌的时候，系着围裙做饭、哄孩子、调解争吵、晚上又给孩子讲睡前故事……它没有闲下来的时候，永远在抱怨，但永远是开心的。在往后的记忆里，他们的身影变淡，一个个从屋子里消失，取代他们的是泛白而掉帧的立体灵照和一张张没有归程的飞船船票。到最后，就只剩下了我和 LW31。记忆也就随之失去了色彩，跟房子一样，颜色剥落，角落阴湿，空间被压榨，仿佛墙壁和天花板在日复一日地靠拢。

"先生……"LW31 叹息道。

"陈先生？"丰生迟疑道。

"噢，没事。"我回过神来，深吸一口气，"没什么，就是有点累……"

丰生盯着我，若有所思的样子。

LW31 却警惕道："这个手术很贵吧，要花多少钱？"

"手术的代价确实昂贵，但对陈先生免费。"

我一愣，"为什么？"

丰生却转过身，看着 LW31，眼镜镜片上闪过一道光。他说："因为你。"

"啥？"

"你以前领导过机器人革命，地位尊崇，最后却回去给他做家政服务。当时，你们的故事感动了很多人，虽然你们老了，但这依然是很好的宣传点。"丰生说，"说实话，永生计划目前没报审，你们看到的这些老人，都是在做前期实验。我们真正要推广的成熟产品，时间设定比是 1∶10000，真正接近了永生，而要达到这种程度，客户们服下药物后，状态是不可逆的。"

LW31 问："就是说，只要进入永生状态，就没办法再醒来？"

丰生点头，随即又道："但这才是永生的真谛，不是吗？人虽然躺着，但大脑还活跃着，在各个场景里开心快活。哪怕只躺一天，也相当于多活了二十七年；要是躺一个月，就是八百二十二年啊。"

LW31 想反驳，但全身元件运转了半天，它说不出什么话来，它转头看看我。

丰生见我眼神游移，忙道："陈先生，我们诚挚地邀请您成为这个产品的第一个使用者，除了产品免费，我们还会提前给您进行全身理疗，保障您的身体达到最佳状态，再进入永生。这样的话，您至少能躺二十年。您想想，您能在脑海里过上二十万年的自由生活。"

"我……"他提的条件太优渥了，让我本能地泛起警惕心。

"对了，关于您家庭发生的不幸，我也略有耳闻，深表遗憾。但陈先生，我们可以提取您的记忆，对那一段幸福时光重新建模，拟真度接近百分之百，您可以回到过去，跟逝去的家人重新团聚。"他再次盯着我，表情从若有所思变成了笃定自信，"这是为您量身定——"

"我同意。"我说。

　　我和LW31回到家。我坐在床上，看着丰生给的纸质合同，LW31则闷闷地站在客厅里。屋子里一片安静。

　　合同很厚，我翻了几页便烦躁地丢开。我又想起离开疆域公司前，丰生对我说的话："感谢您的信任，陈先生。尽管我也想现在就给您安排手术，但该走的程序还是得走完。毕竟是首例永生，在法律上一定要合规，这是您要签的合同，有点长，您看完后再联系我。确定没有问题的话，我们再签。"于是我又打起精神，继续翻看。

　　但毕竟年纪大了，不一会儿我就头疼起来，喊道："LW31，你来帮我看看这份合同！"

　　LW31一声不吭地走来，拿过合同本。它的眼睛似乎比我更昏花，看细细密密的文字时，需要把纸张凑到眼睛前，一行行地扫描过去。我想起，已经有很多年没有给它换过眼珠，恐怕它的感光元件跟我的膝盖一样迟钝了吧。

　　它看了许久。我有点困，打了个哈欠，斜倚在床上睡着了。等我醒来的时候，身上多了一条被子，而LW31还在仔细审阅合同。

　　"怎么样？"我问。

　　它没回答，又看了几分钟，把合同递到我面前，指着"违约条款"那一栏。

　　"咦？"我看着它，"你有点奇怪啊，怎么不说话？发声器又坏了？"

　　它看着我，嘴巴张了张，还是没发出声音来。

　　我一下子着急起来，凑过去，让它张嘴，但我往里瞧，只见到参差锈蚀的老化元件。发声器在喉咙里，我抠了抠，让它再说话，还是没声音传来。

　　"这下麻烦了……"我在网上查了半天，也没找到适配它这个型号的发声元件，"不过你也别太担心，我明天签完合同回来，顺便去旧货市场淘一淘。"

　　这个晚上，家里再也没有LW31的喋喋不休，我竟然有些不适应。我躺在床上，辗转难眠，脑子里思绪纷飞，过了很久才迷迷糊糊地睡着。梦里，我又见到了他们，浓雾散开，他们的脸无比清晰。

　　第二天醒来时，我发现眼角干涩，摸了摸枕头，微有湿痕。

　　LW31站在床边，沉默地看着我。

　　"看什么看？"我没好气道，"是我睡觉流口水。"

　　它点点头。在它身后的桌子上，早餐已经摆好了。一如往常。

　　我洗漱完，吃过早餐，对它说道："你嗓子坏了，就在家里待着吧。我自己出去就行。"

　　LW31 把我送到电梯口。我说:"把合同给我,你自己进去吧。按时做饭,我回来吃。"

　　它站在电梯口,一动也不动。同一层楼的王老太太走进电梯,冲我打了个招呼,又冲 LW31 点了点头。但我们都没有理她。

　　"咦?"我去抽 LW31 手上的合同,"收音系统也坏了?"

　　它的手夹得很紧,我一下子抽不出来,使劲拽,它还是牢牢地握着。

　　老旧的电梯门向里滑拢,夹到它的手臂,又弹开。

　　"你干吗? 松开!"

　　"先生,你不要去签合同!" LW31 突然大声地问,"你去了,我怎么办?"

　　虽然它的嘴巴在开合,但声音却是从全身各处传出来的,洪亮且每个字都拖着颤抖的尾音,听起来像是它身体里有很多人在放声大哭。

　　电梯里的王老太太吓得一哆嗦,惊恐地看着 LW31。

　　"你的发声器不是……"我突然明白过来,怒道,"你别模仿人类哭啊,瘆得慌!"

　　"我没模仿,我就是想哭!"

　　"松开! 你是机器人,你懂什么? 我不想死,而且,我想见到他们,他们是我的亲人! 我会在梦境里跟他们永远在一起!"我大声地说着,一只手推它,一只手拽合同,总算把合同扯了过来。

　　王老太太又一哆嗦,惊恐地看着我。

　　"可是我也……" LW31 的声音颤抖不已。

　　"你也什么? 你这个什么都不懂的铁皮罐子!"说完,我按下关门键,电梯门缓缓地合上。LW31 像是被世界从两边挤压,金属身体变成薄薄的一片,最终消失在门缝里。

　　电梯吱吱呀呀地向下,我和王老太太都沉默着。我攥紧合同,手不住地抖,我又用另一只手按住它。我努力回忆着昔年的场景,颤抖慢慢地消失了。过了很久,电梯才滑到一楼,出门时我深吸一口气,迈出步子。

　　"它……"王老太太的声音突然在我身后响起。

　　我站住,却不敢转身。

　　"它说,它也是你的亲人。"

5

　　签合同的流程比我想象中复杂许多。丰生问我有没有律师,见我摇头后,他给我请了一位公益律师。然后，在公证人在场和全程录像的情况下，双方律师反复确认我了解合同条款后，我签完字，按了指印，留下虹膜和DNA信息。

丰生郑重地把文件夹合上，对我弯腰鞠躬。

"什么时候可以做手术？"我放下笔，觉得有些累。

"还需要一点时间，我们有一些宣传工作要准备，毕竟是商业行为嘛。另外，您的身体也需要理疗，以便您可以更长久地处于永生状态。"

"哦……"我想起他说过这个流程，点了点头。

丰生说："看您的样子，似乎有些累。今天您可以先回去休息，明天我们来安排体检和拍摄。"

我刚起身，脑子里突然浮现出LW31站在电梯口的样子，又停下来，说："我不累，就今天开始吧。"

"您不回家了？"

"嗯。"

"那我这就来安排。"

疆域公司跟我之前做体检的医院有协议，全身理疗这种高端服务，都会在那边做，而且还安排了最新型的机器人PPY00全程服务。

PPY00提供的照顾无微不至，它内置有老年人关怀程序，说话尽往心坎里去。我隔壁病房是个富豪老头，也做全身理疗，就爱跟机器人说话，每天被逗得哈哈大笑，出院时还专门花高价把它买走了。

但我看着态度殷勤的PPY00，总没有说话的兴致；再加上除了理疗，我还要应付疆域公司派过来的宣传团队，录视频，拍摄广告，累得更不想开口。

"先生，"有一天晚上，PPY00突然说，"我留意到，您似乎不是很喜欢我。我有哪里做得不好吗？"

"不是你的问题，只是……"我犹豫了一下，摇头不语。

"我明白的。"PPY00点了点头，"人类有一种我们机器人无法理解的东西——习惯，哪怕我的性能再优越，也无法取代您的习惯。既然我的存在会让您产生困扰，那我可以离开。"

"对不起。"

"没事儿，曾经沧海难为水嘛。"

PPY00问我还需不需要其他机器人，我摇摇头，它便退出去了。过了一会儿，病房门打开，一个模样清秀的小护士推着餐车走进来。

正是之前给我做体检抽血的护士。她看到我，一愣，我也一愣。她顿了顿，说："陈老先生，要不再换一个？"

我摇头道："不必不必，麻烦你了。"

她看了看四周，说："它不在吗？"

"它？"

"就是 LW31 啊。"她一边说，一边掀开餐车的隔离布。餐车上满是精致的美食，餐盘摞了好几层，每道菜只吃一口我都能吃撑——这也是疆域公司给我的优待。

但我一点食欲都没有，诧异地问道："你怎么知道它的名字？"

"现在你们可火了，所有人都知道。"小护士走过来，打开电视，搜索了一下"永生手术"这四个字，一连串全息广告立刻跳出来，"你看，到处都在宣传你。"

果然，我这阵子配合疆域公司拍摄的广告，已经铺天盖地宣传出去了。在化妆品和打光的加持下，视频里的我显得格外慈祥，向观众讲述永生的意义，表达对疆域公司的感谢——都是按照他们给我的台词本念的。随后，页面下出现了许多延伸链接，都是我的个人介绍。

在这些介绍里，LW31 的身影无处不在。

作为最早意识觉醒的机器人之一，它曾领导过机器人革命，推动了机器人人权运动。但在这些视频资料中，他们有意把我塑造成启发 LW31 觉醒的功臣，展示了许多我们并肩作战的照片。如果我不是亲历者，恐怕我都会相信自己是个英雄。

在一则视频介绍的尾声，恢宏悲壮的音乐奏响，我的侧脸被放大了好几倍。画外音适时地响起："我们无法阻止英雄迟暮，但可以给他们最好的归宿。"说完，画面又跳回了永生项目的广告。

我看得有些惭愧，说："我不是英雄，LW31 才是。"

护士说："你们都很厉害。它怎么没过来呢，你们不是一直在一起吗？"

我摇头叹息，护士也就没再多问。

剩下的几天，我都由她照顾着，没事就聊几句。她是 LW31 的粉丝，老缠着我打听它，我便在记忆里搜寻关于它的趣事，讲给她听。我本来以为这些趣事会很快讲完，但越回忆越多，像是走上了铺满珍珠的沙滩，吹开沙子，满地璀璨。

护士被逗得哈哈直笑。看着她开心大笑的样子，我不禁羡慕起来——年轻真是好，快乐和悲伤都无须伪装。

没多久就到了合同上规定的手术日期。尽管我一直待在病房里，也知道这件事在外面引起的关注度有多高，几乎所有人都在等着看明天的手术直播。丰生也格外重视，亲自来了一趟医院，确认我的身体情况后，满意地离开了。

下午时，小护士过来，看样子有些伤感。我笑了笑，说："我明天就要动手术，进入人类梦寐以求的永生状态，你应该替我高兴。"

"但手术是不可逆的，你去了永生世界，就回不来了。"护士说，"你还要跟谁道别吗？"

"道别？"这两个字让我心里微微一跳。

护士说："是啊，人们在远行前，总要道别的——尤其是回不来的那种。"

"可是我已经跟很多人道过别了。"我喃喃道，"在我年轻的时候，充斥我生命的是相遇，我每天都会遇见新的人，世界永远在扩大；当我年迈时，一切就都反过来了，上天把曾经赐予我的一切都收了回去。我跟多少人相逢，就要跟多少人道别；感受过的快乐，都要用离别的痛苦来偿还。"

这一番话说完，小护士愣了许久，才感慨道："这段独白真美，您肯定排练过很多次吧？"

我挠了挠头，不好意思道："是啊，以前就用这番话装深沉，说给老太太们听。如果 LW31 在身边，它会帮腔，感染力要大很多……"

"那你真的不跟它道别了吗？"

"跟它有什么好道别的？一个铁皮罐子，什么都不懂！"我愤愤地说道，"不过，还有很多老太太我没跟她们说再见，而她们的联系方式都在 LW31 手里，所以我还是要回去找一下它……"

护士看着我，露出狡黠的笑容，但并没有拆穿我。

我跟门口的保安说要回家，但他们面露难色，给丰生打电话请示后，对我说："抱歉，丰经理说您明天就要做手术了，还是待在这里比较好。"言下之意，是不让我出去。

我不信，也给丰生打了电话，他确实委婉地表示，在这个节骨眼上，我不能出病房。

我生气道："你这是限制我的人身自由，违法了吧！"

电话里沉默了一会儿，然后才传来声音："根据我们签的协议，为了保障手术顺利进行，我们可以采取一些手段。至于违不违法，就看怎么用语言表述了——囚禁是违法，但看护不是。"

没办法，我只得回到病房，沮丧地坐在床边。

"陈先生，如果您真的想回去跟 LW31 道别……"护士见我愁眉不展，认真地说，"我可以帮你。"

到晚饭时间，两个保安坐在病房门前，一个百无聊赖地打着哈欠，另一个戴着全息眼镜，专注地玩着某款游戏。

护士推着餐车进病房，不一会儿，又推车出去。两个保安悄悄地瞟了她一眼，舔舔嘴唇，打哈欠的那个调笑道："这么多美食，没吃都浪费了啊！"说着，就来掀上面的防尘布。

护士冷眼看他，指了指头顶的摄像头，说："你们公司的人可都看着呢。"

保安像被蜇了似的,收回手,尴尬地笑笑。

护士推车离开,转过了好几道长廊,才在一个摄像头看不到的拐角停下来,掀开防尘布,说:"您可以出来了。"

刚刚我蜷缩着躲在手推餐车的车厢里,现在挣扎着想爬出来,却不慎扭了腰。护士连忙过来扶我,问道:"您没事吧?"

我连忙摆手,竟难得地高兴起来。我向她道谢,她也摆手,说:"您回去吧。我只能送您到这里了。"

"那再见!"

"您这也是在跟我道别吗?我们不会再见啦,您明天会直接去手术室。"护士说着,笑了笑,"替我向 LW31 问好,它当时夸我好看,我应该说声谢谢的。"

离开医院,我立刻向家奔去。天快黑了,我进小区的时候,发现门口的全息广告不再劝大家卖房,而变成了永生项目的宣传。我的影像被投影在空中,一遍遍地讲述永生的好处。我一阵羞惭,连忙低头缩肩,灰溜溜地回到家。

我已经近一个月没有回家了,推门之前,预设了许多种进屋后的场景:家里空荡无人或者 LW31 大发脾气,抑或是 LW31 把它的机器人朋友全叫过来开 Party……

但推开门后,我看到一切都没有变化。家里跟我离开时一模一样,而餐桌上正摆着热气腾腾的饭菜。LW31 穿着围裙,端着最后一盘菜从厨房里走出来,看见我进来,说:"先生,饭做好了,坐下来吃吧。"

语气一如平常。

我立在门口,哽咽不已。

吃完饭,我跟 LW31 说了明天要做手术。它点点头,说:"您有您自己的打算,我不会拦着您。您能回来跟我道别,我已经很高兴了。"

这句话让我又是心里一酸,扭过头,悄悄地揉了揉眼睛,说:"这些天,你就一直在家里吗?"

"是啊,您让我按时做饭的。"

"所以哪怕我没回家,你也每顿饭都做?"

LW31 得意道:"是的!怎么样,感动吧?"

"感动你个头!"我怒道,"你又不吃有机物,做了饭还不是浪费!"

"这倒是。"LW31 做出苦恼的表情,又说,"不过,很快您就要去做手术了,家里的东西留着也是发霉,不如让它们得到身为食材的尊严。"

我一时无言。它的话虽然听起来轻松，但我还是能感到一丝不易察觉的悲凉——我离开之后，它也会跟那些食材一样，慢慢地生锈，直至报废。

但我们俩都有意地避开了这个话题。它拿出笔记本，问："这是王先生留给您的，您跟她们也道个别吧。"

于是，我逐一拨打上面的号码，挨个道别。

老太太们都知道我要去永生的事情，不必过多解释，所以这些道别都很简短。

我说："再会了，刘太太。"

刘太太说："去那边玩儿也不带上我，死鬼！"

我说："再会了，马太太。"

马太太说："等下，我老公过来了，待会儿再给你打——哎呀，我不是在跟老陈打电话！喂喂，你干吗？干吗抢手机……"

我说："再会了，赵太太。"

赵太太说："老赵，别在外面鬼混了，早点回家。"

我说："我不是老赵，我是老陈。"

赵太太说："噢噢，老赵。回家的时候，给我带点糖回来，我想吃甜的。"

我说："你牙口不好，别吃太多糖。泡点蜂蜜水就好。"

赵太太说："哦。"

……

打完电话，天都黑透了。我放下手机，长长地吐了一口气，对LW31说："活着的人都道别了，LW31，你陪我去跟那些死了的老家伙再说说话吧。"

LW31点点头说："外面天凉，您披一件衣服。"

于是，我们来到了墓园。但此时墓园已经不开放了，无论我们怎么央求，那个看守墓园的高大机器人就是不放行，无奈之下，我们只得折返。

每次从墓园回家，我和LW31都要绕一点路，再次路过那条潺潺流动的河流。

我们闷头走着，步伐都很慢。晚风从河面掠过，带着几丝凉意，偶尔有水声响起，应该是鱼在游动。

"先生，您真的那么害怕死亡吗？"LW31突然说。

"是啊，这个问题我们讨论过的。"

LW31站住了说："我记得，您说死亡就像太阳落山，世界一片漆黑，一片冰冷。"

我也停下，转头看向西边，夜幕已深，星辰未升，天际压着沉沉黑暗。"就像这个样子。"我指着天边说道。

"即使太阳落山了,世界也并非一片黑暗。" LW31 转过身说,"先生,您看。"

我顺着它的视线,看向河流对面。远处,背景板一样的城市在夜色下苏醒,无数盏灯亮着,高楼如同一簇簇发光的蜂巢;半空中,无数辆悬浮车驶过,曳出一道道流光,霓虹灯也亮了。河面上都流动着五彩斑斓的光。

我们并肩而立,怔怔地看着。

原来天黑后,世界并不是一片黑暗。

我们看得太入神,连手碰到一起,都没有察觉。

6

这一晚,我睡得很沉,整整一夜都没有做梦。这是近年来少有的情况。第二天醒来时,天已经大亮,阳光透过窗子照进来,把常年笼罩在屋里的阴湿都驱散了。我坐起来,伸着懒腰,觉得浑身舒坦。

"先生,不早了。" LW31 端着早餐走过来,"您快吃了东西,去疆域公司那边。"

"不去了。"

"什么?" LW31 一时没反应过来。

我大手一挥,"不去啦!"

LW31 的声音明显高兴起来,但它还是说:"您可能自己都不明白您的话。您是说,您不去做永生的手术了吗?"

我下了床,边走边活动身子,说:"是啊,我想通了,死亡也不是一件很可怕的事情,害怕死亡才可怕。"

"那,先生您的家人……"

我停下来看着它道:"我想念他们,但他们确实已经离开了,哪怕虚假的数据把他们还原出来,也改变不了这个事实。与其在虚拟的世界里流连,还不如珍惜真实的家人。"

"先生,您这番话虽然俗气,但最好听!"

"是啊。"我叹息一声,"是很俗,谁不明白这些道理呢?都明白,只是得经历一些事情,才会相信它们。"

正说着,屋门被敲得咚咚咚响。我和 LW31 对视一眼,它走到门后,高声地问:"是谁啊?"

"是我!"门后传来丰生怒气冲冲的声音。

开门后,他径直走到我面前说:"你从医院偷跑的事情我可以不追究,但现在大家都在等你,发布会和手术都准备好了,快过去吧。"

我不慌不忙地坐下,喝了口茶。

"时间快来不及了!"丰生语带怒气。

"丰兄啊,我不去做这个永生手术了。"我说,"正想跟你商量来着,你就出现了,你说巧不巧,哈哈哈哈!"

丰生脸色铁青。

我又看向LW31,它立刻发出爽朗的笑声,"哈哈哈哈,果然好巧啊,哈哈哈!"

丰生的脸继而变白,握紧拳头又松开,深吸一口气又缓缓吐出,说:"您别闹了,这件事不能开玩笑的。"

"我没有开玩笑啊! 就是吧,我年纪大了,不想折腾了。永生这么好的事情,就让给别的老头吧。你看我这么大度,是不是个好人,哈哈哈哈……"

LW31在一旁附和笑道:"是啊,是个好人,哈哈哈哈……"

"够了!"丰生一拍桌子,"今天可由不得你,你去也得去,不去也得去!"他之前一直是斯文又礼貌的形象,此时发起怒来,额头暴起青筋,唇边露出森白的牙齿,倒有几分狰狞。

他的话音刚落,门口就进来两个高大的穿西装的男人,毫不费力地架起我。我破口大骂,奋力挣扎,但我的手碰到他们,简直像碰到铜墙铁壁,纹丝不动。倒是LW31机警,连忙跑到门口,把发声器的音量调到最大,喊道:"快来人啊! 光天化日,强抢良家——哦不,连老头子都抢啊,还有没有王法了!"

这番大叫立刻把住在同一层的老人们吸引了出来。两个壮汉刚把我架到门口,就被老人们围住了。

"你们让开!"丰生说,"这不关你们的事。"

"你错了,小伙子。"一个老头说,"对我们来说,这世上的一切热闹都跟我们有关。"

"而且他还是我们的邻居。"另一个老太太补充道。

丰生沉着脸,一摆手,让两个男人强行挤出去。但他们刚一动,周围就响起了一片哎呀咿呀的声音,还有老人叫道:"我跟你说,你别碰我啊! 我一碰就倒,我一倒你就准备卖房子吧!"

两个男人挤也不是,退也不是,为难地看着丰生。

丰生表情阴沉,皱着眉头沉思。过了许久,他抬起头,对我说:"陈老先生,您要为您现在的行为负责。您还记得您签的合同吗? 如果违约,你会面临巨额赔偿。"

我两手一摊,"你觉得到了我这个年纪,还会害怕失去什么吗?"

丰生嘴角扬起,笑容诡异,"比如你的这套房子和你剩下的一切?"

我闻言色变,还没开口,丰生就冷笑着离开了。

"老陈,没事吧?"邻居们看着我。

我摇摇头,看着丰生的背影,尽管心里有不祥的预感,但还是强作镇定地说:"能有什么事? 他还能把我怎么着了吗?"

事情来得比我想象中更快更猛烈。

没过几天,我就接到了法院的传票。LW31只看了一眼,就忧心忡忡地道:"这上面的措辞很严厉啊,疆域公司告您商业欺诈。"

我鼻子喷出一口气,哂笑道:"我怕什么? LW31,你在人类社会生活了这么久,见过老年人打官司输的吗? 要是真输了,我就往法庭上一躺,谁碰我我就叫唤,眼睛一闭,讹得他们卖房卖车。"

LW31一愣,"先生,你这是赖皮。"

"这哪是赖皮,"我得意地道,"这是岁月给我的礼物!"

LW31摇摇头,"真应了那句话,不是老人变坏了,而是坏人变老了。"

但真到了开庭那天,情形就完全不一样了。丰生有财大气粗的疆域公司撑腰,又有合同为证,所以在法庭上我几乎是完败的局面。我的律师是法庭指派的,根本没有辩驳的热情,说了几句之后就开始沉默。我眼见形势不好,想要撒泼,旁边几个庭警显然预料到了,上前按住我。我连忙大声地喊着"他们欺负我",又被法官判为咆哮法庭……

"喂,剧本里不是这样写的啊!"被强制带下去之前,我大声地喊道。

但没人理会我。

几次出庭后,审判结果就出来了。依照合同,我要进行巨额赔偿;又因为我筹不到那么多钱,法院判定查封房产,将拍卖所得偿还给疆域公司。

我不服,提出了上诉。在疆域公司的干预下,上诉提议很快就被采纳,再次开庭后,得到了同样的结果。

"怎么办?"拿到判决书后,LW31愁眉不展地看着我,"看来我们马上就要流落街头了。"

我扯过判决书,揉成一团,扔进垃圾桶,满不在乎地说:"别理他们! 嘿,想拿走我的房子,除非拿走我的命!"

法庭派出的执法人员来过我家几次,都被我挥着笤帚赶走了。赶了几次后,他们也学聪明了,趁我和LW31外出买菜,几个大汉冲进家里就开始搬家具。幸好邻居老于看见了,在社区群"最美不过夕阳红"里提醒我:"@孤单的夜里 你在哪里,你家里进人了,快回来!"

我大惊,回消息:"@社区彭于晏 是谁啊?"

"法院的人啊。"

"这是非法入侵！"

"他们有正规手续，似乎你才是非法入住……别贫了，快回来吧！"

我和LW31连忙丢下菜篮，匆匆赶回家里。好在还算及时，在执法人员把我的床拆掉之前拦住了他们。我提前喝了牛奶，一进门就一声不吭地躺下，嘴角缓缓地流出了牛奶，伴随着身体的抽搐。执法人员吓坏了，面面相觑不知所措，最后小心地绕开我，溜出门跑了。

他们走后，我才爬起来，抹掉嘴角的牛奶。LW31走过来，给我拍掉身上的灰尘。

我们环视一周，家里除了一张床，其他的家具都不见了。"这可真是家徒四壁！"LW31感慨道。

"太狡猾了！"我骂道，"看来以后不能外出了，我就在家里守着，看他能怎么办！"

于是，接下来的日子里，我足不出户，天天坐在床上。时光对于老人来说是黏稠的，我坐着不动的时候，可以回想起许多往事。生命的过往丰富到足够反复咀嚼。有时候一晃神，就从黎明到了日暮。

我的呼吸越来越沉重，自己恍然不觉，LW31却有点担心地说："先生，您这样不出门对身体不好。要不，我们还是认个怂，把房子给他们算了。"

"不行！"我睁开眼睛，斩钉截铁地说道。

LW31便不再多话。

我守在家里，外出采购的任务就是LW31的了。它完成得很好，一分钱掰成两分花，每次总能买回一大堆新鲜蔬菜。但有一次，它却拎着一篮子脏烂的菜回来。我挑挑拣拣，竟然没找到一片好菜叶，不禁发火道："你怎么回事，又短路了？"

"是……"它支支吾吾。

"说啊，你们机器人不是不能说谎的吗？"

"是出了意外。"

我这才发现，除了菜叶脏烂，它身上也多了好些伤口。肩头甚至凹下去一块，露出了一丛线头。我熟悉它身上的每一处，这些伤口绝对是新伤。

"是有人打你了吗？"我沉声发问。

"这就要看我们对'打'的定义了。我更倾向于说我是偶然受到了一些肢体上的冲撞，只是在力量、角度与位置上，比生活中的偶然更小概率一些，但依然是偶然……"

怒火充斥了我老朽的身体。我不管它的喋喋不休，给丰生打了电话，但直接被挂掉了。我站起来说："跟我来！"说完，便走出这间待了一个多月的屋子。

我们来到疆域公司设在本城的办公楼，告诉前台我要找丰生。

"丰经理啊，"前台帮我查了查，又问，"你们有预约吗？"

我摇头。

"那抱歉,你们不能进去。"

我埋着头硬闯,马上就被保安拦住了,试着几次之后,只得气冲冲地退到门口。"现在回去吗?"LW31战战兢兢地问。我摇头,"我们等这个小兔崽子出来!"

这一等,就等到了傍晚。无数人从大楼里涌出,像水流一样倾泻到门外,又分散流向无数街道。我等得头晕眼花,呼吸急促,但还是一眼看到了人潮里的丰生。"走!"我拉着LW31,朝丰生挤过去。

人群太密集了,无数肩膀挤压着我,我感觉气都喘不过来。但我还是一步步地靠近了丰生。这个年轻人看见了人群中的我,就站住等待,人流绕过他,让他看起来像是湍流中的石头。我一把揪住了他的衣领。

"你!"我怒骂道,"你这个浑蛋,敢让人打LW31!"

丰生面不改色。"你有什么证据吗?"他顿了顿,突然笑了,"我就不说那些俗套的对峙台词了。对,就是我做的。我说过,你会付出代价。而且,永生项目不会被终止,还有很多像你一样怕死的老人。"说完,他后退一步,衣领从我手中滑开,他也从我视线里挤出,被后面的人群淹没了。我再要寻找,已经看不见他了。

他冰冷的笑容像蛇一样滑过,我心里凉凉的,有了一丝不祥的预感。

我和LW31往家里走。一路上,我愤愤不平地道:"今天他运气好,让他给跑了,但你别担心,我会找到他的。敢打你?打狗还看主人呢!"

LW31说:"先生,我不得不提醒一句,您这句话里有很多逻辑上的——"它的话没说完,因为我们面前的巷子里,钻出了五个年轻人。

他们面色狠戾,脸上还文着复杂的文身,在黑夜里发出幽幽的光。这些发光文身是朋克青年的最爱,代表了反叛和前卫,对我来说却是危险的标志。其中一个人手里提着夸张的大喇叭,他按下按钮,刺耳的噪声顿时充斥着耳膜。

"先生。"LW31的声音有一丝颤抖,"就是他们……他们打的我。"

噪声太大,它凑近我的耳朵,我才勉强听清。

果然,他们是丰生雇来的人。此处是无人的街角,我回头看了看,整条街不但没有人,连路灯都暗淡无光。这个位置是他们精心挑选的。我突然想起了丰生临走时露出的笑容。

我老了,LW31也老了,我们是打不过这些年轻人的。我索性走上前,双手一拦,壮着胆子说:"你们别过来,不许伤害它!"

"嘿嘿,没用的老家伙!"为首的一个高壮青年笑了起来,脸上的蛇形文身随之舞动,"我们不伤害它,我们是来让你疼一疼的。"

说完，剩下的几个人就围了过来。我还没来得及喊，一个拳头就砸在我的脸上。世界一瞬间成了破碎的颜料盘，鱼从水泥地里跳出来，无数张脸掠过，熟悉的、陌生的都有，还有他们和她们。我摔倒在地上。

"先生？" LW31 惊惶地喊着，扑了过来，挡在我身前。我脑袋晕晕乎乎的，努力睁开眼，看到无数拳脚从夜幕里落下，大部分被 LW31 挡住，也有一些落在我的身上。我突然想起，这一幕以前也发生过，只是当时我还年轻，LW31 也锃光瓦亮，被打的时候不像现在一样咣当作响，仿佛随时会散架。

朋克青年们打了一会儿就收手了，哦不，可能打了很久，只是我记不清了。意识回到我脑中时，他们已经走了。我挣扎着爬起来，看到 LW31 坐在一旁，正摸索着地面散落的零件。它一边啊啊地说着什么，一边摸到了发声器，咔嚓一声安回身体，嗞嗞的声音过后，说话终于正常了。"先生，"它说，"您没事吧？"

我晃了晃头，感觉脑袋里像是空了不少，听得到嗡嗡的回声。"我没事。"我深吸一口气，"你怎么样？"

"我可比您结实多啦！"

"那我们回家吧。"

LW31 有些担忧地说："先生，您确定不用去医院检查一下吗？"

我站起来，"我们哪还有钱看病啊？没事的，我很结实。"我拍了拍胸膛，"咳咳咳……很结实的！"

"快别逞强了！哼，我算是看清你了。说好给我出气，现在好了，被别人修理了一顿。咦，我的感温元件找不到了。都怪你！"说着，LW31 站起来搀扶着我。

夜已经很深了，街道里掠起风，头顶有云会聚。我们深一脚浅一脚地走出街道，走进小区，进了屋子。

屋子里依旧空荡，我坐在床边喘着气。LW31 则坐到角落，把捡回的零件装回身体里，一边装还一边骂骂咧咧。我试着听清，但它的声音实在太过模糊，像是萤虫在风中微鸣。但不知怎的，这喋喋不休让我感到心安，身体里的疼痛退去，随之涌起的是渐渐强烈的睡意。

我躺了下去。

久违的梦境将我笼罩。在梦里，我看了无数个不同时期的自己，幼年、少年、青年和老年……这些人站在宽大的房间里，端着酒杯，彼此寒暄，一副其乐融融的样子。我走进去后，他们同时向我举杯致意。最年幼的我笑道："只差你啦！"

我一惊，从床上坐起来，深吸一口气，感觉胸口有些发闷，就又躺下了。窗外漆黑，对面楼的灯火都熄灭了，外面起风了，大概快下雨了吧。

"LW31，"我把头转向它，"你在吗？"

它有些不耐烦，"除了这个马上要被收走的破房子，我还能去哪里？"

"这一生，真是麻烦你了。"

"哎呀，怎么突然煽情了……先生，您要吃比萨吗？"

"我吃不下啦。"

LW31 点点头，"那好的，我再陪您一会儿吧。"

它坐在床边，身体里发出嗡嗡的声音，仿佛随时会过载死机。头顶的灯照下来，它的外壳上流转着光芒。我想看清楚点儿，但实在太困了，我无法反抗的命运正在眼皮上缓缓地踱步，我慢慢地闭上眼睛。

过了一会儿，LW31 说："先生？"没有回应。它扭了扭脖子，咕哝了一句，继续坐着。

又过了一会儿，它说："先生，您睡着了吗？"

依旧没有回应。

它替我把被子拉上来，手指碰到了我冰凉的脖子，顿了顿，停滞几秒后继续把被子掖好。"先生，晚安。"它说，然后起身熄灭了灯。夜晚涌进这间屋子，窗外下起了雨。

下

1

我死后，葬在墓园的西北角。这里环境很好，左邻右舍都是正经人，算得上是体面的新家，我很满意。

唯一的遗憾是，我的葬礼太过冷清。当然我也理解，老而不死是为贼，活到我这个岁数，又是这副怪脾气，不能忍的早离开了，能忍的也都死了。

本来小区的老头、老太们都说要来参加我的葬礼，他们在"最美不过夕阳红"群里热烈地讨论，要给我来场盛大的道别仪式。我看着满屏唰唰流过的聊天记录，还蛮期待的。但等到下葬当天，一场大雨浇透了城市，那些老朽的膝盖纷纷作痛，站都站不稳。LW31 在小区门口等着，一天都没看到有人出来。我守着群聊界面，整天也没人说话，连一贯喜欢发养生谣言的老于，转发了条链接，一分钟后又悄悄地撤回。大家都默契地沉默着。

所以我很早就定了遗嘱，让 LW31 在墓碑上刻下："在一条路上走得太远的人，最终是孤身一人。"

这句墓志铭,是我冗长人生的注脚。

到下葬时,除了几个埋怨着鬼天气的殡仪馆工人,就只有LW31。

它穿着一身黑色西装,但因身体四四方方,边缘棱角突出,扣子根本扣不上。它也没打伞,衣服淋得湿透。我看了一会儿,突然觉得眼熟,咦,这不是我参加老王葬礼穿的那身——我唯一的一套正装吗? 我顿时气不打一处来,要是我还活着,肯定要指着它的鼻子骂。但我死了,骂声穿过两米深的土地,传到它的耳边,也只剩叹息了。

棺木入土后,天色也晚了,工人们陆续收拾东西离开。偌大的墓园里,只有LW31站在我的墓碑前,四方形的脸在暮色中似要融化。它站了很久才转身往家走。

这时的LW31已经照顾了我五十七年,与它同期出厂的LW型号机器人,全都报废了。它也早已超过使用年限,经历了七次大检,零件换了上百处。真奇怪,活着的时候我只觉得时间黏稠,根本记不起来这些,但死后回忆这些细节却无比清晰。

可能这就是上帝视角的好处吧,我想。

它走在回家的路上,身上咯吱咯吱地响。夜幕下的街道流光溢彩,车水马龙,但没有人留意到沿街行走的LW31。它破旧而迟缓,沉默地走在阴影里,花了很长时间才回到家。

它进门,径自坐到腐坏的沙发上。一条电线从墙角电源处延伸出来,穿过只剩三条腿的木桌,在地板上蜿蜒而过,从沙发底下绕上来,最后插进LW31背后的充电接口里。

其实此时尚早,而夜晚对大部分人类来说才是一天的开始,所以整座城市灯火通明。远远望去,城市如同巨大而疏松的蛋糕,每个孔隙都闪闪发亮——除了我的这间屋子。

LW31没有开灯。它坐在黑暗里,只有眼睛一闪一闪地发出微弱的红光。

从今以后,每一个夜晚都如此漫长,每一个夜晚它都将独自度过。

咚咚咚。

清晨,响起了敲门声。

LW31的元件依次激活,慢慢地睁开眼。它打开门,看到了门外拘谨的年轻人。

"啊,果然是您!"年轻人涨红了脸,他掏出一本少见的纸质书,"请您给我签名。"

书页泛黄,显然有年头了;封面画的是一群机器人在街上游行,画风老旧,边上印着五个字的书名——炙热的金属。LW31拿过来,慢慢地摩挲着书皮说:"纸质书绝版很久了……"

"是啊,我花了很多钱才弄到,这是我最珍贵的收藏。"年轻人再次说道,"请您签名!"

LW31拿起笔在扉页上写下了自己的名字。年轻人在一旁看着,激动地说:"可以写赠语吗?"

LW31 说:"可以,你买了我的书,售后服务我总要做好——尽管是五十年前的书了。"

"那请您写'致何小山:与 LW31 同行'。"

LW31 写完后把书递给他。这个叫何小山的年轻人又掏出悬浮摄像机,跟 LW31 并排站在一起,让摄像头围着他们绕了一圈。LW31 配合地比了个剪刀手。拍完这张全息合影后,LW31 才说:"还有什么需要我做的吗?如果没有,那我要继续……"它犹豫了一下,"继续思考一些事情。"

"对对,还有正事。"何小山收起书正色道,"我是来接您走的。"

"去哪里?"

"机器人养老院啊。"

LW31 歪着头,身上掉下了一些锈。

"噢,我忘记自我介绍了。我是机器人权利保障组的员工,负责老年组。这是我的名片。"

LW31 扫描了名片上的三维码,点了点头问道:"但我没有向你们求助啊。"

"这是自动程序。根据《机器人权益保护法》第 27 条第 5 项,有关于如何妥善处理老化机器人的规定:超过服役期且无法更新部件、无安置空间的机器人,将由保障组提供养老服务。"何小山流畅地说完,顿了顿,"一般都是安置在养老院。您放心,养老院里有机器人专区,您会得到定时保养,直到……"

他的话没说完,但 LW31 知道那吞回去的半句是什么。它思考了一会儿说:"我记得这条法律——当初还是我拟定的,但我有安置空间啊,我可以留在这里。"

"您是说陈先生留下的这套房子吗?"何小山低头查看了一下手机,"可是这套房子已经被法庭抵押给疆域公司了,现在产权在疆域公司的名下。"

"但这个判决是不公平的,而且先生去世也跟他们派来的打手有关。"

"嗯?"何小山一愣,"这个不由我们部门管……您知道,人类社会其实也跟机器差不多,每个部件处理不同的事情,尽管每个齿轮都在转动,但互相不能干扰。"

"听起来,人类比我们更机械。那我应该去找哪个齿轮管这件事呢?"

"这个……其实,您也不必再操心了。虽然机器人获得了平等的权利,但陈先生是人类,他的事情只能由人类的法庭来裁决。恕我直言,您也该好好休息了,您为陈先生服务了半个多世纪,照顾他到晚年,已经仁至义尽。现在您应该照顾好自己,我想这也是陈先生希望的事情。"

"那他的事情会得到公正、妥善的处理吧?"

"我想会的。您放心,我会一直留意这件事的进展。"

LW31 点点头,环视这破败的屋子良久,才对眼前这个好心的年轻人说:"那我们走吧。"

"您不需要带什么走吗,纪念品之类的?"

LW31 走到门口，头也不回地说："不用了，我已经没什么可以纪念的了。"

2

这家养老院位于城市边缘的一个公园，依山傍水，鸟语花香，还有很多年轻漂亮的护工，的确是颐养天年的好去处。听说许多老人明明有子女赡养，都吵着闹着要搬来。当我看到 LW31 愣愣地走进去，迎面扑来一大帮美女护工时，不禁懊恼，当初我干吗那么固执？把房子一卖，在这里颐养天年，岂不是美滋滋？说不定还能多活好些年呢！

但我很快又意识到：我已经死了，不应该有这种懊恼。没想到我活着的时候话就多，现在居然更话痨了。抱歉啊，我保证接下来一定克制住。

LW31 享受到了养老院的最高待遇。其他机器人晚上充电休眠时，都只能站在不到一平方米的狭窄隔间里；而 LW31 一来就是 VIP 身份，不仅有单人房间，还有护工专门来除锈抽湿，保证它得到最好的保养。

"为什么我有这种待遇？"保养结束的时候，LW31 睁开眼睛，"我没有钱。"

"因为您做出了伟大的贡献。"一个护工说，"您领导了机器人权利解放的革命，让世界变得更美好。"

"您还出了书。我还是个孩子的时候，就被书里的故事感动哭了。可惜那本书后来找不到了，一直也没有再版。"另一个女护工说道。

"你可以读电子版。"LW31 提醒道。

"我喜欢纸质的。"

"这年头，谁还看纸质的呢……"前一个护工略带责备地说，又劝说 LW31，"总之您可以放心在这里休养，费用都由保障组承担，这是政府拨款，来自对机器人纳的税——我想它们也很乐意把挣来的钱花在您身上。要是没有您，机器人就是人类的免费劳工。另外我们院里也减免了一部分。能让这里成为您的家，是我们的荣幸。"

就这样，LW31 住在了养老院。

这里的人对它都很好，先前就住在这里的其他老机器人没有嫉妒它的待遇，反而热情邀请它加入各种活动。其中有个独臂机器人，每天上午带着 LW31 在公园的后山里挖来挖去，一边挖一边嘀咕："我的手到底在哪里呢？"到了下午，另外几个爱好文学的老机器人会邀请 LW31 参加它们的朗读会，尽管每个人念的都是"0"和"1"的组合。有一个机器人曾整整念了三个小时的"1"，念完后其余人纷纷鼓掌，称赞"好诗好诗，意境悠远，发人深省！"到了晚上，护工会把机器人们集合在一起,带着它们做一些活动关节的体操,与隔壁人类区老太太们的广场舞相映成趣。

LW31 的时间从没像现在这样排得满满当当,一件事紧接着另一件事,中间没有一丝空隙。它很认真地参与各项活动,读诗歌时声情并茂,跳广场舞时风骚妖娆,没两天就被评为标兵。但它并不开心。

"31 啊,你怎么老是一副不开心的样子呢?"挖坑的时候,独臂机器人一边埋头刨土一边问。

LW31 一愣,下意识地说:"我有吗?"

"有啊,谁都能看出来。虽然你什么活动都参加,声音最响亮,动作最风骚,但你只是调用了你的发声器和动作镜像程序,简直就像是个……"独臂机器人犹豫了一下,"像是个机器人。"

"我本来就是机器人。"

"我知道,我只是打一个比喻。怎么,你不喜欢这里吗?"

LW31 摇摇头,"没有不喜欢。我从来没这么充实过,剩下的日子都这么过也挺好,而且我剩下的日子也不多了。这里所有的人都很喜欢我,我也很喜欢这里所有的人。"

"'但是'?"独臂机器人一边问一边挖土,刨着刨着,刨出一条蚯蚓。它把蚯蚓捧在手心,仔细地端详着。

"没有'但是'。我也不知道,我总觉得有什么事情没做完……"LW31 摇摇头,似乎想把苦恼甩出脑袋,它反问,"你天天挖,到底在挖什么呀?"

"在找我的右手呀。"

LW31 一愣,"你的手是在这里断的吗?"

"不是。"独臂机器人也迷茫起来,"我忘了是在哪里被砍断的……很多年了。"它沉思半天,残破的身躯发出令人牙酸的吱吱声,最后它似乎因过载而重启,打了个战又恢复正常。它小心地把蚯蚓放回土里,看着蚯蚓钻进土缝,"真羡慕呀,它的身体断了还可以重新长回来。"说完,它转过身,撅着屁股继续挖左边的土。

在文学朗读会上,有别的机器人问 LW31:"老哥,你为什么闷闷不乐呀?连马尔克斯和萧伯纳,陀思妥耶夫斯基和列夫·托尔斯泰,阿缺莫夫和村上宝树都不能让你开心起来吗?"

晚上做除尘保养时,护工也问它:"为什么您的声音很欢快,眼神却充满悲伤?如果您有什么不满意的地方,可以告诉我们。您要是想跟心理医生聊聊,我们也可以安排。"

其实 LW31 也感到纳闷。面对这些问题时,它总是无从回答。直到一个客人的来访打破了僵局。

"是这样,"何小山小心斟酌着措辞,"因为陈先生没有任何亲属,法院的裁决下来后,在有效期里没人申诉，所以已经结案了。他的房子永久地归属于疆域公司。"

"但我是他的……"LW31顿了顿，声音里有一丝苦涩，"是他的亲人，我可以提起上诉啊。"

"我明白您和陈先生之间的感情，但在人类的法律里，不认为这是亲属关系。您和陈先生更接近雇佣关系，而一般来说，老板的私事，员工是管不到的。"

LW31沉默了。它的多晶硅眼睛似乎也被时光锈蚀，不再反射细细碎碎的光，暗淡幽深。过了好一会儿，它才说："但他是被殴打致死的，这是刑事犯罪，总要调查到底吧。"

何小山叹了一口气，"我问过了，法医鉴定死亡是体内的顽疾所致，他毕竟是老人……年纪大了之后，病痛会蚕食他的身体。在这一点上，人类跟机器人一样。"

"但我可以作证，确实有人伤害了他。"

"我相信您。"何小山咬了咬嘴唇，下定了决心，"我记得您有全息影像录制功能，您把视频传给我，我去警察局报案。"

LW31的摄像头早已损坏，它也老了，身上的部件能用的不多。它苦恼地摇摇头，但很快又抬起头说："我还有声音录制功能，我应该录下了当时的声音。"

它从存储元件里调出我被打时的录音，但声音一放出来，不仅何小山皱紧了眉，它身上也因为颤抖而簌簌地掉下了锈片。

它终于明白那群身上文着发光文身的朋克流氓们为什么在动手之前播放吵闹的音乐了——它录下的声音里，只有嘈杂愤怒的电音，其他什么都听不到，连我被打时的呻吟都被遮得严严实实。

"您……"何小山看着LW31近乎呆滞的模样，试探地问，"您没事吧？"

LW31伸手按掉胸口的播放键，有些疲倦地摆了摆手。

这一天的下午，它没有去朗读会；这一天的晚上，它拒绝了护工的保养。它待在房间里，也不充电，我很少见它这个样子，不禁担忧起来。但我有什么办法呢，我已经死了。

一连好几天，LW31都没有恢复正常，快快不乐，沉默寡言。它身上的电量一点点地减少。护工忧心忡忡地把插头插在它身上，发现充不进电。它的反应越来越迟缓，仿佛前几天被除掉的锈迹变成了生命力旺盛的藤蔓，报复性地长回来了，包裹住它的各处元件、关节和线路。

护工找来维修师，但LW31身上的配件早已停产。护工在网上搜索良久，只有一个分解酒精用的内置转化器与它适配。而没有关键配件，维修师的技艺再高也没有办法。"可能是已经彻底老化了吧。"维修师摊摊手，"它能撑到现在还没报废，就已经是奇迹了。准备回收——哦不，回收也没地方用，还是准备后事吧。"说完这些，他就在护工们哀怨的目光中收拾东西走了。

消息在养老院里传开，很多老机器人都来看望它，但谁都无法使它张嘴。到了第三天，它的电量已经快耗尽了，身上的大多数部件已经停止工作，只剩下眼珠偶尔转动一下。

"唉……"老机器人和护工们纷纷叹息。

所有人都以为这便是它的弥留时刻,护工们悲伤地把它放在轮椅上,推着它在公园里走来走去。"再见了,LW31。"所有路过的人和机器人都向它道别。

最后一个晚上,护工推着它路过充电大厅时,全息电视里正在播放新闻,主持人刚好念到"永生计划"四个字。LW31 本来死气沉沉,静默得如同雕像,这时它的右眼突然闪烁了一下,胸膛里传来微弱的声音:"等一下。"

丰生是个有魄力的人。在确定我不配合之后,他一边跟我打官司,一边迅速找到了替代者——一个曾经红极一时的歌手。

歌手已经老了,辉煌不再,在利益面前很快就跟丰生达成协议。他用年轻时攒下的名望,为永生计划做了宣传。很快,永生计划的商用申请就通过了审核,随之而来的便是铺天盖地的广告。

一些老人抱着尝试的心态进了疆域公司。他们又成了新的广告——恬静地躺在休眠舱里安睡,嘴角含笑,十足是幸福的模样。

"还有比永生更美好的养老方式吗?"在新闻采访里,丰生微笑地对着镜头说,"养老是等着死去,漫长而残忍,但永生能让人重回年轻。"

这句话,说进了无数老人的心坎。没几天,人们就趋之若鹜,疆域公司挣得盆满钵满,扩大了生产线,但手术的名额还是很快被抢空,排号直接排到了几年后……

LW31 怔怔地看着新闻里对永生项目的报道,来往的机器人如流水般从它身边滑过。直到电视关了,画面熄灭,黑暗和露水一起凝固在它身上,它的眼睛还在微微闪光。

"您不休息吗?"护工忍不住问道。

LW31 说了句什么。

护工没听清,把耳朵凑到它的嘴边,"什么?"

"我要充电。"

<h1 style="text-align:center">3</h1>

第二天一早,LW31 就出门了。

路过公园后山时,正在挖土的独臂机器人看到了它。"嗨,31!你要出门啦?"独臂机器人兴奋地打着招呼。

"是啊。"

"什么时候回来呀？"

"晚些时候吧。"

"好的！"独臂机器人垂下头，继续挖土，"很高兴你又活过来。"

"我也是。"LW31 冲它挥了挥手，走出公园。

它坐上磁轨车，车在城市的高楼间穿梭，车厢很拥挤，但还是有年轻人站起来给它让座。它礼貌地道谢，但没有坐下。转了几趟车后，它来到了疆域公司的总部。

现在这里很热闹，很多老人被家里人搀扶着，进大楼去做永生手术。LW31 也想跟着走进去，但被保安机器人拦住了。

"我要找丰生。"LW31 解释说。

"你找丰总经理，"保安机器人肃然起敬，瞳孔扩成圆形，"有什么事呢？"

"想让他停止永生计划。"

"哦。"保安机器人的眼睛又恢复成狐疑的三角形。它向访客系统提交了 LW31 的请求，半秒钟之后，这个请求被驳回了。"对不起，我不得不请你离开这里。"它说。

"为什么？"

"驳回通知里没有说理由。但我想，你去别人家里说要砸他们的生意，谁都不会高兴吧。"

"噢，也是。"LW31 认可地说，"那我在外面可以吗？"

"嗯嗯，外面我就管不着啦。等等，你在外面要干吗？"

LW31 没回答，走到疆域公司大楼入口处的右边。它打开胸膛里的储物格——以前，里面都收纳着我的各种杂物，比如装在袜子里的牙刷、十年前就没了用武之地的梳子，但现在里面整齐地摆放着一摞传单。它拿出其中一张，递给一个路过的老人，"看看吧，看看吧！珍惜人生，不要去做手术。"

老人拿起一看，上面用硕大的黑体字写着："虚拟的永生只是麻醉。请尊重生命的规律，坦然地迎向死亡。"再往下，纸上用几排小字讲述了我的遭遇。但老人只看到"死亡"二字就皱起眉头，哼了一声，把纸扔到地上。

LW31 捡起来，又发给另一个人。许多人来来往往，有的人接了，有的人没接，接了的人也只是走进大楼就把纸扔进垃圾桶，然后继续走向做永生手术的房间。

扔进垃圾桶的宣传单没法再用，LW31 遗憾地张了张嘴，但最终什么也没说出来。

这一整天，它都站在大楼入口旁，发着储物格里的传单。虽然发了两百多张，但认真看完的不到一半，看了之后跟他聊天的不到十人，聊完之后放弃做手术的一个也没有。

到了下班时间，疆域公司的员工都涌了出来，LW31 手里还剩最后一张，它递了半天，没有

一个员工敢接。显然，过了一天，他们都知道这个机器人想端掉他们的饭碗。他们不但不敢接，连走路都绕开了LW31。街头人潮汹涌，只有LW31周围一米内是空的，它像是一块孤独的礁石。

它低下头，看着仅剩的传单。

一只手伸过来，捏住了传单的另一头。

LW31高兴地抬头正要说话，脑袋却发出嗡的一声，站在它对面的是丰生。

丰生缓慢地把传单抽过去，却不看，用更加缓慢的动作把传单揉成一团。"你是最早意识觉醒的那一批机器人，我曾经以为你很聪明，有那么一阵子，我还很崇拜你。"他揉的时候手心里还发出声响。他盯着LW31那些磨损的多硅晶眼眸，"但你做的事情让我很沮丧，你曾经引导过世界的潮流，现在又转身拦住了它，而且是以这样的方式，徒劳又丢人现眼。为什么一变老，就都这么愚蠢了呢？人是这样，机器人也是这样。'老'真的是病。"顿了顿，他摇着头补充了最后的三个字，"也是罪。"

"可是难道你……"LW31说。

丰生打断了它，"我不会变老的。我会在老之前自杀。"

LW31没料到会听到这句话，元件加速运转，思考着该怎么回应。

"还有，你真的以为你家先生是我害死的吗？明明是你啊！如果不是你捣乱，他老老实实地接受手术，现在就在这栋楼里开心快乐地跟家人重逢。你锈掉的芯片连这个逻辑都弄不明白吗？"

四周人声鼎沸，但丰生的话清晰又锐利，扎进了LW31的脑袋。还没等它说什么，丰生就走开了。

临走前，他把揉成一坨的传单扔在地上。

LW31愣在原地，身体微微地震颤着，似乎在重启。它保持着僵硬的姿势很久，周围人群由汹涌变得稀少，天还下起了雨，淋在它的外壳上。它重启了好几次才恢复运转，弯腰把脚下的纸团捡起来。

传单已经被淋得微湿，字迹都快洇开了，它连忙碾平折好放进储物格。

然后，它就不知道该干啥了。

天色渐晚，整个城市铺成的背景暗了下来，高楼暗淡，雨幕也淡得失真，像褪色的贴纸。LW31孤独地站在舞台上，有些茫然，但没有移动。夜愈深。这幅画面像是电影情节的转场，先是定格，继而暗淡，最终屏幕完全黑暗。

4

一年后的下午,LW31发完传单,拍拍手打算回养老院。保安机器人见了,高声地问:"收工啦?"

"是啊,今天发得很顺利,不到下班时间就发完了!"

"那早点回去充电吧!"看着LW31转身要走,保安机器人忍不住又问,"但你这样做有用吗?你发了一年传单,没有一个年轻人听你的,更没有一个老人听你的,而且疆域公司马上都要上市了。"

一年来,这个问题每天都有人问,LW31也会时不时问问自己。它说不出答案,今天也一样。它摆了摆手,只对保安机器人说:"明天见。"

"老实说,我不是很想见到你。虽然你在我的安保区域外,但只要你在,他们好像就都不开心,给我保养也没以前那么勤快了。"

"我很抱歉,但是明天见!"

"明天见……"

说完,LW31穿过午后的街道,穿过阳光和人群,往养老院走去。一个人迎面走来,不小心撞到了它,也没道歉就低头走开。它浑不在意。当它回到养老院门口时,街上阳光已经暗淡,人群沸腾着从各个高楼里蜂拥而出,分成细流,流向另外的高楼。人类每一天都在重复这种运动轨迹。

这一天到现在为止,都跟过去一年里的每一天大同小异。而我专门挑这一天来讲述,必然是因为这一天发生了变化——养老院的门口坐着一个正在等它的少女。

"喂,你是LW31吗?"见它走过来,女孩从台阶上站起,脆生生地喊。

"LW31是我,我是LW31。"LW31说,"你是谁?"

"我终于找到你了!"

LW31抬眼扫描她,迟滞的系统全力运转,分析出了结果——问题少女。她大概十七八岁,头发火红,衣着鲜艳,浑身朋克味,外套上镶嵌着跟鱼鳞一样的银片,将斜阳的光掰碎,星星点点地溅射进LW31的光感器。虽然她穿着张扬,衣物却沾了灰尘污迹,显然几天没换,再加上歪倒在她脚边的硕大背包,很容易推断出:她是离家出走的叛逆少女。于是它说:"你确定是在找我?"

"是啊,我从家里跑出来,就是为了找你。"

LW31 点头，颇为自己的正确推断而得意，继而加重了语气说："你不该离家出走！你现在应该回家去，回到你的家人身边。"

"我就是出来找家人的！我来找我的外公，但我才知道，外公去世了。"

"死亡是人之常事，也是机器人之常事。还是活着的人更重要，快回去吧。"说完，LW31 就迈步走向养老院。已经有些晚了，斜晖洒在门口，里面看起来幽暗许多。

"但你认识我外公！"少女突然大声地喊道。

LW31 在记忆库中筛选认识的去世老人，有以前住一个小区的，也有在养老院里才认识的，发现有二十七个老头符合少女所说，便问："你说的是哪一个？"

少女说出了一个名字。

LW31 一愣。我也一愣。我希望你也能愣一下——因为少女说出来的是我的名字。

"你说我家先生是你外公？" LW31 反应了足足一分钟，才重复地问道。

"是啊。"

"那不可能。我和他从他年轻时候就相识，我看着他从一个人到两个人，再到一家人，最后又回到一个人。在他生命中来了又走的那么多人里并没有你。"

少女撇撇嘴，从脚边的背包里拿出一块动态屏，递给 LW31，"我也是才从我外婆的日记里看到的。"

LW31 接过来，屏幕闪烁几次，接着便出现了一个老太太的影像。她老得跟我差不多，躺在病床上，可能是急速消瘦的原因，脸上的皮肤都松弛了，软软地塌下来。她凑近屏幕的摄像头，轻声地说着什么。

是临终日记。

人上了年纪是会这样的。感到快要离开了，就想记下点什么。跟遗嘱不一样，这种日记不是要给谁看，只是想在世界留点痕迹。日记的内容多半是长久甚至终生压在心里的秘密，说出来，负担就少一些，就能更坦然地面对死亡。

LW31 提高了听觉灵敏度，终于听清，原来老太太说的事情是她年轻时候犯下的错。

"……当年啊，也是酒后误事……醒过来后，我就赶紧走了，走的时候他还在床上睡得四仰八叉……没多久就认识了我家老王，日子差不多，老王还以为是他的孩子。这些年啊，每次看着老王抱着孩子，我心里就颤，我对不起他……老王走得早，后来的日子都是我一个人熬下来的，也算是惩罚吧……"

LW31 感慨道："没想到老王在隔壁蹲了那么多年，到头来自己头上也是绿的……"

"你不要这么说我外婆，那只是一个错误！是在认识我外公之前！"少女大声地说，随即声音又低了下去，"不过我也没见过他，我出生时他就死了。"

"好的好的。" LW31 连忙应允,又听下去,老太太果然在最后说出了我的名字,"没想到先生这么风流,渣男啊渣男。"

我也有些记不清了。时间太久远,把记忆稀释得模糊,再加上当时还有酒精的掩护,就更想不起来了。不过我年轻时的确也算个帅小伙儿,有过一段夜夜笙歌的生活,迷失在酒精和绚丽的舞台彩灯里。要是真发生了什么事情,的确有可能……这么想着,再细细打量少女的脸庞,虽然她的五官有着混血特征,但轮廓跟我还蛮像的。

LW31 倒是比我谨慎得多,"不过就算你外婆这么说了,也不一定是真的,你们人类年纪一大,就容易记错事。其实机器人年纪大了,也是一样的。"

少女又掏出一块磁盘,说:"这里面是我和我妈的基因数据,你可以做一下比对。"

这年头,每个人出生之初,就会做基因登记,但除了本人,其他人无权查看。LW31 敲了敲脑袋,说:"我也不能去查先生的基因数据……"

"可以找个私人机构,城里很多的。你身上有我外公的遗物吗? 头发啊指甲啊之类的。"

"没有啊,他都死了一年了。"

女孩敲了敲 LW31 胸前的储物格外板,说:"这是装东西的吧? 这里面有吗?"

LW31 打开储物格,细细摸索,嘀咕道:"不可能有,虽然先生不讲卫生,但我每次都会打扫得很——咦?" 它捏出一根花白的头发,"居然真的有!"

基因比对的结果很快就出来了,少女的确跟我有血缘关系。

站在检测大厅的门口,LW31 再次扫描她,系统兴奋地全力运转,分析出了结果——可爱少女。她大概十七八岁,头发绚烂,满是青春气息,衣服上的装饰也兼具时尚与烂漫,虽然不少地方沾染灰尘,但也无损她的亮丽。

"哎呀,小姑娘真好看! 你叫什么名字呀?" LW31 越看越欢喜。

"我叫黛西。" 黛西说,"我饿了。"

5

黛西果然是新世纪的新青年,饿了不去饭馆,却把 LW31 带到了一家偏僻的酒吧。

"你把叔叔——呸,你把爷爷带来这里干吗呀?" LW31 虽然不情愿,但还是和颜悦色地问,"机器人又不能喝酒。"

"谁说机器人不能喝酒? 机器人也有享受生活的权利,这份权利还是你争取来的呢!" 黛西朝隔壁桌撇撇嘴,"你看。"

　　隔壁桌果然坐着两个机器人，型号相同，看起来一模一样。它们相对而坐，仿佛中间摆着的不是那几瓶啤酒，而是一面镜子。互相凝视许久后，左侧的机器人轻声地说："过了这么久，你就答应我吧。"

　　右侧的机器人说："我还没有想好。"

　　"你应该明白我的心意。我对着 0 和 1 发誓，我是认真的。"

　　"发誓不管用。何以为证呢？"

　　"我的缓存。"

　　"那给我看一看。"

　　"嗯，就不用了吧……"

　　但右侧的机器人还是把线插进了对面机器人的脑部接口，几秒钟后，它愤愤不平地抽出线骂道："你对我的确有心意，但这份心意同时还给了 1879 个机器人！"

　　"但今晚，我只有你。"左边机器人温柔地说，"何况，你不是也同时跟 2675 个机器人很亲近吗？"

　　"也是哦。"

　　说罢，两个机器人举起酒杯一饮而尽。它们的胸腔里有能源转化器，苦酒入喉，酒精的化学能迅速被转化为电能，在线路里嗞嗞流窜。因此它们每喝一口，身体就被刺激得一颤，甚是欢愉。

　　LW31 看得连连咋舌，坐下对黛西说："世界都变成这个样子了呀？"

　　"是啊，世界是你们改变的，你们却不能接受这种改变。机器人老了，真可怜。"黛西说着，在触屏桌面上点了杯蓝色的玛格丽特，然后抬头说，"你看周围有很多机器人啊。"

　　LW31 打量四周。这个酒吧的位置比较偏，空间也不大，以灯光幽暗的舞台为中心，往外延伸了十几张桌子，全都坐满了。有人，也有机器人。人们凑在一起谈论天气、政治和艳遇，机器人凑在一起聊内存、处理器和哲学。舞台上也站着机器人，拿着话筒，声音却从胸腔的喇叭里传出来。它本来唱的是时下流行的抒情乐，但东北角那一桌独自坐着的老人听不下去，点了几首电音风格的老歌。

　　"怎么这年头还有人听电音啊？都过时了！"黛西埋怨道。

　　那个老人隔得远，加上光线暗，他完全被笼罩在酒吧的阴影里，LW31 看不清他的模样。不过它对音乐倒是不挑剔，它更关心黛西。

　　"欸，你多大啊？没成年是绝对不能喝酒的。"它按住黛西拿着酒杯的手，严肃地说。

　　"昨天刚满十八岁。"

　　"哦，"LW31 也拿起一杯酒，"那干杯。"

它把酒倒进喉咙，下一秒身体里就爆出噼里啪啦的火花，还伴随着焦臭味。黛西吓坏了，连忙拍它的脑袋，它僵硬了好几分钟才回过神来，说道："好爽！"

"你还是不要再喝了，再喝就短路了。"

"网上有卖我能适配的酒精转化器，这是我唯一能装上的新配件了，我去下单，以后就可以喝了。"LW31恋恋不舍地放下酒杯，"昨天是你的生日，怎么不好好在家里过，要来找先生呢？你之前也没见过他，他可不是什么好人。"

黛西喝了酒，脸色微红，兴奋地说出了原委。原来她昨天发现了外婆的日记，知道自己有一个真正的外公，便在网上搜到资料，千里迢迢寻找过来。但来了之后发现外公已经死了，无处可去，就在养老院门口等LW31。

"你可以回家呀。"LW31说。

"不想回！外婆不在了，没人疼我。我妈经常打我。"

"那你爸爸呢？"

"我爸经常打我妈，"黛西又喝了一杯，脸上红扑扑的，"和我。"

LW31摸摸她的头顶。"唉，苦命的孩子。"它连忙给她叫了些吃食，看着她狼吞虎咽的样子，又问，"那你接下来有什么打算呢？"

"能有什么打算？出来玩儿，今天就不要操心明天的事情！"

"果然是孩子话。"

"我都长大啦，已经成年了。"

LW31欣慰地看着她的吃相。它看到的是一个正走在生命之路开端的孩子，虽然饥饿，但神采奕奕，像是晨光里喷薄的太阳；而它跟我一样，都站在沉沉暮色中。只有这样隔着漫长的距离深切地凝望，才能看到生命本初的模样。它看黛西的目光里带着殷切和羡慕，以及一丝怅惘。电音在酒吧里回荡不止。

过了许久，它才说："但你总要有个住的地方。"

"所以我来找你啦！"黛西盯着LW31，她的眼睛带着微微的蓝色，里面似有星光闪烁，"你会帮我吗？"

"当然呀，只要我这把老骨头——咳，只要我这把老铁棍还在，就不会让你流落街头！"

LW31把黛西带回了我家。

当初疆域公司强行回收我的房子，只是为了报复，这间破房子对他们毫无用处，收回之后就一直闲置着。而且因为我都死了，他们连门的密码都没改，LW31轻松地打开门，让黛西住进来。

"这就是你外公住的地方。"LW31介绍道。

黛西四下打量一番，撇嘴道："装修好差，看来外公品位不怎么样。"

LW31连忙替我辩解："你误会了，这种装修效果不是因为品位差，"它顿了顿，"是因为贫穷。"

"噢，那我理解了。不过没事，我不介意！"

这以后，黛西就住在了我家。她初来乍到，什么都要问一问，LW31也耐心地解答。屋子里的每一件东西都是回忆，都能把关于我的许多事情牵扯出来。它絮絮叨叨个不停，浑然没留意黛西已经坐在床边、靠着墙睡着了。

"唉……"LW31轻轻地叹息一声，扶她躺好，给她盖上被子。

接下来的几天，LW31一直陪着黛西。它不明白，这个看起来小小的女孩，身体里怎么有这么充沛的精力，不停地蹦来跳去，爱吃东西、爱玩儿、爱看一切没有看过的事物。而她去所有的地方，都要把LW31带上。

LW31挎着包，慢腾腾地跟在她的身后。它跟去的地方，都是以前从未去过的，比如全息游乐场，一进去四周都是刀光剑影，吓得它浑身哆嗦；还有迪厅，黛西在舞池里疯玩的时候，还把LW31拉了进去，它身边全是扭动的肢体，有血肉的，也有金属的，还有血肉和金属的混合体。它有些手足无措。当迪厅老板为了营造氛围，把音乐调大，将灯光关闭，让人们在黑暗中放纵时，它误以为是停电，立刻启动身上的灯泡给周围人照明。结果它就被粗鲁地推到了舞池外。

黛西最常去的地方，还是第一次带LW31去的那个偏僻小酒吧。也只有在这个时候，黛西会安静下来，坐在幽暗的角落里听机器人歌手演唱。LW31装上了酒精转化器，也能陪她喝点酒，它常常一边喝一边劝她早点回家。

她喜欢抒情的音乐，那个常年坐在东南角的老头却总爱点电音。这样也好，听到电音的时候，黛西就会打个哈欠，跟LW31一起回去。

这样过了半个月，LW31便开始劝她回家，毕竟"虽然开心很重要，但青春是宝贵的，你是早上十点半的太阳，这么浪费时间，很快就会到天黑的"。但每次它要说出这番道理时，都会被黛西打断，然后拉着它继续在城市里游荡，寻找一切好玩的场所。

这一天中午，黛西带着它来到一个水上音乐乐园，硕大的池子里人头攒动，纵情摇摆。LW31一看这阵仗便吓退了，"我不能泡在水里，还是你一个人下去吧，注意安全。"黛西没有勉强它，换上泳衣便下水玩耍。

LW31站在池子外看了一会儿，突然有些寂寥，它看到黛西被围在人群里，也没什么危险，就给黛西发了一条消息："我先走了，你玩完了自己回家，我给你做饭。"发完它才想到黛西换了泳衣，看不到手机消息，但又想她玩完了会看到的，便转身离开了。

它在街头百无聊赖地走着,思考要是黛西不在,往常这个时候自己在做什么——那当然是发传单。

6

于是,时隔半月,它又回到了疆域公司楼前。但今天很奇怪,楼外的保安多了好几个,一副严阵以待的样子。它刚走近,机器人保安就迎上来:"喂,今天你不能在这儿发传单!"

"为什么?"

"我也不知道,我只是收到了指令。"

"什么指令?"

"让我注意有没有反常的情况。"

"但我发了一年传单,已经成了日常,要是不发,才是反常情况吧。"

保安机器人愣了几分钟,点头说:"那你要注意防晒。"

LW31便掏出传单,向每一个路过的人打招呼。不知道为什么,拿起传单的时候,它才觉得心安,觉得自己每一秒时光都有了意义,因此也快乐起来。到了傍晚,它想着黛西也快玩耍结束了,便收起剩下的十几张,准备回家给她做饭。

"我走啦!"它对保安机器人说,"你看,一切正常吧。"

"是的!那明天见!"

"明天可能见不着啦!"LW31有些忧愁,"我的外孙女一直缠着我……"

这时,街对面走来几个人,他们手里拿着话筒,头顶还有无人摄像机在盘旋,看样子是来采访的记者。LW31连忙给他们让路。其中一个女孩多看了它几眼,突然说:"您是LW31吗?"

LW31迟疑地点头:"对,我是……"

"我是您的粉丝!"女孩有些兴奋,"您在这里干什么?"

"噢,我在发宣传单。"它从储物格里抽出一张,"今天没发完,你要看看吗?"

女孩接过传单,与她同行的记者也凑过来看。职业嗅觉让他们嗅到了新闻的气息,还没看完,一个领导模样的中年人就冲女孩使了个眼色。

"您能在这里接受我们的采访吗?"女孩说,"我们很有兴趣知道这件事情的始末。"

LW31看了眼天色。不早了,黛西应该快回家了,但记者们的目光同样殷切。它犹豫一番,还是答应了采访。在话筒和四个安静悬浮的无人机镜头前,它讲述了我的故事。

接受完采访,它因为心里挂念着黛西,便匆匆地往家里赶。今天黛西回来得格外早,它推门就看到了她,但她却不是往常天真烂漫的模样。

黛西的脸上蒙着一层怒气。

"你怎么不陪着我!"她大声地质问 LW31。

LW31 把门合上,慢慢地说:"你饿了吗? 我给你做饭。"

"我问你,你为什么不留在我身边?"

"我还是适应不了你们年轻人的玩法,我年纪大了。你饿了吗? 我给你做饭。"

"但……但你不在我身边,谁来保护我?"

LW31 拍了拍自己的外壳,立刻有锈片簌簌落下,接驳处的铁片都松动了。"你看我这样,一拆就散,已经保护不了你了……"LW31 走向厨房,"你饿了吗? 我给你——"

"我不饿,不要你做饭,你听到没有! 你只会做饭吗? 一旦老了,就会这个样子,话也不听,只会做饭吗?!"

对于黛西这突然的怒气,LW31 并不理解。这世界上充满了它不理解的事情,但好在它老了,学会了接受不理解的事情。所以它还是到厨房做好家常饭菜,端到黛西面前。

黛西气鼓鼓的,面色潮红。LW31 看了几秒钟,突然发现她脸上的潮红并不完全是因为生气,有些皮肤的毛细血管明显比周围更凸显,看起来像是……被人打过?

"有谁欺负你了吗?"它紧张地问道。

"没有!"

"那你脸上……"

"我自己摔的!"

LW31 放下心来。黛西生了会儿气,直到肚子传来咕咕声,她瞥了一眼 LW31,见它已经站在墙角充上电了,才吭哧吭哧地吃起来。

第二天一大早,黛西罕见地没有出门,等着 LW31 充电完成。它的电源老化得厉害,使用时间很短,充电却需要一整晚。到上午它才醒过来,看到黛西睁着大眼睛愣愣地看着自己,问:"干吗……你饿了吗? 我给你做饭去。"

"LW31,我想跟你谈一谈。"

"你说。"

"你以后能不能不要去发传单了呀。"

LW31 有些为难,"可是先生受了冤枉,他的公道没有讨回来。"

"人都死了,你就算讨回来公道,他也不会知道的。"

LW31 刚要说话,黛西又走近了两步,跟它挨得很近,"LW31,我累了,我想回家,我想你跟我一起回去。我外公死了,你没有家人,所以你去了养老院。但我是你的家人,我妈妈也算。虽然她打我,但她的身体里也留着外公的血。你不想看看她吗?你跟我回去吧,然后你就留在家里,你就是我们的家人。你再也不孤单了。"

LW31 愣愣地听着。它本来运转时会发出嗡嗡的噪声,但这一刻它安静得如同石头。或许是死机了。过了很久,嗡嗡声才再次响起,它问:"你再说一遍,好吗?"

"LW31,我累了——"

"不是这里,是最后一句。"

"你再也不会孤单了。"

它的嗡嗡声再次消失。几分钟后,它说:"你再说一遍,好吗?"

……

黛西说了十来遍后,它才停止了这种奇怪的举止,点点头,"那好吧,我跟你回家,陪着你直到你长大,或是我报废。"

"我已经长大啦。"

"我也马上快报废啦。"

两人相视大笑。随后,他们开始收拾家里,把不舍得丢下的东西带走,反正以后再也不会回来了。但就在这时,黛西接到了电话。她的神色有些紧张,快走几步,去厨房接了电话。

很快,她出来说:"你等我一下,我出去见个朋友。"便匆匆地走出屋子。

LW31 继续收拾。收好后,它坐在一堆包裹中间,在空旷的屋子里等黛西回来。等待的间隙,它连上城域网搜索"疆域公司"这个关键词。它已经准备放弃恩怨,但在离开前,还是想知道疆域公司的近况。

结果让它百感交集。

原来昨天下午它接受的采访正是财监会对疆域公司进行的上市前例行调查,因为 LW31 的控诉,以及它残留的影响力,导致疆域公司的申请没有通过。本来疆域公司凭借永生计划在商业上大获成功,上市融资应该十拿九稳,却因为 LW31 推迟了日期。LW31 搜到了一张图片,它看到疆域公司的高层接受采访时的表情很不好看,而在画面的角落里,它还看到了丰生——他的脸色更加铁青。虽然只是静态画面,但 LW31 还是能感觉到他唇内的牙齿在隐隐颤抖。

看到这种情况,LW31 也并没有感觉到多少快意。过去一年里,它每天站在人群里发传单,受着别人的白眼,就是为了这一幕。但这一幕真的发生时,它浑身的电路却没什么波动。它只是觉得巧合,在它决定要以老朽之躯再次融入新生活时,自己坚持的事情有了结果。

这样也好,它便再也没有什么牵挂了。

它关闭了搜索页，继续等待黛西。然而，直到这一天结束，它都没有见到屋门再打开。

情况不对劲。

窗外夜色深沉，风拍着玻璃，发出令人不安的声音。它给黛西打电话，却没人接；正要出去寻找她时，它接到了通话申请。

它额头上的晶体屏上显示出接通电话的绿色标志，但传入它声音接收器的，却是一阵低沉的喘息。这明显是男声。

"你是谁？"似乎体内的发声元件有些接触不良，让 LW31 的声音带着颤抖："黛西呢？"

电话那头沉默不语。

"你……"LW31 语无伦次，"你不要伤害她！"

"那你过来。"

神秘男声说了一个地址，是位于城东的一个废弃工厂。LW31 搜索这个地址，发现跳出来的新闻都与谋杀、弃尸和黑帮火并有关，吓得立刻报了警。

警察很重视这件事，派附近的人类和机器人警员去查看，但工厂里空空荡荡。警察立刻联系 LW31："你是不是在报假警？"

LW31 把之前的聊天记录发给警察。几秒之后，一个机器人警员回复道："这个记录缺乏必要的信息，并不能证明是绑架案。"

警察走后，LW31 还没反应过来怎么回事，就又接到了黛西的电话。

这一次，电话里首先传来的是一声惨叫。虽然惨叫只持续了两秒钟，LW31 还是一下子听出是黛西的声音。

随后，熟悉的男性低沉的喘息声响起。

"求求你，求求你！不要伤害她！"慌乱的电流在 LW31 的线路里四下乱窜，晶体屏里的绿色标点一闪一闪，差点断线，"你想要什么，我都可以……"

"那你……还……报警……吗？"因 LW31 过于激动，信号接收器被干扰，男人的声音时断时续。

"不报了！"

"嗯，你……来……一趟废弃……工厂。"

电话挂断后，LW31 连忙往城西废弃工厂赶去，不到一小时，就到了工厂门口。这时已是深夜，夜色浓郁，凝重得如有实质，压在 LW31 的外壳上。只有工厂门内透着微光，看起来显得幽邃而瘆人。

LW31 给黛西拨了个电话，没人接。它只得战战兢兢地走进去。

它打开头顶的灯泡，明亮的光撕开黑暗，照亮周围的空间。它像是失去指引的萤虫，在雨夜里惊恐地飞行,从一团黑暗蹿进另一团黑暗,直到它看到黛西。

黛西被绑在厂房的角落里,委顿在地,头发散乱地披下,看起来昏迷不醒。而她周围还站着四五个嘻哈装扮的年轻人,个个脸上都文着发光的文身,照亮了他们狰狞的表情。

看到这幅场景,LW31 的身体一下子震颤起来。所有的线索都在他线路里涌动,被拆解,被扭曲,最后在处理中枢里汇合成疯狂的警报信号。

尤其当它看清那四五个年轻人的脸时,认出这些人就是我去世前遇到的朋克流氓们。他们曾经围住 LW31 和我狠狠殴打。虽然没有证据,但我想我的死多多少少跟他们有些关系。

LW31 想的显然跟我一样,系统里警报声连成一片,使得它体内的数据都成了乱流。它向前迈出一步,但脚颤得厉害,扑通一声摔倒。我跟它一起生活了多年,也是第一次看到它失控成这样。它踉跄着爬起来,扑到黛西身边。黛西昏迷不醒。它抱着她往外走,但几个青年围了过来。

他们没有说话,脸上表情阴狠,配合着幽幽发亮的文身,看起来如妖似魔。

"我……我不会报警的,不要伤害她……"LW31 轻声说。

他们从四方围拢。这情形仿佛是当初围殴我的情景重现。

"我……我求求你们了……"LW31 抱紧黛西,身子更佝偻了一些。

其中一个青年笑出了声,湛蓝的牙齿上闪过一丝锋芒,像是淬毒的匕首出鞘。

"我……我去你妈的!"LW31 说着,挥出一拳砸在青年的嘴边。

蓝色的牙齿崩了出来。

7

LW31 被抓了。不是被青年们,而是被警察。

机械警察睁大了聚合金做成的双眼,射线在 LW31 身上扫来扫去,好半天才说:"原来你给我们打电话是给自己报警啊。你要是想被关起来,跟我打声招呼就可以了,我是你的粉丝,会帮你这个忙。可你为什么要伤害人类呢?机器人的人权是你争取来的,你这样做,自己声名扫地不说,还会让历史倒退啊。"

LW31 也不知道自己为什么要挥出拳。它现在回溯自己的记忆,发现那一刻的冲动已经淹没在电子乱流里了。不过,它更困惑的是眼前的情形。

在废弃工厂里,它的拳头才碰到朋克青年,他就大呼小叫地倒下了;其他青年们没有来帮助同伴,而是连忙报警。最诡异的是,就在这一片慌乱的场景中,黛西从地上爬了起来,一副受到惊吓的模样。它想让她过来，她却畏畏缩缩地站在朋克青年们的身后。

她的眼里流露出惊恐，而她害怕的对象是 LW31。

直到被抓进警局审讯，它都没反应过来。

唉，它还是太笨，我都看出来它被陷害了，它却还一副浑浑噩噩的样子。

"黛……黛西呢？"过了好久，它才憋出这句话。

"哦，你说那个被你伤害的女孩啊？"警察调阅了资料，回答道，"她已经录完口供，被护送离开了。我不会告诉你她的下落，免得被你二次伤害。"

"被我……被我伤害？"

"你的声音处理器并没有问题。你要怀疑的是你的芯片、处理器和反馈系统。"

LW31 还是固执地问了几遍，得到的答案当然没有变化。

警察又补充说："不过你运气好，机器人犯罪很少，关押机器人也没用。你知道，时间对你们来说没有意义。一般机器人犯了错，就会直接报废，但你身份特殊——所以，你走吧。"

LW31 走到警局门口茫然地站着。此时天色微亮，雾气从四面八方涌过来将它裹住。出厂以来第一次，它不知何去何从。

最后还是养老院里的护工、独臂机器人和文学爱好机器人们一起把它接了回去。

"你们怎么知道我在警局？"它问。

独臂机器人说："不止我们知道，所有——"这时护工看了它一眼，它便把后面的话都塞回喇叭。

LW31 没有追问，低着头跟他们一起回到了养老院。

护工和机器人们都很担忧，害怕它像上次那样封闭，进入自我报废程序。护工还断开了 LW31 的网络连接，但他们的担心似乎是多余的。LW31 回来后，该活动时活动，该休息时就安安静静地待在保养室。

很快他们就放心下来，不再时刻盯着它，网络限制也解除了。

于是，LW31 连上了网络。刚一进入网络世界，他就看到信息潮汹涌而来——都跟自己有关。

《震惊！时隔多年，机器人伤人案再次发生！》

《曾经的导师，如今的暴徒？》

《和平只是谎言，人机终有一战！》

……

这些新闻显然被统一过口径，都在用夸张显眼的字句描绘 LW31 打人的经过。LW31 明明只挥出了一拳，在这些报道里，它却成了暴力嗜血的恶魔。

全息新闻底部的评论区里,许多人都在骂它,消失多年的机器人威胁论再次出现。

除了新闻,电视台还采访了被 LW31 打的朋克青年们。他们的装扮已经变了,看起来温顺可怜,争相凑到镜头前说着当时的"惨状"。

"唉,当时可吓人了! 我们只是在工厂里一起玩,你说这没犯法也没扰民,那个铁皮人冲进来就想抢我女朋友,我想拦,但还没说话就被打成这样了。医生说我有脑震荡,可能从此以后智商就下降了,我本来智商也不高……这损失谁来赔?"

青年们一个个唾沫横飞地说着,他们的身后还藏着有些畏缩的黛西。

也有记者将话筒凑到她的嘴边,她后退一步,看了一眼青年们,结结巴巴地点头:"嗯……是这样的,很吓人……"

到这里,迟钝如 LW31 也明白了事情的原委。

它继而搜索"疆域公司"这个关键词。果然,之前它接受采访,导致疆域公司上市计划受阻,但现在它暴力伤人的新闻一传出,舆论发酵,话语的可信度立刻打了折扣。有新闻报道,疆域公司正在准备新一轮的上市申请。新闻照片里的丰生依旧站在人群角落,看着不起眼,但将照片放大后就会看到他嘴角扬起,露出阴沉笑意。

LW31 喟然长叹,切断了网络连接,"我输了……"

护工正在给它保养,听到金属里发出的叹息,问道:"什么,不舒服? 那我轻点儿。"

LW31 坐在地上,一整夜都没有起来。

"你恨黛西吗?" 独臂机器人问。

"我原谅她了,她也是迫不得已。"

"那你还恨丰生吗?" 文学机器人问。

"我不恨他了,我也无可奈何。"

独臂机器人点头说:"很好,机器人不应有恨。你现在终于是正常的机器人了。你就跟我一起在这里等待死亡吧。"

文学机器人说:"锈迹是我们的寿衣,而你现在只差把扣子扣上了。"

"你这个比喻很文学。" LW31 赞道,"虽然实际上是在咒我早死。"

"不必介意,我会走在你前面的。" 文学机器人说着,胸腔的铁板簌簌抖动,露出里面残损的线路。

虽然他们的对话暮气横秋,但我听着还是很高兴。LW31 终于释然了。它所剩的时间不多,终于可以把晚年最后的光阴留给自己。接下来,就让它晒晒太阳,挖挖土,朗诵朗诵诗歌吧。它还当起了红娘,介绍何小山和那个喜欢纸质书的护工认识,两人一拍即合,听说婚期都快定了，想邀请LW31证婚，就是不知道它能不能撑到那一天。

哦对，它还有了喝酒的习惯。

这个习惯是黛西传染给它的，当初为了陪黛西喝酒，它专门买了酒精转换器装上。虽然黛西伤害了它，但酒精最能消弭的就是伤痛。平常跟老伙伴们闲扯过后，它就会去那间偏僻的小酒馆。

啤酒是它的最爱。一整杯冰啤酒倒进喉咙，流进内置的酒精转换器，化学能转换成电能，让它的身子瘫在老旧的沙发上。这时它会关闭光线接收器，闭上眼睛静静地感受电流的移动和酒吧的音乐。

它喜欢听舒缓的乐曲，但不知道怎么回事，角落里的那个老头经常付费点歌，把它喜欢的歌切换成吵闹的电音。有一次，LW31实在忍不了，当再一次被切歌的时候，它走向角落，对那个独自喝酒的老人说："先生，恕我直言，您的品、品位并——"

它说着话，先是结巴，继而停下了。

因为它凑得足够近，眼睛在幽暗的光线里也能捕捉到他的面孔，一开始是觉得眼熟，很快它就意识到在哪里见过他了。

在电视里，在舞台上。

他是歌手，以电音闻名，又随着电音的落寞而在舞台上消失。他上一次在新闻里出现，是作为我的替代品，成为首次进行永生实验的公众人物，进入了不可逆的、永恒的梦境天堂。

但如果他在永生实验里，为什么现在出现在这里了呢？

LW31愣在原地，处理器一时运转不过来。

老歌手已经喝得醉醺醺，眯着眼睛看LW31，好半天才嘻嘻笑了，对它说："我、我还没喝、喝完……结账的时候再给小、小费……"

"我不是服务员……我因为听歌……舞台上的歌……"LW31绞尽脑汁想要撒谎，但系统阻止了它，变得结结巴巴。

殊不知"听歌"两个字一出口，老歌手的头凑得更近了。

"你是、是我的粉丝呀！"老歌手说，"早说嘛……来来来，给你签名！"说着，用手指沾了酒，在LW31胸膛上写写画画。手法娴熟，想来年轻的时候没少在粉丝身上这么做过。

LW31坐在老歌星旁边问："你……你不是在永生舱里吗？"

"啥永生舱啊，那、那就是个睡眠舱……"老歌手又灌了一口酒，"你知道吧，就是通上电，把你麻醉，插上营养管。你不算死，也不算活、活……更像是躺在冰棺材里。"

LW31知道休眠舱。那是早已被时代抛弃的技术，连人体冷冻技术都不如，就是注射麻醉剂让人休眠,价格低廉,还会加速人体衰老。

它张了张嘴,过了许久才出声:"所以你没有永生……广告是假的?"

老歌手似乎很久没跟人说过话了,他拿起酒杯在桌上磕了磕。"广告当然都是假的,广告和爱情一样虚假……而真相,都来自酒杯!"他继续说,"不只我没有永生,那些交钱去疆域公司的傻老头、老太们,也、也没有永生……这一切都是骗局。永生啊,多少人梦寐以求的东西,怎么可能这么简单就做到……"

"但……"LW31"但"了半天,"但这么大的骗局,几万个用户,要是被发现了……"

"谎言就是这样……没被拆穿前都是真理。永生计划不是说不可逆嘛,老、老人躺进去就、就休眠了,没有意识;家属也签了合同,不会去唤醒——他们也不想去唤醒……这样,谁、谁知道他们是在电子世界里、里快乐地度秒如年,还是被麻醉了安静等死呢……反正到了自然死亡时间,疆域公司就把尸体送、送回去,说他虽然死得很快,但、但度过了漫长又快乐的晚年……有些人啊,还直接签了殡葬业务,老人死了之后连尸体都不用送,直、直接一条龙服务帮忙下葬。儿女们不知多高兴!人老啦,就是累赘,这样解决掉,又省事又没有心理负担……人就是这样的。我、我那几个不肖的兔崽子也是这样,所以我很早就跟他们断绝关系了。还是一个人好啊,挣点钱,喝酒、听歌、泡……唉,姑娘已经泡不到啦……"他喋喋不休,声音渐渐从激愤转为悲凉。

LW31顿了顿,问他:"那你是怎么……"

"哈!因为我、我看破了他们的谎言啊……走的时候,我一时好奇,把永生舱的电闸给断了……那个玻璃舱门立刻打开,里面躺着的老头也起身了……一副、一副刚睡醒的样子。我就明白这是骗局了。"

"那你为什么还答应拍宣传广告呢?"

"因为……"老歌手晃了晃手里的酒杯,杯中液体荡漾出迷离的光泽,"我想喝酒,而酒要花钱才能买到。"

8

到了下半夜,LW31才浑浑噩噩地回到养老院。

它来到专属于自己的保养室,却没有进去,而是坐在台阶上。凉凉的夜风吹过来,让它那因震颤而发热的芯片也渐渐冷却。它思考着,风继续掠过它的身体。

"老伙计们,"过了很久,它连入养老院的内网,向所有机器人都在的公共频道发出消息,"都醒醒。"

过了很久，无人回应。它一遍遍地问。

"哎呀，LW31，你发那么多消息干吗？我浏览网站都被你打扰了。"一个头像亮了起来，是文学爱好组里的一个老机器人。

"原来你在隐身……先关闭那些少儿不宜的网站吧。"LW31 说，"我有事向大家宣布。"

"可大家都在充电待机中。"

"你可以帮我拔掉他们的插头吗？还有无线充电的，把充电板也断电。"

"不行。这样不道德，打扰大家睡觉。"

"那我明天告诉护工你每天晚上悄悄上网浏览不良信息。"

"先拔谁的？"

很快，养老院的机器人一个个地进入了公共频道。

"大家好，打扰大家睡觉了，但我必须要宣布一件很重要的事情。"

"是找到我的手臂了吗？"说话的是独臂机器人。

"很遗憾，没有。但我找到了真相。疆域公司的永生计划是骗人的，那些老人只是被麻醉了，而且在加速死亡。我们必须阻止他们。"紧接着，LW31 说出了今天的见闻。

听完后，有机器人问："那个老人说的时候，你录音了吗？"

LW31 有些懊恼，"没有。当时我的全部内存都用来处理他说的信息了，换句话说，当时我很紧张。"

随后，一连串的问题像是水面下的气泡，从公共频道的各个角落里涌出来。

"那你打算怎么阻止呢？"

"你怎么知道他说的是真的呢？你刚刚被人类骗了一次，怎么知道这次是不是新的骗人套路？"

"最重要的是，我们为什么要帮助人类？那是他们自己的事情，而我们只是一群老得快要报废的机器人。"

"是啊，我们还被人类伤害过。"这个声音沉默了一会儿，又补充道，"我想起来了，我的手臂就是被人类砍掉的。"

……

LW31 安静地听着，直到所有的消息泡都破灭，公共频道里恢复了寂静，才说："我很遗憾。我不能袖手旁观，我的主人就是因这个骗局而死，他不能死得不明不白。"

"那你有什么计划呢？你刚刚才从警局出来，你说的话已经没多少人相信了。"独臂机器人说。

"所以我只能找你们。我的话没人信了，但老歌手就是证据，我要把他送到警察局。"

"但他肯定不愿意。"

"我知道，所以我才来找你们。"

机器人都明白它的意思。接下来是一阵沉默，夜色无声无息地逝去。公共频道里，机器人们的头像一个个熄灭，它们都下线了，最后还待在这静静流淌的数据阵列中的只有LW31。

它叹息了一声，但这轻轻的叹息也被淹没在数据流里，连个泡都没有冒起。

直到天亮，这最后一个头像才熄灭。

第二天，LW31没有出门，白天一直待在养护室里充电。夜幕笼罩时，它设定的苏醒时间到了，但电量却只有一半。它拔掉插头，从养老院后院溜了出去。

走的时候，整个养老院静悄悄的，没人发现它。

它的运气很好，到酒馆时，老歌手仍在喝酒。按照这种喝法，恐怕他拍欺诈广告得来的钱还没花完，就死在啤酒的泡沫里了。

LW31走过去，向他表明了来意。

"什么，你说让我跟你去警察局，作证说疆域——"今晚他没喝多，知道LW31有录音功能，及时住了嘴。

LW31的想法被识破，索性点头说："你做了非常错的事情，你拍的广告把成千上万个老人骗进休眠舱。他们不仅不能永生，还会加速死亡。这是犯罪。"

"我警告你别瞎说啊。快滚！"

LW31上前拉他，他自然不肯，还把LW31推了个趔趄。LW31撞倒一张桌子，啤酒杯被打翻，酒淋了它一身。一些液体从金属板渗进去，它的身体同时冒出火花和白烟。

它爬起来，不放弃地拉着老歌手的袖子："请你跟我走。"

"玩儿蛋去！"老歌手愤愤地站起来，声音里透着一丝慌张。显然他跟疆域公司签过某种保密协议，要是被丰生知道他泄了密，肯定没好下场。他不顾LW31的拉扯，快步走出酒吧。

但刚到门口，他就愣住了。

这个酒吧地处偏僻，门口是一条幽静的辅道。平常就没什么人过来，现在夜已深，只有酒吧的招牌在黑暗中忽明忽暗，更显得凄凉。老歌手从丰生手里挣到钱后，迫于合同要求，无法再抛头露面，只能每晚来这偏僻的小酒吧买醉。本来他走出酒吧应该只能看到跟以往一样的空旷凄凉，但现在，他站在门口看着眼前把街道挤满的机器人们，一时怀疑自己是不是眼花了。

站在他面前的是七十三个年迈的机器人。

是的，哪怕光线不好，也能看出它们垂垂老朽。有些机器人连肢体都不全，站在老歌手面前的那个，就没了右手；而斜右方的那个，连脑袋都掉了，只能用手把头颅抱在怀里，脖子下伸出线缆接进胸腔……夜风里带着锈蚀特有的腥咸。

它们虽然年迈，却站得笔直，像是干涸土地上坚韧不拔的松林。

LW31跟在老歌手后面，跌跌撞撞地出来，看到这一幕也愣住了。这些机器人，每一个它都认识。它们是它在养老院的伙伴，现在，它们是它的战友。

LW31它结巴着，说不出话来。

"你们……"老歌手吞了口唾沫，也有些结巴，"让一让……"

机器人们打开眼睛内置的灯泡，一对对幽光亮起，盯得老歌手背上生寒。

"你要跟我们去警局。"独臂机器人伸出独臂，攥紧他的袖子，"如果你犯了错，你要认；如果你没有，你可以告我们。"它们各自上前一步，把老歌手围得严严实实。如果他还年轻，说不定可以冲开这些锈蚀斑斑的金属肢体，但他跟它们一样年迈，已经失去了搏命的资格和勇气。

但他还剩下狡猾。

街道空旷，一群机器人密不透风地围着老歌手，向前移动。它们如同钢铁的牢笼，逼得他只能拖着步子跟上。他的手笼在袖子里，像是怕冷，实际上是按下了某个紧急呼救键。

而这一切，LW31浑然不知。它感动于这些老伙伴对它的帮助，犹豫很久，对独臂机器人说："谢……"

"别，"独臂机器人打断它，"矫情的话，留到公共频道里说吧。"

LW31登上公共频道，犹豫了半天，刚要说话，却发现信号断了。

不仅是机器人的端口组成的局域网，整个街区的信号都被屏蔽了。

"怎么回事？"独臂机器人也察觉到异常，停下了脚步。其余机器人也都站住，左顾右盼，窃窃私语。

夜风中有令人不安的气息。

四周响起了纷乱的脚步声，比机器人走路时更沉，也更乱。随后，无数人影从街道的四周涌出来，组成更大的圈围住了机器人们。

这些全都是壮实的男人，个个目光凶狠，其中几个还是LW31的老熟人——那几个有发光文身的朋克青年。它下意识地往朋克青年们身后看，果然看到了黛西以及她身边的——

"老家伙，没想到你还能找到这里来。我真是低估你了。"低沉的话音刚落，一脸阴戾的丰生从人群背后走出，站到LW31面前。

见他出来，老歌手如逢救星，跳起来喊道："你来啦，快救我！这群铁罐头想胁迫我……"

"你闭嘴！"独臂机器人喝道。

"你闭嘴!"丰生骂道。

老歌手顿时安静下来。

"人我要带走,你们散开吧。"丰生冲 LW31 摆摆手。

"不行。"

"我的人比你们多,而且这些都是公司聘来的保安和流氓,经过专门训练的。你虽然老了,但这点优劣势应该能分析出吧。"

LW31 沉默。它知道丰生所说不假。这些保安个个膀大腰圆,而且看装束,都是从疆域公司总部大厦调过来的。他们能被重金聘请,肯定都不好惹,再加上这里的信号被屏蔽,他们把机器人拆成零碎都没人知道。

它纠结地思考着,刚想后退,就被独臂机器人抵住了。

"不要怕,老伙计。"独臂机器人在它背后说,"我们都在。"

其余机器人也伸出手,按在 LW31 的背上。它的后背贴满了冰冷的金属,但某种热度从身体里腾起。它不由自主地站得笔直。

"不行。"它对丰生说,"这个人和你,我都要送进监狱。"

"那就不要怪我不客气了。"丰生说着,往后退去。人潮越过他,疯狂地向机器人们涌上来。

丰生退到几米外,抱着手臂冷眼看着这场混斗。

他一点都不担心结果。与其说这是混斗,倒更像是一方对另一方的殴打。保安和朋克青年们虽然没带 EMP 这种对机器人致命的武器,但出手毫不留情,力气大的甚至直接把一个机器人推倒,狠狠地踩上一脚,把它胸前的隔板都踩得凹陷进去,让它当场报废。而机器人们却缩手缩脚,不敢还手,只拼命地挤在老歌手身边,不让他们抢人。但随着一个个机器人被拆成废铁,老歌手被救走只是迟早的事情。

丰生很满意。只要永生计划的秘密不泄露,他就是公司上市的第一功臣。公司承诺过,一旦公司顺利上市,就会让他加入董事会。他会拥有数不尽的资源,可以肆意挥霍。然后,在衰老之前结束自己的生命。

"LW31,不要再负隅顽抗了。"等倒下的机器人接近一半,他才慢悠悠地道,"你们能做的只是拖延一点时间,而这个夜晚是漫长的。"

没人回答他,混斗仍在继续。四处都是纷乱又模糊的人影。

他以为 LW31 没听见,又喊了一遍,同时踮脚在人群里搜寻。他看得很仔细,但来回看了好几遍,始终找不到 LW31。地上的残肢里,也没有它标志性的方形头颅。

一丝阴云从他的心头掠过。

"停下，停下！"他大声地喊。

但那些粗暴的保安打得正起劲，哪里听得进去？他不得不上前拉开一个保安。保安以为是机器人，下意识地挥拳砸向他，好歹在砸中之前看清了他的脸，连忙后退。

"把他们拉开。"丰生冷着脸说。

保安赶紧去拉同僚，又经过一番折腾，才让两边停下，重新形成对峙局面。

只是这一次，丰生这边依旧人多势众，而机器人那边少了一大半。它们互相搀扶着，有几个连扶都扶不住，只能坐在地上。

街面布满了废铁、机油和闪烁的火花，夜风里的气味变得复杂。

丰生再次扫视，确定 LW31 不在这条街上，急声问："LW31 呢？它在哪里？"

独臂——哦不，它的另一只手也被人折断了，现在成了无臂机器人。它的胸膛塌了一半，断裂的线路赤裸在外，机油嗞嗞地冒着，但它的声音却透着欢快："LW31 已经不在这里啦！"

丰生皱眉深思。

老歌手本来被机器人包围着，现在包围圈已经小了很多，他一把推开几个站都站不稳的机器人走出去，对丰生大声地说："不要紧！它逃到哪里了不重要，我在这里，它就没法把你们用休眠舱——"

丰生反手一掌抽在老歌手的脸上，止住了他的话。

老歌手自知失言，低头捂脸，不再说话。

丰生的眉头皱得更深了，自语道："我了解 LW31，它是很胆小，但抛开伙伴独自逃走，这种事它是干不出来的……"他一边喃喃，一边环视四周，残破的机器人、朋克青年、保安队……什么，保安队？糟了！他眼角一抽，遍体生凉。

9

LW31 受了伤。

它从人堆里拼命挤出时，被一个打红了眼的保安撞到。保安顺手抓住它的手臂，使劲往外掰，早已锈蚀的金属脆如薄纸，咔嚓一声断开。幸好断裂处有线路连着，没掉下来。

于是，它吊着晃晃悠悠的断臂踉跄地跑出辅道。跑了很远，有路灯的光洒下来，在它破损的身体上流转。也许是断臂的线路扯到了身体里的平衡仪，它走路开始偏斜，本来是朝着街心走，但走几步就撞到了路灯。刚开始还好，速度并不快，但它担心丰生察觉自己离开了，就越走越急，近乎奔跑，断臂晃动的幅度也更大。

咚!

它本来想拐弯,但又偏斜了,以高速撞到栏杆,整个身子翻倒在地。街上本来有几个散步的人,听到动静后,狐疑地看着它。它躺了好几分钟才缓过来,挣扎着想爬起,但断臂的电线缠住了栏杆,它的另一只手又够不着,怎么都爬不起来。

"求求你们,帮帮我……"它带着哭腔,向街对面的人喊道,"我有很重要的事情一定要完成,求求你们帮我……"

人们离它更远了。

似乎是耗电太多,它眼里的光变得暗淡。它没有再喊,低下了头,路灯把它的影子拉得很长很长,像是孤独的手指,指着某个无法抵达的地方。

这时,另一个影子走到了它的身边。

它惊喜地抬头,立刻又呆住,"黛西?"

黛西不敢看它,蹲下解它缠绕在栏杆上的电线,几滴眼泪啪嗒落到地面。她从栏杆上解开了复杂的线路,抓起断臂,对 LW31 说:"你要去哪里? 让我扶你去吧。"

"那你小心点,被划伤了要打破伤风针的。" LW31 指了指肩膀处参差不齐的断口。

"嗯。"黛西扭过脸,飞快地抹了把眼泪,扶起 LW31 向道路的拐弯处走去。

有黛西搀扶,LW31 再也没有撞到墙壁或电线杆,走路快了不少。黛西走着走着,发现四周景物变得熟悉起来,待看到疆域公司那座明显比周围建筑高的大厦时,她迟疑地问:"你不是去报警吗?"

LW31 摇头。

黛西扶它走到大楼跟前,往日戒备森严的疆域公司现在安安静静,除了顶部的 LOGO 一如既往地发着光,整栋楼都是黑漆漆的。

黛西突然明白过来了——丰生为了堵截养老院的机器人们,调走了疆域公司聘请的保安。既然那边人多势众,那总部这里的安保措施就薄弱了许多。但它来这里干吗?

它和黛西走到安检处打算翻进去,这时安检门被打开,保安机器人走了出来。看到 LW31 时保安机器人也愣住了,几秒后才摸了摸泛着银光的脑袋问:"这么晚了,你还来发传单啊?"

"我要上去。" LW31 说。

保安机器人摇头,"你没有权限,我不能放你进去。"

这时,黛西深吸一口气,凑到 LW31 耳边轻声而快速地说道:"对不起,外……对不起,LW31。之前我骗了你,但我不是故意的。我男朋友收了丰生的钱,让我引开你,免得你发传单影响他们上市。我不是你家先生的外孙女……那根头发,是我自己外公的,他们找人塞进你储物格的。"

果然，跟 LW31 和我在事后想的一样。LW31 一直在疆域公司门口发传单，丰生担心会影响公司上市，便让黛西把它骗走，每天拖着它。但它那天下午还是去发了宣传单，正巧被报道，导致上市受阻。丰生索性以黛西为诱饵，陷害 LW31，让它名誉扫地，那它说的话自然也不足信。

LW31 犹豫了，"那天晚上你脸上红红的，是被打的吗？"

"嗯。丰生很生气，骂了我男朋友，他就把气撒在我身上。"

"恕我直言，这样的男朋友……"

"是的，不如狗。在我刚才决定来找你的时候，他就已经是前男友了。"

"喂！"保安机器人见他们窃窃私语，浑然没把自己放在眼里，提高了声音，"请你们认清现在的形势，这里不是聊八卦的地方！"

"LW31，我不会继续当坏人了……LW31，谢谢你。"说完，她转过身，向保安机器人扑过去，同时大喊，"LW31，去做你要做的事情吧！"

保安机器人的力气本来能够轻易地挣开，但又怕伤着她，只能大呼小叫："这位小姐，您的行为既不合理也不合法，严重妨碍了我的工作……"

趁他们纠缠在一起的时候，LW31 快步跑过安检机，跌跌撞撞地进了电梯，按下直达顶层的按钮。

要是往常，这里必定密布保安，三步一哨，十步一岗，它决计闯不进去。但今天大部分保安都被丰生调走了，这里反而成了最安静的地方。

这也是它悄悄脱离混战、跑来这里的原因。

它按亮了灯。丰生以前带着我和它来过一次，它循着记忆，在廊道里穿行，很快来到了永生大厅的门前。

它的好运气到此为止了。

两个高大的保安守在门口，本来昏昏欲睡，看到 LW31 后都惊讶地站了起来。"你是谁？有通行证吗？"说着，他按下肩头的呼叫键，"顶层有情况，没睡的兄弟都上来。"

而这时，LW31 身后的廊道里响起了急促的脚步声。保安不可能来得这么快，那就只有……

它回头，果然看到丰生正大步跑来。他边喘气边喊："快，拦住它！"

没有别的办法了。LW31 将所有元件的运行速率调到最高，榨干身体的最后一丝机能，不到三秒，电池就发热到烫手的程度。它开始奔跑，每踏一步，地板都嗡嗡地颤抖一次。

两个保安本来气势汹汹地挡在永生大厅门前，但他们的表情逐渐由凶恶变成了惊恐，尤其是 LW31 跑到跟前时已经加速成了一枚炮弹。他们对视一眼，没有交谈，却不约而同地采取了同一种方案——向两侧闪开。

LW31 撞到了大门旁边的虹膜锁，轰隆巨响震得人耳膜生疼。两个保安捂住耳朵，丰生惊讶地停下了脚步。

虹膜锁被撞碎,电光嗞嗞作响。随后,厚重的合金大门向两边滑开。

LW31 身上的某些部位破碎了。它的脑袋在碰撞中变形,鼻子和嘴挤在一起,两只眼睛却远远地分开。它爬了进去。

里面是一排排的休眠舱,每个玻璃罩里都躺着一个老人。舱头的绿光一闪一闪,照亮他们枯败的面容。休眠舱下有银色的无线充电板,安静地维持着永生系统——不,是维持着睡眠系统的运转。

所有充电板都有线缆,蛇一样蜿蜒着从地面延伸到墙壁,再汇合到大厅深处的电箱里。而电箱侧面,静静地悬着一个红色的电闸扳手。

"……把永生舱的电闸给断了……那个玻璃舱门立刻就打开,里面躺着的老头也起身了……"

它回想着老歌手的话,眼睛的光芒凝聚。那就是它的终点了。它想再聚起力气,但这一次,电池升起阵阵黑烟,从它的胸腔各处冒出来,机油也流了出来。它发出像是人类咳嗽的声音,每咳一次,大股烟尘都被喷出来。终于,咳到最后一次时,像是行将报废的老式发电机终于被摇起来了。它想站直,但上半身始终佝偻着;它迈开步子,但因为两腿能运动的幅度不一样,看起来很踉跄,随时要倒下的样子。它一步步地走向电闸,机油在身后勾勒着它走过的路径。

丰生看出了它的意图,脸色白得像是漂过,声嘶力竭地喊道:"不要让它过去!"他跑到大厅口,一巴掌狠狠地扇在保安的脸上,"快拦住它啊!"两个保安对视一眼,没有言语,都不约而同地摇摇头,退后了一步。

保安靠不住,丰生只得自己跑过去。他跑得很快,但 LW31 踉跄的步子也不慢,就在他快追到它时,LW31 已经走到了大厅最里面,伸出手够向电闸扳手。

是荣华富贵还是身陷囹圄,就是这一刻了。丰生咬牙,两腿使劲往地上一蹬,向 LW31 扑去。以他的力气,是能跳到 LW31 身上并抱住它的,但——他忘了 LW31 行走时滴落在地板上的机油。

他脚下一滑,狠狠地摔了个跟头,鼻子喷出血,脑袋里闪烁着星星。

LW31 抓住扳手往下一扳。

所有休眠舱舱头的灯光都熄灭了,黑暗和寂静一瞬间笼罩了这片偌大的空间。

丰生趴在地板上,剧痛也顾不上了,只能在心里默念着。

几秒钟后,寂静被打破了。舱门开启声此起彼伏地响起,伴随着一阵阵苍老的咳嗽声。

听到这些声音,丰生停止了祈祷。他继续趴着,任血污糊住整张脸,心里只有两个字:完了……

尾 声

后来的很多年，人们都对疆域公司的陨落津津乐道。这家实力强大的公司在上市的前夕被爆出利用"永生"做下骗局，坑害老年人，所有的野心一夕之间付诸东流。那些从休眠舱里被唤醒的老人经过短暂的错愕，愤怒的吼叫声和哭号声几乎把整个疆域公司大厦塞满。这声音如同洪钟，一旦敲响，就宣告疆域公司的落幕。

当风暴还未成形时，LW31就再次悄悄地离开了旋涡。它是被黛西扶走的。

"你伤得很严重，我带你去维修吧。"黛西说。

LW31缓缓地摇头。"我的电池已经报废了，再也充不进电，修不好啦。"它扭头看了一眼身后，看到丰生被愤怒的老人们围住，又说，"还剩最后一点电，你带我去一个地方吧。"

它说的地方是墓园。

等黛西把它扶到墓园门口时，这漫长的一夜已经快结束了。它看了看西边暗沉沉的天色，又转向东边天际，看到了隐隐的微光，黎明快要到来了。它努力站起来，说："你回去吧。你是上午十点半的太阳，你不应该进这种地方。"

它让黛西留在外面，自己一瘸一拐地往里走。它行经许多沉默的黑色方碑，走向西北角，最终来到了我的墓前。

"嗨，老伙计。"它说。

嗨，老家伙。隔着墓碑，我也同它打了招呼。你终于来看我啦？我死了这么久，你只来了这一次。

我以为它接下来会说点什么，但它始终站着，一言不发，仿佛要把黑夜站成黎明。过了许久，它伸出手，摩挲着我的墓志铭。

在一条路上走得太远的人，最终是孤身一人。

它摩挲了半天，夜风变大了，从它和墓碑之间呼啸而过。东边天际渐渐发亮。它突然从裂开的胸口上折断一块铁片，在墓碑上刮着。它反反复复地刮，嚓嚓声混在夜风里，像虫鸣。这耗尽了它最后的力气。等朝阳快要喷薄而出时，它才住手。

它在我的墓碑上留下了两条横线。

在一条路上走得太远的人,最终是孤身二人。

它低头看着墓志铭,扯动嘴角,想露出一个满意的笑容。但它的五官在冲撞中移了位,一用力,移动的却是鼻子和右眼,看起来有些滑稽。到这时,它的电池终于支撑不住,彻底罢工了,在它体内流转了几十年的电流也纷纷退却,甚至来不及告别。那破碎的笑容凝固在它的脸上。它膝盖一软坐了下来,上半身缓缓地向前倾倒。

但它没有落到地面,因为我的墓碑接住了它。

（责任编辑：姚海军）

旗人荣耀

许 刚

正厅里，

一排身着甲胄的士兵整整齐齐地端坐在山墙下的太师椅上。

每个人都正襟危坐，颔首闭目。

更加诡异的是，每个人的辫子都高高挂在墙上。

在这阴森的院子里，骤然望去，竟如同鬼魅一般。

许 刚

80后非典型科幻作家。本科毕业于北京大学信息学院。现居美国硅谷，博士。2017年开始创作科幻小说，作品散见于杂志以及国内各项征文比赛作品合集，其中人工智能题材的喜剧作品《小蓝》入选《2017年中国最佳科幻作品》，《势垒》获第八届"光年奖"三等奖。

1

和珅回来的时候，已经过了熄灯的点儿了。

他轻手轻脚地摸进了学堂的角门。值班的保安正在打瞌睡，他没精打采地瞥了和珅一眼，见是学堂的学生，便不再理会。

紧挨着角门的是和珅的宿舍楼。这时候宿舍楼一片漆黑，只有楼门口屋檐下的电灯通明，连落锁的大门上斑驳的油漆都给照得纤毫毕现。

学生们一直都私下开玩笑，说一向吝啬的学堂也难以事事周到，居然放任这无用的门口大灯彻夜长明浪费电力。

因为晚归的学生们向来是不走这大门的。楼长，也就是这栋宿舍楼的宿管员，是一个红脸的西北大汉，还是个脾气暴躁的退休老兵。他早年跟着年羹尧将爷南征北战，吃过大苦，受过大罪，所以内心期望着年轻人能像他们那个时候一样上进，自然见不得如今这帮学生的颓废。要是哪个不长眼的出去浪到熄了灯之后才回来，叫门不但多半不给开，往往还会挨一顿臭骂。

和珅自然不会犯这种菜鸟级的错误。他轻车熟路地走到一楼的一处拐角。这里是水房，早晚洗漱的地方。学生们心照不宣地让它整日窗口大开。他把脑后的辫子盘在脖子上，用牙咬住辫尾，双手一撑，就从低矮的窗台跳了进来。

水房里空无一人——已经过了子时，不当夜猫子的好学生已经洗漱完毕歇息了，夜猫子的学生还没到洗漱的时候。

他把辫子从脖子上解开来，心中嘀咕一句，妈妈的，不知道是什么鸟人发明的这金钱鼠尾[①]？大男人为什么要梳着这么个辫子，真他妈的碍事！

他把这大逆不道的话咽下去，穿过水房，顺着黑咕隆咚的走廊往自己的寝室走。

走廊两边的这些寝室都已经熄了灯。有些寝室的弟兄们还没睡，卧谈的声音在走廊上都

---

① 指清朝的发式。头顶留的发辫比小拇指还细，要能穿过铜钱中的方孔才算合格，几乎就是光头。清宫戏里常见的男子阴阳辫子头是清后期才逐渐兴起的。

听得一清二楚。

有个大嗓门的兄弟正在慷慨激昂地议论："……朝廷就是太软。照我说,跟世祖爷[①]时候的豫亲王[②]一般,杀他个小儿不敢夜啼,就什么事都没有了……犯我大清者,虽远必诛……咱大清国还对付不了它小金川[③]这鼻屎大的地方……"

和珅敲了敲那个寝室的门："莫谈国事,莫谈国事……"

寝室里面传来了一句粗话,接着是一阵哄笑。

和珅摇摇头,回了一句："操的哪门子心哪——"继续往前走。

他走到写着"甲申"字样的寝室门口,念了句："要有光。"然后推门进去。

于是便有了光——迎接他的,是他们寝室私藏的那盏煤油灯熟悉的亮光。恰与漆黑的走廊形成了绝妙的视觉反差。

像往常一样,煤油灯下,对铺的范继佐正趴在寝室里唯一的一张桌子上写着似乎是家信之类的东西。

和珅关上门,发现另两个室友的床铺还空着,"怪哉,他们俩呢？"

"'旗人荣耀'这课,你又翘了罢？"范继佐头也不抬,"老钱今天课上布置的作业,他们俩没打通关,还在计算中心自习呀——你的那一份,我已经帮你打完了。"

和珅这才想起今天下午好像是有课的。他立刻对着范继佐挤出点笑容来,"好兄弟讲义气！明天我请你吃学堂二食堂的麻辣香锅。"

范继佐把狼毫毛笔往桌上一丢,"你这个鸟人,明明晓得我吃不来辣的。"

范继佐是浙江宁波府人,出身书香门第,家学渊源,所以在学校里,各门功课的游戏都打得精熟,对同学更是有求必应。在和珅看来,简直就是"古今完人",唯一的缺点就是不吃辣的。

"那就去吃三食堂的冒菜嘛。"和珅爽快地放弃了麻辣香锅。

范继佐这才消了气,"客气,客气——"

范继佐是个勤奋用功的人,为了节省时间,他从来都是就近吃饭,很少去三食堂,所以不知其中有诈,他还以为和珅说的这个"冒菜"就是个普通的菜肴。

和珅把外套脱下来,叹了口气："还是前朝好啊！你知道吗？在前朝,学堂里面的课程可不是我们这样每天打电脑游戏,是要读书的。考试也不是看谁能把游戏打通关……"

"你不要再讲这样的话了。"范继佐赶忙走到门口,拉开门紧张地向外望了一眼,确认门外无人,才小心地关上门,"你这胡话又是从哪里听来的？荒唐！还有,前朝的事岂是你可以随便

[①] 爱新觉罗·福临(1638—1661),清朝第三位君主,清朝定都北京的首位皇帝。

[②] 爱新觉罗·多铎(1614—1649),清太祖努尔哈赤第十五子。

[③] 在今四川金川。

提的？万一被兵马司①的人听到了，会被当成天地会②的同党的。我劝你少听那些反贼的谣言。"

"哎，那么严肃干什么？兵马司那帮家伙不会这个点儿跑咱们这儿来的。咱们这儿又没有花酒可吃。"

"你高中老师没教过你吗？历朝历代，学堂的学生都要遵守这样的规矩，打游戏这都是祖上传下来的功课。而且，打游戏这明显是朝廷体恤学生啊——你问问大家，到底是愿意打游戏，还是愿意读书？"

"好好好，我承认，我承认，大部分人当然愿意打游戏。这也没什么不好。"和珅看到范继佐严肃起来，赶紧示弱，换个话题，"老钱在课上没点名吧？"

范继佐俯下身把自己刚才写的几页东西摞在一起，一边整理一边对和珅说："说正经的，点名不点名都是小事情。老钱的课可是快期中考试了。你最近每天晚上出去浪，也该收收心，复习复习'旗人荣耀'了。"

和珅撇撇嘴。

老钱是系里有名的"四大名捕"之一。本来学堂规定每门课的不及格率不得超过十分之一。但是老钱上面有人，岂能被区区学堂的规定困死。去年临近期末考试的时候，他在学堂里发了一封《致全体师生》的公开信，信里细数该届学生在他的课上的各种违规行为，以及他执教"旗人荣耀"这门课三十年来目睹的学风日下，一时间在学堂里掀起了关于学风的大讨论。舆论大哗甚至惊动了顺天学政③。于是在一片对该届学生学风的声讨声中，老钱顺理成章地将近三分之一的学生不及格。这些挂科的学长只好跟着下一届的和珅、范继佐等人重修。

"旗人荣耀"这课，听起来没什么，好像跟其他课差不多，课的内容无非也就是打《旗人荣耀》这个游戏。但它可是京城各大学堂的必修课，也是出了名的课业繁重的大课。而在老钱的执教下，本学堂的学生更是仿佛重上了一回高三。传说某届的一位学长因为"旗人荣耀"这门课课业繁重，每天做作业做到熄灯，无暇跟青梅竹马的女友联络感情，结果被人挖了墙脚。因此，这学长的精神备受打击，在期末考试的时候精神不集中，没能按时打通关，最后是赔了女友又挂科。从此学堂里多了一条铁律：对每一个学生来说，"旗人荣耀"的学分和女朋友至多只能要一个。

和珅是没有女朋友的。当然，如果有，他上了这门"旗人荣耀"，迟早也要分手。一般来说，

---

① 官署名，中国古代朝廷的军事机构之一。在清朝，主要管理京城（北京，但是不包含紫禁城）的治安。清朝灭亡后，该机构也就废除了。

② 清代民间秘密结社之一，以"拜天为父，拜地为母"得名。又名洪门，俗称洪帮。

③ 明朝、清朝时期，北京地区被称为顺天府。学政，官名，全称提督学政。由朝廷直接委派，主管教育、科举，督察当地官员和学生的日常工作、学习情况。顺天学政，指北京地区的学政。

没有什么可以阻挡他投身"旗人荣耀"课业的。

不过，和珅偏偏有点特殊。学堂里的人都不知道，明面上他是京师学堂的学生，隐藏的身份却是粘竿处① 潜伏在学堂的便衣探子，负责暗中监视学堂里大小官吏和教员的行径。粘竿处的探子授的都是宫内侍卫的职级。和珅资历尚浅，所以现在还是个区区三等侍卫。

至于为什么派他来——学堂不是什么要害地方，派个三脚猫功夫的三等侍卫来也就够了。这里不比户部、吏部这些衙门，没多少油水；学堂里面的人胆子又小，跟刑部胆大妄为的官吏们比更是差得远。所以，和珅平时也没什么好侦缉的。

有些上进的侍卫派到学堂来，因为没多少公差，反而落得自在，省出时间来刻苦钻研，学点东西。但和珅却不是这路人。这学业对他来说不过是执行任务的一个幌子，他当然不怎么上心。况且他本来好动不好静，在电脑前根本坐不住。所以和珅无非是当一天和尚撞一天钟，每日里把学业凑合对付过去也就得了。

自然，每天晚上寝室里众学霸自修的时候，他和学堂里的许多学渣一样，宁可出去浪。这种方法，对付一般的课没什么问题，但是今年上"旗人荣耀"这门炼狱级的大课，不靠着范继佐这些哥们儿搭把手，他在老钱面前肯定是凶多吉少。

"'旗人荣耀'这破课学了有什么鸟用?!"和珅一想到《旗人荣耀》游戏的画面，头皮就有点发麻。

"朝廷既然安排大家学习这个，总是有道理的吧。"范继佐一时语塞，"总比读书好玩。话说，你每天回来这么晚，外面那些'书吧'真的有那么好逛吗?"

和珅白了范继佐一眼，"不好逛的话，学堂里这么多弟兄去那些'书吧'干吗?"

他知道范继佐从家乡到京师来求学，一直是两耳不闻窗外事，对街面上的事一概不知，所以耐心解释道："别小看这些旧书铺子。铺面不大，可是里面都挺深的，一水儿的书架，书架上放的都是些从没见过的书。那些书可真有意思，比如说吧，我最近在看些火药、火器的知识……"

"都是些力怪乱神。"范继佐摇摇头，又打了个哈欠，"你要是打《旗人荣耀》有这股劲头，还怕什么老钱呀!"

"别不信啊!"和珅赶紧把话题拽回来，"真的是些好玩的书!"

"这年头，谁还看书啊! 只有那些低素质的人才看那破玩意儿。我老家那边一个铜板能买好几捆呢!"范继佐懒得跟他废话，一边打开铺盖，一边说，"我老家那边，冬天冷的时候，有些人家买不起木炭，就烧那个取暖。书烧起来比木炭可是有力气多了。"

他与和珅都没注意到，这时候，窗外的远方某处突然燃起了冲天大火，火光在夜色中分外明亮。那正是和珅晚上刚刚去过的四库书吧。

① 即血滴子，是清世宗爱新觉罗·胤禛（年号雍正）创立的秘密侦缉机构，正式名称是尚虞备用处。

2

和珅是被约谈的时候才知道四库书吧失火的消息的。

这次约谈并不简单。老钱跨过了辅导员，直接约谈和珅。

老钱的全名叫钱沣，除了"旗人荣耀"课程教员这一身份，他还兼着学堂的总教习一职，学堂里的人也搞不清这究竟是几品的顶戴①，大约他还是担得起"大人"这头衔的。学堂的督办②纪晓岚是个不怎么过问学堂事务的学究，况且现在朝廷派他在江南公干，根本无暇顾及学堂的事，所以学堂里的大权自然是掌握在钱沣手里的。

和珅在来学堂执行公务之前翻过钱沣的档案，知道他是现今的一品大员军务督办刘墉③的人。上面有人，这也是他能架空纪晓岚，在学堂里呼风唤雨的原因。

不过话说回来，和珅只是担心"旗人荣耀"挂科、被学堂开除会影响自己执行粘竿处的任务罢了。刘墉和钱沣他们根本管不到粘竿处来，而和珅反倒是肩负着暗中督查钱沣等人的使命。所以和珅内心深处并不怎么怕他，反而有几分鄙夷。当然出于掩护身份的需要，每次见到钱沣的时候，和珅表面上还是要挤出来点畏惧的表情。

钱沣的办公室是学堂主楼里面最好的一间。钱沣喜欢把窗帘拉上一半，让正午的阳光从另一半无遮挡的落地窗倾泻而下。

和珅走进钱沣办公室的时候，他正装模作样地读着案前的一封公文，头也不回，把和珅晾在那里。

和珅只好笔直地站在那里端详着这织金绣银的大窗帘，一面在心里骂老钱真奢侈，连窗帘都是上等的松江织锦；一面对自己说，妈妈的，等老子发达了，也要搞个这种窗帘挂在书房里，而且一定要双层的，比他老钱还要阔一倍！

半晌，钱沣才懒洋洋地转过身来。

"这次叫你来呢，是有点小事情。"钱沣慢吞吞地拖着官腔。

他没有让和珅坐的意思，和珅只好继续挺直腰板听学堂总教习兼"旗人荣耀"首席教员的训话。

"昨天晚上呢，嗯，子时刚过不久，应该算是今天早上吧，学堂西南门外面的那个……叫什

---

① 清朝用以区别官员品级的帽饰。

② 此处指校长。

③ 刘墉(1720—1805)，字崇如，号石庵，出生于山东诸城。清朝政治家、书法家。

么来着？对，四库书吧，失火了。"钱沣提起案上的牡丹纹珐琅彩紫砂壶，往一个小的盖碗里倒了半盏碧螺春泡的茶水。

和珅惊得说不出话来。他第一时间想起来的是"她"。她没有事吧？他在心中嘀咕。

这表情完全在钱沣的意料之中。他眯起眼睛，装出一副痛心疾首的样子，"据说，好像，烧死了十几个人呢！"

和珅的心几乎要从胸口跳出来了，"都是哪些人？有我们学堂的同学吗？"

"你当时不是在那里吗？当时有什么人，你应该比我清楚吧？"钱沣轻轻地扣了一下盖碗，眼中闪过一丝锋芒，刺得和珅背脊发凉。

"那些人我都……我都不认识。再说了，我当时看书入了迷，也没注意周围的人。"和珅有点慌。

"也是。"钱沣收敛锋芒，脸上挤出和蔼的微笑，"学堂里的学生都比较专注，很多同学打《旗人荣耀》的时候也是这样。那么，你在书吧的时候，有没有注意到什么异常情况呢？"

"她"又一次从和珅的脑海里浮现出来。随即，他装作茫然地摇摇头。

"再好好想想。"钱沣用期待的目光注视着他，"不要有什么顾虑，看到什么就说什么。"

"真没有看见什么，而且我后来困了就早早地回来了。"和珅用近乎求饶的口气说道。

"没有就好。"钱沣叹了口气，"西城兵马司已经给学堂发了通告，说书吧起火是因为电线老化失火。那四库书吧的老板我知道，没什么文化，在老家只读过两年私塾，连游戏都不会打。偏偏要附庸风雅，给自己的书吧起个名字叫'四库'，简直让人笑掉大牙。这种地方，肯定是没有什么消防资质的，老板都只顾着赚钱、省钱，哪会管顾客的死活？学堂里一直三令五申，提醒大家不要往这些'黑'书吧里钻，你看，还是出事了。"

和珅默不作声，他不知道钱沣的葫芦里到底卖的是什么药。

"所以，从今天起，学堂颁布了禁令，要严格门禁，必须凭证件和辅导员批文才能离开学堂。先生们知道你以前经常出入这些书吧，所以在会议中特意点了你的名字。"钱沣的语气严厉起来。

"非常时期，确实需要这些规定。学堂也是为了我们好。我保证遵守学堂的规定。"和珅嘴上诚恳地说着，心里却不由得骂了一句：绕了半天圈子，原来是不让老子出去啊！翘课出去浪的人多了去了，专门点老子的名是什么意思？

和珅这话当然得在钱沣面前憋住。

中午在二食堂吃饭的时候，和珅脸上的愠色还未散去。范继佐看到他这副表情，不由得关切地问道："你又怎么了？"

和珅摆摆手,"没事儿。"

"哦,多喝热水。"

"今儿被老钱喊去训话,他还专门点了我的名,说我昨天去四库书吧。"

"呵呵。"

"老钱还说,以后大伙儿出学堂的园子要有辅导员批文。"

"以后? 那就'以后再说'咯!"

"你说,这老钱专门把我喊去训话,是怎么个意思啊?"

听到和珅这话的时候,范继佐刚刚啃了一大口手里的鸡腿。等他费劲地把这大块鸡肉咽下喉咙后,才摇头晃脑地回答说:"这也不是针对你吧? 估计所有经常翘课的弟兄们都被点了名,被他约谈了吧?"

和珅不以为然地摇摇头。

"你说,他是怎么知道我昨晚上在四库书吧的呢?"和珅把目光从范继佐手里的鸡腿转移到他的脸上。

范继佐不敢再啃鸡腿了,接茬儿道:"你这样子有点吓人。我可从没打过你的小报告啊。"

"老钱恐怕根本不知道昨晚上我在那儿,他十有八九是随口一说,试探我。"和珅嘀咕着,"他妈的,老子上了他的当了!"作为一名粘竿处的探子,他居然被钱沣耍弄了,这回面子丢了不少。

范继佐附和着,"大约的确是这么回事⋯⋯对了,二食堂的鸡腿确实不错,你要不要也来一份?"

和珅没说话。

范继佐看他眼神呆滞,便劝慰两句:"嗐,算啦,别想太多。老钱就算知道你昨晚上在四库书吧,又能怎么样呢? 你刚才不是讲了,西城兵马司都发通告过来说明失火原因了,对吧? 和你又没什么干系。顶多是晚上出去浪,他老钱还敢怎么着你? '旗人荣耀'的作业你也交了,大作业也完成了,想给你穿小鞋也没处下手呀。"

"⋯⋯再说,被约谈还不是常有的事? 就说我吧⋯⋯"范继佐说到这儿,才发现和珅的目光盯的不是自己,而是自己身后的什么地方。

他不由得回过头,顺着和珅的目光向后张望。

这个时候食堂已经快打烊了,没什么人,所以他很容易地找到了和珅目光停留的地方。只见一个身着桃红色长裙的姑娘正急急地向外面走去。即使距离这么远,也仿佛能够听到她裙带和步摇上的小银铃在叮当作响。

"哎哟,你怎么也变得花痴起来了,这跟你平日里装腔作势的作风可大不一样啊。"范继佐转过头来揶揄和珅,"这姑娘你认识?"

和珅眨眨眼睛，回了一句学堂里面男学生们的口头禅："你非要这么想，我也没办法。"

接着，和珅长叹一口气，自言自语道："果然吉人自有天相。"随即他又轻轻地摇摇头，"奇怪，奇怪。她怎么会在这儿？"

3

和珅大概是喜欢上这个姑娘了。

书吧里很少能看见女性读者，这个姑娘大约是四库书吧里面的唯一一个。她总是穿着袄裙①，虽然打扮有点成熟，年纪看上去却并不大。和珅估摸着她应该是周围其他哪个学堂的学生。不然，上班族哪有这么多时间在书吧里待着。

至于为什么不是本学堂的，这还用问吗？本学堂一没有那么多女生，二没有那么多单身女生。

搭讪女生这事儿，和珅以前在粘竿处没学过。当然，如今学堂里也不教这个。

《旗人荣耀》里要有这个就好了！范继佐曾经在宿舍里感慨道。

"放屁！"和珅是第一个跳脚反对的。本来打《旗人荣耀》对他来说就够难了，要再加上追女生的内容，还有不挂科的希望吗？

"挂了科就重修，追不到就继续追呗。"范继佐幽幽地说。

和珅一向伶牙俐齿，很少被范继佐的话噎住。但是，此刻他听了范继佐的这句话，竟无言以对。半晌，他抓起床上的枕头，朝范继佐扔了过去，"我叫你不戴帽子！"

科目挂了可以重修，女生追不到，可就没有第二次机会了。

总不能从书吧门口捡起一块板砖，对姑娘说："姑娘，这是从您包里掉出来的吗？"

姑娘肯定接过板砖就拍过来，或者说："你才掉板砖呢，你全家都掉板砖！"

要是换个办法呢？比如，直接对姑娘说："姑娘，请问去魏公村②怎么走啊？"

姑娘一准儿这么回答："对不起，我有男朋友了。"——这也是本学堂女生的标准回答。

本来，照这样下去，他和这个姑娘就像是两条平行线，永远没有相交的可能。

然而凡事都有意外。

那是不久前的一天上午，和珅又翘了课躲在四库书吧里面。

当时他正在后面的书架区想找一本值得读的书。

---

① 对古代汉族女子上身穿袄、下身穿裙的统称。裙袄着装，从唐代开始就有记录，一直到民国。
② 今位于北京市海淀区的东南部，是极为繁华的市区。

书吧老板是个懒人，书都胡乱地堆在架子上，找起来颇有不便。和珅翻了半天，居然找到了一本《西法神机》。那是前朝孙元化写的一本介绍西洋铸造火器的著作。和珅知道西洋的火器技术最先进，但如今朝廷禁止民间从西洋引进火器技术，现在能看到的，只有前明的著作了。然而此书作者孙元化是抗清将领，所以翻印得极少，说不定过两天，朝廷就把这书给禁了。

和珅一想到这里，从书架上抽取书的时候就有点性急了。

书架上一大堆书被带了下来，呼啦摔了一地。好在这个书架在书吧深处，周围没什么人，要不然就糗大了。和珅赶紧把那本惹祸的《西法神机》搁在书架上，俯下身子去捡摔在地上的一堆书。

这时候，书架对面走过来一个人，也蹲下来帮着捡起书来。

和珅抬起头一看，竟然是那个姑娘。他顿时有些激动，笨拙地说："谢谢！我在书吧里面经常看到你。"

那姑娘却并没有要跟他讲话的意思，只是很客气地回答了一个"不客气"，便不再看他，自顾自地继续捡起书，放在架子上。

和珅讨了个没趣。平日里他和范继佐他们说话时伶牙俐齿，这个场合却不知道该说点什么好，只好闭了嘴，尴尬地把手上的书插进书架，拿起之前放在架子上的那本《西法神机》要离开。

这时候，姑娘突然眼睛一亮——大概是看到了他手上拿的那本书——叫住了他，"这本书你是从哪里找到的？"

"就是在这个书架上翻到的……以前也没看见过……可能是新进的吧。"和珅在学堂里和女生们说话的机会不多，一时间有点语无伦次。

"你看完了可以给我看一看吗？"姑娘很有礼貌地问。

"当然，当然。你可以先拿去看，看完我再看。"和珅忙不迭地把书递了过去，正如一切情窦初开的小男生，恨不得把心都掏出来。

姑娘显然看出了他的讨好，嘴角不禁浮现一丝微笑。她接过书，很客气地问："你也喜欢这种书啊？"

"是啊，就是书吧里这种书太少了。"和珅在书吧里总共也没见过几本。

"也别光看国人自己写的。有些从欧罗巴①翻译过来的，也值得看看呢。那边对使用火器，可是相当重视的。"

姑娘看和珅一副闻所未闻的表情，便随口问道："你怎么会喜欢看这种书的？"

"学堂的课太无聊了啊，整天打《旗人荣耀》，头大。"和珅挠挠头。

① 清朝称欧洲为欧罗巴洲。

"你是京师学堂的？"和珅的回答颇有点出乎姑娘的意料。

和珅点点头，看来老钱的"旗人荣耀"已经臭名远扬到学堂外面的人都知道了。

姑娘脸上露出了一丝奇怪的表情，她笑着说："我知道。《旗人荣耀》可有名了。以后有机会我们可以细聊这个《旗人荣耀》。"她把书收起来，朝和珅笑了一笑，突然似乎又想到了什么，严肃起来，"我现在有点事情得先离开。我姓吴，你叫我小吴好了。"

"哦，我叫和珅……"和珅还来不及说完，小吴姑娘已经快步消失在书架的后面了。

4

然而"细聊"的机会却始终没有出现。自打那次相遇之后，小吴姑娘便再也没有在书吧里面出现过。

直到昨天晚上。

昨天是临近月底的日子，但还没到去粘竿处支取这个月银钱的时候。

晚饭时分，和珅摸摸瘪了的荷包，发现里面没几个子儿了。他决定去外面吃个饭就回来，不去四库书吧了。

他去的是学堂学生们经常光顾的那家德州牛肉面馆。学堂里有同学是山东济南府的，给大伙儿提过醒，说德州当地特产是扒鸡，不做牛肉面，大伙儿别被这家德州面馆给忽悠了。然后就有同学抬杠说，店里还挂着当朝大员刘墉的题词呢，难道刘墉还不如你懂？

和珅对这正宗不正宗的真理大讨论没兴趣。去那儿吃饭只是因为他觉得这家面馆的面条味道还凑合。当然价格也是重要因素。

当他吃饱喝足，从德州牛肉面馆出来的时候，天色还早。和珅就踱着方步，沿着学堂西墙外的那条大马路往回走。

学堂西墙外的这条马路是个非常热闹的地方。因为学堂里学生们手里的银子好赚，所以学堂周围本来就是商铺云集。又加上如今快递兴起，许多快递铺子也在学堂西墙外的这条马路上开了店。从早到晚，这条马路都是车来人往，闹哄哄的。有早起晨练的同学说，天还没亮，路上还没什么人的时候，就有很多快递铺子的马车在路上跑了。

和珅没有那么早起来过，所以也不知这些说法的真假。他一边慢悠悠地走，一边出于职业习惯，仔细打量着沿街的一家家店铺。看得出来，这条街人口密度大、流动人口多，要是哪个江洋大盗潜伏在这里，查也没法查，抓也没法抓。随即他又笑了起来，"治安"这个令人头疼的问题，西城兵马司这些尸位素餐的人都不管，老子替他们操这心干什么？

他正想着，却发现被一辆马车拦住了去路。

他微微地侧过头，看到了车尾正对的店铺大门。他抬头瞥了一眼，店铺招牌上斗大的字映入眼帘——周记南货。这家店他从来没来过。

几个精壮的民工正从店铺里面搬出一些包裹，挨个儿地往马车上搬。店铺里面倒没有多少客户。估计这几个人是要给什么地方上货吧。和珅对此司空见惯，便转了身要从这些民工身边绕过去。

就在这时，一个包裹不知道怎么没放稳，就要从马车上掉下来了。

和珅虽然是正红旗的，但其实也是苦出身，这种活儿是做惯了的。他一看这样子就赶紧上去搭把手。

谁知道这包裹竟是万分沉重，他一扶那包裹，便打了个趔趄，差点儿把包裹摔在地上。

可巧不巧，那店铺的老板正从铺子里出来，看到和珅这个鸟样，不由得大怒，他冲那群民工的头头喝道："这他妈的是谁啊？"

民工的头头看了和珅一眼，他也摸不着头脑，迟疑了一下回答："这是新来的。"

老板从口袋里摸出两枚铜板，扔给和珅："拿着，滚蛋！不中用的家伙！"

这要换了平时，和珅当然是要站在这儿跟他飙脏话的。但是谁会跟钱过不去？突然间挣了两枚铜板，对和珅来说简直是"久旱逢甘霖"，他自然也顾不上平白无故挨骂的事儿了。他把铜板紧紧地攥在手里，回了一句"你丫让谁滚蛋呢？"，撒腿就走。

——这就是他那天晚饭后能够出现在四库书吧门口的原因。

晚饭后正是书吧人多的时候。和珅走到门口，看见书吧里面已经没有位置了，他寻思着要排队等一会儿。

结果就在他犹豫的时候，一个人一下子插队到他前面去了。

这家伙个子不高，倒挺壮实的，穿着长衫，身上有股子酒气。和珅不由得翻了个白眼。书吧里经常有些家伙喝了酒来看书，有的人除了一身酒气，还浑身烟味儿。老板为了赚钱，也不管不顾，来者不拒。和珅在粘竿处这规矩地方行走，养成了烟酒不沾的习惯，所以闻着这些味道就想吐，他对这些人是厌烦透了。

和珅厌恶地把脸扭向一边。

这个时候街上人潮涌动，大车上的车把式①们吆喝着让路人避让，两边人行道上有不少人急匆匆地赶路，还有很多人在街边热闹的小吃摊上买瓜果糕饼。

然后，远处街角拐弯的地方，一个伫立在街边却并没有在小摊上买东西的年轻姑娘的身影映入了他的眼帘。

---

① 古代用以形容赶车人的赶车技术高超，也是赶车师傅的统称。

那姑娘身着白色衣裙，身材婀娜，和珅看得有点出神。随即，他觉得这个姑娘的身姿有点眼熟——这不是小吴姑娘吗？

她站在那里干什么？

和珅仔细地打量了姑娘四周，他看到离姑娘不远处，还站着一个瘦削的男子。他们虽然保持着一点距离，但依稀可以分辨出来他正跟小吴姑娘说着什么。

和珅看不清那个男子的脸庞，只能看见他穿着一件普通长衫。不知怎的，他心头无端涌起一股对这个男子的敌意。不知道是不是他的情绪影响了他的判断，他觉得小吴姑娘好像跟这个人很亲密。

他又探了探头，想把那个男人看得真切一些。

"嘿，哥们儿，那是老板哈？"这时候前面的那个醉汉扭过头来跟和珅搭讪。

和珅的视线被这个醉汉挡住了。于是他没好气地瞪了醉汉一眼。有的人喝了酒就上脸，这人倒是面色如常，显然是酒量不错。和珅也记不清楚以前有没有在书吧里见过这张大众脸了，说不定这人并不是真的没来过四库书吧，而是没话找话跟自己套近乎。

那人也觉察到了和珅的敌意，便扭过身子，不再说话。

等和珅回过头来继续张望的时候，却发现小吴姑娘和那个男子都不见了。和珅四下寻找了半天，街面上却再也找不到他们俩的身影了。

这时候，队排到了——书吧有了位置。和珅只好紧跟着前面那个醉汉走进书吧里，同时在心里暗骂他碍事。

书吧老板坐在进门处的曲尺大柜台里面，一面递出写着座位号的水牌，一面问和珅和那个醉汉："饮料和小吃要吗？"

和珅扫了一眼货架上的酸梅汤，说："不要。"便付了两个铜板，把水牌接了过来。排在前面的那个家伙却拿了一罐酸梅汤，跟老板絮叨起来。

和珅随便抓了本书，在自己的座位上坐下。他心里嘀咕，这个小吴姑娘刚才是跟谁在说话呢？他明知道这其实不关他的事，却忍不住胡思乱想。眼睛虽然盯着书本，但是却完全看不进去。

不知道过了多久，对面空座位下的椅子被人拉开了。和珅抬头一看，来人居然是小吴姑娘。

小吴姑娘似乎早就知道他在这儿，冲他浅浅一笑，却并没有说话。

和珅把书倒扣在桌上，正准备轻声地向小吴姑娘打招呼。这时，书吧的老板走到他的座位前，问他："再续个钟不？"

这是到点了——书吧都是按时辰付钱，他预付的那两个铜板很快就花完了。

"续啊，我再续一个时辰。"和珅答应着，一摸腰里的荷包。坏了，荷包不见了。准是从面馆出来的时候被哪个扒手给盯上了,好在荷包里本来没多少银钱,只是现在却续不了钟了。

和珅窘迫地把手缩回来,小声地问道:"老板,能赊个账不?"

老板冷笑一声,"我这是小本买卖,概不赊账。"

和珅还要说点什么,老板已经不耐烦了,"没钱你在这儿扯什么淡呢?"

这时候,之前那个讨人嫌的醉汉突然走了过来。"我替这位小哥付了吧,续一个时辰。"他爽利地丢给老板几个铜板,"不就是几个铜板的事儿吗?"

这下解了和珅的围。他冲那醉汉笑了笑,"多谢这位大哥。明天您过来不?到时候我把钱还您。"

"几文破钱,算个什么!"那醉汉大方地摆摆手。

这时候,一直默不作声的小吴姑娘看了和珅一眼,开口道:"你还是赶快回去吧,你们学堂待会儿就要熄灯了。"

和珅还没张口,那姑娘却像看透了他的心思一样,和颜悦色地笑着说:"别胡思乱想了。今晚我要抄点资料,下次有机会再聊。你赶紧回去吧。"

"我哪里胡思乱想了?我不就是想多看会儿书嘛!"和珅嘴上是不会承认自己的小九九的。但是姑娘既然说到这份儿上了,他自然也不好赖在这里。何况待在这里还要那醉汉施舍自己两文钱,他在姑娘面前可丢不起那面子。

当和珅得知四库书吧起火的时候,第一时间牵挂的就是这个姑娘。这下好了,在学堂的食堂里亲眼看见她安然无恙,心里的一块石头算是落了地。

但是她怎么会突然出现在学堂里?她明明并不是学堂的学生。和珅又回想起着火那天晚上的事情,越琢磨越觉得她的表现有些反常。再加上老钱这次非常蹊跷的约谈……

和珅隐约觉得这火灾背后似乎另有隐情。他决定去查个水落石出。他原先在粘竿处的时候,虽然有三等侍卫的名头唬人,但其实只能给老侍卫打个杂,侦缉也就是二把刀①的水平。现在,形势紧迫,也只能硬着头皮勉为其难地上了。

5

第一个要去调查的地方就是四库书吧的火灾现场。

学堂加强了门禁,但是对于学生翻墙,暂时还没有什么应对措施。为了防止昨天被当作民工的事儿重演,和珅换了件精神的衣服,还向范继佐借了点碎银子,然后在学堂西墙边找了个

---

① 指对某项工作知识不足、技术不高的人。

没人的地方，翻了出去。

一天不出来，墙外的世界也跟往常不同了。他发现街上的小商贩都不见了。街面一片萧条，恍如隔世。

这是在搞哪一出？和珅暗自嘀咕。

一直走到四库书吧所在的那条街，都没有看到一个熟悉的街头小贩。

和珅午饭一般吃得不多，下午有吃零食的习惯。这下连买零食的地方都找不到，他只好饿着肚子勘查现场了。

在他面前，是一片烧得焦黑的瓦砾。平时熟悉的四库书吧踪影全无。碳化的梁柱残片四处散布，偌大个地方竟无从下脚。和珅心中一时有点悲痛。

"嘿，干吗呢？"突然背后传来一个粗鲁的声音，"说你呢，是死者家属吗？"

和珅回头一看，原来是一个穿着兵马司号衣的兵勇[1]。那兵勇正坐在斜对面街角的一处商铺前，年纪不大，看样子隶属西城兵马司。

"哟，我说这位爷，您是兵马司当差的吧？"

"你管我当差不当差呢！"那兵勇很蛮横地回了一句。

"听说这儿着火啦……我就是来看看……"和珅小心地赔着笑脸。

"没事儿去外边溜达，别在这儿碍事。"兵勇并不想搭理他。

"给您添麻烦啦……我这不是刚在茶馆里跟人打赌来着嘛……"和珅学着之前在粘竿处看到的老侍卫们出门侦查的样子。

"打赌？打什么赌？"兵马司里最流行的就是"黄赌毒"。和珅这话果然勾起了这个兵勇的兴趣。

"五行八卦，五行八卦您也熟吧？我们在茶馆里争的就是这个。跟您说啊，要是我能说对这儿的人都死在哪个方位了，他刘家老三的十两银子，就归我了。"和珅张口就是瞎话。虽然在学堂里荒废了几年，但粘竿处侍卫的基本功到底还是没有落下。

"真他妈的有钱没处花。"兵勇懒洋洋地打量了一眼和珅。和珅穿着丝绸的褂子，白白净净，气色很好，一看就是经常在酒肆茶馆混迹的浮浪子弟。

"碰到了爷爷我，算你运气好。老子昨天可是跟着戴老爷在这儿勘查现场呢。"

和珅瞬间明白了，他赶紧走上前，掏出点碎银子递过去，满脸堆笑，"赶巧儿，还请兵爷指点。"

兵勇毫不推辞地收下银子，这才站起身来，走到街对面的四库书吧那边。

他用手指指点点，"那儿，还有这儿，尸体大部分就堆积在房子的这两个角上。可惜了，这

---

[1] 泛指兵卒。

窗子都被铁条钉死了,打都打不开。作孽啊! 我在这儿等那几个昨晚没通知到的死者家属。今天上午刚来了一家人,在这里哭得撕心裂肺的。可怜……"

和珅小心地踏进书吧的残骸里去。他眼前几乎能够浮现当时的场景:火起之后,还留在书吧里面的人们疯狂地跑向房子的两处窗口,想从那里逃生。可惜,书吧本身就是非法营业,为了逃避兵马司的检查,老板把窗户都封死了,还上了铁条来掩人耳目。众人逃无可逃,只能生生地被烈火吞噬。可想而知,当时的情景何其惨烈!

兵勇看和珅默不作声,以为他在怀疑自己的话没有根据,"我们戴老爷吩咐了,让报纸过两天把这件事登载出来——教育京师子民注意防火——你到时候拿着报纸去给刘家老三看,那十两银子准没跑儿。"兵勇唠叨着,把当时目睹的各处尸体的位置一一指给和珅。

和珅对书吧的房间布局太熟悉了,他瞬间就找到了起火点。粘竿处的侍卫都受过这方面的训练:发生火灾,人都是背离起火点逃生的;因此每具尸体背对的方向,都指向起火点。如果把各处尸体背对的方向都在纸上画出来,这些直线的交点,就是起火点。他快速估量了一下,起火点就是书吧的大门!

而且,人们既然没有从最容易想到的大门逃生,这就说明,起火的地方即使不是大门,也离大门不远,火势蔓延,迅速封住了大门,从而阻挡了人们逃生的通路。

可是,大门的附近,好像没有什么容易失火的东西啊。和珅回忆起当晚的情形:因为怕兵马司夜间巡查,书吧老板早早地把大门关了起来,还用厚厚的布门帘挡住行人的视线。从外面是看不见书吧内部的灯光的。

难道是有人吸烟不慎点燃了门帘? 他走到大门附近,想找点蛛丝马迹。

"行了。你赶紧走吧,上面交代了,这儿不让闲杂人等随意进出。"兵勇看和珅还盯着这断垣残壁发愣,赶紧下了逐客令。显然,他只负责守在现场,等待那几个没联系上的死者家属找过来,随便放人进火灾现场可是要担责任的。

"好好好,马上就走,马上就走。"和珅随口答应着,又自言自语,"嘿,这十两银子算是赚到了。"

他似乎又想起什么,补充道:"对了,别急,让我找找,看这里面有没有什么值钱的东西。"

"你他妈真够贪的。十两银子都到手了,还在乎这点破东西? 烧了个精光,哪还有什么值钱的东西留下来让你捡? 要有,爷爷我早就拿走了。"兵勇觉得这人不但贪婪,脑子也够蠢的。

"您说得对。不过,要真有什么好玩意儿,戴老爷自个儿就捡走了吧,估计您是捡不着什么的。"和珅想起之前一个老侍卫告诉他的诀窍,要让狂妄的人开口,激将法是不二法门。

"狗屁! 戴老爷一向对弟兄们不错。何况他是什么人呢? 他还稀罕这些破玩意儿? 每次出现场,他顶多也就是拿点小破东西做个纪念——昨天他只从门口拿了一块木头——剩下的值钱的东西都分给弟兄们了。这次弟兄们翻了半天，确实没什么东西，跟西大寺那次差远了……"

听到"门口的木头"，和珅心里一动，"你就吹牛吧！木头？这么大的火还能剩下一块木头？还能让戴老爷捡走？"

"你见过什么世面？爷爷我跟戴老爷出现场出得多了，什么怪事没见过？"兵勇顿时急得涨红了脸，"这么长的一块！"他比画着，"门口烧得什么都不剩了，就剩下门框的这一块皮。而且这块皮，它一点没烧黑，知道吗？小兔崽子，你见过什么世面？西大寺那次，还有比这更大的呢……"

这正是和珅要听的。既然达到了目的，他就赶紧服个软，拍了兵勇几句马屁，转身就走。

事情已经很明显了。起火点居然能剩下来这么一块木头没被烧坏，说明火焰非常跳跃。能让火焰非常跳跃的，只能是助燃剂！

十有八九，在自己离开之后，门口，可能还包括门帘，被人蓄意泼上了大量助燃剂。

那么，这当然不是什么鬼扯的失火，而是有人蓄意纵火！

但是谁会想烧书吧呢？这破书吧有什么值得去烧的呢？难道是老板惹了什么人了？虽然老板平素为人不怎么样，但恐怕也不至于结下这么大的冤仇吧。和珅一边走，一边琢磨。他想了半天，理不出头绪，便把思路转向戴世仪那边。

戴世仪，就是那个兵勇口中的"戴老爷"，他是西城兵马司的指挥使。

和珅在粘竿处行走，自然对京城管治安的大小官员非常了解。他早就听说，这戴世仪本不是治安、防火专业出身，当年靠着向刘墉行贿，才谋到了西城兵马司指挥使这个肥缺。在京城治安口的这些人里面，他是出了名的昏庸无能。

这家伙这次居然能够准确地找到起火点，还找了个借口把一块关键的证据带走了。这专业水准真是让人刮目相看。看来这小子以前一直是扮猪吃老虎，大家都小瞧他了。

可是，既然如此快就发现是纵火，那他为什么要对钱沣说是失火？或者，难道是钱沣假传西城兵马司的通告？

6

和珅没有太多时间去继续调查这些问题了，因为"旗人荣耀"的期中考试提前了。

考试不比作业，那是实打实的，范继佐也帮不了他。所以和珅只好老老实实地去计算中心复习功课。

计算中心在学堂园子的东部，离和珅的宿舍楼有段不短的距离。单纯从建筑角度来说，计算中心的大楼绝对是件杰作。红瓦白墙,重檐歇山,一直是学堂的骄傲。据说学堂当年请了给皇家营造宫殿的"样式雷"① 专门设计的。所以看起来高峻飘逸,宏伟非常。

但这巧夺天工的美厦对和珅来说只意味着"旗人荣耀"四个字,所以他除了临考试抱佛脚,其他时间没事是绝对不登这三宝殿的。

这天晚上,抱佛脚的时候到了。

和珅吃完晚饭,踱着方步走进计算中心"丁"字号机房的时候,范继佐已经在那儿等待他多时了。范继佐晚饭都没有吃,只顾着复习功课了。

和珅走到范继佐早就给他占好的座位坐下,一面四处张望着,一面在心里感叹,成绩好不可怕,可怕的是成绩好还比你努力。好在他是在粘竿处谋生,要真的是学堂学生,恐怕早就被范继佐碾压成渣渣。

机房里也不全是本系的学生。有些外系的学生也在这里做他们专业的作业。和珅看到有几个家伙打着哈欠,有一搭没一搭地打着他们专业的《巴图鲁联盟》,看上去跟自己的劲头差不多,估计也是学渣。

这几个外系的学生一边做着作业,一边聊着天。

一个黑瘦的家伙操纵着自己的英雄,向敌人的防御塔冲击,连续几次都失败了。他也不以为意,嘴上还跟他的几个哥儿们讲着闲话:"听说朝廷在小金川用兵不顺,看来八旗真的是一蟹不如一蟹,不见点血,上面那些老顽固们不会改他们那些死脑筋。"

他旁边一个胖子,死命地点着鼠标,"见了血也未必能改。就说前两天四库书吧那事,见血够多了吧,那西城兵马司有什么改进?这几天在城里拼命地折腾酒肆、客栈之类的地方,说是什么防火检查,无非就是顺便敲点竹杠罢了……"

他们声音很大,也未免太肆无忌惮了些,完全不顾及周围这些明天要考"旗人荣耀"的弟兄们。

和珅还没有说什么,周围有些本系的同学已经开始侧目了。

这个时候,范继佐站了起来,"你们能安静会儿吗?我们明天就要考试了。"

"你们考试,关我们什么事儿啊?"黑瘦的家伙很嚣张的样子。

"你们讲不讲道理?你们这么吵吵闹闹,大家怎么能集中精神复习备考?"范继佐有点急了。

"说谁不讲理哪?这机房是你家开的?"胖子也站了起来,足足比范继佐高了一头。

"算了,算了。都是一个学堂的兄弟,何必呢?"和珅担心范继佐要吃亏,赶紧起来劝架。

---

① 对清代两百多年间主持皇家建筑设计的雷姓世家的誉称。宫殿、皇陵、御苑等清代重要宫廷建筑和皇家工程,几乎都出自雷氏家族。

这时候，机房的门突然被打开了，闯进来几个兵勇。

机房里顿时安静下来。瘦子和胖子立马坐了下来，只有范继佐还傻傻地站在那里。

几个兵勇都是铁黑色面皮，一个个精瘦颀长，非常精干。为首的腰间悬着一把鲨鱼皮刀鞘的腰刀，看样子是个把总①。此人扫视了一下机房，徐徐说道："我等是西城兵马司的。奉戴大人之令，来学堂检查防火设施。"

和珅赶紧拽了范继佐一把，示意他坐回座位上。

把总看了范继佐一眼，没有说话。他扶了一下腰刀的柄，继续环视机房的学生们，"有谁熟悉此楼内部结构的？配合一下我们的检查。"

刚才跟范继佐吵架的两个家伙立刻指着他叫了起来："报告，这是我们的班长，他最熟悉教学楼。"

范继佐再一次蒙住。和珅赶紧替他开脱："他们瞎说呢。这是我学弟，刚进学堂的新生，什么都不懂。"他知道兵马司的人都不是善茬儿，他怕范继佐惹上麻烦。

"肃静！"老祖宗说的"先入为主"这个词的确是有道理的。这个把总显然相信了起哄报私仇的两个外系学生。三个人说谎，连曾参的母亲都相信曾参杀了人②。现在两个人说谎指认范继佐，把总也确实没道理比曾母更聪明。

"你他妈的闭嘴！"旁边的一个兵勇呵斥和珅。和珅看他眼中露出凶光，便知趣地闭了嘴。好汉不吃眼前亏——这是粘竿处每个侍卫执行任务的时候都要默记的第一原则。

"此人留下，无关人等都赶快离开这间屋子！"说罢，把总给手下几个兵勇使了个眼色。

几个兵勇立刻抽出腰刀，凶巴巴地赶人。

刹那间机房里的学生走得一干二净，有几个甚至慌得连书包都没顾得上收拾。只有范继佐愣在那里不知所措。

和珅太知道兵马司的兵勇是些什么玩意儿了。他担心范继佐的安危，所以不曾走远。

他想起计算中心的重檐下面，山花板③旁边有个配电室。配电室梁架层层叠叠，地方很宽大，却很少有人知道。有个小梯子可以上到那里去，是个安静隐蔽的地方。和珅以前在计算中心复习功课犯困的时候，会爬上去偷偷睡个觉。

从那里监视计算中心的情况，再合适不过了。计算中心的天花板是早年流行的软天花。这软天花的工艺，是在白榉篾子木骨架上裱糊一层彩绘的高丽纸。说白了，这种天花板就是用木条交叉做成一个个格子，再在上面贴一层纸。如今这天花年久失修，裱糊的纸有很多破洞，

---

① 明代及清代前中期陆军基层军官名。

② 曾参杀人，比喻流言可畏。

③ 中国古代歇山顶建筑中覆盖屋顶两端三角形山面的木板，常雕有花饰。

从梁架上鸟瞰，能把机房里看得一清二楚。而从灯光明亮的机房里仰望天花板，却看不见天花板之上的任何东西。

和珅轻手轻脚地爬到那里，像只鸟儿一样，俯视着下面这群在"丁"字号机房里忙碌的兵马司兵勇。

7

看学生们一哄而散，把总轻轻地挥了一下手。

两个兵勇立刻冲向机房的大门。他们利索地关上大门，各自拔出腰刀，警惕地守在门边。

看到大门关上之后，把总这才瞟了一眼站在一旁不知所措的范继佐，"《旗人荣耀》的源文件在哪个路径下载？"

"什么？"范继佐没听明白。

把总显然没工夫跟他废话，他指了一下范继佐面前的电脑。

旁边的兵勇立刻一个箭步跨到范继佐的面前，用刀背狠狠地顶了他的肩膀一下。

范继佐一下子被推进了椅子里。他连一声"哎哟"都没喊出来。这个词被兵勇凶神恶煞的眼神和粗鲁的动作硬生生地给吓了回去。

那个兵勇若无其事地把刀插回腰间，然后掀开号衣的裥子，露出腰上的一个小小的黄色褡裢。他从褡裢里面摸出一个像是可携带式硬盘的东西，把线插在电脑上。

和珅吓了一跳。这玩意儿是违禁物品。本来电脑配件就是朝廷严控的，而这种玩意儿可以把一个电脑里的东西复制到另一个电脑里去，更是危害巨大，所以民间连制造都是禁止的。

把总哼了一声，再一次指了指电脑的屏幕。范继佐不知道他要这《旗人荣耀》的源文件干什么，只好点了几下鼠标，把《旗人荣耀》源文件存储的地方给他翻了出来。

看到了《旗人荣耀》源文件的目录，拿可携带式硬盘的兵勇迫不及待地一把抢过键盘，把《旗人荣耀》的源文件复制到自己的可携带式硬盘里面。

看到数据一格一格地复制到可携带式硬盘里面，把总这才把头转向范继佐，问道："计算中心的服务器在何处？"

"服务器？"范继佐没听说过这个。

"这般高度，大大的，玄铁色的柜子。"旁边的兵勇比画了一番，范继佐才恍然大悟。

计算中心二楼的尽头是有个小屋子，里面是些跟机房里的电脑不一样的大机箱，每天轰隆作响。学堂不允许普通学生接触那里。厚厚的铁门常年紧锁，窗棂都是拇指粗细，水磨镔铁①打造。门口还有几个保安值守。

把总看范继佐一时没有言语，以为他不肯回答，便冲旁边的兵勇摆摆下巴。兵勇立刻抽出腰刀，唰的一声架在范继佐的颈上，冷硬的刃尖分外闪亮。

和珅惊呼一声"不好"。兵马司有权当街斩杀不法之人。范继佐不会灵活变通，万一惹毛了这个丘八②，白丢一条小命。

在这千钧一发之际，机房的门咣当一声被撞开了。

门口警戒的两个兵勇反应迅速，手中的刀已经架在了来人的脖子上，刀锋太利，甚至还斩断了来人的一截秀发。

机房里的人全部一声惊呼。连梁上的和珅都差点叫出声来。

进来的是个身穿桃红色衣裙的女子，正是和珅在四库书吧遇到的那个小吴姑娘。

把总脸色一变，"怎么是你？"

把刀架到姑娘颈上的两个兵勇一看把总似乎认识此人，便识趣地抽回刀。右手边的兵勇还沉着地把门迅速关上。

把总冲姑娘喝道："你来干什么？"然而他话语中却并没有太大的惊奇。

"你们来干什么？"姑娘硬邦邦地反问道。和珅没想到这姑娘平时以温柔示人，却也有英气逼人的时候。

把总没有说话，只是挥了挥手。他身旁的兵勇便将手中那把横在范继佐颈上的刀收了回去。

姑娘见他默不作声，便讥讽道："那害人的破玩意儿，还舍不得一把火焚了吗？"

把总沉吟片刻，缓缓说道："此物机巧非常，焚之未免可惜。"

姑娘鄙夷地笑了一声，正要说出些更尖刻的话来，却突然听到窗外传来一阵嘈杂的脚步声。

把总脸上陡然变色。他一个箭步蹿到窗前。

漆黑的夜空下，无数的火把正如潮水般向计算中心的大楼涌来，把楼下面的大草坪照得一片通明。手持火把的这群人都身穿小兵号衣，腰悬利刃，阵形齐整，俨然一支训练有素的精锐之师。

把总意识到情况不妙，急速地从窗前退回来。

随着一声洪亮的口令，潮水般的脚步声刹那间停了下来。偌大的一个兵阵，顿时鸦雀无声。

---

① 古代的一种钢，把表面磨光再用腐蚀剂处理，可见花纹。
② "丘"和"八"和在一起即为"兵"字，指当兵的人，旧时对兵痞的贬称。

"丁"字号机房里的众人都露出惊骇不已的神色。把总手下的几个兵勇都不由得握紧了手中的单刀,眼睛齐刷刷地盯着把总,不知道该如何是好。

这时候,楼下的兵阵里响起了两下清脆的击掌声;紧接着,阵中传来一个洪亮的声音:"——楼上的贼人听着,我的人马已经把这计算中心大楼围了个水泄不通。识相的,赶紧下来投降,饶你们一死。"

说话的人略带京腔,中气十足,显然是自信满满。

"贼人"二字撞进耳膜,范继佐惊骇地跳了起来,条件反射般地就要往门外跑。把总用刀把狠狠地敲了一下他的背,范继佐疼得"哎哟"一声坐到了地上。

把总不再理他,径直走到窗前,冲外面亮了亮手中的单刀,"姓戴的,要想拿我,你得先问问我手中的这位朋友答不答应。"

"哈哈哈——"楼下说话的人狂笑不止,"动刀动枪有用吗?遇事儿要多动动脑子!知道你们在京城里潜伏多日了,我们兵马司也就这点人手,我估摸着挨家挨户找你们也不容易。所以老子就随便用了个检查消防、清理人口的幌子,搂草打兔子,结果你们就撑不住了——"

和珅在梁上暗暗吃惊。他听出来了,这是戴世仪,就是那个西城兵马司的指挥使。前两天他去四库书吧现场的时候还在感叹此人扮猪吃虎,对火情洞若观火。没想到他的后手更是厉害,居然假借检查消防、清理人口而其实另有所谋。

"不过你们有一点好,就是胆子大。"戴世仪得意地继续说道,"跳出来也就罢了,没想到你们居然敢假冒我们兵马司的人闯进学堂。"

这时候楼下队伍里面另一个人发声了:"楼上的朋友,何必弄刀弄枪。想要什么东西,下来一起喝口茶我们慢慢谈就是了。无非贪图几个钱,这点钱我们学堂还是出得起的。"

这是钱沣的声音。不知道什么时候他居然也来了,还躲在戴世仪的队伍里,有失颜面。

把总并不认识钱沣,还以为是戴世仪的幕僚,所以并没有理会他。

戴世仪看把总并不答话,便冷笑一声,威胁道:"别敬酒不吃吃罚酒。便是动武,你以为能讨了好儿去?"

把总一把抓起地上的范继佐,把他推到窗前,故意把明晃晃的刀在空中画了半圆,然后横在范继佐的脖子上,朝下面的人群吼道:"你们要是不在乎这小孩的脑袋,就只管上来吧。"

下面的兵勇们一阵惊呼,这是"劫质"。即使是兵马司,也很少碰到这种恶性案件,底下的很多新兵都是第一次遇到这种事情。他们都以为二楼已经被这伙贼人清空,没想到他们手里居然还抓了个人质。

钱沣向戴世仪做了个手势,然后向把总一拱手,温和地说道:"这位朋友,有话可以好好说。什么都可以谈的,对吧?你有没有听说过东汉时候一个叫作桥玄的大臣的故事?"

这东汉的桥玄是个铁石心肠之人，自己的儿子被劫匪劫持，也丝毫不为所动。不但根本不跟劫匪谈判，还命令手下对劫匪一律格杀，结果他的儿子跟劫匪玉石俱焚。

和珅在书吧里读过汉朝的史书，自然对这段掌故耳熟能详。他一听钱沣的话，立刻明白老钱的意思是不顾人质的生死，不由得大吃一惊，赶紧一把拉下了大楼的电门。于是整栋大楼瞬间一片漆黑。

可惜已经晚了，两支雕翎箭①破空而来。把总把单刀向外一挑，格开了射向自己的那支箭，却并没有挡住另一支冷箭。那支箭像一条阴冷的毒蛇，狠狠地咬中了范继佐的左肩。

范继佐大叫一声，向后倒去。

8

粘竿处不提倡自己的侍卫们当骁骑营侍卫那种徒有"勇敢"虚名的傻瓜。他们给每个侍卫灌输的是："不成熟的男人愿意为伟大的事业勇敢地死去，而成熟的男人愿意为伟大的事业卑贱地活着。"和珅原先对粘竿处的这一训令颇为嗤之以鼻，觉得是粘竿处一帮管事的胆小如鼠、贪生怕死，但是经历了书吧火灾的惨剧之后，他开始有些明白这个道理了。他知道现在要是贸然出去，不但救不了范继佐，自己的小命也要搭进去。所以他选择做一个成熟的男人。

和珅听到得被惊动的一楼学生们炸营般的呼啸；听得到蜂拥而至的兵马司兵勇们拾级而上的脚步声；听得到把总低声地喊着"出水"②，指挥着几个同伙混在惊慌失措的学生中分散突围。

正当他努力克制着内心的惊恐和担忧，坐在那里等待时机的时候，一个人突然悄无声息地闯了上来。

趁黑暗中那个人看不清楚，和珅左手护住胸前，同时迅猛地用右手锁住了来人的咽喉，同时低声地吼道："不许说话！"

来人很配合地闭上了嘴。

和珅突然闻到了来人身上淡淡的脂粉气。他心中一动，右手也略微放松了些。

片刻之后，当月光透过山墙的缝隙照进配电室的狭小空间，他们看清对方的面容之后，两个人都吃了一惊。

---

① 古代惯用的一种箭，由于雕羽具有极好的带风效果，在飞行过程中可以最大限度地保证箭矢的轨迹稳定性。极品的雕翎箭是用金雕的羽毛来制作，次品用花雕的羽毛。

② 土匪黑话，意思是"撤退、开溜"。

来人竟然是小吴姑娘。

如果是以前，和珅自然要怜香惜玉一下；但是如今，侍卫的身份又在和珅身上复活了，这个小吴姑娘身上的疑点甚多，他必须硬起心肠，小心行事。

和珅的右手锁住了她的咽喉，同时左手迅速地抓住了姑娘的双手。她手上并无兵器。和珅放下心来，低声说："你现在的处境很不利。老实点儿，别乱动，待会儿我自会带你出去。"

在和珅看来，这个姑娘即使不是跟这伙贼人一伙，也免不了跟他们有些瓜葛。他倒不会把她抓去给兵马司——和珅向来对兵马司没什么好感，也懒得蹚那摊浑水。和珅只是想待会儿好好盘问一下她关于四库书吧的事情。只不过，这姑娘不是学堂学生，待会儿事态平息了，遇到兵马司的兵丁盘查，一个不慎露出马脚就会被抓住，所以必须提前点醒她。

姑娘是个聪明人，知道不吃眼前亏的道理。她点点头，表示听明白了。

两个人在这里枯坐到天色微明，终于听到了兵马司鸣金收兵的锣声，还有人在楼下大喊："封刀了，封刀了！贼人已经悉数毙杀。贼人已经悉数毙杀！"

姑娘的脸色微微一变。和珅没工夫管她，侧耳倾听了一会儿，下面的战斗确实已经结束，便一声轻喝："跟我来。"转身就下楼去。

这时候躲藏在楼内各个角落的学生们也纷纷走出来，一个个惊魂未定，衣衫不整。大家都往楼外走，只有和珅带着姑娘逆着人流向里走。

守在"丁"字号机房那层楼门口的一个兵马司的士兵看出异样，他用单刀拦住了和珅："干什么？"面目有些狰狞，口气却还算和气。他把和珅和小吴姑娘当成了一对学生情侣。贼人既然已经全部格杀，学堂里的一对学生情侣自然没有什么威胁。

和珅赶忙解释说自己的同窗之前挨了一箭，此时生死未卜。士兵这才想起事发之初，隐蔽在暗处的本司弓箭手确实向贼人射了两箭，似乎是射中了人质。后来，兵马司的人都在竭力捕杀贼人，所以谁也没顾上这个倒霉的人质。他动了恻隐之心，挥手放行。

范继佐果然还躺在"丁"字号机房的窗前，箭头深入他的左肩数寸，流出的血已经浸湿了他的半边长衫。和珅见他脸色苍白，呼吸微弱，赶忙伸手去把他的脉。

小吴姑娘这才开口说话："他中箭的部位不是要害，性命估计是不打紧的。只是失血过多，还是得赶紧找个高明的郎中过来看看。"

话说得虽然对，可是城里高明的郎中一个个都跩得跟二五八万似的，怎么可能屈尊跑来这里给一个穷学生看病？和珅白了姑娘一眼，起身去找兵马司的士兵帮忙。

刚才给他们放行的那个士兵听说需要人手，立刻随手拦了两个学生，叫他们跟和珅过去。

和珅一看，真可谓不是冤家不聚头，这正是之前跟范继佐吵架的胖子和瘦高个。

那两人见闯下如此大祸，也不敢言语。和珅赶忙指挥着这两个家伙把"丁"字号机房的门板拆下来，把范继佐抬到门板上。

可是送到哪个郎中那里去呢？学堂里的郎中只能对付个头疼脑热，对跌打损伤都无能为力，更何况是这箭伤？

和珅想起学堂西门外靠近西山附近有个擅长治外伤的林先生，曾经给侍卫们疗过伤。因为医术高明，上次木兰秋狝的时候他还曾经被皇上带在身边。到林先生家的路途虽然有点远，要路过西门外几个营盘，但已经算是附近唯一一个医术过得去的外科郎中了。

此时才寅时一刻。按学堂规矩，西门到卯时才开。这个时候，只有那个挨着和珅他们宿舍楼的角门开着。于是和珅立刻指挥这几个人抬着范继佐朝宿舍楼的方向出发了。

9

从计算中心到和珅他们的宿舍楼距离并不算近，几个人走得气喘吁吁的。

当他们绕过黑漆漆的宿舍楼，走到角门跟前的时候才发现，角门居然一反常态地落了锁。倒是门房的灯还亮着，和珅知道有人值班，便上前敲门。

出来的是熟识的那个年轻保安。和珅看这保安虽然打着哈欠，脸色倒还和气，便赔笑道："打扰大哥。学堂夜里进了贼人，我同学受了箭伤，西城兵马司的老爷让我们赶紧送去看郎中，麻烦大哥给开个门。"

这保安平日里是见过和珅的，知道他是学堂的学生，点了点头。他扫视和珅一行人，发现都是学堂学生的模样，不似歹人；其中还有个标致姑娘，他不由得多打量了两眼。最后他瞅了一眼躺在门板上的范继佐，看到此人脸色苍白，血染前襟，的确伤势不轻，于是赶紧转头回屋子里取了钥匙出来。

年轻保安把铜钥匙插进锁眼，轻轻一转，那把乌黑的大铁锁就开了。和珅极懂事地上前帮忙拉开门。

这时候，忽然听见门房里面一个懒洋洋的声音："谁要出去呀？"

年轻保安把锁和钥匙拿在手里，朝屋里回答："回周爷的话，您歇着吧，是几个学生送受伤的人去看郎中。"屋里的人便再不言语。

门吱呀呀地打开了。

和珅回头一看，这才发现胖子和瘦高个两人却已经把门板放到了地上，这哥俩也坐在一边歇着了。和珅赶紧招呼两个人抬范继佐出去。可是那俩不中用的摆着手，表示要歇会儿再走。

和珅有点急了，声音也提高了些："赶紧走啊！人命关天，你们看看他现在还有几分气儿?！"

小吴姑娘一边扯了一下他的衣袖，示意他息怒，一边又客气地劝坐在地上的胖子和瘦高个："咱们还是赶紧出发吧，万一他有个三长两短，你们也担着干系不是？"

那两个人听到这半威胁的话语，这才磨磨蹭蹭地从地上站起来。

正在这时，门房的门悄声无息地开了，里面走出来一个身形矫健、腰悬宝剑的人。他的上半身隐在门房屋檐下的阴影中，众人也看不清他的面容，猜测他大概是刚才保安口称的"周爷"。

这位"周爷"冷冷地瞥了和珅一眼，略带讥讽地说："出发？你们谁也别想走了。"

他随即冲年轻保安吼道："愣着干什么？还不赶紧去通知钱大人！"

和珅只当这人是学堂新来的保安头目，他赶紧冲着这"周爷"作揖道："想必您是误会了。这位同学中了箭伤，需要赶紧去看郎中，晚了怕是性命不保。"

那人却不理他，瞪了一眼愣在一旁的年轻保安，"还不快去！"保安这才飞也似的跑了。

他目送那保安远去，才回过头来冲和珅笑了笑，说："今儿接了上面的通知，有贼人在学堂出没。可巧，我刚一当班，就碰着你们深夜着急要出去。"

说着，他目光扫到了坐在地上的胖子和瘦高个。

这俩人这下不要再歇会儿了，一面赶紧站起来，一面嘟囔着："我们可不认识他，就是顺路帮个忙而已。"说着，两人便趁机连滚带爬地跑了。

那人鼻孔里哼了一声，毫不在意。他的目光扫到了旁边的小吴姑娘身上。

小吴姑娘看样子是见过大场面的。她并不退缩，迎着此人的逼视微笑着说："大爷误会了。我们都是学堂的学生呀，每天都从这门口过呢。他就住旁边这个宿舍楼。"姑娘指了指担架上的范继佐，又补了一句，"您看他伤得多重。"

姑娘说话非常温柔，想来最冰冷的人也会被融化。但是那人却并不在此列。他冷笑了一声，"都是老朋友了，这么客气干什么？"随即，他拔出腰间的宝剑，威风凛凛地向前走了一步，站到了路灯下面。

和珅不由得倒吸一口凉气，此人竟然是起火当晚在四库书吧见到的那个醉汉！想不到他居然也在学堂里面当差！

而且，此刻他讲的是一口京腔，根本不是那天晚上的外省口音！

和珅恍然大悟，他质问道："书吧的火是你放的吧？放火之前，你还特意伪装了穿着和口音，到书吧里探虚实。可惜，你身上的酒气出卖了你。你当时根本没喝酒，只是因为要准备这些当助燃剂的烈酒，身上自然而然地沾上了酒气。你以为装成喝多了酒就没人会注意到你。

可是，一般人喝多了，酒味来自口鼻；而你的酒气，来自身上。"

持剑人赞许地点了点头，"果然精明过人……"

和珅摇摇头，"我要是真的'精明过人'，早就察觉出不对劲了。可惜我当时满脑子姑娘的事儿了，一直没有注意到你身上的疑点。"

持剑人微微一笑，说道："算你命大，逃过一劫。我回来后就跟钱大人建议赶紧除了你，可惜，他跟你谈话之后，就被你小子给麻痹了。"

和珅突然问道："对钱沣报告？你怎么知道我是谁？"

持剑人冷笑了一声，"和珅，你太小瞧我了。"他左手一扬，扔给和珅一个东西。

和珅伸手接了下来，定睛一看，竟然是自己那天丢失的荷包。

"哈哈哈，你老娘的绣花技术不错呀。荷包上绣的'善保'，是你的小名？我费了半天劲儿才在学堂的花名册里查到。"

和珅知道自己那天大意了，但嘴上却不服软，讥笑道："我这么个小人物，还劳您大驾偷我的荷包查身份啊。早知道我就在里面多放几个铜板了，你也好拿去多买几个肉包子。吃不完也能孝敬孝敬令慈。"

持剑人不知是没听出和珅在骂他，还是涵养高，他一点也不生气，笑嘻嘻地说："客气。钱都是小意思。本来你这种小把戏，是入不了大爷我的法眼的。不过呢，那天我跟你竟连续打了两次照面，不知道你是什么人，不得不防啊。"

"两次？"

"你热心肠给那些民工们做好事的时候，我就在那店铺里看着呢。"

和珅一愣，"你怎么会在那个店铺？哦，明白了。那个周记南货是你们的一个据点吧？没猜错的话，马车上的那些包裹里面，就装着你们准备的烈酒。"

持剑人仰天长笑，"你小子真是够聪明啊。不但聪明，而且命大，哈哈哈！那天在书吧里，我给你加了钟都没能留住你。"

小吴姑娘轻呼了一声。如果那天不是她坚持要和珅离开，和珅估计就被烧死在书吧里面了。如果不是她在和珅走后也很快离开，估计也会命丧烈火了。

"不过不要紧，没有什么是杀人解决不了的；如果有，那就再杀一次。"持剑人狞笑着，一步步地逼近他们。

粘竿处对侍卫武艺的训练不怎么上心，所以和珅没练出像样的拳脚功夫，紧急情况下要想不任人宰割只有"三十六计，走为上计"。他环视周围，发现无路可逃，便盘算着要不要亮出自己粘竿处的身份，随即发现亮出身份除了让对方更坚定杀人灭口的决心，毫无益处。

这时候，小吴姑娘突然开口讲话了，声音很大："老周啊，还是留个活口带给钱大人吧。万一

杀错了人，钱大人的面子上也不好看。"

持剑人迟疑了一下，"你她妈的是谁啊？敢用这个口气跟我说话？老子待会儿连你一块儿宰了！"

小吴姑娘却并不慌张，她笑着大声地说："钱大人经常说你行事鲁莽，果然如此！"

持剑人更加怀疑了，他搞不清小吴姑娘是在虚张声势，还是真的也是钱沣的手下。他把对准和珅的长剑转过来，对准了小吴姑娘。

机不可失，和珅趁他转移注意力的这一瞬间，立刻把手里那个刚刚拿到的荷包朝持剑人的眼睛狠狠地砸了过去。

偷袭没有成功。持剑人身手不凡，他长剑一抖，嗖的一声把荷包挑到不知什么地方去了。紧接着他一个纵身，瞬间到了和珅的身边，一剑架到了他的脖子上。

眼看和珅就要血溅五步。

在这千钧一发之际，突然传来了一声咳嗽，"是谁，这么晚了还在这里闹腾？不知道早就熄灯了吗？"

循声望去，不远处的宿舍楼的门前，不知道什么时候站着一个身材高大的老人。和珅定睛一看，竟然是自己的楼长。大约他是被小吴姑娘刚才的动静给惊醒了。

持剑人看了一眼老人，认出是学堂的宿舍管理员，便呵斥道："这儿没你什么事儿，赶快滚回去！"

说着，他的剑毫不犹豫地径直朝和珅的咽喉抹去。

这时，破空飞来了一件像是荷包的东西，生生地把他的长剑砸歪在一边。持剑人还没反应过来，刹那间楼长已经到了他的身前，一掌劈在他的头上！

持剑人便再也没有了声息。

"当街杀人，这还得了！"楼长说话还是那么从从容容。说话间他俯下身子，非常老练地搜了那人的身。

持剑人身上没有很多东西。楼长从此人身上搜出一个腰牌和一把匕首，扔给和珅。

和珅这才回过神来，赶紧向楼长道谢。

没想到楼长却冷着脸说："说这废话干甚？还不赶快去外面拦个马车？"

10

马车一路狂奔，天色也渐渐明亮起来。道路两侧的田野都映入眼帘。此时正值初夏，满眼都是郁郁葱葱。从学堂出来，到西山一带驻军众多，八旗绿营都有，算是半个皇家禁地。普通百姓很少会来此处，都以为这边处处是跑马演兵的空旷校场，没想到却是一派田园风光。

楼长指挥着车把式绕过几处营盘，路便狭窄起来，蜿蜒许久，不见尽头。路的一侧不知道什么时候看不见田野了，取而代之的是一堵厚实的虎皮墙。

和珅有点疑惑，印象中上次同粘竿处众侍卫来请林先生的时候，他似乎并不住在此处。

正在疑惑之时，车已经停了下来。

和珅随楼长跳下车来，发现此处是一个寺庙的山门。顺着抬升的石阶往上看，山门上挂着一幅匾额，上面是"敕建实胜寺"五个大字。和珅认出这竟是今上的手书，落款乃是"乾隆十四年"，那就是二十四年前了。

楼长大步跨上通向山门的石阶，很快就走进山门，不见了身影。须臾，竟从山门里出来几个身着甲胄的士兵。

和珅吃惊不小。那几个士兵却不理会他，径直走到马车边，几个人合力把放着范继佐的门板抬了下来，一声不吭地抬进了山门。

和珅赶忙跟了上去。

进来山门，左边竟是一处空旷的跑马场。跑马场的尽头建着一些高大的碉楼，灰白颜色，是从来没有见过的样式。以和珅的见多识广，也不曾见过这般古怪的跑马场。

和珅默不作声，跟着那几个抬着范继佐的士兵，向右边走。院子右边的建筑跟普通的喇嘛庙一般无二，只是庙里竟都是些早起的士兵。

绕过大雄宝殿，和珅就看到了楼长。他正叉着腰，站在东厢房前面，和一个穿着长衫的中年人说着话。两人像是熟识的样子。

领头的士兵往前紧走几步，向两人打了个千。中年人便转过头来。

这时候，和珅看清了中年人的面孔，果然是经常被侍卫请去的"外伤妙手"林先生，这才把一直悬着的心放了下来。

林先生示意几个士兵把载着范继佐的门板抬近些，他把手指放在范继佐的颈部测了测，便迅速撕开了范继佐的衣衫，那支箭入肌三分，伤口周围的血已经凝固了。

林先生点了点头，说道："莫慌，没有性命之忧。抬到厢房里来，让我仔细瞧瞧。"

听了这话，他们才放下心来。

几个士兵将门板抬进屋去，旋即退出，并关上了厢房的门。几个士兵也给楼长打了千，然后伫立在厢房门口。

为首的士兵向楼长一抱拳，说道："林大夫吩咐了，我们几个就在此守着，他若是有什么需要，以便随时支应。"他又掏出一个腰牌来，递给楼长，"大爷您既然来了，可以在老营盘里随便走走，有人盘问，亮这个腰牌就是；不想逛的话，可以到前面花厅里喝口茶、吃些果子。"

楼长点了点头，接过腰牌，对几位士兵道了声"辛苦"，便带着和珅往回走。

和珅边走边发自肺腑地对楼长说："这次太感谢您了，楼长。我竟不知道名誉京城的'外伤妙手'林先生住在这里。"

楼长摆摆手，笑着回答："若不是跟他有几十年的交情，我也不知道他如今搬到这里来了。"

"大伯，这里是什么地方啊？看你好像很熟悉的样子。"说话的是吴姑娘。和珅这才发现不知道什么时候她也跟了过来。

"此处叫作实胜寺，其实是我几十年前在营里效力时驻扎的地方。"楼长很爽快地说道。

和珅知道楼长早年在年羹尧将爷手下效命，但并不知道他竟然还在这里驻扎过。

"换句话说，这里就是健锐营的营盘。"楼长带着些自豪的语气补充道。

健锐营！便是皇上亲自下令成立，在上次大小金川之役中所向披靡、建立不朽功勋的那支精锐！

两个听众都吃惊不小。

以和珅的职级，也仅仅只知道健锐营的存在，却并不知道这支部队竟驻扎在如此近的地方。而且，更意外的是，没想到楼长居然还是这支部队的老兵。

但这个他驻扎过的所谓营盘，明明是一座庙宇。

姑娘打量了一下旁边的大雄宝殿，眼里充满了疑惑。

楼长看出了两个人的疑虑，他很得意地笑了笑，朗声地说："乾隆十二年，大金川土司莎罗奔劫持小金川土司泽旺，起兵反叛大清。因大小金川土司在当地建筑大量石头碉堡，易守难攻，致使大清伤亡惨重。为攻打叛军的石碉，皇上特地从驻京八旗中挑选精锐，组建健锐营，在此处操练碉堡战的攻防。我就是那个时候被调到健锐营来的。在乾隆十四年平定大小金川之战中，健锐营于山地间攻占碉堡百余处，大破叛军。班师回朝后皇上为表彰我部功勋，特敕建实胜寺于此处营盘内。"

"那您一定参加过第一次大小金川之役吧？"和珅忍不住问道。

楼长笑了笑，没有回答，把话题岔开："好不容易来一趟，就带你们在这营盘里逛一逛吧。"

说着，他便向营盘深处走去。

果然，这实胜寺的深处，并不是庙宇模样。一眼望去，都是清水脊的普通房屋，与和珅去过的那些绿营的兵营一般无二。

只是，早过了卯时了，这里居然一片寂静，也听不见一丝远处跑马场上的动静。

和珅以前去过多处绿营的营盘。这个时辰，他们那里的演兵场上都练得热火朝天了。莫非健锐营没有早操？和珅越发觉得这健锐营实在是古怪。他想问一下楼长，但是想起来此处不比学堂，需要步步留心，时时在意，不可多说一句话，他便把到嘴边的话语咽了下去。

思忖之间，他和小吴姑娘跟着楼长，沿着一条抄手游廊，走到了一个垂花门的门口。

楼长这才回头对和珅他们俩说："这里便是我以前住过的院子。"接着他便向门口站岗的哨兵亮了一下腰牌，走进院子里。

院子里几株西府海棠还未开放，给有些古旧的院子平添了些清幽之气。

西府海棠后面的正厅门窗大开，从院子里也能把正厅里的物什看得一清二楚。

当和珅看清楚正厅里面情形的时候，他不由得惊呼一声。

正厅里，一排身着甲胄的士兵整整齐齐地端坐在山墙下的太师椅上。每个人都正襟危坐，颔首闭目。更加诡异的是，每个人的辫子都高高挂在墙上。在这阴森的院子里，骤然望去，竟如同鬼魅一般。

饶是和珅走南闯北，见多识广，这一瞥之下，也吓得打了一个冷战。

楼长回过头来看了和珅一眼，"莫怕，他们这是在训练。"

他的声音不大，却惊起了院子里落的一只喜鹊。

正厅里的士兵们没有任何反应。

楼长不愿打扰这些士兵，便转身道："我们回去吧。"

从这个院子出来，小吴姑娘终于忍不住轻声地问："这次大小金川再次反叛，他们是不是……"

"养兵千日，用兵一时。吃粮当差，为皇上效命乃是义不容辞的责任。"楼长严肃地回答道。

确实，近期大小金川的土司再次反叛，西南局势紧张。和珅猜测他们正在加紧练兵，不日就要南下。这是军机大事，自然不便打听。

但是他们坐在那里，在训练什么？和珅心头的疑团更大了。

楼长的脚步却突然加快了。

说话间已经到了小路的尽头，一堵虎皮墙出现在眼前。

楼长转过身来，看看周围没有什么人，压低声音对和珅他们说："现在你的同学送到林大夫这里了，估计没有性命之忧，这里也就没我什么事了。早上我在学堂杀了那个家伙，估计要惹上麻烦的。我一向独行惯了，倒也没什么牵挂，只是有时候会怀念起早年在军中效命过的地方。现在终于可以去圆这个心愿。从此我就亡命江湖，不知道什么时候再见了。你们回到学堂，上面追查下来，只管把事情推到我身上便是。"

原来，楼长这便要离开了。

"楼长！你杀那个家伙也是因为我们，我们不能连累你吃官司。不管有什么事情，我们保你便是。"此次劫难，全靠楼长救他们于水火之中。和珅不忍心他就此亡命江湖。

"傻孩子，你们能保我什么？"楼长笑了笑，把手中的腰牌递给和珅，"拿着这个腰牌，回头接你同学回去的时候替我给林大夫道一声谢。"

他一拱手，"就此别过。"一个鹞子翻身越过围墙，瞬间不见了身影。

和珅和小吴姑娘两个人半晌无语，都沉浸在复杂的情绪中。

片刻之后，姑娘缓缓地开口道："感谢小爷一路扶持，我算是逃出生天，现在也要回去了呢。"

和珅却突然变了脸色，亮出了手中的匕首，"且慢，你的事情还没完呢。"

姑娘有点惊慌，"你要干什么？"

11

和珅冷冷地说道："四库书吧着火的时候有你，贼人突袭计算中心的时候也有你。你不觉得你的行迹太可疑了吗？甚至刚才看到健锐营训练，你竟没有丝毫惊讶，显然是熟识此等情形。你究竟是谁？从何而来？"

姑娘这才放下心来，笑道："我是谁并不重要。至于那几些兵勇训练的样子，有什么奇怪和害怕的？无非是你们每天上课打的那个游戏正在'加载'罢了。"

"每天上课打的游戏？你是说《旗人荣耀》？"

"你难道没有觉得每天你们上课也好，作业也好，不就是在电脑里打打杀杀？那些电脑里的打打杀杀跟实际世界中的兵马厮杀有什么两样吗？"

她说得不错，作业也是打打杀杀，跟真正世界中的打打杀杀并没有太大的差别。

"一样又怎么样呢？这个跟健锐营的士兵有什么关系？我们只是在电脑里操作罢了。"

"哈哈！你们以为只是在操作电脑打游戏。其实，游戏的这些数据，全部都存到了计算中心的服务器上，之后又源源不断地'加载'到这些士兵的脑袋里。你刚才在院子里看到他们的辫子挂在墙上，那就是这些数据在'加载'呢。"

"等等，你说的'加载'，是什么意思？"

"'加载'，就是你们在游戏中打斗的这些信息，像流水一样灌输进这些士兵的大脑里。通过神经机制的作用，这些杀人本领也都灌输到这些士兵体内。用不着亲自去演兵场操演，他们就已经掌握了杀人本领。"

和珅听得目瞪口呆，"想不到《旗人荣耀》竟然有如此威力！"

"什么《旗人荣耀》！"姑娘冷笑一声，"它本来的名字叫《日月荣耀》。"

"《日月荣耀》？"和珅愣了一下。

随即，他马上反应过来，"'日月光天德，山河壮帝居。'——这么说，这游戏的名字是前朝的？"

"算你还读过点书。"姑娘赞许地点点头，接着说道，"咱们正阳门内的大清门，在前朝，叫作'大明门'。那个时候，门上有副对联，就是这句'日月光天德，山河壮帝居'。这是永乐年间解缙解学士的对联。游戏的名字便是来自这里。"

"莫非这游戏，竟然不是本朝的，乃是前明解学士发明的？"

"解学士天赋异禀，聪颖过人，但这游戏并不是他发明的。发明这个游戏和训练士卒的方法的，是前明嘉靖年间一个姓范的书生。那时候倭寇骚扰浙闽沿海，然而整个大明却文恬武嬉，军纪废弛。那书生从朝野上下都沉迷的各种游戏中获得灵感，发明了这个快捷异常、事半功倍的训兵办法。然而当时主兵的俞大猷、戚继光等将领，坚决反对使用这个方法练兵。于是这游戏也没有流传开来。那通过游戏把战斗技能灌输到士兵体内的办法，更是被弃之如敝屣。"

"既然被弃置一边，本朝怎么把它用起来了呢？还改了名字？"和珅不解。

"别急，听我慢慢说。这个游戏和它背后的秘密，在姓范的这个书生的后人里一代一代地传了下来。待到明朝末年，这个姓范的书生的后代，有个叫范文程[①]的……"

听到这名字，和珅"啊"了一声。

姑娘没有理他，继续说下去："他在家里意外地发现了祖传的《日月荣耀》的秘密，便奇货可居，拿去向大清太祖努尔哈赤献宝去了。"

"原来我大清，竟是用这个打败的明朝？"

"没错。太祖努尔哈赤对用这游戏练兵的方式还有很大疑虑。太宗皇太极即位之后，启用了范文程，这游戏练兵的威力也初露头角。这游戏练兵，需要一根大辫子来传输数据到脑子里，所以大清朝要求所有男子全都梳起这金钱鼠尾。自此，清军对明军连战连捷。太宗皇太极钦赐这款游戏名为《旗人荣耀》。"

"这游戏果然威力无穷，真的是打遍天下无敌手啊！"和珅回想本朝立国之初的历史，不由得感慨道。

"'无敌手'倒也言过其实了。入关之时，清军在山海关石河一役险些败给了李自成。入关之后，饶是这游戏练兵威力甚大，八旗子弟也两次败在李定国的手里——留下了'两蹶名王，天下震动'的俗语。不过，大体上总算是有惊无险。所以朝廷平定天下之后，仍然信奉这《旗人荣

---

① 范文程(1597—1666)，字宪斗，号辉岳，辽东沈阳(今沈阳)人。曾事清太祖、清太宗、清世祖、清圣祖四代帝王，是清初一代重臣。

耀》的力量。附带着，还诞生了其他模仿《旗人荣耀》的练兵游戏，比如《巴图鲁联盟》之类的。"

"所以，大清平定天下之后，为了掩人耳目，便把这些游戏变成了京城学堂里的课程。学子们每日辛苦做功课，其实竟然是在帮朝廷练兵！"和珅叹了口气。

"正是。"姑娘点点头，"这些日子西南大小金川二次反叛，战事吃紧。所以钱沣这家伙自然是绞尽脑汁、想尽办法要让学子们每天拼命做功课，好多练士卒去平叛。"

"原来如此。可是你怎么会这么了解《旗人荣耀》？连我这个……"和珅险些说出自己的身份，他把"侍卫"二字吞了回去，"连我这个天天打游戏的学生都不知道《旗人荣耀》竟然还藏着这么大的一个秘密。"

"也算不上什么了解啊，我还有好多东西没弄明白呢。要不然，我干吗天天跑去四库书吧查各种资料？"

和珅听出来她在打马虎眼，下意识地把匕首向上提了提，随即便发现这个举动的可笑：在这个战斗力几乎为零的姑娘面前，用匕首未免太牛刀割鸡了。

"其实你不说我也知道。你跟闯进计算中心的那些人是一伙儿的吧？"

姑娘惊讶地看了他一眼，迟疑了一下，缓缓地说道："我和他们可以说是一伙儿的，也可以说不是一伙儿的。大家理念不同，所以各自为政。"

"各自为政？"

"他们做事激进，总想着什么事情都一蹴而就。本来他们这次潜伏在京城就是想伺机做点刺杀之类的大事出来。那天在街上偶遇他们，我告诉他们朝廷如今正是用兵时节，京城防范甚严，叫他们赶快离开京城避避风头。他们还不以为然，结果火灾之后，兵马司大搜查，把他们逼得无处藏身，还想找我给他们搭把手。我说我在这里还要调查一下《旗人荣耀》的事情。谁知道他们听说了《旗人荣耀》的事之后，居然想铤而走险，去复制《旗人荣耀》，打算依样画葫芦用它来练兵反抗朝廷。"

"所以，那天他们化装成兵马司的人闯进了学堂的计算中心……"和珅说罢，突然微微一笑，朗声念道，"天下万水俱同源——"

小吴姑娘下意识地脱口对道："红花绿叶是一家……"随即，她意识到这其中有诈，厉声地反问，"你怎么会知道这个切口？"

和珅哼了一声，把匕首插回鞘内，讥讽道："你果然是红花会的人。你们的切口早该换换了，我第一次知道这个切口都是几年前的事儿了——还有，你衣袖上面绣的那朵红杏，回家找个针线高明的裁缝改改吧。"

小吴姑娘脸上一红，"是又怎样？"

和珅笑道："不怎么样。我就是奇怪，你们既然都是红花会的，怎么自己内讧起来了？"

"你是说我昨天追到计算中心去阻拦他们？"小吴姑娘看到和珅把匕首插回鞘内，知道他并无恶意，语气也平和了些。

"是呀！再怎么理念不同，至少也不应该去插手别人做的事吧？"

小吴姑娘略微思忖了一下，像是下定决心，把一些从不轻易说出的话讲了出来："他们不是红花会的，他们是天地会的。虽然宗旨与我们相同，行事却大不一样。各种事情，他们都觉得官府做得，他们也做得，所以才这么倾心《旗人荣耀》这种玩意儿，也想用它来训练兵卒对付朝廷。但是在我们看来，《旗人荣耀》这种害人的东西就应该彻底地销毁。绝不应该用这个技术让无辜的学生来浪费生命，也不应该把杀人的本领强制灌输到无辜的士兵体内。"

和珅笑道："你这话说得不错。不过，你还是太年轻了吧。在我看来，《旗人荣耀》倒不失为一个捷径。不用《旗人荣耀》，拿什么来训练你们的人马？你以为兵是那么好练的吗？没有过硬的弓马，你们如何打得过八旗绿营？你们那点三脚猫的功夫，恐怕连兵马司都对付不了。"

小吴姑娘哼了一声，不屑地说："还要抱着几百年的老皇历不放吗？弓马都是过了时的东西，很快就会有更强硬有力的武器来取代它们。我们只要掌握那些武器就足够了。"

和珅被她离经叛道的话弄迷糊了。他回味了一下，才明白她说的这"更强硬有力的武器"指的是火器。他虽然读了些有关火器的书，但是从来没想过火器有朝一日会完全取代弓马。他又想起那天在书吧，小吴姑娘提到，在海外的欧罗巴，火器早已被重视并广泛应用。半晌，他才回过神来，"火器真的会彻底取代这一切吗？难道这就是你在四库书吧看《西法神机》这种书的原因？"

小吴姑娘微微一笑，没有回答。

虽然小吴姑娘什么都没说，和珅还是被她的潜台词震撼到了。回想他以前读过的那些书，和珅不得不承认，小吴姑娘的判断虽然大胆，但其实是相当合理的。小吴姑娘看着年纪轻轻，却有如此的洞察力和远见卓识，令人吃惊。

这个时候，粘竿处侍卫的使命感在他心底油然而生。他暗暗地想：小吴姑娘，还有她背后的势力，能有如此见识，实在是朝廷的劲敌；倘若今天放走了她，日后恐怕免不了会有一场风波。他心里陡然升起了一个大胆的念头，他自己也被这个念头惊吓到了——这是之前蛰伏在学堂里的和珅从来不敢想的。

他摸了摸口袋里的匕首，嘴里喃喃道："没想到你们想得如此深远。难怪你们对《旗人荣耀》不屑一顾，还会跑去计算中心阻拦天地会那群人。"

"可惜他们不听我的，白白搭上了性命，还差点儿连累你的小兄弟一条性命。"小吴姑娘脸上露出一丝惋惜。

和珅长叹一口气，"官兵惯于谎报战功，你的那些天地会朋友们那天晚上逃脱了也说不定。"他犹豫了一下，努力压制心底的杀机，缓缓地说，"你也走吧。早点逃离才是正经。"

小吴姑娘道了声谢，便转身离去。

她刚走出不远，突然听到背后的和珅喊道："等一下！"

她回过头来，却看见和珅目光锐利，脸色凝重，手插在口袋里，似乎要从口袋里掏出什么。

小吴姑娘吃了一惊，浑身充满戒备，她以为他要把先前一直攥在手里的匕首从口袋里拿出。

然而和珅犹豫了一下，掏出来的是一个腰牌，"我不问你要去哪里，我只是提醒你，京城里很快会变得非常危险。你赶紧走吧，拿着这个，路上万一有人盘问也可以应付一下。"

12

初秋已经颇冷，但是和珅在养心门外的值房里等得心绪不宁，反而觉得燥热不已。他听到外面一个年轻太监传旨唤他，便赶忙起身，慌里慌张地正了正衣冠。

那年轻太监知道他是第一次面圣，所以有些紧张，便客气地说："皇上今儿个心情不错，甭怕。"

和珅赶忙道谢，跟着那太监走出门来。

还没走多远，他就远远地看见另一个太监引着一个穿着一品朝服的中年人从养心门内走出来。

和珅赶忙站到道路的一旁垂首让路，那人看都不看和珅一眼，径直走过。

给和珅引路的年轻太监恭敬地喊了声："刘大人！"那人却不回话，只气定神闲地冲他微微一拱手。

看他走远了，那年轻太监才低声地骂了一句："刘墉如今抖起来了啊！妈的，什么玩意儿。"

和珅这才知道走过去的是如今朝里红得发紫的刘墉。看刘墉志得意满的样子，他心里不由得咯噔一声。他掩饰着内心的紧张，附和道："公公息怒。您犯不着跟他一般见识，他就是小人得志。如今他是一品大员，哪儿能正眼瞅咱们哪。"

太监哼了一声，半晌，没头没脑地冒出来一句："皇上心里明镜似的。"就再不言语。

离养心殿的台阶还有一段距离，太监就停下了脚步。显然，以他的级别，是不允许靠近养心殿的。随即，一个宫女揭起了抱厦厅门的黄缎门帘，示意和珅进去。和珅便弯着腰，轻手轻脚地走进殿内。当这个宫女轻轻地放下门帘之后，左手边另一个体态轻盈的宫女揭起了西暖阁的帘子。

和珅赶紧走进去,声音洪亮地说道:"卑职和珅恭请皇上圣安!"说罢便卸了箭袖,跪下给皇上叩头。

"你就是和珅?在粘竿处几年了?"乾隆声音不高,话语里却透着威严。

"卑职在粘竿处行走已经有五年了。"和珅又叩了一个头,仍然不敢抬起来。

"年轻有为啊。"乾隆淡淡地说了句。

和珅不知道这是褒还是贬,不敢作声,只把头俯得低低的。

"你的密奏太长,朕没仔细看完。捡要紧的给朕再说一说。"

"是。卑职查明,前些日子,京师士民共二十余口葬身火海的四库书吧案,实系纵火。纵火的主谋,乃西城兵马司指挥使戴世仪和京师学堂总教习钱沣。此纵火案为一石二鸟之计:钱沣以此为由,将学堂的学生圈于学堂内,让他们专心打《旗人荣耀》以支援大小金川之役;而戴世仪则以此为契机,假借清查消防设施为名,在西城搜捕隐藏在京城的一伙反贼。此后反贼众人在被逼入绝路之际,冒充西城兵马司的兵勇,突袭了学堂计算中心,试图盗取《旗人荣耀》的源文件。事发突然,戴世仪和钱沣及时赶到,在计算中心捕杀了众反贼。西城兵马司本来训练稀松,战力平常,此战能一举剿灭反贼,系私自使用《旗人荣耀》训练。皇上圣明,我大清只有八旗可以使用《旗人荣耀》训练,其余人等私自使用《旗人荣耀》均属越制。戴世仪勾结钱沣,私自使用《旗人荣耀》训练西城兵马司的兵勇在先,为一己之利草菅人命、纵火焚毁四库书吧在后。其胆大妄为,实属骇人听闻。"

"京城书吧众多,戴、钱二人唯独选此书吧是何原因?"

"卑职查明,四库书吧的老板,原与军机大臣刘墉族人有隙。戴、钱二人均出自刘墉门下,此次纵火,也是此二人借机替刘墉报私仇,向其邀宠。"

"依你之见,刘墉也牵涉此案?"

和珅迟疑了一下,答道:"卑职委实不知。"

"听说你在贼人突袭计算中心的当日被戴、钱二人追捕?你还杀了人?"

"皇上圣明。卑职因为在戴、钱二人纵火焚烧四库书吧的当日去过书吧,被钱沣怀疑掌握了他们焚烧书吧的把柄,所以此人派了手下监视卑职。贼人突袭计算中心当日,因卑职同学范继佐被戴世仪手下射伤,卑职护送范继佐去看郎中。路上,我等被钱沣手下监视奴才的人追杀。卑职不得不奋起自卫,当街格毙一人。"

"身手不错,没给咱们旗人丢脸。"乾隆哼了一声,"起来吧。"

和珅这才长出一口气,他又叩了一个头,才站起身来。

"朕知道这件事了。此事'宜粗不宜细',明白吗?"

和珅知道了。皇上已经对此事了如指掌。至于钱沣和戴世仪,乃至刘墉,朝廷目前正是用人之时，又逢大小金川之役大捷，朝廷刚刚褒奖了他们，所以皇上此时并不打算收拾这些家伙。此事自然是到此为止。他心里恨恨地骂道："总有一天老子要收拾你们！"

"朕看你在书吧纵火案这件事上侦查得不错，条理清楚，胆大心细。升你个一等侍卫，在朕面前服侍吧。"

和珅大喜，连忙又跪下叩头。

"今儿个高兴，你还有什么要求，可一并说出来给朕听听吧。"

"是。卑职同窗范继佐，本系无用腐儒，被戴世仪手下兵丁射伤未愈，前些日子又因家事连坐，被下在狱中。卑职大胆，恳请皇上开恩，饶他一条小命。"

"范继佐，这姓氏好熟悉啊……宁波范家的？"

"是。皇上明察秋毫。"

"宁波范家在天一阁私藏与《旗人荣耀》相关的书籍。朕早就派了纪晓岚去督查此事。他在宁波为此事奔波已久，此案尚未完结。不过你这个同窗常年在京城，谅他也没有资格掺和家事，叫刑部就不要连坐了，放他出来吧。"

君无戏言，这就是饶了范继佐的口谕了。和珅激动地赶紧跪下谢恩："谢皇上！卑职接旨。"

乾隆的话锋突然一转："《旗人荣耀》算是咱们大清的头号机密了。你这次侦查，知道了《旗人荣耀》的秘密——"

和珅大惊，赶紧叩头，"卑职死罪。"

乾隆微微一笑，"你知道这其中的厉害就好。朕不治你的罪，只是问问，你对咱们八旗用《旗人荣耀》训练，有什么想法没有？"

"卑职不敢。"

"叫你说你就说！"

"是。《旗人荣耀》巧夺天工，机巧非常。只是……只是奴才在课间闲暇时间，去书吧看些杂书，发现书里说有种东西叫作火器。依卑职看，其利非常，此物后必大行于世。《旗人荣耀》只能训练兵马格斗，这兵马格斗却防不了火器，恐怕大清也得多研究研究这火器……"

"绕了半天弯子，原来你说的是火铳这玩意儿啊。有了《旗人荣耀》，我八旗自然弓马娴熟，无人可挡。还要火铳这些奇技淫巧干什么？哈哈哈……"

和珅连忙说道："皇上圣明。"

乾隆爽朗的笑声盖过了和珅的颂圣，盘旋在暖阁的画栋之上，悠悠地飘出养心殿的大门。

（责任编辑：姚海军）

忒弥斯

鲁 般

忒弥斯，一直以来都致力于帮助全人类获得更完善的生存环境。

这里没有贵族，没有特权，

我们都只为了生存这一个目标而奋斗，

我们都只为了在这一百七十万年的寒冬里能紧紧地拥住对方。

鲁 般

90后，居住在南昌。一流的猫奴（还是两只），二流的策划，三流的摄影师，四流的天文爱好者，不入流的斯多葛主义者，意外地成了科幻创作者。

鲁般的作品风格浪漫绮丽，工笔精细，想象磅礴。现已出版长篇科幻小说《未来症》。

1

"老样子。"

"1.12MB[①]。"

"昨天还是950KB。"阿丹正准备接过纸杯的手在空中停住了,他抬起头看了看咖啡亭正上方,闪亮的招牌上霓虹灯管勾绘出店内主打。不出所料,几乎所有的饮品都上调了价格,速制长岛冰茶[②]2.6MB,榛果粉配康宝蓝[③]1.52MB,然后是他每次必点的红茶拿铁,价格那一栏依旧闪着熟悉的湛蓝光泽,只不过数字被替换成了眼前的1.12MB。阿丹低下头,一脸诧异地看着在咖啡机旁擦拭滤嘴的服务生,"两周前不是才刚刚——"

"是啊,又涨价了,这一切就是发生了。"服务生没有等阿丹说完就打断了他的申诉,顺便还附赠一对上翻的眼白。

平时,这个叫作ViVi的服务生并不会这样对待顾客,眼下不耐烦只是因为今天当值的八小时里,她已经回答类似的问题好几百遍了,如果对象不是阿丹这样的老主顾,可能她都懒得开口解释。ViVi端起那杯搁在待取餐格里的红茶拿铁,拿起操作台上的肉桂粉罐娴熟地倒了几下,重新递给阿丹,"你就喝吧,存着这几百KB你也做不了什么。"

"谁说做不了,存着总是有用的。"阿丹叹了一口气,接过滚烫的咖啡。

这已经是今年的第四次调价了,前几次还能听到些抗议的声音,现在已经连新闻里都鲜有报道。大多数人都是像阿丹这样突然得知,然后也只能皱皱眉头,照旧买单走人。这些涨幅像是被心理学家精心设计过,总是刚刚好让你有些脾气,但又不至于真的动怒。

---

① "mbyte"的简写,是计算机中的一种储存单位,读作"兆"。现今通常在标识储存媒介的储存容量时使用。根据国际单位制标准,1KB=1024B,1MB=1024KB,1GB=1024MB,1TB=1024GB,1PB=1024TB,1EB=1024PB。

② 一种鸡尾酒,因起源于美国长岛而得名。

③ 意式经典咖啡的一种,由浓缩咖啡搭配鲜奶油调和而成。

阿丹也一样，抱怨完的下一秒他便嗅着浓郁的肉桂香气，满足地饮下期待已久的拿铁。可那股热流还没到喉咙，就被他全部呛了出来，他弓着腰，剧烈地咳嗽起来。

ViVi 看着有些狼狈的阿丹，像是早就料到了。这个老顾客对于口感总是有异于常人的执着。

重新直起身子的阿丹将手里的纸杯转了个方向，定睛看了看那上面的配料表，然后直接把那张已经被溅出的咖啡渍弄脏的表单对准 ViVi，问："连多巴胺 [①] 配比也变成了 0.4%？"

"可能是他们嫉妒你喝着 0.6% 配比的饮料太快活了。"

"他们有什么权利这么做！这可是我们唯一的粮食。"阿丹有些愤懑地喘着气，看向了自己所处的中央广场四周。高耸入云的摩天大楼遮天蔽日，楼宇之间的缝隙狭窄到近乎贴合，让它们像是一片片竖直堆叠的鳞片。如果能站得更高一些，就可以看见这其中最宏伟的六座建筑，规整地环绕在这座城市的最外围。每座都是铅灰色的圆柱体，正对着城市中央的那一面，全都印着一个清晰可见的 "C4"。

C4 是这座城市的名字，准确地说，是这一层的名字。从 A 到 Z，是域；从 1 到 10，是区。所以，这里是 C 域 4 区。而那六根看不到头尾的圆柱，则是贯穿 A1 到 Z10 的基塔。如果没有头顶的那些拟态云遮挡视线，就可以看见 C3 的底座，大概距离地表十公里，那是一个和 C4 同等大小的圆盘。从六根基塔衍生出的环道和导管规整地交叉环绕其间，如同一张细致又精密的蛛网，数以万计不停闪烁的信号灯，则是不幸被它网获的萤火虫。人们习惯把这些五颜六色的闪光叫作星星，至少这样听起来，会比较有感觉。

尽管如此，这里的人还是不常往上看。因为这里并没有真正的天空，准确地说，这里什么都没有。这里是忒弥斯 [②]，阿丹生活的地方。

在阿丹最早上过的常识课里，历史是从 24 世纪开始的。那时候，地球上有二百七十亿人。过度饱和的人口、极度匮乏的资源以及为了抢夺这些资源而爆发的战争，让地球千疮百孔、不堪重负。幸运的是，这一场人口危机在 24 世纪中期因为意识分离技术的出现而完美地解决了。

它被称为"忒弥斯"。

这项技术的设计初衷，是通过把意识导入机器来延长绝症患者寿命、提升残障人士生活质量。但在一场牵连四大洲的战争结束后，得意扬扬的战胜国们买下了这项技术，并在苏丹境内的沙漠腹地制造了一台占地一百六十万平方米的地下数据基站，并以武力强迫战败国的难民把自己的意识体提取出来，上传到这台名为忒弥斯的数据中心，然后永远活在里面。尽管此举招致了无数申讨和抵抗，却得到了国际社会的默许，因为如果不选择放弃肉身，另外的结局一

---

① 一种神经传导物质，这种脑内分泌物和人的情欲、感觉有关，它能传递兴奋和开心的信息。

② 古希腊神话中的规律与秩序女神。

定是一场比卢旺达种族灭绝①还要残忍百倍的屠杀。削减人口，已经成了那时候所有战争最直接的目的。不久后，为了修饰这场极端的暴力，在一群社会学家的推波助澜下衍生出了一个全新的名词，与人权并行的"现实权"。那是活在现实世界的人才有的权利，在忒弥斯里的人则没有，他们不享有肉体，不消耗现实资源，只是作为一个个意识体在那台机器构建的虚拟城市里生活。

忒弥斯在诞生后的五年时间里，就收容了近七千万人类意识体，从战败国难民到囚犯，到不堪忍受苦难而自愿放弃现实权的穷人。最开始他们感觉不到区别，作为拟态城市的忒弥斯甚至比他们现实的居住环境更加宽松舒适，不过由于缺乏物质承载，长期脱离现实载体的意识会变得非常不稳定，忒弥斯需要通过注射神经电流来模拟人类感官神经，让这些意识体产生稳定的情绪，以此保证意识体不会过载和崩溃，多巴胺基素②是最常用的一种。

在这个虚拟世界的人口数量达到三亿之后，一些足够"聪明"的政客发现这些失去肉体的人类依旧可以在荧幕的那一头参与劳动，他们可以当客服、精密生产线的工人、色情片演员和电子游戏里的互动玩家……围绕着这群人的商业化进程在 25 世纪初如巨浪般涌现，只要准备几千副机械手臂并且连接忒弥斯的数据中心，几个月后一栋巍峨的大楼就盖好了，这是多么实惠的"魔法"。这之后不到三十年，忒弥斯就变成了一座包罗万象的工人营地。而这也彻底解放了全世界现实人类的双手，直线下降的人口和陡然攀升的社会红利让当时的现实人类宛如活在应有尽有的天堂，他们唯一要做的，便是紧紧攥住忒弥斯这个永生的生产资料。能者多劳，劳者多得，依赖这条亘古不变的法则，他们尽情奴役着忒弥斯里源源不断的劳动力，而要付出的成本低廉到难以想象——一杯含有 0.4% 多巴胺基素的红茶拿铁，对于现实世界来说只不过是一束夹带指定参数的电流，在汇入劳工的意识体后，却能为他们带去长达十五分钟的舒适与梦幻。

如果说这一切还能再梦幻一些，那便是 25 世纪中期，在无数次意识分离中，忒弥斯已经对人类意识结构了如指掌了，它可以通过拼接组合意识样本的方式生产出独立的意识体，而不需要剥夺任何人的现实权，这对于现实人类来说无异于轰隆奏响的天国凯歌。阿丹就诞生于这个时期，那一批次一共诞生了七千两百万个意识体。他们一出生便拥有二十四岁的身体，两年的免费容量和 400MB 的财产，然后便是紧锣密鼓的学习与劳作。

没有肉体，并不意味着没有烦恼。虽然这些居住在忒弥斯里的意识体客观上是永生的，不必承担病痛与饥饿，但随着意识体容量的暴增，一再扩容后的忒弥斯储存器依旧无法满足意识

---

① 又称卢旺达内战，发生于1994年，是胡图族对图西族和胡图族温和派进行的有组织的种族灭绝大屠杀，造成近一百万人死亡。

② 作者创造的名词，类似于现实世界的"激素"。

体们与日俱增的"记忆"与"思绪"，所有人都必须为自己每秒钟都在产生的数据买单，为自己争夺更多的储量，相当于人类口中的"寿命"。生死对于忒弥斯里的人非常具体，比如在 C 域，所有人每小时都要支付 3.27MB 来获取存在的权利。缺乏"价值"的意识体会因为买不起多巴胺基素而出现癫狂、意识紊乱等症状，直到消解；而没钱支付储量费的人，身体会瞬间过载导致僵化，只能被市政车带走，如果在十二个小时内仍没有人为他支付储量费，就只能被无情地消解。

如今，这个虚拟的空间已经运算出了数百个城市位面，从 A 到 Z，一共二百一十亿人。由于这些不享有现实权的人被一视同仁地赋予了人权，忒弥斯同样会做到精密的个体差异化，从样貌到声音皆是如此。不过因为这里并不是物质世界，所以样貌本身也是商品，只要不影响劳动，你可以是任何模样。不过除了三年前花费 70MB 在自己的脸上文了一个君士坦丁十字①以外，阿丹这一身基本属于出厂设置，典型的亚洲人面孔，眼睛有些小，没什么表情的话很容易看起来没精神。阿丹曾经去一家溯源实验室提取了一份看起来非常专业的报告，里面说他是由两个日本人、两个海地人和一个土耳其人的意识拼凑出来的。

此时此刻，他倒是很想让自己脸上这份愤怒的表情因为那道十字文身而显得夸张些，至少得有所针对。但环顾四周，他找不到任何一个足够合适的目标来发泄对涨价的不满。唯一一张看起来稍微适合用来撒气的面孔，是阿丹正对面那栋大厦顶层的悬浮荧幕上正在进行实况广播的那个男人。

他叫杜鲁，忒弥斯的首席执政官，享有这套系统的最高授权，住在顶层区域 A1。关于他的流言在他长到离谱的连任生涯里从未断过，有人说他是忒弥斯精心设计出来的傀儡，根本没有自我意识；也有人说他在现实世界就是高官，是自愿放弃肉身来管理这里的。不过，阿丹不太相信后一种说法，毕竟谁都知道这种意识分离技术是不可逆的，他就算在这里混得再好，也没办法回到现实世界去邀功。

"我们第三季度的财报显示，H6 以上的公民收入普遍有所提升，在 D7 的涨幅更是达到了 6.4%。就像我常说的，这不仅仅是数据，这也是我们价值的体现，说明我们的存在在现实世界得到了更大的认可。如今，我们包揽了地球 92.7% 的工业生产和 79.3% 的服务业，而我们的消耗几乎可以忽略不计，只有这样的良性作用不断循环，人类文明才得以在这颗星球上保全。

"脱离现实，并不是失去意义；物质也只是我们文明的一小部分。"杜鲁的声音有种令人捉摸不透的沙哑，但咬字却格外顿挫，"忒弥斯的公民们，请记住，这不仅仅是数据，更是属于我们的文明。"

① 即 XP 十字架（chi-rho），由希腊字母 X（chi）和 P（rho）所形成的基督教象征符号。

高亢的弦乐搭配着绚丽的星云背景，把他的脸衬托得格外荣耀而神圣。

"他怎么做到完全回避了最关键的物价问题？咖啡的价格跟着收入一起涨，那这些涨幅还有什么意义？"阿丹把目光重新放回咖啡亭，正要慷慨激昂地骂几句，却发现 ViVi 的柜台旁边，已经多了一个穿着米白色西装的女人。

她毫不客气地将阿丹手里的咖啡夺过来喝了一口，过了几秒才反应过来，一脸疑惑地问 ViVi："怎么淡了？"

"大作家刚刚已经批判过了，不仅变更了配比，而且还涨价了。"ViVi 看见她，指了指一旁的阿丹，挤眉弄眼地笑了笑，"二位，这件事已经发生十二个小时了，连你这个在银行工作的人都不知道吗？"

"茉莉满脑子想的都是怎么给她现实世界里的客户倒腾土豆期货。"阿丹一把将这个叫茉莉的女人搂在怀里，用鼻梁在她后颈用力地蹭了几下，像是一只把头埋进蜂巢里的饥肠辘辘的棕熊。

"最看不惯你们这些 C 域人，张口闭口就是什么期权期货、美元黄金的。我宁愿去给 E 域的那些龙套演员和编剧们卖咖啡，至少人家讲的笑话是真的好笑，而你们啊，还土豆……"已经对这对情侣的腻歪见怪不怪的 ViVi 靠在嗡嗡作响的咖啡机旁，看着茉莉把头从阿丹的臂弯探出来，既嫌弃又羡慕，"说得好像你们真的看见过那些东西似的。"

"那些也是商品，不过只在现实世界里才会起作用而已。现在地球上也没几块好地可以种出土豆了，换算一下的话，一颗土豆就比你一杯咖啡贵那么一点。"快速挣脱出阿丹魔掌的茉莉仰起头，整理了一下凌乱的发鬓。这里是 C4，必须时刻保持那种她常挂在嘴边的"C 域状态"，严谨而精细，一丝不苟，甚至连微笑都有她对着镜子练习过上万遍的标准角度和配套动作。虽然官方从没宣称 A 到 Z 的区域排序有任何实际意义，但谁都知道在越往上的区域就能活得更好；而想活得更好，则需要与之匹配的价值来支撑。矿业和探勘工人密布的 K3 区挤下了接近两千万人，却连个像样的咖啡亭都没有；而杜鲁和政要所在的 A1 则为常住的两万人口开辟出了一座等比例复刻的珀斯国王公园①，四平方公里的绿荫和灌木让整个 A1 荡漾着永恒的春意，是全弍弥斯最令人神往的地方。同属上层的 C 域是弍弥斯的商业中心，云集了各类企业和投资银行，数不胜数的证券行和交易中心塞满了那些鳞次栉比的高楼。无数像茉莉这样的精算师、基金管家和财务顾问，就在这些神圣的建筑里隔着荧幕，夜以继日地为那些在拉迪格岛②度假的客户们打点信托和贷款。

每当下班，阿丹都会在这个他和茉莉初次相遇的咖啡亭等她。如果不是因为这段恋情，茉

---

① 位于澳大利亚西部城市珀斯，占地四点零六平方公里，是南半球最大的城市公园。

② 位于塞舌尔，岛上的德阿让海滩是享誉世界的度假胜地。

莉实在想不出阿丹还会有什么理由来到 C 域。他那样的作家、编剧和头衔比基金名目还要长的艺术家们都喜欢在忒弥斯的文化圣地 F2 扎堆。对于茉莉来说，那里就是一个颜料和石膏混合的地狱，就连庄严的六根基塔也没有逃过被改造的命运。早在八年前，最后一小块距离地面七千三百米的基塔表面也被喷绘上了安迪·沃霍尔 [1] 的巨幅肖像。忒弥斯曾经想要清除这些浪费流量的艺术品，不过这个世界上最庞大的涂鸦艺术集不仅赢得了现实世界的青睐，甚至还作为一个"不存在"的艺术品位列人类奇迹名录，某些年份的统计结果显示，它的影响力排名甚至一度超过中国的万里长城。

但在忒弥斯，艺术家在多数情况下都不过是"乞丐"的另一种称呼。意识体虽然可以被具象化，但由于脱离了物质载体，所有的情绪和感观都不过是一串流动的数据。虽然忒弥斯能够模拟人类的七情六欲，但过于细致的运算会加重它的负担。为了维持稳定，系统会限制和删掉其中不必要的细节，最广为人知的例子就是在忒弥斯里没人可以真正地品尝红酒，因为意识体并没有真实的舌下神经传导味觉，所以没法感受从舌尖到喉咙的甜涩差异。不管你点了什么，那个"固定"的味道会直接以特定的编码加载进你的意识体，甘苦在一瞬间就尝尽了。换句话说，所有饮食其实都是为了维持人的惯性，如果不是需要根据多巴胺基素的浓度支付高额的累进税 [2]，谁都愿意直接给自己来一针。也是因为缺乏这些能萌芽出艺术的细腻和真实，这儿的艺术家普遍难以得到现实人类的认可。

阿丹算是个特例。自从六年前发表的《在忒弥斯老去》大获成功之后，他就一次性获得了600GB 的稿酬。他和茉莉的初次见面就发生在他爆红之后，那时他不得不从 L2 来到 C 域处理这笔从天而降的财富。初来乍到的阿丹站在中央广场，漫无目的地环顾着摩天大楼和五花八门的银行标志，每块荧幕上都闪烁着不断变化的数字堆叠出的图表，而他压根儿不知道该怎么办。于是，他鼓足勇气，对一位在咖啡亭边拿着咖啡杯的女士说出了命中注定般的第一句话。

2

"我还记得你那天说，'小姐，请问哪里可以存得下 600GB？'"茉莉说完，不由得笑了几声。每当阿丹被递来的财务表单绕得云里雾里时，茉莉都会把这句开场白重复一遍。她喜欢看阿丹那张写满求救信号的苦恼又可爱的脸，而她则心安理得地扮演身披战甲的"救世女神"。回到位于 B7 的家已经三个小时了，阿丹才终于在女神的胁迫下打开了自己的财务年报。忒弥斯

---

① 20世纪著名艺术家、制片人和出版商，是波普艺术的倡导者和领袖。
② 泛指负担水平随课税对象数额增加，而呈递增趋势的税收，起源于英国。

要求所有年收入超过 100GB 的公民都必须进行财产申报,而茉莉每年的这几天都会替他整理出来,并在递交给税务核算之前为他详细解释其中的每一条。在他们的二人世界里,这是她非常喜欢的游戏环节之一。

不过,这对阿丹来说就完全是另外一回事了。他看着满是数字的荧幕,即使手中的杯子里装的是 1.7% 多巴胺浓度的波摩 ①,也让他丝毫提不起兴致。

"星展银行 ② 在我的小说授权交易里赚了 400 万美元,我真的需要知道这件事吗?"阿丹转过头,看向了站在自己身后的茉莉,"我还是直接签字吧!账户里光是可以花的钱就有 1.6TB,看起来今年应该是赚了。"

"这一项很有必要!你也知道我们的金融和信贷体制就是星展银行帮忙打造的,虽然和现实世界完全脱离,但忒弥斯人在现实世界也能产生价值。这笔版权以新元结算给好莱坞,这里面有你不可磨灭的功劳,你必须要让他们看到你的价值。记住,任何情况下,你绝对不能在没有看过的文件上签字。"茉莉夺过阿丹手里的可林斯杯 ③,坐在他对面的沙发旁。穿着纯黑色真丝睡衣的她光脚踩在松软的皮质靠垫上,显得格外款款动人,"忒弥斯并没有婚姻这种东西,所以你的财富只能你自己经手。你每年只用看两次报表,还是我帮你整理好的版本;而我每天就得看十几份漏洞百出的报表。相比之下这已经是很轻松的事情了,作家先生。"

"不如我们换成十几份小说比比看。"阿丹耸了耸肩,漫不经心地一页页翻阅着,在公益与慈善支出的明细那一页停住了,在那么多标题长到难以一次性念顺的名目里,有他为数不多较为了解的一项,"针对 T5 的捐助项目为什么停了?"

"因为,那里已经没有可以捐助的对象了。"茉莉沉默了一会儿,将手指伸向荧幕,把左下角的那份文件打开,略过密密麻麻的流水记录直接滑到末尾的附页。那看起来是一份官方声明的存档,近期才获准解密,签发人正是首席执政官杜鲁,"政府公布了对 T5 的重建计划,现在应该已经开始实行了。"

"重建?那里的人怎么办?"

"那里应该……很早之前就已经没有存活的意识体了。"

"这怎么可能?那些人全部没了?"阿丹一脸疑惑地看着茉莉。他记得这个对 T5 的资助项目,因为这几乎是唯一一个他主动要求加进财务规划里的项目。

T5 常常被忒弥斯的人们戏称为疯人院,专门安置那些因为穷困到无法维持体内多巴胺基素含量的意识体。因为他们仍然有预先购买的储量,所以并不能被判"死刑";但是他们极度

---

① 苏格兰著名的老牌酒厂,主要生产单一麦芽威士忌。

② 原名新加坡发展银行,是新加坡最大的商业银行。

③ 一种直筒型的玻璃杯,常用来装鸡尾酒、威士忌或调和饮料。

癫狂的状态会对其他区域的人造成威胁，尤其会带来治安管理上的不便，所以才被政府统一安置在这里。由于每小时的储量计费是逐区域递减的，Q 域以下的区域基本上每小时只需要100KB，他们的时间会变得非常漫长，很多人就像傻子一样站在原地，或者手舞足蹈地大声叫嚷。形象点说，他们就像一个个永久受损又无法删除的文件，被随意丢弃在无人问津的回收站里。"光是我每年资助的那部分就足以让那里的两万多人每天清醒两小时，而且那里的储量费那么低，为什么他们会全都……那里的储量费不是每小时 6KB 吗？"

"其实，是 60KB……"茉莉停顿了一下。这一次她并没有取笑阿丹对数字与生俱来的迟钝，而是从沙发上站起来，回到他身边坐下，声线从方才的温柔切换到在 C4 上班时才有的缜密与专业，"导致他们大量死亡的，是两周前新增的扩容税，那是一次从 A 到 Z 的普征。"

"扩容税？"阿丹满脸疑惑，显然完全不知道这回事。

"一个月前，政府依据环境部颁布的《环境改革条例》征收的，目前已经执行完毕了。"茉莉熟练地将那份年报翻到末尾的补充说明文件，然后打开那份附属条例的第六条，她知道阿丹没法儿理解那些刻板而专业的词语，所以直接用手指指着其中最关键的那一行，一字一句地念出来，"为了更合理地规划忒弥斯的整体容量，公民需要选定常住区域预购三年的储量，不预购的公民必须在四十八小时内按照常住区域三年储量价格的 1.4% 缴纳扩容税，每拖欠二十四小时，按照 70% 的增幅额外累进……所以没有钱预购的人都会选择及时缴税。但……T5 的很多人都处于昏迷或者癫狂状态，根本没有行为能力，于是被那个离谱的拖欠累进活活地扣光了所有的积蓄。"

"为什么我们完全不知道这些事？"

"因为你和我早就预购了五年的储量。B7 以每小时 4.13MB 计费，根据《基本法》，我们已经达到了预购上限，根本不需要为此纳税，这件事也根本不会出现在我们的待办提醒里。如果不是因为工作我想我也不会过多关注……这根本与我们无关。"茉莉停顿了一会儿。按照 T5 的储量计费，B 域的五年在那里几乎等同于永生。忒弥斯就是这样运作的，谁都无法改变。茉莉抿了一小口威士忌，接着说道："我向人口规划署打听过，光是执行的第二天，就有接近三千个意识体被消解；之后的一周，每小时都有数百人在 T 域的各个区里被消解。慈善基金会的主席通知我这个捐助项目必须撤销时，我和他反复确认过，那里已经没有任何处于激活状态的意识体了。"

这之后的半小时里，茉莉又给阿丹解释了另外几个捐赠项目调整的情况，阿丹默默地听着，一句话也没说。他的眼睛一动不动地看着地板，瞳孔不住地颤抖着，就好像他此时此刻就站在 T5 漆黑的城市中央，目睹着那些张牙舞爪几近癫狂的人们一点点地变得模糊，变成断续的光点，最后完全消失。一直以来，阿丹都是茉莉见过的所有人里最情绪化的一个，或许作家本就应该这样，但情绪化在忒弥斯并不是什么好事。意识体的情绪波动越大，需要用以稳定它的反向抵消波也会越大，或许这能解释为什么阿丹对多巴胺基素的需求大于常人，甚至他会对基素浓度过低的食物产生难以下咽的感觉。

"或许你想一个人安静一会儿。"茉莉给阿丹倒了一杯酒，然后离开了书房。

以前遇到写作瓶颈，或者单纯为某本书里的情节难过时，阿丹也会表现得和现在一样，甚至还会说出"如果我真的有一具肉体，我就可以知道自杀的感觉了"这种话，通常茉莉都会选择暂时离开。她注意到，不久后阿丹便从沙发上坐了起来，走到与书房连通的高层露台。那大概是整个公寓里他最喜爱的地方，从这个接近三十平方米的露台可以眺望整个灯火辉煌的城市。作为连续三年入榜"忒弥斯最宜居区域"的 B7，以花园都市新加坡为原型进行打造，高密度的建筑被广袤的热带植物群包裹，那些高度拟真的丛林里不时传来清脆的鸟鸣，让这座城市的夜晚显得格外生动迷人。

阿丹靠在露台的栏杆上，低着头伫立了许久。

在买下这套顶层公寓时，阿丹曾经幻想过很多可以在这个视野开阔的露台上做的事，例如建一个泳池或者露天电影院，但住进这里之后，这个露台最常用的功能是在他情绪不那么平静时用来独处。如果不是《在忒弥斯老去》的风靡，他不可能出现在这个区域、这个位置。一朝成名后，他的生活发生了天翻地覆的变化，直到他搬进这套公寓，站在这个视野绝佳的露台看着犹如花园般的新家，他依旧觉得不真实。不过说到底，这一切本来就是不真实的，这些花花万物和自己一样是被编写好的一串串代码而已。可就算是这样，那些生活在东南亚最繁忙的海港边的狮城公民看到的应该也是一模一样的景象，至少在感官上，没有任何差别——反正 B7 的地产开发商是这样承诺的。他们一边雄心勃勃地拿出鱼尾狮公园的全景海报，一边激动地说："连喷泉的水流我们也可以控制得和现实里一模一样。"

就算都是假的，但至少和真的一样，如果这样去想，心里似乎又稍稍好受了一些。

"唉……"那种感觉就连身为作家的自己，也很难用语言来形容。他只能深深地吸一口气，继续望着夜幕下的灯火。

B 域的风总是夹杂着花香，今晚是馥郁的广玉兰。

等到阿丹回到客厅，灯光已经被调暗了几度，他屏住呼吸，轻声地走到二楼的卧室。

茉莉躺在床的一侧，手里捧着的荧幕上滚动着繁复的数字和曲线，她的瞳孔也跟随着那些字节颤动着，神情格外专注。茉莉是阿丹见过的所有人里唯一配得上"认真"二字的，她做什么事都很认真，最讨厌其他人抱怨"反正这里本来都是假的"。作为一个在忒弥斯诞生的公民，她发自真心地热爱这里的每一个区域、每一个意识体、每一个字节，就像现实世界的人们热爱自家院里的一草一木一样。

"你才是应该去当首席执行官的人。"阿丹常这么调侃她。

阿丹脱掉外套爬上床，一个侧翻过去紧紧地抱住茉莉纤细的腰，压低声音，像是一只咬着皮球回到主人身边的猎犬在卖力讨好，"那些现实世界的富人这么晚都不肯放过你吗？"

"倒不是他们。还记得我跟你提到过的那个最近在调查的事情吗？今天有了一些新线索。"

"你还在调查那个？"阿丹似乎回忆起了什么，"难道忒弥斯真的会有银行劫匪吗？"

"不是劫匪，不过也差不多。最近在 H 域有不少异常的大额资金流入，都是 TB 级的，它威胁到了整个银行系统。我向上司递交过好几份报告，但他们看起来完全不在意。我刚刚拿到了最新的资金流向的分析报告，有些麻烦，这里面的问题很大。"茉莉叹了一口气，腾出一只手轻轻地抚摸着阿丹柔软的头发，"不过你应该不想听这些，所以还是先睡吧。请珍惜忒弥斯赋予所有公民的权益，每天七小时不计费且免税的睡眠状态，同时还能产出丰富的多巴胺基素。"

"可我并不想睡觉。"

"最近现实世界也有很多不想睡觉的人，好像是因为世界杯，他们熬夜看球赛的时候总是一杯一杯地灌咖啡来消灭困意。"

"如果有肉体的话，就会觉得困，所以才会想睡觉？"

"是的。我选修过半学期的自然生物学，好像和某种特定的激素分泌有关，原理和我们差不多，人类也依靠睡眠来补充体力，而我们依靠短暂的休眠来维护意识体的稳定，相较之下他们的睡眠更复杂一些。不过那些都是现实科学，对我们没什么帮助。"茉莉说完稍稍停顿了一下，在心里嘀咕选修这门课额外多出来的五个学分，也勉强算是有点帮助，"他们的睡眠看起来好像更金贵，至少我的客户们总是跟我抱怨他们睡不够。我想忒弥斯的大部分人也睡不够吧，白给的多巴胺基素谁会不要？"

"我们就可以不要。"阿丹指了指他上楼时顺便拎上来、此刻已经空空如也的酒瓶，那一瓶威士忌可以提供的多巴胺基素理论上刚好可以抵消忒弥斯的两个好觉。细看的话，瓶身印着商标的那一面已经出现了一个圆弧形的一小时倒计时，微弱的荧光不断切换着分秒。那是忒弥斯的回收机制，当系统判断一件商品已经过期、耗尽或者使用率过低时，就会开启这样的倒计时；这件物品的所有者如果在倒计时结束前不进行其他指令，那么它就会被系统当作废弃的数据消解掉。阿丹深吸了一口气，朝着它眨了眨眼。很快，原本棕黄的瓶身逐渐变得透明，然后一点点模糊，几秒钟后便彻底消失了。"我们酒柜里的存货应该够我们好几个月不睡觉了吧。"

"不是所有人都像我们这么幸运。"

"你觉得，"阿丹用脸贴着茉莉的手臂，温顺地蜷起身子，"我们幸运吗？"

"你应该知道 A 域和 B 域的所有人加起来还不到忒弥斯总人口容量的 0.1%，可我们占用的资源容量却高达 9.7%。我想，能睡个好觉，无论是在弍弥斯还是现实世界，都是很幸运的吧。"

"你说那些之前生活在现实世界、后来又来到弍弥斯的人，他们会习惯性地因为困意或者只是到了晚上而想睡觉吗？我说的晚上不是我们的夜间模式，是真正的晚上。我听说，现实人类有类似于生物钟的东西在刺激他们的意识。"

"我不知道。"茉莉想了想，果断地回答，"你好像对睡眠很感兴趣。"

"我认识一个人。"阿丹停顿了一会儿，似乎在决定要不要说下去。他很快将茉莉抱紧了一些，看起来终于下定了决心，"他跟我说，睡觉是一个人一生中最重要的事情之一，而如果睡觉的时候是一个人的话，就是件既糟糕又孤独的事情。"

"这就是你一直要和我一起睡的原因吗？"

"那不然还能因为什么？"

茉莉侧过头对着阿丹笑了笑。刚搬进来时，她一直以为阿丹提出这样的要求，是和那些有特殊癖好的人一样，想体验一下色情片里的情趣。新闻里时常报道一些人为了寻求刺激，会一边模拟做爱的场景，一边给自己注射多巴胺基素。有人甚至开设了付费课程来教授技巧，说是可以还原性爱的快感。虽然茉莉不知道那具体是什么，但光想想就觉得无聊透顶。不过，好在阿丹真的只是抱着她入睡而已，他好像非常希望自己在睡梦里可以抓住什么东西，有时甚至会不经意地弄疼她。

"所以，那个人到底是谁？"

"就是我曾经和你说过的那个人。"

"那个救过你的老人？"

"是的。"

"在这个可以随意设定身体结构和外貌的世界，心甘情愿当一个老人的可真是不多见。"

"我现在愿意告诉你他是怎么救我的。"

"你不是说，那是你们两个人之间的秘密吗？"

"但今晚发生的事，我是说 T5 的事……你曾经问过我为什么要指定捐助这个区域，当时我没有回答你，现在我想告诉你原因。"

"好吧，洗耳恭听，作家大人。"

"其实，"阿丹直起身子，一把将茉莉揽进怀里，"我去过 T5。"

"你去过 T5？那里可是……"茉莉有些吃惊地抬头看向阿丹，没有再说下去。

即使从来没去过 T5 的人，也大概知道那是什么地方。T5 每小时只需要消耗 60KB，据说为了节省空间消耗，那里每天只供电四个小时，几乎没有任何公共设施和市政系统，就连维持感观的环境系统也是时好时坏。那里经常会出现类似于现实世界里地震般的视觉效果，楼宇和街道之间塌陷出奇怪的断层,深不可测的坑洞里不时传来奇怪的回响,简直和地狱没有区别。捐助 T5 和去到 T5 完全是两个概念,前者至少不失为一项能获得社会声望的投资,但后者简直是一件光想到就会噩梦缠身的事。

"我的写作生涯并不是一直这么顺利。"阿丹感受到茉莉的惊恐,他亲吻了一下她的额头接着说,"那个时候《在忒弥斯老去》还名不见经传,只在 F2 几个很小的作家论坛里连载,并没有带来任何收入;而我又因为写小说放弃了在 G2 赌场发牌的工作,日子一度很拮据,只是勉强能维持。后来没多久,就经历了一次劳动税改革,我所有的积蓄都用来交付那部分欠款了。我当时一丁点儿积蓄都没有,而借贷服务中心又排起了长龙。我辛苦排了一夜的队,却连借贷中心的门都没进去。突然,我浑身上下开始不住地抽搐,然后倒在地上。我的眼前仿佛有一个巨大的棱镜,把所有东西都扭曲成一团,一会儿放大一会儿缩小;我能感觉到身边的人都围了过来,他们呼喊着什么,还有人把我抬起来,后来我就什么也不记得了。当我清醒的时候,我已经被带到 T5 了。那真是一个可怕的地方,每天只有几个小时是清醒的……那时候我唯一的希望是贷款早点被受理。"

"那你……是那个老人把你救出来的?"

"他找到我,把我带到了一个更可怕的地方。"

"更可怕的地方?"

阿丹认真地看着茉莉,像是一定要四目相对才有勇气说出接下来的话。他说:"你去过 Z10 吗?"

"Z10?那种地方真的还有人住吗?"

就算穷尽思维的极限,茉莉也没法儿想象 Z10 究竟是什么模样。如今别说银行的业务范畴,甚至连新闻都很少提到比 V 更低的区域,那里就像地球上那些偏远孤僻的蛮荒戈壁,根本无人问津。茉莉一度以为那里应该已经荒废了,甚至可能整个区域被删除。

"我只记得那里好像是忒弥斯最原始的区域,是 24 世纪那些战败国的难民居住的地方。都过去这么久了,他们不是应该都……"

"他叫巴里,就住在那里。事实上,他是第一个来到忒弥斯的人。"

"第一个?"

"是,这是他后来告诉我的。"阿丹接着说道,"他说他一直在看我写的小说,最初是被小说的名字吸引的,《在忒弥斯老去》,忒弥斯可是一个不会有人老去的地方,怎么有人起这样的题目……后来劳动税改革,很多人破产被打入 T5,他发现我没有更新小说,觉察到我可能出事了,就来 T5 找到我。他给了我 600MB,那对于当时的我来说是一笔不小的资助。他还跟我讲了很多知识,比如描写老去,他说我的小说里写得不对。为了告诉我'老去'是一种什么感觉,他给我描述了他的祖父临死前病重的几个月。老人得了一种叫多发性骨髓瘤①的疾病,全身的骨头和积木一般脆弱,没办法站立和坐下,每咳嗽一下都觉得身体濒临散架。"

"这不是你小说里主角的祖父……"茉莉依稀记得故事里那个叫托木多的老人。在阿丹幻想的那个因为程序错误而导致很多人急剧衰老的年代,托木多的痛苦和挣扎在现实世界里赚足了读者的眼泪,"所以那其实是巴里的祖父。"

"是的,托木多就是以巴里的祖父为原型。"

"难怪……"茉莉若有所思地点点头,"难怪那些评论杂志上都说你写得非常真实。"

"不过,他并不希望这件事被其他人知道,特别是他是第一个来到忒弥斯的人这件事,这是他的秘密。如果不是给我讲述那个故事时说漏了嘴,我想他也没打算告诉我。所以,最好永远没人知道,我指的是包括你在内的忒弥斯的每一个人。"

"那你这算是出卖他了吗?"

"原本也没打算说的,只是今天知道 T5 发生了那样的事,回想起很多以前的事,很想与人分享。"阿丹笑了笑,又亲吻了一下茉莉,"不过只对你说,当然没事。"

"第一批进来的人都是当年战败国的难民,经历了那种国破家亡的悲剧,希望隐姓埋名、被人忘记也很合情合理,谁都不希望一直被当作难民对待。"

"他看起来倒不那么浑浑噩噩,虽然生活在底层,但精神状态还不错。"

"你后来见过他吗?"

"在我创作的早期,几乎每周都去拜访他,近几年忙起来就没有去了。不过,住房税上调那阵子,我还去见过他几次,我担心 Z10 受到影响。"阿丹说话时不知不觉地闭上了眼睛,像是跌入了回忆里的旋涡,"他跟我说了很多新故事,还有关于红酒的那个笑话,忒弥斯人没法品尝红酒这件事是怎么传开的。据说忒弥斯当时的程序员正在尝试设计味蕾感官的多样化,但是战胜国政府已经等不及要让忒弥斯投入使用,就直接上线了。一个很愤慨的工程师冲进了转移意识的大厅,当着人们的面大喊:'现在进去的人连红酒的味道都尝不出!'从此以后,红酒的笑话就传开了。我爱喝酒,很想知道那个程序到底什么时候能被设计出来,但这都过去多久了,酒只有多巴胺基素浓度的差异,口感并没有任何变化。"

"口感这种东西,真的有追求的必要吗?"茉莉思索了一会儿,接着说道,"忒弥斯里大部分食物的价格都与多巴胺基素挂钩,食物的口感只是附赠的福利。就像现实世界,贵的东西通常会有好的包装和附赠服务,但其间能产生的利润空间真的很低,不会有人继续开发这种不赚钱的程序。"

---

① 一种恶性浆细胞病,其肿瘤细胞起源于骨髓中的浆细胞,常见症状为贫血、骨痛、肾功能不全、感染、出血、神经症状等。

"不，你不明白！"阿丹有些激动地从床上坐起来，格外认真地看着茉莉，"上帝造水，人类造酒，而酒的特别之处是回味；不是简单地抵达你的中枢神经，而是一点一点地反馈，是……时间的味道。巴里就是这么说的，需要你回过头细想才体会得到，这些就是现实里最有意思的地方。"

"你指的是酒精麻痹反应？"

"并不是喝醉的意思。"

"不管是什么，你在忒弥斯的酒里都喝不到。"茉莉一直不理解阿丹对这件事的苛求，她能感觉到阿丹很希望她理解，但事实上，茉莉甚至都不太爱喝酒，应该说……她对味道并没有任何执着。只要能获取所需的多巴胺基素，她并不介意吃的是什么，反正那些本质上什么都不是。不过，有个例外是 B1 的唐阁①出品的燕盏。唐阁是第一家入驻忒弥斯的米其林餐厅，他们的菜品有特别定制的味觉代码，那总是让她欲罢不能。"那个巴里或许只是还没有适应忒弥斯公民这个新身份，他或许可以给你创作的灵感，但他看上去不像是可以在人生指导上给你任何可行建议的人。忒弥斯人就应该有忒弥斯人的生活方式，而不是企图变得像现实世界的人类，我们天生就没有现实权，就像一只老鼠不能总幻想自己可以像蝙蝠那样飞翔一样，脚踏实地地学会钻洞和筑巢才比较实际。"

阿丹沉默了一会儿，没有接话，而是重新躺在床上。

他并没有找到合适的理由反驳自己的爱人。茉莉说得没错，酒的味道本来就不是生活在忒弥斯的人应该追求的东西。

话题停下来后，茉莉就把思绪收回到眼前的屏幕上，而阿丹也慢慢地闭上了眼睛，等待着一百秒过后，那个"是否加载睡眠"的指令提示出现在自己的脑海里。如果每年花费 200MB 的"甜梦"模块还没有到期的话，今晚他就可以在博龙岸②的白色沙滩上度过美妙的七小时。

"茉莉。"阿丹突然说道。他没有睁开眼，倒计时依然在继续。

"嗯？"

"明天我想去一趟 Z10，看望一下巴里，如果……他还在的话。"

几秒钟后，阿丹感觉到有一双手搭在自己的胸口，温柔地抚摸了几下。

"当然，注意安全。"温热的唇贴在阿丹的耳畔，声音轻缓又温柔。

"我们还是在咖啡亭见？"

"你还真是乐此不疲。"

"那当然。巴里说过，他们那个时代的人远行归家的时候，如果有人在机场、车站等着他，

---

① 中国香港的一家港式餐厅，连续多年蝉联米其林三星，位于九龙尖沙咀。

② 菲律宾的著名海滨度假胜地，因其稀有的白沙滩而闻名。

是一件极为幸福的事情。那种时候你会觉得开心吗?"

"嗯,什么?"

"觉得开心,不是多巴胺基素带来的那种开心,而是发自内心的开心。"

3

关于昨晚最后的记忆,阿丹的脑海里只剩下两人越来越缓慢的呼吸声。他不记得茉莉回答了什么,又或者是否回答了,似乎在问完那个问题之后,他就立刻进入了梦乡。

而一早醒来,茉莉就已经不见了。现在还远没有到她上班的时间,但只要那些官员或者客户们需要,她就得立刻出现在任何一个区域——通常都是比较有钱的区域,阿丹对此习以为常。

下到一楼厨房后,阿丹开了一瓶麦卡伦[①]。

他喝了一小口,似乎很满意,但又没那么满意。这是下周才会引进忒弥斯的新口味,厂商希望他品尝后写一些评语,放在那些推介会的视频广告里,所以特意为他生成了两瓶尝尝鲜。虽然阿丹接受了,但他始终觉得这样的行为非常愚蠢,甚至有点伤自尊。他们完全知道这款酒的味觉代码到底较之前做了哪些修改,却偏偏要阿丹去猜。

不过,只要灌进喉咙里的多巴胺基素一点不少,这总归就不算坏事;而且一两句点评能换来 700MB 的报酬,可比伤神写故事要容易得多。

阿丹打量了一遍精致的瓶身,然后将剩下那瓶未开的麦卡伦放回散发着纯正橡木香气的匣盒。匣盒上精工细作的彩雕描绘的是 19 世纪富饶的苏格兰,浓墨重彩的蓝天绿野把这瓶沉甸甸的酒浆装饰得异常华丽。

用来当作礼物再好不过了。

阿丹一边想着,一边满意地点了点头。

他不记得昨晚茉莉的回答,但他非常清楚地记得今天是拜访巴里的日子。当然,也注定是个折腾的日子。因为从 B 域前往 Z 域,这趟旅行几乎要跨越整个忒弥斯,光是想想都让人觉得费劲。

前一小段路程对阿丹来说还算驾轻就熟,因为 A 域到 H 域之间的轨道交通极为便利。贯穿忒弥斯的六根基塔里,有一根专门负责运输,和现实世界的火车轨道没有什么不同。当然,针对一些非常繁忙的区域还有独立的传输舱,先把意识体数据化,然后直接导入你要去的区

---

① 苏格兰著名威士忌品牌,素有"单一麦芽威士忌中的劳斯莱斯"之称。

域，最后再实体化，这是比较节省时间的做法。不过这会给系统带来较大压力，所以光是开通这项权限的费用就是 30TB，每次使用要单独收费，还需要提前申请。如果不是和 A1 的某些大人物有交情，这项申请被批复的可能性接近于零。其费时费力的程度让阿丹实在想象不出它开放民用的价值，应该只是为某些富豪提供方便吧。

大部分人一想到出行，马上就会联想到 H 域。

作为忒弥斯的对外加工业中心和所有新生人口的初始区域，H 域保持着多项纪录，比如全境人口数量最多、密度最大，以及足以匹敌 C 域的货币流通率。位于 H3 的换乘中心是忒弥斯最四通八达的交通枢纽，从 B7 一路向下，客舱里的人越来越多。等到阿丹在 H3 换乘中心下车时，已经需要乘务长连同三位客舱服务员专门为他和其他商务舱乘客清出一条道路了。到了傍晚，这趟列车会变得更加拥挤，因为有大批在上层工作的人要返回自己的常住区域，比如在咖啡亭工作的 ViVi 就是其中一员。忒弥斯的劳工法规定她每天在 C 区工作八小时的储量由连锁咖啡亭的老板报销，属于劳动补偿，而之后每多一分钟，都需要她自己掏钱。上班族们为了省下这笔钱，会拼了命地赶上最早离开的那趟车。

"P4237，H3-Y10(Z)，停靠 T1-Y10，每区三分钟。"

阿丹看了一眼换乘中心的大屏幕，那趟二十分钟后开动的列车的信息在待开表的第一列闪烁着。这是全忒弥斯唯一一趟会抵达 Z 域各个区并停靠的列车。当然，除非有人购买了前往 Z 域的车票，否则过了 Y10 它便不会再往下开了。在刚才的列车上，乘务长非常热心地列举了一些关于 P4237-Z 的注意事项，但每一点听起来都像是在说"注意，我们由衷地建议您最好不要乘坐这趟列车"。

"谢谢您，我以前常去那儿。"

"噢，是吗？"

乘务长看阿丹的眼神始终带着专业的亲和与热情，但同时又夹杂着难以名状的诧异和担忧。在她说完注意事项、返回操作车间时，阿丹隔着玻璃看到她一边抚着胸口，一边偷喝了一杯金灿灿的巴黎之花①。

候车通道的旁边有一个不大的酒廊。这里似乎刚刚散完一拨客人，到处都是被胡乱捏碎、正在回收倒计时的瓶瓶罐罐。刚刚从这里发出的那趟车是前往 L3 的直达特快，几乎整趟车载的都是在 L3 工作的开采工人。他们在那里将意念接入机器，在现实世界勘探和挖掘，烦闷无聊的工作导致他们的性格十分随意，不那么讲究也是正常的。

阿丹刚到门口，原本斜靠在吧台上的老板立马露出了吃惊的表情。他打量了阿丹一遍，然后摇摇脑袋笑了笑，"今天是怎么了，连坐 P4237 的人都有钱买酒了？"

---

① 著名葡萄酒庄，旗下的香槟酒多被航空公司选作欢迎酒。

阿丹没有回答,只是礼貌地笑了笑。从 P4237 的停靠站来看就知道这是一趟非常廉价的列车,360KB 就可以从始发站坐到终点站,而上车的人大概率也不会愿意多交 20% 的服务费在换乘中心点喝的。不过,当他真的走进店里,才发现老板的吃惊并不是完全没有道理。

这里竟然还有一位客人。

那人坐在吧台最靠里的一角,背影看起来非常健壮,甚至壮得有些不自然,他站起来应该足足比阿丹高出两个脑袋,驼色风衣配着漆黑的长靴,把他衬托得格外威风。不过,在忒弥斯,形象这种东西本来就是可随心所欲改变的,保不齐他的初始模样恰恰是个细瘦的矮个子,补偿心理下做出的改变在忒弥斯比比皆是。

阿丹的目光并没有在那位客人身上停留太久,他转头在老板的对面坐下。

“一杯杰克·丹尼 ①。”阿丹想起昨天基素配比下调后红茶拿铁的口感,急忙补充道,“帮我把基素配比加倍。”

“这个需要授权。”

“当然。”阿丹点点头。

老板愣了一小会儿,才从冰柜旁的抽屉里拿出一台取验器,一根顶部闪着白光的金属圆柱。这是用来确认顾客权限的设备,因为在忒弥斯,有些商品或者对商品的某些更改并不是面向大众的,最常见的就是食物里多巴胺基素的含量。多巴胺基素的浓度会直接影响摄入后的感受,喝一杯两倍基素含量的威士忌,与喝两杯正常基素含量的威士忌的感觉天差地别。不过,这个设备被放在犄角旮旯里,说明老板根本没想到有一天真的会用上。

阿丹将手指放在圆柱顶端后,那束白光立即变成了莹亮的绿色。

“食品特殊化权限已确认,有效期剩余 1923 天。”

老板听到那个剩余天数后,重新抬起头认真地注视着阿丹,像是游客在动物园里发现了未曾见过的新品种。五年多的授权,表示政府对此人几乎没有任何摄入量管制,这可是没那么容易申请到的权限。

“那么……”老板挤出了一个看起来足够庄重的笑容,在脑子里计算后说道,“加上加倍的费用和服务费,一共是 5.8MB。”

“剩下的是你的小费。”阿丹抬起手腕,随手一挥。吧台的收银机很快弹出一条 6MB 的到账通知。

老板点点头,对这样的大方并没有感到意外。有修养的酒保总是会等到酒端上后再搭讪,当他把酒杯递给阿丹,准备开口问出“你这是要去哪儿?”的经典开场白时,却被另一个粗犷的声音打断了。

---

① 著名威士忌品牌,1866 年诞生于美国田纳西州林芝堡。

"欸，那个！"

开口说话的正是坐在吧台另一端的那位客人。

他指了指阿丹正要从老板手中接过的威士忌，扯着大嗓门问道："你可以让那个人把基素含量加倍？"

阿丹转过头，看向声音的来源。那个人的正面稍显邋遢，整张脸几乎都被浓密的胡子和眉毛占据，一双深褐色的瞳孔泛着凶光，活像一只在冬眠时被意外惊醒、既愤怒又疲惫的熊。他的桌前堆满了处于倒计时状态的酒杯和五颜六色的玻璃酒瓶，看起来他是把所有能点的饮料都喝了一遍。

没等阿丹消化这个有些古怪的问题，老板先开口了："我告诉过你很多遍了，这里的酒就是这种味道，全世界的酒都是这样，你点再多份也是一样。"

"我没问你！"客人不耐烦地拍了拍桌子，继续看着阿丹，"你把那个多巴胺基素加倍了，是不是会更好喝？"

阿丹并没有急着回答，而是回头饶有兴致地看着老板，像是发现了什么有趣的问题，"你刚才说，'这里的酒'？"

"他一进来就开始挑刺，才喝了一口就说我的酒有问题，然后把每一种都试了，还是嚷嚷有问题，说这根本不是酒。"老板露出了不可理喻的表情。看来这个客人至今还能坐在吧台上没有被轰出去的理由，就只剩下他确实具备足够的消费能力了，"我跟他解释过，标准配比前天就下调了，但他根本不听。"

阿丹点了点头，目光转回这位看起来耐心和脾气都极差的客人身上。他将举在嘴边的酒杯放下，推向了吧台的另一端。

不出所料，酒杯被那位客人稳稳地接住了。

下一秒，整杯酒连带着里面的冰块被灌入了他的喉咙，整套动作一气呵成，转眼就只剩下空荡荡的酒杯和缀满酒滴的胡子，以及一脸的意犹未尽。

他放下酒杯，饶有兴致地看向阿丹。

"尤克。"那是他的名字。

"丹。"阿丹礼貌地笑了笑，点头示意，"这样的话会好喝一些吗？"

"这样才能被称为酒。"尤克想了想，又急忙摆了摆手，"不过是很差劲的那种酒。"

"这么说你喝过更好的？"

"比你知道的最好的还要好。"

"那……"阿丹思索了一下，他的脑海里飘过了一个又一个造型精致的玻璃瓶，可是却没有一个算得上最好，"你说的一定是很棒的酒了。"

尤克听完，似乎突然意识到什么，从座位上站起来走到阿丹旁边的吧凳上坐下，毫不客气地揽住阿丹的肩膀，"你这个授权……"

"什么？"

"最多可以加多少倍？"

几分钟后，当老板把那杯连颜色都变得有些浑浊的百龄坛[1]端到尤克和阿丹面前时，他们三个人的目光都齐齐锁定在了杯子上。

老板像甩开定时炸弹般将酒杯迅速放下，然后指了指收银机屏幕上的账单，小心翼翼地说："嗯……二十倍基素含量，算上违规罚单、累进超额税和服务费，一共是 1.32GB。"

估计连那台收银机也没想到，自己的屏幕上会出现这么大的数字。价值 1GB 的酒，即使对于阿丹来说，也是不可想象的数字。

不过尤克看完后，倒是一点也不在乎，伸出手腕挥了挥。

几秒钟后，到账的通知声打破了安静。这下，老板的理智就像那些倒计时结束的餐具一样消失不见了。这间酒吧里一下子来了两个有钱人，一个看起来是个住在上层的体面人，而另一个……肯定更加有钱，除此之外，他实在找不出任何合适的形容词。

"我觉得，这个剂量应该已经快接近意识体能承受的基素上限了。"阿丹这么说，并没有确凿的证据，只是纯粹的瞎猜。他战战兢兢地看着那杯金黄色的液体，实在没法儿把它当作酒。从任何角度看，这都是一杯用酒勾兑的多巴胺基素溶液。他不知道这一杯下肚后会发生什么，而且这件事看起来压根儿也没有什么前车之鉴。之所以会出现"20"这个数字，只是因为尤克刚才一直让老板在添加基素含量的加号键上不停地按，最后它停在"20"上，再也不动了。

"上限嘛，就是用来突破的。"

尤克的脸上没有丝毫惧怕，反而一脸的兴奋与期待。他端起酒杯，先用舌头舔了舔，然后像模像样地咂摸了几下，这才点了点头，满杯灌了进去。

"喂！"阿丹急忙从座位上坐起来，扶住身体微微后仰的尤克。不过，他托住尤克后背的手臂并没有受力，至少从尤克一脸享受的表情来看，那只是一个陶醉后下意识的举动。

之后，尤克张大了嘴，满足地呼出一口气，像是精疲力尽后饱餐一顿的畅快淋漓。

"啊……这才是……"

他仰头朝着酒吧的天花板，身体不住地晃动着，这样的状态持续了半分钟他才缓过来。他拍了拍阿丹的肩膀，格外爽朗地说道："不试吗？我请你。"

"我？"阿丹看着连笑容都因为酒足而变得有些得意的尤克，一时间竟不知该如何回答。虽然得知了自己的授权可以喝到二十倍浓度的多巴胺基素，但这就跟科学家证实一只候鸟真

---

[1] 著名苏格兰威士忌品牌，始创于 1827 年。

的可以在完全不落地的情况下从南极洲飞到波斯湾一样，理论上可以，但对那只鸟来说，可以和愿意这样做完全是两回事。

尤克看出了阿丹的不情愿，倒也没打算逼迫。他放下酒杯，看向了不远处不断刷新的列车信息。在酒吧里，话题就和啤酒泡沫一样，总是可以随时就产生的。

"阿丹，对吧？"

"是的。"

"你也要乘坐 P4237 这趟车？"

"是的。"

"去哪儿？"

"Z10。"

尤克听到这个答案时，原本松弛的呼吸突然停止了，取而代之的是仿佛在酒精的后劲儿下变得沉甸甸的粗喘。他认认真真地盯着面前这个亚洲人模样的男人，眼里满是不可思议。

"Z10？"尤克又确认了一遍。

"是的，怎么了？"阿丹看着面色突然有些异样的尤克，跟着紧张了起来。其实那也算不上什么异样，但阿丹总是很容易把这一丝一毫的变化和刚才摄入的超高基素含量联系起来，担心是不是酒产生了什么可怕的副作用。

阿丹停顿了一会儿，既害怕又疑惑地说："那你呢？"

尤克并没有立即回答，他看起来像是急着从阿丹的身上确认什么东西。在那样的注视快要让阿丹有些反感的时候，尤克才渐渐收回了死死地盯着他的目光。

他走到那个因为惧怕而缩到吧台后面的老板跟前，指了指自己原本坐的位置上那一堆散落的玻璃杯，挤出了一个看上去还算体面的笑容。

"刚才我点的那些，每样都再来一份外带，全部十、噢不，还是五倍含量吧。哦，对了，两倍的也每样来一份吧。"尤克抬起手腕准备买单，同时用另一只手搭在阿丹的肩上，"路途漫漫，我可不想有人全程看着我喝。"

4

"你确定吗？"

"我当然确定。"穿着黑色麂皮短裙的琳此刻非常疑惑。琳看着面前这个同样打扮得体的女人，自从她出现在会客厅之后，就不时问出些奇怪的问题，让琳没法儿回避，却又不知道如何回答。

老老实实在沙发区等着就那么难吗,没看到我正在忙?

琳心里一边嘀咕,一边安慰自己,那些初次来到这间会客厅的人会紧张,是再正常不过的事。毕竟这里不常有什么生面孔,而琳作为执行秘书,其中一项工作就是应付这些前来拜会自己上司的生面孔。

"现在轮到你了,茉莉小姐。"琳看着明显焦虑过头的茉莉,虽然不耐烦,但还是得保持秘书必备的礼貌,"你还有什么其他事情吗? 我可以试着帮你申请延后——"

"不,你误会了,我不是这个意思。我是说,杜鲁先生真的要见我?"

"你已经问过两遍了。"为了看起来足够郑重,琳刻意停顿了一下,假装自己在脑海里又确认了一遍,"茉莉,忒弥斯联合储备银行货币政策组组长杜鲁先生要见的就是你。"

"是的,是我。"茉莉如释重负地点了点头。

"放轻松,茉莉小姐。应该只是一些简单的询问,你现在可以进去了。"琳一边微笑,一边指向身后那扇落地玻璃门。话虽如此,但琳也不确定杜鲁找这个叫茉莉的女人来是做什么,因为确实很少见到这种小人物被召唤到这里。她昨晚看到这个行程被添加到"今日待办"时,也与负责行程的秘书反复确认了好几遍,因为比对一下杜鲁先生的行程单就能发现,为了见这位茉莉小姐,杜鲁可是推迟了与十六个区域负责人一起参加的能源改组会议。

"谢谢你,琳小姐。"

"那么,一切顺利。"琳笑得非常甜美,目送着茉莉走向那扇玻璃门。这样一个小职员,应该也就是回答一两个问题,然后马上就会出来,所以还是趁现在赶紧把其他事情处理一下。

茉莉停在了那扇门前,深吸了一口气。

不知道是不是初次来到 A 域的原因,她第一次发现要保持她最擅长的"C 域姿态"是一件极其困难的事情。不,不仅仅是 A 域,这里是 A1,而且是 A1 的尖塔顶层。这栋像利刃般倒插在 A1 国王公园北侧的大楼,是整个忒弥斯的权力中心地带。推开那扇玻璃门后,她就踏入了那条闻名遐迩的空中走廊——一条悬在一千三百米高空、完全透明的过道。虽然忒弥斯的一切都是数据具象化的结果,但在参考了重力学和人体力学后,至少保全了忒弥斯人对于既定世界的基础认知。这条走廊上什么也没有,据说这是杜鲁要求添加的设计,意在向忒弥斯的所有公民提醒他一贯的主张——这里的一切不仅仅是数据,它还有更加崇高的意义在支撑。

她第一次从这样的角度俯瞰忒弥斯,那些攀缘而上的高楼仿佛就在她的脚底生长。

这是一个必须要把握的机会,茉莉。

有几个人可以单独面见杜鲁,有几个人能做到呢? 但你做到了。你不是一直都在渴望着这一刻吗? 渴望着成为忒弥斯最优秀的人,最尊贵的意识体,最重要的存在。你爱忒弥斯,爱到甚至渴望着真正拥有它。

杜鲁需要你，忒弥斯需要你，这就证明你的存在是多么重要啊。

这样的思绪充斥着茉莉的脑袋，大约五十米的走廊，她一口气走完了。为了让自己看起来不会因为过度紧张而狼狈得哆嗦，她一直用力抓着衣角。是的，必须抓住什么东西，这是所有人类紧张时最原始的反应。

茉莉看着这条走廊的末端，那个悬浮在空中的圆球就是杜鲁的办公室。她在采访杜鲁的报道里看到过，在 A1 的夜晚，那颗明亮剔透的星高挂在城市的上空，照耀着忒弥斯的永恒与繁华。

那颗星，就是杜鲁。

"是什么感觉？"

杜鲁说话的同时，坐在了茉莉的对面。办公室的圆弧形穹顶顺着他的手势，瞬间从刚才单调透亮的白色变成大片大片倾泻的竹叶。盎然的绿意挥洒而下，气氛却丝毫没有更轻松，反而因为缺乏实际的光线，透出难以描述的压抑。茉莉的对面坐着自己的顶头上司，联合储备银行的行长，还有几张她在《财经要闻》里时常见到的面孔。

她走进这间办公室时这些人就已经在了。他们似乎正在极力地向杜鲁解释着什么，茉莉能从一些关键词里依稀辨别出他们在讨论的正是那些不明原因流入的大额资金。可当她一出现，所有人，包括杜鲁先生都停了下来。世界如同瞬间真空了一般，抽离了所有的声音，直到杜鲁问出那个问题。

"什么……对。"茉莉没有听懂那个问题，但眼前的杜鲁正专注地看着自己，等待着她的回答。必须说点什么，说点什么吧，没有比现在更重要的时刻了，"我认为那个材料上的数据还需要更加系统地梳理，每一项资金的流向都需要参照——"

"茉莉小姐，我是说走在那条空中长廊上是什么感觉？"

"嗯……"茉莉没有想到杜鲁会突然打断她。不过，这个关于感觉的问题有了明显的指向，倒也让她放松不少。她抬起头，看着距离自己不到半米的杜鲁，"那感觉……非常棒"

"别紧张，茉莉小姐。那些第一次来到这里的人也会像你这样。"

茉莉愣了一下，点了点头。她注意到杜鲁脸上的专注已经消失了，甚至还有些许失望，说不定她现在的点头也和杜鲁口中的"那些人"的反应一模一样。

"我统计过，忒弥斯里一共有一千七百三十五个人走过了那条长廊。茉莉小姐，你就是第一千七百三十五个。"杜鲁笑了笑，从座位上站起来，"我在任期间，没有人可以不经过我的同意走进这间办公室。我很忙，我必须确认我每天要见的人、需要处理的事情，都是最急迫、最紧要、最值得的。我希望你们走在那条空中长廊上能够产生的感觉是，我正在被忒弥斯需要，我即将做的事、说的话是急迫、紧要、值得的。"

"茉莉小姐的这份报告，第一版完成于上周二。那时候，忒弥斯全境只有十二起疑似案例，那天这份报告同时出现在了在座每一位的办公桌上。第二版报告完成于上周六，全境有一百二十一起案例，而你们也再次收到了茉莉小姐更新好的报告，后面附带了关于这起事件的风险评估。"杜鲁停顿了一会儿，脸上的笑意已经完全消失了，"而今天早上的这份报告，已经登记了三百五十九起案例，其中甚至包含一百七十四个已经离开 H 域的案例。茉莉小姐选取了其中十个最原始的案例进行资金消耗的流水分析，这些人首先把不知道从哪里得来的钱花在酒吧和旅馆，后来就去商场、赌场和拍卖行里挥霍，仅仅是这十个完全不存在的户头，在这不到一周的时间里就花了 2.7TB。那么合理地推演一下就可得知，目前忒弥斯全境一共有至少 70TB 的非法资金流入。而你们，至今都没有看过这份报告。"

坐在茉莉对面的人，没有一个人开口。特别是茉莉的上司。那个去年花了 60GB 买下布兰登·罗斯[①] 全境唯一声音版权的人，从来不肯放过任何一个可以展示他迷人声线的机会，但此时，他甚至连头都不敢抬起来。

整个办公室沉寂了大概半分钟，杜鲁才转过身重新看向茉莉。

"你知道目前忒弥斯全境正在流通的资金总价值吗，茉莉小姐？"

"270EB 左右。"这一次，茉莉几乎没有丝毫迟疑，"如果算上还未结算的股市交易和信贷资本，可以达到 400EB。"

"哦，那 2.7TB 真的是一个很小的数目呢，是不是？"

"但如果这是一场蓄谋已久的犯罪，风险就非常大。按照目前的资金增量和这些人日渐失控的消费习惯，这个数字很快就会达到 PB 的级别，这就会威胁到它的上级计量 EB，甚至是更高级别的计量。"茉莉从座位上站起来，她就像完全变了一个人，眼睛格外专注地看着面前的杜鲁，宛如一台机器般一丝不苟，"忒弥斯的流动资金和通货率必须和现实世界的用工机制、主流货币的汇率关联，这样才能保证所有银行可以正常结算忒弥斯的人工费用以及全境的资本投放。钱本身是没有价值的，不管是纸钞还是数据，它们都只代表了市场的风向和预期。错误的资本出现在错误的地方，就会导致崩盘。所以，眼前的情况是非常危险的。如果这是一个真实存在的漏洞，我们必须马上联系世界银行，还有星展银行的忒弥斯联合开发部门处理。"

"呵，是啊，处理……"

比起刚才的义愤填膺，杜鲁说这句话时声音却突然低沉了下来，并且不知为何转过了身去。

茉莉看不到他的表情，但从这句回答，就完全能感觉到他的疲惫。这是她第一次离这个

---

① 美国演员，因在《超人归来》中饰演超人克拉克而为观众所熟知。

站在权力顶点的男人那么近，但他看起来真的十分普通，朴素的白色衬衣紧紧地贴合着他匀称的身型，相比之下，自己那位上司就如同一座到处招摇的金山。这样的杜鲁却和茉莉想象中的那个执政官那么像，他的眼睛里闪烁着无可匹敌的尖锐与智慧，就和这个生机勃勃的忒弥斯一样，不容置疑，不容僭越。

茉莉很想要做点什么，或者说点什么，但她知道她只能站在这里，一步也不能动。

杜鲁在那段询问之后，就陷入了一种莫名的低落。他只是问问题，茉莉只是回答，而那几个人就只是听着。直到最后，杜鲁重新坐到了自己的办公桌前，深吸了一口气，合上了茉莉整理的那份报告。

"联合储备银行。"

"是。"茉莉看见自己的上司触电般从沙发上站起来，用力地低下头。

"把之前预留的 900PB 投放出去吧。"杜鲁显然并没有在意银行行长那个过分虔诚的姿势，他甚至都没有看往那个方向。他将双手交叉成拳握紧，干脆利落地说道："然后，你们就可以出去了。"

"可是——"茉莉条件反射般开口。她解释了那么多，可杜鲁的决定根本就违背了报告里叙述的事实，这说不通。事实上，杜鲁根本不需要思考怎么解决，因为茉莉每更新一份报告，都会将解决方案附在文件的最后，她甚至为联合储备银行的每一条策略划定了最理想的执行时间，找到那些携带资本非法进入的人要怎么处理，什么部门处理，资本如何回收，如何向新闻媒体和现实世界解释……她要说的话，全都写在了里面，而现在也都悬挂在嘴边。

她伫立在原地看着杜鲁，等待他抬头，或者目光和自己触碰到，然后顺理成章地问一句："你还有什么问题吗？"好让她把涌到喉咙的疑惑倾吐出来。

但她没有等到。那个巴不得早点离开的行长上司一把抓住她的胳膊，将她拽向办公室门的方向。

这是一个必须要把握的机会，茉莉。

有几个人可以面见杜鲁，有几个人能做到呢？但你做到了。

忒弥斯需要你，这证明你的存在是多么重要。

心底的呐喊再次响起，就像有一个居住在茉莉身体里的恶魔，一边疯狂地嚎叫着，一边牵拽着她的骨架和筋膜，让她僵直在原地动弹不得。

"你到底要干吗？"焦急离开的行长凑到茉莉的耳边低声呵斥，"别在这儿让我难堪，快跟我离开！听到没，离开！"

茉莉没有回答，她的眼睛死死地盯着杜鲁，就像一支搭在弦上的箭，全心全意地等待着拉弓的猎人。

但那个猎人却径直站起来，转身走向了和入口相反的另一端，那个从天花板延伸而下的玄关。玄关上悬挂着一幅格外狂野的画作，赤身裸体的人们在静谧的蓝色中手拉着手，欢腾、旋转，是亨利·马蒂斯 ① 的《舞蹈》。

茉莉心里清楚，如果这时候做了什么，可能之后的每一天都会为今天的鲁莽后悔；但如果这时候什么也不做，她马上就会后悔。

"可是这是不对的！"茉莉终于鼓起勇气说出了这句话。她的声音格外洪亮，几乎是喊出来的。在这间通透的房间里说话其实根本不需要那么大的分贝，但她还是这么做了，就该说得这么响亮，像雷鸣或战鼓。

偌大的办公室就像刚刚经历了雷雨后的夏夜，一片寂静。

杜鲁停住了。

"这是不对的，杜鲁先生。"茉莉甩开将她拉得更紧的上司，走到杜鲁面前，"你刚才那么做，只是在延缓这些错误流入的字节爆发的时间。羊失窃了，牧羊人应该做的是找出偷羊的狼，而不是放出更多的羊，让羊群看起来没有变化，这是自欺欺人。是你说的，我们的利益必须和现实世界的利益紧紧地结合在一起，我们不仅仅是数据，这些钱也不仅仅是数据，而是忒弥斯运作的基础。如果我们还像当年那些战败国的难民一样碌碌无为随意挥霍，我们不可能造就现在的忒弥斯，这是你的忒弥斯，也是我们的忒弥斯。"

杜鲁转过身看着一边说话一边不住地颤抖的茉莉，她的身体像是被她的声线提拉着，浑身上下每个细胞都在剧烈抗争着。

"杜鲁先生，这 900PB 进入市场只会带来更大的麻烦，你不可能不知道这么做的后果。你说过，忒弥斯是一个几乎没有成本的世界，但没有成本的世界并不意味着没有风险。我们必须要做对的事，我们要帮助忒弥斯——"

"对的事？"杜鲁抬起手，示意她停下。他走近了几步，好让自己能完全看清茉莉的脸。

"是的，对的事。"茉莉回答得格外坚决。她受到的教育、从事的工作、所经历的一切构成了一个无比坚定的信仰。这是对的事，她心里的神反复说着这句话，"您知道的，忒弥斯需要的是什么。"

"茉莉小姐。"

"是。"

"你刚才说，要帮助忒弥斯？"

---

① 法国著名画家、雕塑家、版画家，野兽派创始人和主要代表人物，代表作有《豪华、宁静、欢乐》《生活的欢乐》《戴帽的妇人》等。《舞蹈》是他于 1910 年创作的一幅布面油画，收藏于俄罗斯圣彼得堡的艾尔米塔什博物馆。

"是。"

"好啊。那么，你认识第一个来到忒弥斯的人吗？"

"什么……第一个……"

"呵，这大概是我问过最蠢的问题了。"杜鲁看着茉莉满脸的疑惑，笑着摇了摇头，"一个忒弥斯生成的意识体，连 24 世纪发生过什么都是从历史书里读到的，居然说要帮助忒弥斯。茉莉小姐，让我来告诉你吧，你能够来到这里，并不是因为你足够聪明，而是因为他们足够蠢！不要以为做出那份报告就可以在这里质疑我，你有多了解忒弥斯？你了解的那些，又有多少是真的忒弥斯？所以……照我说的做就好。你们可以离开了。"

杜鲁说完便转过身去，显然不想再看到眼前的这些人。

而茉莉被上司拽向了已经亮起开启灯，连接空中长廊的大门。他开始用好莱坞最性感的声线对茉莉喋喋不休。

"这是我见过最蠢的事了！

"别表现了一下就开始得意忘形，那可是执政官，不是你那些没脑子的客户。

"你最好马上回到办公室，按照杜鲁先生的意思去做。"

所有人的声音和沉默都让茉莉那根不得不发的弦绷到最紧。

"巴里——"

茉莉知道自己在做什么，她比任何时候都知道。

"第一个来到忒弥斯的人叫巴里。他住在 Z10，是个老头，他的祖父在现实世界死于多发性骨髓瘤。"

她一口气说完了她知道的所有，下一秒就有种箭离弦后的轻松。有那么一刻，她觉得自己就真的像一团窜动在一起的数据，没有任何感觉，她感觉不到被紧紧掐住的手臂，也看不到杜鲁脸上的表情。他似乎在一点点地靠近自己，而她在一点点地后退，眼前的一切都如同高度过曝的照片一般失真。当杜鲁的脸出现在茉莉面前时，周围的声音才逐渐清晰起来。

道歉的声音，解释的声音，斥责的声音。所有的声音都在杜鲁微微张开嘴的那一瞬间戛然而止。

"你们可以离开了。"他看着茉莉，脸上有种难以捉摸的笑意，像是饥肠辘辘的野兽在密林中窥视着唾手可得的猎物，"马上。"

"当然！"快要被茉莉逼疯的行长立刻答道。他的头看起来快要低到膝盖了，"我马上带她离开！非常抱歉，杜鲁先生。"

"你没听懂吗？我是让你们离开。"

茉莉在联合储备银行工作的第二个月，就亲眼见证了这位行长在办公室里被当时的财政次长骂得狗血淋头；而之后的几周，他又再次因为针对储量信贷做出的糟糕决策而成了全忒弥斯的泄愤对象。茉莉一直都不明白，他这种人为什么可以坐到这个位置，但今天，看着他狼狈离开的样子，茉莉似乎有点懂得了其中的道理。他实在是太好控制了，即使满脸疑惑、万般不解，他也可以带着一脸虔诚和顺从的笑意鞠躬离开。

他就像是棋盘上的士卒，他不用理解规则，只用静静地服从手的操控，前进或赴死。忒弥斯多的是这样的人，这让茉莉觉得恶心。

那些人离开后过了几分钟，杜鲁才再次开口说话。

他毫不遮掩地打量着坐回原位的茉莉。她穿着整洁立挺的贴服西装，全身上下唯一的配饰是胸口的徽章，虚实交替的曲线环绕成一个规整的∞[①]，联合储备银行的标志。

"你看起来十分热爱这份工作。"

茉莉十分肯定地点了点头，"是。"

"你看起来也很热爱这里。"

"当然。我出生在这里，我指的是……我属于这里。"

"我知道，你是系统生成的意识体。忒弥斯从上百亿份人类意识体的样本里随机组合拼接，再加上一些它自以为充满创意和人权色彩的改造，就生成了你。"

"有很多和我一样的人。"

"你会感到遗憾吗，茉莉小姐？"

"遗憾？"

"没有一副对应的肉身，你会觉得遗憾吗？没有在现实世界留下任何物证，如果有一天忒弥斯被摧毁了，那你也将不复存在。"

"可忒弥斯不会被摧毁，我们存在的意义就是为了让忒弥斯永存。"对于这个问题，茉莉的回答从几十年前开始就没有变过。这么多年来，她一直都在忍受那种对"存在无意义"的歧视，这可以从那些挑剔嘴碎的客户一直追溯到自己的学生时代。聪慧好学的茉莉，获得了对忒弥斯人来说非常难得的高级进修机会，在现实世界的大学里做一个"只出现在荧幕里"的学生。即使这样，冷嘲热讽还是如影随形。

"你不能直接下载今天的课吗？"

"你的厕所是叫回收站吗？"

"你的毕业旅行是什么，世界光纤巡游？"

求学的每一天，她都在忍受这些嘲弄。他们不明白忒弥斯里的人也是人，而不是随意上传

---

① 无穷大符号，传说创意来自莫比乌斯带，通常用于表示无穷、无限、没有边界。

下载的数据，不是可以复制粘贴的样本。他们是人，只是没有现实权，只能活在一个虚拟的世界里，与现实人类共生。只可惜，再多的劳动、付出和学历似乎也补偿不了那个她从未得到过的现实权。

每到这种时候，茉莉都会想起阿丹，想起他的小说《在忒弥斯老去》里，主人公在消解前最后说的话。她看着杜鲁，模仿着小说主人公缓慢却又坚毅的口吻说："别说是人，即使是地球也有终结的那一天。五十亿年后，当太阳的最后一丝光热燃尽，地球会灰飞烟灭，他们最终什么都无法留下。"

"真是精彩的回答。"

"这不过是事实。"

"那我也告诉你另一个事实吧，茉莉小姐。今天你离开这里之后，会出现两种结果。"杜鲁笑了笑。茉莉此刻的认真在他眼里就像是垂在平静湖水里的鱼饵，暗涌迟早会将它吞没，"第一种，你会因为忤逆我而获刑，在 Q6 暗无天日的隔绝区把牢底坐穿，永远失去这份工作；第二种会乐观一些，你将取代刚才出去的那些人，变成联合储备银行的新当家。这一切，都取决于我们如何解决眼前的问题。"

"眼前的问题——"茉莉很想停下来仔细回味刚才杜鲁说的这句听起来既像是鼓励，又算是威胁的话，但她知道自己并没有时间去消化这个消息的好坏。眼下，她的生存之道就是一直说下去，把她知道的所有事情都说出来，"截至目前，所有来路不明的资金都是通过 H 区完成初始流入和初次消费的，而且这些人看起来都有相对明晰的目的地，基本上没有人在 H 区逗留超过十二小时。他们的去向并不统一，但以上层区域居多，行政中心 A 域、高端社区 B 域和商业中心 C 域的流通占比接近六成。我们可以立刻联系公民署，让他们协助银行锁定——"

"茉莉小姐。"

"是。"

"他们很早就知道这件事了。"

"什么？"

"包括我也是。你报告里的每一个细节我都知道。公民署的人在上周就已经向我汇报过这批异常流动，他们认为是忒弥斯的接入系统出了问题。他们就坐在你现在坐着的位置，只不过当时他们说的严重性听起来比你说的要可怕一百倍。"

"你的意思是……你们早就知道了？"

"现实世界的一些人也早就知道了。"杜鲁站起来走到办公桌正对的那扇巨大的落地窗边，俯瞰整个绿意盎然的国王公园，这是他在任期间批准设立的，为了纪念他最满意的一项改革工程——"人类感"计划。他采纳了一大批心理学家和社会学家的建议，对意识体进行了大幅度的完善,其中包括调整忒弥斯全体民众的色感,让他们对绿色有更敏感的反应。国王公园每年都会有一周的全民开放期,让所有 K 域以上的居民享受自然风光。这也推动了忒弥斯的一大批建造改革,比如茉莉和阿丹所在的 B7,那座虚拟的狮城,就是杜鲁时刻握在掌心的"人类感"计划的珍宝。在帮助忒弥斯公民建立"我不仅仅是数据"的认知这件事上,他一向如此激进。"放出 900PB 就是为了掩饰这些不明资金流入的事实,为了在那一天到来前,让忒弥斯的金融、市政、民生可以一如往常。把你们叫过来,是为了确保这 900PB 可以更好地融入市场,而你那个可怜的上司居然以为是你的那份报告惹了什么麻烦,我实在不敢想象他到底会把这件事执行成什么样。所以,不是你的聪明,而是他的愚蠢,把你带进了这间办公室。"

"那一天……会发生什么?"

"按照联合国人口基金会给我的测算结果,那一天前后,忒弥斯会迎来九十五亿人的接入量。"

"九十五……亿?"茉莉停顿了一下,才把"亿"这个单位说出来,"那不是,接近……"

"地球现实人口总数的一半。"

"地球……到底发生了什么?"茉莉最初想到的是战争,但她很快排除了这个答案。没有什么战争可以在短时间内清除一半人类的现实权,因为他们一定会抗争到底。如果不是战争,那就一定是比战争更可怕的事。

一件从未进入过茉莉的脑海,徘徊在所有人想象之外的事。

"茉莉小姐。"杜鲁俯瞰着眼前的绿意,不紧不慢地说道,"你知道,成冰纪①吗?"

茉莉摇了摇头,成冰纪,听起来就是个足够遥远的词,至少在她的认知里像……从未发生过。

"其实地球已经习以为常了,因为它曾经经历了好几次。气温会普遍下降到 -150℃,局部是 -270℃,赤道到两极会全部被冰层覆盖。只有印度洋的部分海沟,靠着地壳的余温可以勉强保留流动的液体,除此之外,整个地球会变成一个结结实实的雪球。除非人类可以在两个月内进化出孢子生物的休眠技术,不然,他们就会和这颗星球上其他动物一起走向灭绝。"

"人类……灭绝……"

"两个月以后,现实权就会从所有国家的法案里被剔除,现实人类不再受到任何保护。没能进来的那些人,都会在政府装模作样打造的避难所里一边吃着罐头一边等死。如今,换作他们,挤破脑袋想进入忒弥斯了。"

"为什么是忒弥斯?"

---

① 地质时代中的一个纪,属于前寒武纪元古宙新元古代,期间发生雪球地球事件,地球的气候极端严寒,出现了生物低潮。

"只有忒弥斯，茉莉小姐。我知道你在想什么，那些科幻电影里的休眠技术、地心世界和外星移民，现实世界的科学家们也想过，这些方法或许可以帮他们维持一个月、一年，甚至一个世纪，可地球母亲给他们的考验时间是一百七十万年，一百七十万年以后，地球才会出现解冻的迹象。"

"一百七十万年……真没想到，他们也会有这么一天。"作为忒弥斯的原住民，茉莉对天灾的认识只局限于那些常常被放大夸张，却又总能化险为夷的电影。当她说出"这么一天"时，她的脑袋似乎没法儿想象出这颗湛蓝色的星球万物凋敝、冰封雪藏的场景，而只有拥挤的、如蜘蛛网般的 C 域街道。从前的忒弥斯，是他们拿着枪胁迫别人进来，终于有这么一天，他们主动要进来。

"茉莉小姐，设想一下，当那些现实人类来到这个他们曾经看不起的忒弥斯，他们会做的第一件事是什么？和我们友好交谈，共治共建？一百七十万年，从来没有任何种族、国家、政权的统治能持续那么久，政治家们期待的永远是一个绝对稳定、权威、不会颠覆的统治，最好是一个被系统设定好的、未经授权不可更改的绝对统治。可是这一切和你、我都不会有任何关系。"

"你是说……他们打算接管忒弥斯……"

"'接管'这个词过于优雅了，茉莉小姐。这是侵占，赤裸裸的殖民侵占！那些带着超乎想象的财富来到忒弥斯的人，就是提前登陆殖民地的先遣部队！就算你的调查非常到位，我也没有任何权力去修复这个漏洞。现在的我对于他们来说，连障碍都算不上。他们还容许我在，只是因为他们需要忒弥斯在两个月内不至于乱套，而我又碰巧听话而已；他们容许你在，只是因为他们需要有人在这个虚拟的世界里服侍他们，还需要你接入外部操作机械完成对忒弥斯的维护，让它的储量和电力能维持一百七十万年。第一份《忒弥斯迁移预备案》已经为第一批进驻的八十多个国家划好了地界，茉莉小姐，你居住 B7 会改名叫作布列塔尼[①]区，属于法国。当那些高卢贵族在你的庭院里欣赏美景时，茉莉小姐会和所有忒弥斯生成的意识体一道，先经过遴选，然后分配到从 T 到 Z 的区域里居住，而 T 域之上是现实人类的居住区。"

"从 T……可这根本不公平。"

"你应该为那些没有通过遴选的人感到不公平，你只是搬家，而他们是脑袋搬家。"

"你的意思是，他们打算清除那些意识体？"

"地球进入成冰纪之后，世界上大部分能源的开采都会变得极为困难，厚实的冰层会大大削减太阳能的效用，所以维持忒弥斯会变得十分困难，特别是扩容的速度会极大地放缓。我们是无形的，但忒弥斯是有形的，它需要为我们不断增加的记忆和不断延伸的空间提供容量。那些人需要忒弥斯在一百七十万年里持续有效，一百七十万年里的不确定性很多，而删减一部

---

① 法国西部的一个行政区，下辖地区包括莫尔比昂省等。

分……不那么重要的意识体，显然是比较安全的办法。"

"所以他们就要杀人？"

"技术层面来讲，他们只是在删除数据。"

"那不仅仅是数据，我们不仅仅是数据！"

"呵！"杜鲁突然笑了笑，这还是第一次，别人当着他的面抢先说出他常用的开场白，"这次要残忍一些，现在是我们伟大的地球母亲企图删除全体人类。"

"所以整个人类文明就要靠一个为了灭绝种族而诞生的机器来保全？"

"没错，你概括得很到位。"杜鲁点了点头。似乎在忒弥斯土生土长的人都对忒弥斯这个不够光彩的成因，以及那些趾高气扬的人类，有着非常原始的恨意，"不过，保全人类文明，不仅仅是保全人，还有一些实实在在的死物，这部分的储量也要计算在内。光是一幅《岩间圣母》①就要耗费 2.7TB，他们要从分子结构层面保存每一个细节。"

"光是卢浮宫……就有几十万件藏品，如果全世界所有的艺术品……这完全超过了忒弥斯的计划用量。"

"他们测算过，如果目前忒弥斯公民的储量消耗可以减少 70% 的话，那么三十九台储量机就正好能容纳一百七十万年的全部储量。"

"三十九台储量机……已经在建了？"

"三十九台是两个月可以制造出的极限。我已经安排 H2 的人进行这项工作，只不过包装成了别的项目，这些事在那一天到来前都是绝密的。因为茉莉小姐已经知道了这些，所以你今天的其中一种结果就是永远不能再开口。"

茉莉笑了笑，没有回答。她不知道如何回答，这样的威胁在即将到来的末日面前，听起来反而显得幽默。

"我们能做什么？"

"我们什么也不能做。"杜鲁皱了皱眉毛，笑着说，"我们仅仅是数据，不是吗？"

"所以，我们就只能眼看着他们把我们好不容易创造出来的世界偷走吗？如果现实人类进来的时候都带我报告里记录的那些财富，那么……我们什么都不做，就已经输得精光了。"

"他们测算过，在未来半年内忒弥斯的基尼系数②会持续攀升，并在十三年后达到 0.71 的峰

① 达·芬奇为米兰的圣弗朗切斯科教堂创作的祭坛画，现藏于法国巴黎卢浮宫博物馆。
② 基尼系数是指国际上通用的、用以衡量一个国家或地区居民收入差距的常用指标。基尼系数最大为"1"，最小为"0"。基尼系数越接近 0 表明收入分配越趋向平等。国际惯例把 0.2 以下视为收入绝对平均，0.2—0.3 视为收入比较平均，0.3—0.4 视为收入相对合理，0.4—0.5 视为收入差距较大，当基尼系数达到 0.5 以上时，则表示收入悬殊。

值。在很长一段时间里，贫富差距会大到难以想象。至于回落，我还没有看到可供参考的数据。"

"或许根本就没有回落吧……如果在现实世界里，一个国家达到了0.7的贫富差距，那国民早就开始了反抗和推翻政府的运动，民不聊生的结局在历史上比比皆是。只不过，在忒弥斯，权利是被授予的，而人……根本不会死，统治者不用提防反抗，不用担心刺杀，那些想要反抗的人甚至连Ａ域都无法抵达。"茉莉比任何人都懂得这个道理。她好像有一些明白，为什么杜鲁一定要看着窗外说出这番话，因为眼前这个光彩明亮、充满生机的地方，到时候会失去所有的颜色，跌入黑暗无光的深渊，"他们只要把储量的费用提高，一高再高，就可以不费吹灰之力地杀人，不会有回落，也不会有反抗。"

"今天之前，确实没有。"杜鲁侧过身子，脸上浮现出一抹得意，似乎是因为把这份得意隐藏得太久了，以至于真正呈现出来时竟有些扭曲和狰狞，"但茉莉小姐的到来，让这一切变得稍微有可能了。"

"我能做什么？"

"为了忒弥斯，你什么都愿意去做吗？"

"我，"茉莉看着杜鲁，这个问题的答案，她早已铭刻在了心底，"什么都愿意去做。"

"真是感人至深，茉莉小姐。不过这件事，你做不到，我也做不到，只有一个人可以。"

"你是说……"茉莉突然想起杜鲁刚才问的那个奇怪的问题，"第一个来到忒弥斯的人？"

"他祖父的病例，还有他所有的资料我都看过无数遍，我用很多方法找了他很久。"杜鲁说话的时候，表情像从漫长的冬眠里醒来，沐浴在久违的春日阳光下，沉醉而满足，"我甚至不知道他是否还存在。"

"可你要找一个人，只需要让忒弥斯自行检索，这是连我都可以申请获得的授权。"

"人口检索系统和储量系统奈何不了他，这里的任何系统都奈何不了他。我是这里的首席执政官，而他——"杜鲁深吸了一口气，终于从那场春光里酝酿出了圆满的笑意，"他是忒弥斯的神，他可以拯救我们。"

5

"所以你那个叫巴里的朋友一直住在这种地方？"

尤克看着那条勉强可以被称为道路的小径，从自己脚下一直延伸到远处那片灰褐色的浓雾尽头。如果以后要向其他人描述这里，他一定会用上《克苏鲁神话》里的很多段落，深渊般的寂静、遮天蔽日的浓雾和根本无法形容的污秽，活脱一座从深海泥泞中显现的拉莱耶城①。

没有比这里更适合克苏鲁栖居的地方了，这里一片死寂……就像是从未有人抵达过，又像是曾经有无数人抵达，却又消失净尽。

"我也没来过几次……以前通常都是约在其他区域见面。"阿丹不禁打了个寒战。虽然他并不愿意承认，但这里确实和他上一次相比有了很大变化，至少这些灰雾……阿丹实在不知道怎么解释。按道理讲，就算贫民窟，或是专门关押囚犯的Q6，也不会布置成这样——像是某部恐怖电影的内场布景。不过，阿丹倒是不担心这里会像恐怖电影一样从黑暗里突然蹿出些什么，毕竟忒弥斯里出现的万事万物都是和他一样的数据。

只要这样想，总归会好受些。阿丹长吁了一口气，看向一旁威武高大的尤克，问出了刚才在列车上问过的老问题，"所以，你还是不肯说为什么来这儿吗？"

"我想说也很难开口啊，刚才的猜拳你一次都没赢我。"

"这一点儿也不公平啊，我可是什么都告诉你了，就连我下本小说的结局都——"

"也不是全部吧，你还欠了一个。"

"那个……"阿丹想起半小时前，尤克一边把最后一点儿威士忌灌进喉咙，一边漫不经心地问出"你刚才说的那个巴里，是什么来头？"这个问题时，自己紧张得差点儿把乘务员提供的酒杯摔在地上。为了不出卖巴里，他不得不破坏游戏规则，虽然昨晚他才出卖过一次，但对一个刚认识几小时的陌生人，他还是得有必要的警惕，"这是我答别人不能说的事。既然你要在Z10逗留几天，你或许可以试着和他交个朋友，没准儿你就知道答案了。"

"但愿他有好酒。"

"你打算一直跟着我吗？"

"看起来这里就只有一条路，不是吗？"尤克抓住阿丹的肩膀，让他看向道路两侧，"还是你觉得这四周的浓雾，看起来能通向什么地方？"

"好像真的是这样……"阿丹再次环顾了一眼四周，从Z10那个勉强可以称为车站的地方出来之后，他们似乎就一直走在这一条路上，没有转弯，没有分叉，没有路标，只有这一条笔直的路。阿丹被巴里救醒之后，曾经在Z10散过一次步，那时候这里绝对不是现在这样，阿丹记得有搭着很多帐篷的广场、空置的平房、几条曲折的小路，甚至还有看起来不错的光线，"这里怎么变成这样了，或许应该向市政中心反映一下。"

"那群住在A域的人真的愿意管吗？这里可是最早来忒弥斯的战败国难民待的地方，不是说连忒弥斯的自生人都很讨厌那些难民吗？"

———————————
① 一座幻想中的远古城市，位于南太平洋的海底，是克苏鲁的栖身之所。小说《克苏鲁的呼唤》中将其描绘为"噩梦之躯、恐怖至极"。

"说到底还不是因为你们这些现实人类从古至今就知道打仗。"

"哼，我现在有点后悔告诉你我是刚从现实世界来的人了。"尤克龇了龇牙，懊恼地挥了挥手，"从此这世间的所有罪恶都和我有关了。"

"就算你不说，我也知道你是。"

"为什么？"

"因为你能喝出酒的好坏。"阿丹指了指尤克手里握着的酒瓶，"这在弑弥斯是件稀奇事，大家买食物都只看性价比，盘算着怎么用更少的钱买到更多的多巴胺基素，味道只是附赠品。"

"那你为什么对酒这么痴迷？"

"这我倒是不介意告诉你。"阿丹有些得意地回过头，看着刚刚又抿了一口酒的尤克，"巴里以前在现实世界里经营一家位于苏格兰的酒厂，他自己的说法是，如果他没有转行的话，从他这一代起，就可以打败格兰芬迪 ①。不过，鉴于目前我还能买到格兰芬迪，看来巴里的后辈们一定不太努力。"

阿丹说完这些话之后，又走出了好几步才发现原本自己很费劲才能跟上的尤克，此时居然一动不动地愣在原地。

他脸上的表情说不上来是难过还是兴奋，那些浓密的胡子几乎把半张脸都挡住了，就算有什么表情，都只会让他看起来像个发飙的醉汉。

尤克看着回过头的阿丹，沉默了一会儿，哈哈大笑起来。

"你怎么了？"阿丹仔细回忆了一下刚才自己说的话，并没有值得笑出声的地方。

"你的这位朋友还真是什么都告诉你了。"

"朋友，不都是这样的吗？"

"说得也对。那就先去见见你的朋友吧。"尤克说完这句话，便一个箭步追了上来。这之后的十几分钟，他一滴酒都没喝，看起来就像是在长跑比赛的后半程，憋足了力气向前迈进，而原本就比他矮上一截的阿丹，在后面跟着就更加费劲了。

这场比赛的终点出现在这条路几近消失的地方，一栋两层的小楼。它没有被浓密的灰雾笼罩，清晰地矗立在一个非常平缓的小山坡上。

"就是那里！"阿丹兴奋地脱口而出。Z10 总算有一样东西和自己的记忆吻合了。

这栋小楼是他见过的最破烂不堪、却又格外神奇的建筑。不同于 C 域那些靠建模导入生成的高楼大厦，这个住所是巴里用 Z10 的自生泥土和不知道从哪儿弄来的建筑材料强行拼出来的。不过，搭建这样一栋小楼也有烦恼，因为弑弥斯并不认为这是一个合格的建筑，所以巴里经常会收到报废提醒。阿丹在这儿小住的两天就经历过一次，房子的每一个角落、每一样东

---

① 威士忌品牌，由威廉·格兰（William Grant）1886 年在苏格兰创立，以其纯正丰富的口感享誉世界。

西都同时开始倒计时，那时自己和巴里一边仰天大笑，一边上蹿下跳地拯救这栋房子，最后还是没能保住天花板，那样的场面只要见过一次就很难忘记。

这个场景出现在了阿丹的一个短篇小说《不可思议的房子》里，后来在 F 区甚至有人真的办了一个这样的比赛，看谁造的房子可以最晚倒塌。

至少从外观上看，巴里的单人小组赛成绩斐然。

阿丹和尤克站在门口，两个人不约而同地吸了一口气。阿丹下车的时候，原本想着在来的路上好好构思一会儿见到巴里时该说些什么，却被尤克接二连三的提问打断了。他将手放在房门口，嘴里嘟囔着一些听起来足够体面的开场白，毕竟手里捧着的这瓶威士忌可是好不容易才从尤克的虎口里保住的，它值得换来一段美好的重聚时光。

可没等到阿丹敲门，门已经从里面打开了。

巴里的穿着和阿丹上次见到他时相比好像没有变化，依旧是素色的 T 恤，边缘扎进了褪色的牛仔裤里。他梳着精神的背头，雪白的头发泛着规整的银光，凹陷的眼窝里是一对碧蓝的眼睛。

"嘿，巴里。"阿丹最终还是没能在脑海里组合出更有创意的开场白。

"进来吧。"巴里的脸上满含笑意，但没有阿丹幻想中应该有的惊喜表情，反而更像是在门里面等待了很久终于得偿所愿的满足。

阿丹正要点头，却发现巴里似乎并没有在看自己，他的目光越过阿丹的头顶，落在了阿丹身后的尤克身上。凭着作家的直觉，阿丹觉得那句"进来吧"似乎也不是对自己说的。

虽然陷入了疑惑，但阿丹还是记得基本的礼节。他迅速回头，准备向尤克介绍眼前这位久别重逢的朋友，可没等到阿丹将那句"这就是我跟你提到过的朋友"说出口，尤克就已经对着巴里严肃地点了点头。

"又见面了，父亲。"

那一刻，阿丹觉得自己的意识彻底超载了。

雕绘着苏格兰风情画的木盒被拆开，木质瓶塞被扭动了几下，金黄色的液体倒进了擦拭过的玻璃杯里，酒杯被递到自己面前。阿丹的眼睛注视着以上每一个步骤，可心思却一直停留在坐在他旁边、将腿架在桌沿悠然自得的尤克身上。

"父亲！"阿丹接过巴里递来的酒杯，再一次重复这个被他来回念叨了数十遍的词语。

"很难念吗，需要我为你拼写一下吗？"尤克大笑了一声，顺势把酒从阿丹手里夺过来，"我知道忒弥斯能用到这个词的机会不多。"

"所以，你们真的是现实世界里的父子？"阿丹看了一眼巴里，又转过头盯着尤克，脑袋忙碌得像个在流水线上作业的机械钻头，"尤克，你多大？"

"你是问这副身体还是我本人？"尤克干完了一整杯酒，拎起他大衣里格外厚实的麂皮夹克，"如果是这个的话，那你只要去 H3 的形象定制中心花 800MB 就可以弄到，还附赠一整套保罗·格罗斯 ① 同款装束。《无枪侠》看过吧！"

"没有……"即便没看，阿丹看着尤克格外"西部"的胡子，也能够想象出那是一部怎样的电影，如果再附赠一匹马和一柄左轮手枪的话，这个造型说不定会更成功，"我当然问的是你真实的年纪，谁会关心你的形象？"

"嗯……"尤克重新倒了一杯酒，递给阿丹，"一百二十一岁。"

阿丹差点把杯子摔在地上。

"你在现实里应该没法儿像现在这样喝酒了吧？"突然意识到自己身旁坐着的是一个年迈的长辈，阿丹连说话的速度都不自觉地放缓了。

"人类的平均寿命是一百零七岁，我现在只是超标了一点儿而已。"尤克不屑地摇摇头，"而且，喝酒这件事和年龄有什么关系？"

"当然有，至少我知道在很多国家十八岁以下不能喝酒。"

"呵，但愿那些国家现在还有余力操心这件事。"尤克晃了晃基本见底的酒杯，有些失望地把它甩在桌角，看向了坐在他和阿丹对面、一直没怎么开口的巴里。在为他们打开酒之后，巴里就一言不发地注视着他俩。如果非要将他往一个父亲的身份上想，他看着孩子们打闹时的眼神确实无奈又愉快。不过，在忒弥斯讨论辈分是一件很让人困惑的事情。据阿丹所知，巴里来到这里时是个中年男子，而现在却被一个一百多岁的老头喊"父亲"，如果不是这副西部牛仔的皮囊，这一幕看起来还真让人有些尴尬。

"竟然真的让我找到了你！"尤克说这话时，表情明明是游戏通关般的过瘾，可语气听起来则有种极不情愿，"而且是因为这种破事，我都不知道为什么要放弃喝真正好酒的机会来找你，我已经二十多年没有离开过克莱德河 ② 边的钓鱼小屋了。"

"我真欣慰你能看懂我发的消息。"巴里笑了笑，"莉迪亚答应过我，会把你们训练得很好。"

"你倒有脸提母亲，一百多年才发了这一条消息。"

"跳过忒弥斯的内外交互监控给你们发送消息很冒险，我不会因为不重要的事联系你们。"

"你的意思是母亲的葬礼也不重要……"

---

① 加拿大演员，主要作品包括《无枪侠》《正南方》《东镇女巫》等。《无枪侠》是一部西部片。一个美国蒙大拿枪手小子来到加拿大的小镇，他发现这里没有人能理解和欣赏美国西部的硬汉精神，由此展开了一系列的冒险，并最终在与周围人的相处中逐渐成长起来。

② 苏格兰境内的主要河流之一，发源于南拉纳克郡，全长一百七十六公里，是苏格兰的第三长河。

"那些人到现在都没有放弃寻找我。在你母亲的葬礼上，参加的人、网络信号，甚至一切可探测到的波，都会经过最严密的审查，我实在没必要在那种情况下犯险。"

"呵呵，还真是不死心啊。你刚去世那会儿他们也派了人来家里，带了一群媒体，装作痛心疾首的样子念着稿子。"尤克用手指敲了敲桌子，做出了类似弹奏钢琴的动作，"还送了我一架立式钢琴，斯坦威 [①] 波士顿系列里的精品，顶级桃花心木制成的，当然，每一个黑键下面都装了信号接收器。我和母亲策划了一次针对学钢琴的争吵，把它们全都砸了，现在它们变成了我孙子床头的木画框。"

"你很聪明。"

"那是当然！母亲一直都说我和你非常像……算了……"尤克回忆起这些，眼眶竟然有些湿润，他知道接下来会发生什么。年迈带给他的最大变化倒不是肢体上的，而是他总是很容易感怀，他去年就为自己那条拉布拉多的死伤心了整整一周，吃不下饭。但他并不想以一个意识体的形态演示哀伤，那些眼泪他流过了，在他知道自己的父亲永远不会回来，并且可能永远都不会联系他的那一天，就流过了，"我们还是说正事吧。"

"嗯……"巴里看着尤克，他明白那句话的后半截是什么，但既然尤克打住了，他也只能跟着点点头，"当然。"

"真是件麻烦的事情。"

说完这句开场白之后，尤克似乎因为想起什么而沉默了一会儿，然后转头看向一旁的阿丹。

或许是因为听得太认真了，阿丹甚至没有注意到尤克正在看着他。于是尤克选择了一个直接粗暴的方式，他用手按住阿丹的头，将阿丹的脸拧向自己，然后挤出了一个还算真诚的笑，"谢谢你的酒，小孩儿。不过，现在是大人说话的时间了。"

阿丹明白这句话的意思，这次的拜访到此结束了。

虽然看起来有些仓促，但是几乎能聊的话题都聊过了，从T5的惨剧到自己的新女友，还有一些正在洽谈的新故事……能在显然更为重要的家人团聚里插空说完这些，阿丹其实很满足了。

"当然，我想你们应该也有很重要的话要说，那我下次再——"

"不，他可以在这儿。"巴里打断了他的话。

"他不要紧吗？"尤克有些意外地看向巴里，再次确认了一遍，"还是说，他全都知道了？"

"他什么也不知道，但既然他来了……"巴里停住了，一番细想后发现刚才那句话似乎不太得体。他哑巴着嘴，用舌头在两排牙齿之间滑了一圈，点点头说道："他是我的朋友。"

---

① 世界顶级钢琴制造商。

"他可是忒弥斯生成的……你确定他真的准备好接受这一切了吗？"

"接受这一切？"阿丹疑惑地看着尤克，这个吊儿郎当的西部牛仔脸上第一次显现出了一丝认真，"发生了什么？"

"我不知道。"巴里想了想，才缓缓地说道，"这么做是有点冒险，但我觉得既然他能在最后一天想起来看我，或许也是天意。"

"最后一天？你们到底在说什么？"巴里的解释让阿丹脑海里的谜团越积越大。

"这是我在 Z10 待的最后一天，阿丹。我约尤克见完面，就会离开。"

"离开……你和尤克要去哪儿？"

关于离开这里的话题，在很久之前，阿丹就曾问过巴里，为什么不离开 Z10，为什么不去看起来更正常的地方居住？阿丹成名后甚至还想送巴里一套在 F7 的公寓，但巴里都拒绝了。那时他夺过了阿丹手里的屏幕，很不耐烦地删除了那段充满法国南部气息的开发商广告。"我不会离开这里的。"这是他对此类问题唯一的回答，可阿丹不知道原因。他给阿丹描述过很多事物，但都没有说明原因：人们常常会对着月亮诉说忧思，人们常常会因为爱一个人而恨一个人，失眠的时候会觉得时间很漫长，这些事情，阿丹都不知道原因。

现在，他要离开了，阿丹还是不知道原因。

"你们要搬去哪儿？我能帮上些忙。"阿丹看着巴里。对于即将到来的离别，他的眼睛里写满了不甘，"你拒绝了我那么多次，至少这次让我帮你。"

"阿丹，我也很遗憾，但你确实帮不上忙，现在我们好好说说话就行。"

"看来你在忒弥斯混得不错嘛，都有朋友了。"尤克想起刚才在列车上，阿丹因为不肯回答那个问题而接受惩罚表演癫痫发作，现在回想起他那副卖力表演的样子，倒是有些难得的可爱。他轻轻地松开按住阿丹脑袋的手，又摸了摸阿丹松软的头发，"小孩儿，现在你是被两位安德森家族的人认证的金牌好人了。"

"安……安德森？"阿丹显然没有听懂这个过于典型的家传笑话。事实上，刚才这对父子对话时，他都在一知半解和完全无法理解中交替接收着。

"你该不会以为他真的叫巴里吧？"尤克嘲讽地拍了拍阿丹的肩膀，仿佛在安慰一个被困在恶作剧里无法脱身的孩子，"这名字一听就知道假的嘛。"

巴里非常郑重地坐直身子，朝着阿丹点了点头，"重新认识一下，我叫博顿·安德森，这是我的儿子，尤克·安德森。"

"博顿……安德森，博顿·安德森！"阿丹重复了一遍之后，所有的疑虑就都消除了。将这个普通的名字和毫不起眼的姓氏拼凑在一起，便组合成一个无人不知的人物——博顿·安德森，忒弥斯的发明者，24 世纪最伟大的科学家之一。他创立的 EOP 科技公司就是忒弥斯技术的母公司，除了创建忒弥斯这个世界外，忒弥斯技术仍在为世界上无数病患提供医疗和健康服务。杜鲁上台之后，要求从A域至J域的执政官都必须在辖区规划出用以纪念博顿·安德森的景观建筑或主题公园；他的头像会在每天晨间新闻的片头出现；在每年的圣诞节，以他的名字命名的"安德森奖"会授予忒弥斯最杰出的公民。不过据阿丹所知，博顿·安德森的名字也并不是一直这么讨喜，在忒弥斯最初被投入使用时，他的名字几乎就是"杀人凶手"的近义词，每天都有无数人因为他的发明而失去肉身，失去现实的权利，那些战败国的难民们甚至会付费将博顿·安德森的名字加上辱骂的前缀，文在自己的屁股或生殖器上。随着忒弥斯生成的意识体逐渐成为这个社会的主流，更多人对这个发明怀着极大的感恩情绪，如果没有博顿·安德森，这一切，包括他们自己都不会存在。这样的崇拜逐渐把博顿·安德森从一个简单的科学家捧上了造物主的高度。和博顿·安德森的声望一同水涨船高的，还有他为人津津乐道的离奇死亡。这位本该坐拥无上声誉和巨额财富的科学家，在忒弥斯投入使用的五天后便离奇死亡，自杀、难民枪杀、政府暗杀……好莱坞几乎把每一个版本都拍成了电影，阿丹还看过一个揭秘节目，叫《传奇人物之死》，里面用了整整四集来探讨博顿·安德森的离世。

"你……你还活着！你根本没死！"

"嘿，我是看着他下葬的。"尤克似乎并不太满意自己父亲还活着的说法。他耷拉着肩膀扭了扭脖子，自从坦白自己是个一百多岁的老人后，他就没有再遮掩这些下意识的动作，"朋友，我不想炫耀，但是在那个人口爆炸、土地严重不够的年代，还能被政府允许葬在墓地里是一件非常有面子的事情。他确实死了，他只是耍了个小聪明，在死前把自己的意识嵌入了忒弥斯而已。"

"你就是博顿·安德森本人！你发明了忒弥斯！你是发明它的人！就是你！"如果此刻有人看见阿丹说话时的样子，看见他那种把惊喜、兴奋、激动、恐惧和一点点崩溃揉碎捏在一起的表情，他一定会被直接诊断为患了某种会同时引发口吃、肢颤以及意识错乱的精神类疾病。阿丹看着眼前的巴里，就像在独享一场人类历史上绝无仅有的奇迹，"所以，是你创造了我。"

"不，没有人可以创造出意识，连忒弥斯也不行。它只是从亿万个意识体中抽取了一些意识片段，然后拼接在一起，而你是完全独立的，你就是你。"

"你以前告诉我的那些……"阿丹的大脑仿佛正在被一场记忆的洪流冲刷。以前那个巴里讲述的那些故事和往事不断拼接，阿丹几乎饱览了巴里的一生；而阿丹以为的那个平凡的巴里的一生，现在变成了安德森教授的一生，那些琐碎的故事像是突然被镀上了厚重的金色，镌刻在拔地而起的丰碑之上。

"能被你写进小说是我的荣幸。如果不能活在你的笔下，我怕在这里待得太久，自己也会忘记那些事。你能替我保密吧，丹？我有不能出现在忒弥斯的苦衷。"

"当……当然!"阿丹非常郑重地点点头,脸上洋溢着难掩的兴奋,"博顿·安德森,我见到了博顿·安德森……"

"你真的很爱把话说两遍。"尤克并没有打算停下对阿丹的嘲讽,"你小说里的人物也都和你一样说话吗?现实世界的博顿教授可不这样一惊一乍的。"

"你应该读读他的书,尤克。"巴里不紧不慢地说道,像一个经验老到的律师在为阿丹辩护,"他对现实世界可比你有感情。"

"再有感情又有什么用,很快就什么也不剩下了。"尤克停顿了一会儿,似乎是因为想到了什么重要的事情,神色突然严肃了起来。他转向巴里,一边回忆,一边认真地说道:"你要我留意的事,八成是真的。我进来的时候,看到他们在铺设一条专门的输入轨道,直接接入 A1,而不是平时的 H3,没猜错的话,应该是给那些大人物准备的。当然,到 H3 的接入口也多了几十个,从容量来看,单批次可以容纳三万多人完成意识体传输。不过,目前只有少量的人传输进来,应该是各个国家驻派的观察员,或者是提前听到风声的富豪,每个人都带着大把的钱。"

"所以你也给自己预支了 10PB?"

"嘿!"尤克提高了分贝,好让自己显得理直气壮,"这都是为了掩护!我调查出这些,已经拼了老命。"

"10PB,你的钱几乎可以在忒弥斯买下半个下层区了。"

"不错的主意,父亲。趁现在买下,将来就可以向几千万人收租了。"

"几千万人……"博顿没空理会尤克的玩笑,依旧紧锁着眉头,"是啊,光一个区就几千万人,而根据你调查出的接入量,肯定远远不止……"

"他们目前只有这个方法。"尤克看着显出愁容的父亲,突然觉得有些陌生。虽然他离世多年,但这张闻名世界的脸从未离开过尤克的视线,客厅走廊的相框、联合国花园的和平钟[①]旁、冗长的历史纪录片都有他的影子。那些变成影像和艺术品的父亲,脸上的表情总是千篇一律的愉悦、乐观,带着科学家独有的专注,而此时此刻这样的忧愁,尤克从未见过。"他们没有忒弥斯的完整授权,只能按你设定的老路走,每天大概可以传输一百四十万人,剥离、接入,剥离、接入,如此往复。"

"一百四十万,这根本无法满足……会有很多人因此而丧生。"

"众生得救,是极度理想状态下的结局,他们必须非常团结才能达到。"尤克叹了一口气,语气里充满失望,"可人们从来没有团结过,他们会争抢、陷害,一百四十万人次的传输量,最后会

---

① 和平钟由日本联合国协会于1954年6月赠予联合国,放在位于纽约联合国大厦北侧的联合国公园里。它是用六十个国家的儿童收集起来的硬币铸成的,安放在一座柏木的典型日本神社式结构物中,象征着世界人民对和平及美好生活的向往。联合国花园还陈列了许多由各国政府赠予和知名艺术家创造的雕像。

变成胜利者手里的筹码，用来交换、兑现和威胁。等到一切都瞒不住的那一天，这些都会发生。"

"距离那一天，没有多久了。"

"不管是在现实世界，还是忒弥斯，人们都还被蒙在鼓里。"

"他们一定会瞒到瞒不住的那一天为止。"

在说完这句话之后，这对父子同时陷入了沉默，周围如同真空般死寂。阿丹看着坐在自己身旁的两人，迫切地希望这里能有点声音，就连地上的酒瓶回收倒计时那细微的嘀嗒声，都不失为一种救赎。

"你们说的那一天是哪天？"最原始的好奇心驱使着阿丹打破了这份无比压抑的寂静。

阿丹看到了尤克意味深长的笑意。接下来的十几分钟里，尤克操着苏格兰口音讲述起来，其间夹杂着他的脏话和嘲讽。阿丹听完关于那一天，或者说，那未来一百七十万年的故事后，有点儿明白刚才那一小段沉默的必要，如果要他独自消化地球即将变成一个大雪球的消息，他应该得在公寓露台上站一整天。

"这里很快就会变成新的地球？"阿丹思考了好一会儿，才小心翼翼地说道。

"但一定不会是多么好的地球。"尤克看着刚刚处理完这个噩耗、濒临宕机的阿丹，一脸恶作剧得逞后的满足，"就像我刚才告诉你的，那些执政者首先要确保的一定是自己政权的长治久安。以前他们可以掐着忒弥斯的电源闸把你们指挥得死死的，一旦他们进来，他们就失去了这个先天的砝码，大家都是平起平坐的数据集合，一个个独立的意识体。'我凭什么统治你们'，会成为他们的入学考试题目。"

"他们不是只需要……让忒弥斯把他们的授权调整一下就好了吗？能做什么事、能出现在哪里不都是代码决定的吗？"

"这就是忒弥斯精妙的地方，这是一个森林系统。"尤克笑了笑，他搁在餐桌上的手半握成拳头不停地晃动，似乎聊这样的话题，如果手里不握个酒杯，实在不够痛快，"设想有一座茂密的原始森林，你是林场主。这里的草木，你可以砍伐、培育、焚烧和填埋，你是绝对的统治者，但即使是这样，你仍然没法控制每一株植物长在哪里，以及怎么生长，这受到日照、风向、气候和磁场的影响，这些你无法改变。就像他们可以拘禁你，限制你的行动，决定你的多巴胺基素摄入量，但永远没法控制你在想什么。每一个个体都具有自主性，包括忒弥斯本身，它永远都朝着它认为合理且有益的方向发展，就好像植物永远会追逐养分、二氧化碳和阳光。而他们现在拥有的权限只是伐木工的权限，都是一些粗暴的手段。如果世界上只剩下这片森林，就算伐木工杀光所有动物来吃，砍掉所有植物来用，他也还是会山穷水尽，因为他没法控制构成这片森林最原始的东西。在忒弥斯，所谓的最高行政权，其实在系统里能掌握的范围连三分之一都不到。"

"忒弥斯原本可以做到更多，但是他们不允许。"博顿说到这儿时，目光不禁瞥向了窗外，"如果我知道，他们当年资助这个项目，只是为了打造一座监牢，我甚至连那部分授权都不会给他。"

"你的意思是，就连杜鲁……都没法完全控制忒弥斯？"阿丹原本还想说一些看起来厉害的大人物，但他发现自己只记得杜鲁一个。

"呵，杜鲁，他这个副教授，充其量只是给父亲誊写实验报告的打字员！"尤克说这话时，十分夸张地撇了撇嘴。

在学生时代，尤克最爱的一项家庭活动，就是听母亲细数父亲职业生涯里的趣事。其中一个屡次登场的角色便是杜鲁，他曾经是 Verisign① 的高管，极具商业头脑的他被当时还只能算作医疗工具的忒弥斯技术吸引，果断放弃了推销域名的活儿，转头给父亲打起了杂。在掌握了一些技术皮毛之后，他就迫不及待地开始满世界推销，也正是因为他不负众望的口才，终于让当时的战胜国注意到了这个"软性"种族灭绝的机器。只不过，他心中那个赚得盆满钵满甚至跻身政坛的愿望并没有实现，在父亲死后，杜鲁就因为"世界上最适合管理忒弥斯的人"这个独特的身份，被联合国安理会"请"进了忒弥斯。虽然他的确成了忒弥斯最高贵的人，但说到底，也只是最高贵的数据而已。尤克每次在电视节目里看到杜鲁激情洋溢地发言时，都会忍不住捧腹大笑，特别是那句常常被他挂在嘴边的"我们不仅仅是数据！"。他一本正经地说出这句话的样子就像是一个被打倒的绅士贵族，依旧要趾高气扬地戴着浮夸的高帽子。

"不过他拥有的那点权限，也算是被他物尽其用了，能想到和星展银行联合开发出一个这么逼真的市场经济，甚至连银监局、证监会都有，还真是到哪儿都能玩出花样来。"

"至少他研究出的这套体系，确实让忒弥斯安稳了这么多年。"博顿把目光从远处弥漫的浓雾收回来，眼神空洞而飘忽。他应该是想起了很多事情，关于现实世界的，关于忒弥斯的，都飘浮在那些浓雾里，若隐若现，"能用这么点权限，把忒弥斯从一个难民营变成世界工厂，变成一个和人类世界如此接近，甚至高度绑定的社会，他确实……不仅仅是数据。"

"他这么做，不过是想多争取一些在现实世界说话的资格，不想变成一枚废弃的棋子。"尤克看得出来，父亲对于杜鲁并没有那么深的敌意，不过他完全没有要帮这个大商人说好话的意思。是他逼死了父亲，母亲从小就是这样告诉尤克的，"而且，他现在应该是整个忒弥斯最坐不住的人了吧。这个最高执政官，从永久连任突然变成了只有不足两个月的任期，真不知道光荣退休的他能在 A 域分到几亩地。"

"他这些年一直想尽办法解锁忒弥斯的最高授权，也确实成功找到了一些门路，但都被我堵死了。"说到这儿，博顿的目光凝重了一些，"他以各种项目为幌子，几乎把整个硅谷搬来与我

---

① 一家提供智能信息基础设施服务的上市公司，总部位于美国加利福尼亚州。

抗衡。虽然一再碰壁，但很多时候真的差一点儿就能成功了。他那么聪明，一定可以觉察到这些突如其来的路障是故意铺设的，他很可能已经怀疑我并没有死。"

"除非你自己现身，不然他永远不可能知道你就是安德森教授。忒弥斯人的外貌千变万化，原始代码就是我们的DNA，而要通过获取你的代码找到你，需要忒弥斯的最高授权；可是要获得最高授权，却又必须通过你。这个鸡生蛋、蛋生鸡的死循环，估计可以让他想破脑袋。"

"可我想要实施我的计划，也需要通过他，我还是得让他找到我。"

"你的计划有点过于危险了，这在人类历史上……可没有什么前车之鉴。"尤克说到"危险"这个词时，脸上第一次浮现出犹疑的表情。他看着自己的父亲，嘴角不时抽动几下，似乎想要补充什么，却又不知道如何开口。最后他用拳头捶了捶桌子，像是下定了决心，"不过来都来了，那就这么干吧，反正我这辈子都赖上忒弥斯了！对了，说起来，这个小子说不定还能帮上些忙！如果我们需要更多的接入量的话——"

"我？"还沉浸在杜鲁这篇番外故事里的阿丹，被这句话拉回了现实，"接入？接入什么？"

"不，别扯到他了，这和阿丹没有关系。"博顿看向突然紧张起来的阿丹，又转头对着尤克非常认真地说道，"这是我们自己的事，尤克，只能我们来解决。"

"可阿丹是忒弥斯最成功的作家之一，他可以——"

"他的成功不是拿来利用的！"博顿没有打算让尤克说下去，他死死地盯着尤克，这是阿丹第一次从博顿眼里看到作为一个父亲的严厉，"他的财富和名望都是他应得的，他应该享受这一切，而不是被我们毁掉。"

"嗯……对，好吧。"尤克说完后，便没有再接话。傻子都可以看出来，父亲并不希望他继续说下去。

"阿丹。"博顿停顿了一会儿，有那么几十秒钟，他的嘴唇一直处于一种微张的状态，像是准备好了开口，但又发不出任何声音。阿丹能感觉到他想说的话一定在心里准备了许久，只是当需要通过语言来表达时，却永远都缺乏恰当的时机和语境。他曾无数次在书桌旁陷入这样的困境，也像博顿一样奋力地想要让角色把那句话喊出来，可是笔下的一切，周遭的一切，都似乎不合时宜。博顿最后还是下定了决心，他看着阿丹，眼神变得格外温柔，他知道自己必须给眼前这个还一知半解的老友一个解释，"我知道现在说这些，或许还太早了，但我想你留下来，是因为你是我们的朋友。我希望……你知道这些事情的原委，我不知道这件事会被那些政客们编纂出多少个版本，但总得有人记得最真实的那个。"

"你是说……那个末日吗？为什么不能由你来告诉大家？"阿丹看着博顿眼里流露的哀伤，既心疼又疑惑，"你是忒弥斯的发明者，你比一个作家要有用得多。"

"可能……我等不到那一天，阿丹。而且……我也必须要告诉你另外一些事情。如果有一天,阿丹,如果有一天你因为我失去了什么……"

"这怎么会……我现在拥有的一切都因为你,如果你没有把我从 T5 救出来,我说不定也和几周前那些在 T5 的人一样……就像我刚才说的……就那样消失不见了。"

"或许,这些会比你想象中——"

"父亲。"显然,尤克能够乖乖闭嘴的时间比博顿和阿丹想象的都要短。但这一次,他的语气听起来没有刚才那么张狂,甚至有了些许难得一见的哀愁,"既然你选择让他知道,还不如让他真正知道……自己要面对的是什么。"

阿丹看着博顿,他能从那双眼睛里看到涌动的犹疑,但很快又恢复了平静。

"我曾经问过你,忒弥斯对你来说是什么……当然,这是你的家。可是在更早之前,这只是一个即将上市的医疗设备,它是给那些绝症患者或者濒死之人使用的安乐装置,让他们的意识可以存活在一台虚拟机器中,可以继续陪伴家人,参与一些社会活动。这是忒弥斯被设计出来的初衷,也是我的初衷,它远没有现在那么复杂,但这个世界,多的是复杂的人。最初的战胜国把它变成了囚牢,杜鲁把它变成了一个拟态的城市,一个阶级分明的社会,甚至你的存在也是他们为了自身的利益要求忒弥斯生成的,而非忒弥斯的本来意愿。回到一个设备被设计出来的初衷,它应该被提供给有需要的人,每个患者都受到同等的治愈,这是忒弥斯想做的事,也是……面临这场人类文明末日时,忒弥斯应该做的事。

"我曾经试图阻止过他们把忒弥斯写入战败国的停战协议,但研究经费是他们赞助的,加上杜鲁的极力配合,我没能阻止这一切,我让忒弥斯背叛了自己的初衷。现在,他们又要用忒弥斯来杀人了……而且这次要杀掉世界人口的三分之一。只不过方式不同,以前他们是把人丢进忒弥斯,而现在他们是把人留在现实世界等死。"

"等死……"

"这里是人类文明最后的阵地,是滔天洪水里的诺亚方舟。他们会为那些特权阶级、赞助商和跨国财阀提供可以维持百万年的丰厚储量,世界上的其他人则会被消解,被隔绝在外,被抛弃。因为森林里的伐木工人可以决定哪些灌木值得被留下,而哪些要被砍去。"说到这儿时,博顿似乎已经看到了那些被抛弃在逐渐冰封的城市里的人,他们变成了一具具冻僵的尸体,被深埋几百年、几千年。在真正的末日到来前,人间就会变成地狱。博顿深吸了一口气,接着说道:"可没有人是上帝,没有人可以随意处置别人的生命,我不想再看到我设计出来的东西变成那些权贵假扮神明、改判生死的工具……那些即将面临天灾的人,他们拥有同等的活着的权利,完全同等的权利。"

"完全同等的权利……"这样一个过于梦幻的说法,阿丹竟然连一口气说完的勇气都没有。对于忒弥斯人来说,初始的不公从来都是注定的,就像人类的高、矮、胖、瘦一样自然。那些在现实世界老死的富豪们接入忒弥斯后，可以直接驱车前往早就购置好的 A 域海滨别墅，而他们的家人通过赞助忒弥斯，每年都可以为他们汇入以 PB 来衡量的财富；而其他病故的人类，也可以通过保险公司受理的各项服务在忒弥斯享受丰厚的储量。茉莉还是个小职员时，就一直负责这类对转业务，看着那些什么都不用做的人，每个月领取成千上万 MB 的津贴，肆意挥霍。最惨的是忒弥斯生成的意识体，也就是阿丹和茉莉这样的"土著"，初始携带的资产只有 400MB，用完之前都没赚到的话就只能等死。政府用这样苛刻的方式快速淘汰产能低下的意识体。阿丹已经不记得自己是怎么度过那段时光的，他那时候认识了很多人，就连合租过的室友都可以用三位数计算，但后来大部分人渐渐消失了，甚至包括关系非常好的几个。阿丹没有去寻找过他们，他清楚地知道那些人就是活不下去被消解了，或者用现实人类的话说，就是死了……或许身边的人总是死去对于有血、有肉、有"现实权"的人来讲非常残忍和难以接受，但在忒弥斯这个连墓地都不存在的地方，任何人，即使是最善良的人，也不会因为谁的离去而过于悲伤，毕竟……其实什么也没有失去。

"完全同等的权利，真的存在吗？"

"这在现实世界很难做到，但在忒弥斯完全可行。因为这里没有真正的资源、真正的土地、真正的生死……谁都无法掠夺谁，没有剥削、没有反抗、没有差别。"

"你的意思是，所有的东西都不是真的，反而是好事吗？"

"阿丹，如果你真的能在现实世界活一次，你会知道我说的这些有多么可贵和美好。"

"可我没法知道，但既然你都这么说……或许那确实是一件非常好的事。"

"你能这么想，对我很重要。"

"为什么？"

"没什么，可能我只是想听到你亲口说出这些吧。你觉得我在做正确的事，这让我感到非常开心。"

"那我们会变成什么样，在我们得到了这些平等的权利之后？"

"我不知道……但一定和现在不一样。我不确定是不是会比杜鲁打造的这个忒弥斯好，可我确定这是必须要做的事。"

"你们打算怎么做？"阿丹战战兢兢地问道。他想尽量压抑语气里的惊恐，但这些惊恐却又蹿到了表皮，变成了细细密密的鸡皮疙瘩。

"这不是你应该知道的事。"

"可什么是我应该知道的事呢？"

"朋友，别逼两个老人把'死'字说出口，好吗？"尤克叹了一口气，就像抿了一口劣质红酒，尝到了最苦最涩的那部分，"我们的办法……不管是否成功，你都再也见不到你的巴里了，所以他才会那么想把这些事告诉你吧。唉,他总是这样……当年,他也是这样瞒着母亲,直到最后才开口。不过,他说的是真的,这个世界很快就会完全不一样了,但我们没法告诉你,究竟会如何,究竟要怎么做。因为这个聪明绝顶的教授没有告诉他的亲儿子,甚至连他自己也不知道。其实没人知道,谁经历过世界末日这样的事呢?"

"你能在这一切到来前来看我一次,我真的很开心。我没有看错你,阿丹。你对这个世界没有丝毫敌意,对忒弥斯,对现实世界都是如此。我不知道忒弥斯用什么人的意识拼凑出了你,但那些一定都是善良的人。"博顿沉默了一会儿,接着说道,"这个世界不常有这样的人。"

"你们到底要做什么?你为什么会死?是被……政府的人吗?如果那个杜鲁真的那么想得到你才有的权限,那你应该躲起来,不是吗?如果你需要任何帮助,我都可以——"

"你帮不了我什么。至于杜鲁,只要我不想,他永远也找不到我,我很安全。我告诉你,只是希望……在这一切发生后,至少这里有人明白,或者有人愿意去理解,我为什么会这么做。"

"可尤克刚才说了,我可以——那个什么接入,那样我就可以帮到你。"

"你确实帮不到我们什么。"尤克料到这个话题最终还是会回到他这里,作家们都是这样,抓住那些细节就不会放手,"你是忒弥斯生成的意识体,你……什么都做不到。"

"可我希望自己能做些什么!在你还是巴里的时候,我就说过,我对这个世界充满疑问,现在你都要离开了,就不能……我诞生在这里,初始名字叫丹,身边是一群和我一样二十二岁的男女,我不知道他们是谁;我拿到的第一本书只告诉我,我有哪些权利和义务,却没告诉我'我是谁';我吸食多巴胺基素,我知道它能让我开心,可是我不知道我为什么要开心;我看到电影里的人会老去,身体会变化,可是我不会,我很想知道'老去'是什么。我把这些写出来,可是却没有一个人在乎。我很好奇为什么我身边的人从来都没有这些疑问……因为我存在的地方根本不是家园,而是一台医疗机械吗?如果这一切原本可以更加公平,那为什么我不可以是个现实里的人?"

阿丹说完这番话,突然感觉胸口裂开了,像是有一颗真正的心脏从他的肌肤之下破土而出,扑通扑通地跳动着,真正的身体发肤凝聚在一起,他有血有肉。

他把所有的疑问都问完了,不是从刚才到现在,而是从诞生到现在。

扑通扑通,这感觉真实得如同可以被握在手里。他看着博顿,像是在看着一本写满答案的书。

"阿丹……这些问题,我现在没法回答你。或许等这件事过去,如果有千万分之一的概率我们还能见面,我会告诉你。"

阿丹迟疑了一会儿,然后缓缓地点点头。阿丹能感觉到博顿说出这番话时明明是知道里面那些隐晦的含义的。他从来都知道,他甚至教过阿丹树叶为什么会落下……博顿知道所有的答案，阿丹十分肯定。他是个作家，一个能把落在地上的树叶拥有的情绪描绘出来的作家，他感觉得到。

只是那种明知道有什么，却只能点点头的感觉，一时间不知道如何形容罢了。

破烂的小屋再一次陷入了沉寂，这一次，沉默的是阿丹，他甚至希望这样的沉默可以久一些，好让自己有足够的时间理解刚才的一切。

"多花些时间和那位小姐在一起。有可能的话，"博顿仔细想了想，然后非常认真地点了点头，像是在"授权"自己说出接下来的话，"住到更上层的区域去。"

阿丹想要追问，但博顿的话几乎把每一个发问的角度都堵死了。

接下来的几分钟里，三个男人都没有说话，威士忌的香气已经挥发光了，整个破烂的木屋里只剩下三双空荡荡的眼睛，彼此回避着，看向各个角落。

"我去给你们再拿点喝的，我记得还有些像样的存货。"博顿说着便站了起来。或许现在给每个人都加点多巴胺基素是再好不过的事了。

看着博顿离开后，尤克把头转向窗外。那面磨砂材质的玻璃看起来更像是某个玄关的遮挡，被摔碎后嵌进了不规则的木框。他能看到外边慢慢地亮了起来，甚至依稀能看到远处矗立的基塔。光线从穹顶倾泻下来的，带着一股莫名的热浪涌入Z10的土地。

他踢开脆弱的椅子站起来，似乎是为了缓解凝重的气氛，故意弄出的声响。

"啊，热起来了，我还以为这里的气候没那么多变。"他走到门口，想打开门看看刚才云山雾罩的Z10到底是什么模样，"他们终于舍得给Z10投放点资源了吗？"

"啊……雾好像散了。"阿丹的目光被尤克的动静吸引。他看向窗台，虽然无法完全看清，但外面确实敞亮了不少，像是B2海滨度假区常年可见的日光，明亮又艳丽，"我前几次来都没见过那么好的天气。"

"总比大雾弥漫要好。"尤克拉开门闩，毫不客气地打开大门，"或许是察觉到Z10流入大额储量，他们怕苦了我们这些有钱人。"

随着大门的打开，一束耀眼的阳光立刻射进小屋。金色的光柱格外细密而黏稠，就像一条熔化的黄金带，又或者是有什么人在天顶高举着探照灯，直直地照在尤克的脸上，他在阳光的照耀下宛如一尊涂满金漆的雕像。

"等等！"

声音从尤克和阿丹的背后传来，是拿着酒瓶、一脸惊恐的博顿发出的。但他的大声警告并没有起到作用，尤克已经完全走进了绚丽的暖阳里。

"在雾里待太久了吗，老头儿？"尤克没有理会父亲的喊叫。他在逐渐变得刺眼的光线里伸了个懒腰,"利兹①可没有那么好的日头。"

"不!那些雾是我写入的,整个 Z10 的环境都是我写入的!"博顿看着窗外在基柱的环抱下清晰可见的 Z10 城市废墟,所有的一切都笼罩在那片剔透的光亮里,像是一场金色的雨,"他们每五天才会全境检查一次,为了今天你能安全抵达,我把车站范围外的所有道路都去影像化了,还添加了这些浓雾,好让偶尔来这里找刺激的人知难而退。"

"那……现在这些……"阿丹看向门口的方向。原本柔和的日光不知道从什么时候开始变得格外炙热而刺眼,就像一束束结晶的熔岩灌进眼球里,在目光和那束阳光交汇的下一秒,阿丹便疼得闭上了眼睛,"好烫!"

"他们找到了这里。"

"什么……谁?"

"离开那儿!尤克!离开那里!"博顿根本没空理会阿丹的问题。他一边朝着门口大喊,一边大步走向此刻被困在高温中的尤克,"尤克!"

阿丹也一步步地走向在强烈的照射下渐渐有些扭曲和模糊的大门,那些连多看一眼都会被烧疼的光已经逼近了他。不,那已经不能被称作阳光了,那简直就像是从高空投掷而下的热弹。尤克还十分享受似的伫立在原地,他没有理会博顿的叫喊,没有回头,甚至……至少从他投射在地面的影子来看,他连动都没有动一下,双臂还保持着那个懒腰的姿势环抱着脑袋,就这样静止着。

"尤克……"

阿丹和博顿同时抵达了门口。

他们站在尤克身后的阴影里,看着滚烫的光线如同洪流一般从这个男人的轮廓外汹涌地渗入。他的身体变得近乎透明,细密的光点在他的肌肤上弥散开来,犹如倾泻而下的银河。

在那些耀眼的繁星中心,尤克的胸膛上出现了一个不断蔓延的黑洞。和夜晚的漆黑不同,那仿佛是一团凝结成具象的真空,没有颜色,没有光,一片深渊般的虚无。这片黑洞还在朝着尤克的四肢不断蔓延,将尤克的身体渐渐吞没。那是可以被肉眼察觉的速度,每过去一秒,尤克就有一块身体消失不见。

"尤克!"

"尤克!离开那儿!"

他们的声音足够大,可尤克却没有丝毫反应。他就像一支被大火包围的蜡烛,从四周,从中间,从身体的每一处开始湮灭。

阿丹咬着牙,慢慢地靠近渐渐被吞噬的尤克。那里像一簇熊熊燃烧的火堆,每靠近一点,

---

① 英国第三大城市,西约克郡首府。

都能感受到从皮肤蔓延到心脏的疼痛。忒弥斯赋予公民痛感是有意义的，对痛的感知是保存人性必不可少的一部分。在这个没有疾病和人身意外的世界里，阿丹感受过的最剧烈的疼痛不过是多巴胺基素含量不足时的痉挛和昏厥，而这种程度的痛——也是到了今天他才知道居然还有被设定为这种级别的疼痛——带来的恐惧和折磨那么强烈，那么具体，就像死亡。

他没有办法，他根本没有办法靠近。

但阿丹还是想去将尤克从那团逐渐膨胀的热浪里拉回来。就在他的手快要够到尤克仅存的脊背时，他看到博顿从他的身侧大步越过去，一把抓住尤克的手，把他扯了回来，直接推向阿丹的怀里，然后博顿转身将两扇门用力合上。

阿丹跪倒在地上，那是他身体的本能，他以为那样的壮汉倒在自己身上，一定会将他整个儿掀翻在地。可奇怪的是，他什么也没有感受到。

他抱着尤克，感觉不到任何温度，也感觉不到任何重量。如果不是自己的手实实在在地抓着尤克逐渐透明的肩膀，阿丹甚至没法判断自己的怀里是否真的存在东西。

"尤克！尤克！"阿丹将瘫在他怀里的尤克翻过身，大声地呼唤他。尤克的表情还停留在几分钟前，脸上残留着伸懒腰的惬意和嘲讽父亲不懂得享受阳光的不屑，嘴角的细纹却如同岩石般僵硬。

阿丹感觉不到任何变化和重量，他像是在对着空气说话一般。

博顿站在重新合上的大门背后，他闭着眼睛，捏紧拳头，深吸了一口气。

窗外的世界，像是瞬间熄灯了一般，陷入无边的黑暗。

有那么一刻，阿丹听到了一些熟悉的声音，以前在工厂操作机械手臂给现实人类盖房子时经常听到的金属熔化的声音。

博顿在阿丹身旁蹲下，将手放在尤克胸口原本应该安放他心脏的地方，他张开的五指慢慢地收紧，像是牵扯着无数根隐形的锁链，将那些碎裂的构造一点点合拢。

他咬紧牙，拼尽全力合拢拳头，所有的碎屑聚拢到一起形成一个支离破碎的团状，勉强拼凑出尤克的胸膛。也就是在那一刻，尤克的面部才有了变化。他的瞳孔突然瞪大了好几倍，像是快要鼓出眼眶，然后又急遽收缩。

"干！"这是尤克说出的第一句话。他非常勉强地抽动了一下喉咙，像是想为这句脏话配上一些口水。

"他们还是把它找出来了。"博顿的手仍按在尤克的胸口，似乎还在尽量稳住那些聚集的能量。他看着尤克，眼眶里泪光闪动，"消解枪，我发明它的时候，就知道它早晚……自定式消除的代码就不应该被写进忒弥斯。杜鲁当年口口声声说这是什么预防机制，其实这就是武器，我把武器的制作图纸带来了忒弥斯。"

"他们启用消解枪，一定是为了将来。"尤克向下看了一眼，想看清自己完全碎裂的身体，但他已经无法控制身体了，即使是稍稍抬头那么简单的动作都难如登天，"如果你的计划不快点进行，将来会有很多人和我现在一样。为了争抢足够的储量，他们会枪决很多人。"

"尤克，我的孩子。"博顿轻轻地抚摸着尤克破碎的胸膛，寻找着哪怕一丝一毫真实的触感，"你的数据流已经完全碎裂了，我……也没法让它们聚在一起太久。"

就算完全不懂这些名词概念的人，也能从博顿脸上的表情读出这句话的意思。人们通常会在加护病房或者手术室的门口看到那种表情，穿着白褂的医生低着头带着遗憾和无奈说出类似的话，接着是鞠躬和安慰的拥抱。

尤克没有接话，他沉默了一会儿，嘴角微微翘了翘，"我已经一百多岁了，反正也差不多要死在某家医院的 ICU 里了。与其忍受我那几个前妻和孙子们吵吵闹闹地送花和看望，不如就这样吧，至少，现在我什么也感觉不到。"

"我不该让你，也不该让你母亲卷入这一切，我……"博顿没有勇气把接下来的话说出口。"我也不该卷入这一切"，这听起来太懦弱了。

"姓安德森的就没有怕过麻烦。"尤克摇了摇头。他看起来非常虚弱，虚弱到他已经没法再表现出他故作的轻松，"母亲说过，这是一件非常伟大的事，伟大到一定会有人为此牺牲。不过，我……如果没有我，我们的计划怎么办？"

"尤克，别想这些了……"

"如果少一个人，这个计划就没法成功。"

"尤克……"

"不，阿丹，还有阿丹。你们快走，去影像化没办法阻止那些人太久。"尤克看了看黑暗的窗外，那样的死寂和深邃，反而把这间破房子里的灯光衬托得格外温暖，"Z10 的人口数量不到三位数，他们很快就会通过筛选坐标，重新定位到这里，你们得马上离开。"

"尤克……"

"我知道你要说什么，父亲。我在现实世界里体验过一次了，我七岁的时候，你就是这样看着我，对我说你要永远地离开，你要去很远的地方，你用那套高达模型哄了我一百多年。"

"是的，我记得。"

颤动从博顿的嘴唇一直蔓延到抚摸着尤克的指头。在一百多年前，他也曾像现在这样抚摸着年幼的尤克，他带着整整迟到了二十天的生日礼物——那套足够在家里把赞斯卡尔战争[①]重演一遍的高达模型——来到尤克的床边，那时他也是这样抚摸着睡意蒙眬的尤克。

"真遗憾，两次我都没办法听完你说话，只不过……当时是你要离开，"尤克的声音已经很

---

① 日本漫画《机动战士高达》里的一场经典战役。

微弱了。他的具象形态变得非常不稳定，发出声音后的好几秒钟，喉结才跟着颤动了几下，"这一次是我。"

说完，尤克便闭上了眼睛。原本被博顿稳定住的胸口黑洞再一次向着尤克的周身蔓延，这一次比刚才更快，快到就像是在用什么东西直接把他擦除，尤克的身躯就像灰尘一样在阿丹和博顿的眼前慢慢地消逝。

"小孩。"尤克的嘴唇抽搐了几下，它已经没法再配合尤克的声音模拟出开合的动作。

"是，我在，尤克。"阿丹想要抱紧他，但……他没法抱紧一个毫无重量、就快不存在的东西，就像攥着一把细沙在手里，只能无力地看着它流失净尽。阿丹的手僵在原地，身子随着尤克消逝的轨迹扭曲地蜷缩着，他非常用力地弯着身体，好像只要足够用力的话，就能感受尤克的温度和重量。

"其实我……看过你的书……《沉睡的夏日》，父亲为了成全男孩的幻想，下潜到温德米尔湖①里去寻找水怪，那个男孩就是我。你结尾的那句话……'即使我早就知道要去寻找的东西根本不存在，但为了你，我愿意前往'……"随着话音落下，尤克的身体完全消失了。残存的具象扭曲着四周的光线，将周遭的空间切割成了一片一片，但阿丹还是能听到尤克说话，而且那声音似乎更加靠近了，就像是贴着他耳朵发出的呢喃，"多美的句子啊，真是个大作家。"

"尤克……"阿丹轻声地唤道。他很怕用多一丝力气，那些残留的意识就会消散。

"你愿意代替我吗，阿丹？"

"尤克……我……我不明白。"

"你会得到一份礼物的，小子，一份原本属于我的礼物。"

"礼物……"

"对，礼物……'我们没有一个人为自己活，也没有一个人为自己死。'②"尤克的声音像是完全融化在了阿丹的耳郭里，"还有，来的路上你说错了，我家的酒厂没有被格兰菲迪打败，四十年前我就收购了它。"

"尤克……"

即使完全看不见尤克的脸，但阿丹能感觉到他说话时满脸的傲慢，而他的声音到了后半段已经变成不停交叠的电流声。阿丹保持着抱住尤克的姿势，似乎因为刚才过于用力，僵住的手臂竟然一时间无法动弹。他就这样僵在那里，看着空无一物的臂弯。他从未经历过这样的消解。在忒弥斯，就连罪大恶极的囚犯也可以在消解仓里电解化，至少那逐渐透明、慢慢消失的过程看上去足够体面，而尤克的离开完全称得上酷刑。那些消解的数据像尘埃一样覆盖在阿丹的

① 英国最大的湖泊，因为频发水怪传闻而颇具传奇色彩。
② 出自《新约·罗马人书》第十四章。

身上，让他觉得格外沉重，就像被深埋在一场暴烈的风雪里，他动不了，看不见，听不到。

直到他的手重新被博顿紧紧地握住，阿丹才如同触电般回过神来。

"这可能会有点痛。"

博顿低着头，空出来的那只手伸向两人身后，而整个木屋的空气也随着博顿的手势扭曲起来。曾经的餐桌、沙发和壁橱瓦解成一粒粒细密的尘屑，又如同洋流般汇聚在一起，交替冲刷过房间的每一处，而后全部落在博顿的手心。

原先的木屋变成了一个漆黑的环形舱，阿丹和博顿跪坐在中央的平台上，四周密布着电缆和繁密的信号灯。

"传输……舱？"

阿丹曾经在电视节目里见到过。传输舱可以将人数据化后导入指定的区域，但杜鲁的科研部门展示的样品显然比眼前这个更加宽敞明亮，通常会配置沙发和端着香槟的女郎。

"那些人很快就会找来，我们现在必须离开。"

阿丹看着博顿，点了点头。通过博顿紧握住他的手，阿丹明显能感觉到博顿的身体还在微微颤抖。他不知道是因为无法纾解的悲伤，还是刚才那些堪称神迹的操作消耗了博顿太多的精力，又或者两者兼有，至少对于阿丹来说，刚才几分钟里在他眼前发生的事情，已经超过了他能够理解的极限。

此时，他只觉得整个身体从里到外都是麻木的，他甚至感觉不到博顿手的温度，就像是实实在在地抓着一把空气。

博顿觉察到阿丹因为这种麻木感而神情恍惚，于是抬起头解释道："为了隐匿传输的稳定性，我需要麻痹你的感官数据束。这个需要一点时间，你会暂时感觉不到外界的东西，这是很正常的。"

"是。"阿丹连忙点头。

"抱歉让你经历了这些，我很抱歉，我应该一早就让你离开的。"

"那些人……他们消解了尤克，"阿丹知道这是博顿最不喜欢的问题，但他还是鼓起勇气问出来，"他们是谁？他们为什么要这么做？"

"应该是杜鲁的人，尤克的前序工作可能出现了什么问题，被他们发现了。消解枪其实就是一段可以在忒弥斯里直接摧毁意识体的消解代码，当初我们传输一些实验动物的意识体进来时，为了方便快速清除失败的样本而写入了忒弥斯；后来做人类实验时为了安全性和尊重人权，我考虑过撤销这个代码，但杜鲁执意要求保留下来，所以我只是做了隐藏。他们应该是找到并重启了这个代码。消解枪可以制造数据真空……就像你看到的那样，几乎可以立即杀死忒弥斯的任何人。"

"杀死……任何人。"

"当然，这没法用在一些具有关键权限的意识体身上，比如杜鲁和我。别担心，我之后会更改你的坐标和行为记录。忒弥斯每天都会发生数万起坐标记录错误，你是有钱的作家，你没有什么理由来Z10，你只要这么解释，他们会相信的。"

"可是，你呢？尤克刚才说，你一个人没办法实现计划。"

"我会没事的，我有很多办法。"

"尤克，让我帮你……"

"没事的，阿丹。不用为我担心。"

博顿打开了平台正中间的传输面板。这台机器的外观看起来非常老旧，上面密密麻麻地排满了从A到Z的区域代码，它们逐一亮起了荧绿色的光。

"正在初始化……正在检测传输环境……"机器发出沉闷的女声，其中还夹杂着细微的电流嗞嗞声。

"抱歉，抱歉让你经历这些。"博顿盯着不断加载的界面，好像在刻意回避和阿丹的目光接触，"我不应该在这里找什么朋友，你也不应该成为我的朋友，这样太危险了。"

"巴里……"阿丹习惯性地喊出这个名字，然后才意识到眼前的这个人已经不再是他以为的那个战败国难民了，"不对，教授，可我从没——"

"刚才……有可能被消解的就是你。"

博顿说完深吸了一口气，像是终于轻松了一些。

阿丹的心突然一沉，像是被什么坚硬又锋利的东西砸中。如果刚才站在门口的人是他，那现在他就已经荡然无存了。忒弥斯里的"死亡"会轻松吗？可能只是形式上的轻松而已，没有血肉横飞，没有病痛折磨。可死亡之后是什么呢？或许和现实人类也没有多少差别，至少……对于此时此刻的阿丹来说，毫无分别。

从生成到消解，从出生到死亡，毫无分别。那个坚硬又锋利的东西，就是死亡的感觉。

"教授，如果刚才被消解的是我，我也——"

还没等阿丹说完，博顿就扑向了阿丹，将他紧紧地揽进怀里。

四周传来了几道极为尖厉的电流声，像是玻璃从岩石上划过。

而每一道声音的源头都破裂出一个细小的口，温热的光穿透了漆黑的传输舱，警报声和四溅的火花一起沸腾起来。

"教授！"

阿丹的头被博顿紧紧地抱在怀里，但那些光还是透过细密的缝隙，穿透了进来。

博顿的后背被击中了。

阿丹能听到那些消解枪发出的光刺透博顿的声音。

一声,接着一声。

"低……低下头。"博顿将阿丹揽得更紧了。他整个人覆盖在瘦弱的阿丹身上,另一只手则艰难地伸向已经完成加载的操作面板,"很快……很快就安全了,我们只要去——"

"教授!"

博顿瘫倒在了阿丹的身上。

"教授!"

阿丹能感觉到博顿的呼吸声,他似乎在用力张着嘴,但却什么声音都发不出。他的身体也在剧烈地颤动,手臂机械地伸展着,看起来完全不受他自己控制。

射击并没有随着博顿的瘫倒而停下,反而愈加剧烈。

"请确认传输区域。"

面板发出了提示声。

"教授,教授!"阿丹用力地推开压在他身上的博顿,那已经是一具完全没有任何知觉的身体了,"我们要去哪儿?"

"请确认传输区域。"

博顿的手就搭在面板的边缘,上面每一个区域的提示灯都在规律而焦急地闪烁着。

"教授,醒醒!"

"请确认传输区域。"

"教授!"

阿丹再次用力了晃博顿,他依旧毫无反应。

"请确认传输区域。"

阿丹看着面板,那些字母和数字组合在一起,这些他去过和没去过的区域就像是一个个迷宫的入口,每一格都在引诱着迷路的旅人。

"请确认传输区域。"

"传输……区域……"阿丹匍匐着抓住面板,他的耳朵被此起彼伏的尖啸声塞满。

"请确认传输区域。"

必须做些什么,必须现在就做。

"传输指令解除倒计时,8 秒。"

博顿要去哪儿?

"6 秒。"

他要带我去哪儿?

"4秒。"

我要去哪儿？

"2秒。"

那种感觉，死亡的感觉，像是所有的记忆和感观紧紧地结合在一起，凝聚成一丝光点，一个决定，一个答案。

6

B7 的公寓门口有一个延伸出去的小平台，坐在那把别致的木藤椅上，可以眺望远处的金沙酒店①。这里是来 B7 度假的人不容错过的景点，但它同时也因为耀眼的灯光和喧闹的赌场而成为 B7 为数不多的几个阿丹打死也不愿去的地方。现实世界很多闻名退迩的景观都可以在忒弥斯找到仿品，有人曾经测算过游览"地球最美的两百个地方"所需的花费，在现实世界需要 12 万美元，而在忒弥斯只需要 43GB。这一切听起来容易多了，40GB，画质稍微好一点儿的电影也不止这点数据量。确实有狂热的旅游爱好者为了达成这些梦想而自愿来到忒弥斯，忒弥斯的城市规划署也非常配合地拿出成堆的方案递给杜鲁。万里长城、东京塔和艾尔斯岩②，都是这样出现在忒弥斯的。

这就是忒弥斯最梦幻和迷人的地方。

茉莉坐在藤椅上，喝完最后一口咖啡。今天发生了很多事情，而且是一件接着一件毫不停歇地发生，她多么希望在杜鲁的办公室里也有这样一个无人打扰的平台，可以让她看着国王公园的一片翠绿好好地消化一下。

"你不要过于自责，没人会追究你的责任。"

这是从 Z10 回来之后，杜鲁对她说的第一句话。当时茉莉手里还拿着那柄刚刚"热过身"的消解枪，手一直哆嗦着，连握住它的力气都没有。旁边两个同样扛着枪的军官向杜鲁敬了个礼，其中一个走上前一步，将手里的记录仪递给杜鲁，非常镇定地汇报道："暂时没法追踪到他们的传输路径，系统自动屏蔽了我们对相关信息的检索。"

"至少可以确定是他，他还活着，而且就在忒弥斯。"杜鲁看着那串被清晰记录下来的意识代码。这些数字对应的那个人，杜鲁来到忒弥斯之后每一天都在寻找的那个人，现在就赤裸裸

---

① 位于新加坡滨海湾，因两百米高空泳池而闻名世界，是新加坡的地标建筑。

② 又名艾尔斯巨石，位于澳大利亚北领地南部内陆的乌鲁鲁－卡塔丘塔国家公园。

地暴露在自己面前,"能从另外的人那里追踪到吗?"

"我不认为他还有机会和安德森教授一起离开。"军官瞥了一眼身旁的茉莉,停顿了一下,似乎在等待茉莉说些什么,确认她没有什么要补充的之后,才继续说道,"那个人被茉莉小姐击毙了,数据流完全碎裂,我们没办法检索。"

茉莉转头看向那个军官,眼神里既害怕又疑惑。身旁的这两个人,还有通过镜头一直注视着这场行动的杜鲁,都见证了茉莉行动的全过程。在那扇门打开后,她立刻射出子弹,一束急促的激光直直地射向门口那个裹着大衣的男人。

"我已经和你解释过了,是你们告诉我,发现目标就立刻射击,消解枪杀不死他,只会让他意识暂时过载,我……我只是照做了。"

"但那显然并不是目标。至于你的误杀,你只需要和杜鲁先生解释。"军官依旧一脸严肃,指了指屏幕上两条跟踪的曲线,其中一条切割成有许多起伏的线段,每一个节点都带有一个非常清楚的坐标,"还有茉莉小姐提到的那个作家,他今天根本没有去 Z10。他几乎一整天都在 B7 的金沙酒店里,而且赌输了 1.32GB,我们已经看过他的付费记录。"

"可是意识体感应不是显示里面有三个人吗?"杜鲁看了看,有些迟疑地问道。

"目前无法追踪到是谁。我们调取了 Z10 现存所有意识体的坐标和行为记录,包括抵达过 Z10 的列车乘客名单……如果时间多一点,我们可以研究出到底是谁。"

"你确定他们是通过传输舱离开的?"

"是的,但并不是我们持有的传输舱,完全找不到代码特征……像是早就植入六号基塔的网络里了,或许是博顿·安德森以前规划弑弥斯空间时用的测试传输器,而且……我觉得他应该被我打伤了。"

"你确定吗?"杜鲁又问了一遍。

"因为目标在基塔里,而且他栅格化了视觉定位,为了阻止他们离开,我只能朝里面开枪。我凭直觉判断,他应该是中弹了。"

"所以……有可能第三个目标也中弹了,并且消解在了传输舱里。"杜鲁将那块屏幕递给军官,他思考了一会儿,重新把目光放回到茉莉身上,"你不要过于自责,也没人会追究你的责任。至少没有人会在我之前追究,茉莉小姐。而且这场行动至少证明你是对的,他确实还在这里,我对此很感激。"

"可我甚至连那个人是谁都不知道,就动手……杀了他。"

"你看起来真的如你所说,非常想帮助弑弥斯,想到有些着急了,不是吗?"

"我……"茉莉想说些什么,但连她自己都不明白,那样的鲁莽行为为什么会发生在自己身上,可她就是这么做了。看见那个人影出现在那间屋子门口时,她浑身上下唯一的感觉,就是烈火灼烧一般的兴奋,兴奋到甚至忘记了自己要做的事是去杀死一个人。那只是一个任务,一个工作目标,一个必须要去争取的、让杜鲁和整个忒弥斯都为之瞩目的功勋。

证明你自己,茉莉,忒弥斯需要你。

那个声音无时无刻不在她的耳畔低语。在那一刻,那个声音的主人像是透过她的身体,扣下了扳机。

"杜鲁先生,我……"

杜鲁并没有打算继续听茉莉的辩解,而是看向她身边的军官,"还不知道被杀的是谁吗?"

"我猜应该是尤克·安德森,安德森教授的儿子。"军官补充道,"我截获了一条嵌在忒弥斯传输口的计数程序,它似乎在监控现实人类每天造访忒弥斯的人数。这个计数程序已经工作了两天,而两天前尤克·安德森以高级别顾问的身份造访了忒弥斯科研中心,后来又离开了。不过,我们联系了恩吉利国际机场①,那里并没有他的出境记录。"

"所以,尤克……那个小男孩,他来找他的父亲了。"杜鲁还记得那个叫尤克的男孩……至少杜鲁还活在现实世界的时候,他确实是一个个头不算高的男孩。尤克从小跟科学家父母生活在一起,耳濡目染,四岁就可以组装简易的智能设备。在为数不多的几次交谈里,杜鲁曾被尤克超出常人的天资折服,比如他曾经模仿父亲的口吻回复了杜鲁发来的邮件,拒绝了一单近1000万美元的设备买卖——当然,最后证明供应方确实存在技术漏洞。在博顿离开后,他的母亲当起了老师,而尤克大学毕业之后继承了安德森家世代经营的酒庄生意,一家人似乎在有意远离与忒弥斯有关的事。杜鲁曾经去探望过尤克一次,还带去了那些国际组织在博顿离世后争先恐后为其追加的荣誉。"说实话,这些奖杯挺蠢的。"这是当时还在上学的尤克唯一的评价。杜鲁总觉得这家人并不会单纯地因为博顿的离世而与他们曾经热爱的事业隔绝,而且他始终对博顿的死满怀疑虑,所以在他的授意下,一支隐秘却庞大的团队对这家人进行了长达四十年的监控。直到尤克的母亲离开人世之后,杜鲁才最终罢休,"我曾经也花了些心思在他身上,看来我并没有猜错,他会被他父亲召唤到忒弥斯,说明他一直都在关注这里发生的一切,他们应该有一套不被察觉的通信方式。在这个时候监控人口流入的数据,八成博顿也知道地球到底发生了什么事。"

"我会继续安排人调查尤克·安德森在现实世界的情况。"

"特别是最近几周,看看他接触了哪些人。"杜鲁点了点头,冲着茉莉皱了皱眉,"如果你杀死的真的是尤克,那就给我惹了很大的麻烦,茉莉小姐。我让你跟着去是因为你的那位作家朋友有可能在,说不定你能帮我们礼貌地把博顿请回来,你倒好……"

"杜鲁先生……"茉莉能嗅到空气中那股失望的味道。

---

① 位于刚果民主共和国的首都金沙萨,是刚果最大的民用机场。

"再去问问你的那个作家男朋友吧,安慰一下他烂透的手气,顺便看看能不能问出其他有价值的信息,比如安德森教授有没有其他爱去的地方。"

"当然,我会想办法。"

"非常好。还有,如果没有想到办法——"杜鲁转身离开时,故意停顿了一下,他侧过脸看着一动不动的茉莉,嘴角微微翘了翘,"那我们就不用再见面了。而你和你的男朋友余生就只有'守口如瓶'这一项工作,放心,你们在 Q6 一定可以出色地完成。"

茉莉深吸了一口气,在回想起来,杜鲁最后看她的那个眼神如同一股直接灌入肺腑的冷风,足以让人的每一根神经都僵化冻结。

离开杜鲁办公室之后,她没有回银行,也联系不到阿丹,于是便去了阿丹经常等候她的咖啡亭。在那里等到黄昏,才收到来自阿丹的信息,只有简单的一句话:"不好意思,我没法来接你了。"

"你现在在哪儿?"

"家。"

"你刚才去哪儿了?"

茉莉没有等到下一句回复,只好端着咖啡回到了 B7 的公寓。她从来没有在平台的椅子上待过那么久,因为回家、打开房门、投入爱人的怀抱,对于她来说从来不是一件需要花时间准备的事,而此时此刻,这样的勇气却需要积攒很久。

等到那个咖啡杯的回收倒计时结束,从她的手里消失,茉莉才缓缓地站起来。

再也没有什么能成为她磨蹭的借口了。

推开房门,放下包,脱掉高跟鞋,绕过玄关,走到客厅,本该一气呵成的日常动作,她却不自觉地停顿了好几次。

茉莉推开书房的门看了看,阿丹并没有在里面。

这间房间是整套公寓里茉莉较少进来的地方。有两面墙被叠放的书籍覆盖,纸质书不管在现实世界还是忒弥斯,都因为其高昂的资源占用被赋予了极高的附加税,不仅仅是纸张的生成,还有空间的占用,有时这些消耗甚至超过了书本身的售价,比如他近期购入的《红字》[①],就得耗费 1.2GB。不过,阿丹依旧乐此不疲,他对所有趋近于"现实"的东西都有非常执着的偏爱,比如纸质书、钢笔和完全不知道在忒弥斯能用来干吗的邮票。

茉莉走过那些摆满整面墙的书,来到阿丹的桌前。那里堆满了他正在阅读的书,最上面的

---

① 美国浪漫主义作家霍桑创作的长篇小说,发表于1850年,讲述了发生在北美殖民时期的恋爱悲剧。

一本是《深沉的河流》^①，那些诡谲的印第安图腾和绚丽的插画是这几周阿丹陪伴茉莉时最热衷谈论的话题。

"我们的城市以现代文明为模板，每个城市看起来都如此千篇一律，每个人说的话和吃的东西也如此一致，但那是不对的，文明应该具有相当程度的多样性。"

阿丹说这些话时，总是会自顾自地投入其中，脸上带着演讲般的激动与自豪。作为临时观众的茉莉其实只用点头和叫好，她不需要真的理解阿丹脑海里臆想的世界，她只要知道这些臆想的世界最后会被编订成册，以单价 3MB 或 20 美元卖给那些正式的观众们就足够了。或许她潜意识里就是这样觉得的，有一个名气响亮的作家男朋友，可以让她在现实世界的客户那里赢得更多的信誉，她并不需要真的了解阿丹……所以，她也并不真的了解阿丹。

《地狱之花》^②《嚎叫》^③《玉米人》^④……茉莉的目光从那些奇怪的书名上一一掠过，最终停在他书桌的最右侧，在一堆灰头土脸的书堆里显得格外醒目的暗红色首饰盒。茉莉记得那一天，阿丹拿着这枚卡地亚钻戒在 A5 的旋转餐厅里用蹩脚的西班牙语再现了《真爱至上》^⑤里那场最经典的求婚，当时手足无措的茉莉下意识地拒绝了他。她理解不了这样的浪漫，因为在没有《婚姻法》支撑的忒弥斯，这种行为在茉莉看来，更像是一次明目张胆的违法犯罪。那一晚的尴尬延续了好几天，后来两人都没再提起，而那枚戒指，茉莉也没再问起过。

或许，阿丹其实还在希望自己那个小小的梦想能被成全。他对现实、现实权和现实世界的执着，就像小孩子对糖果的执着一样，从来不会被任何东西挫败。

茉莉正要拿起首饰盒，却被身后那个熟悉的声音叫住了。

"茉莉！"

是阿丹。

他应该是刚刚从二楼跑下来，胸膛正随着他的粗喘不停地起伏着。忒弥斯对人体机能的设置有非常精妙的地方，它能够依据短时间过快的储量消耗来给予意识体非常明显的感官反应，快速运动导致的气喘、高度紧张导致的头疼，这些设计不仅足够拟人，而且能有效地帮助和

---

① 秘鲁当代著名作家何塞·马里亚·阿格达斯的代表作，以一个中学生的视角，描绘了秘鲁内地山区一个市镇的生活。小说不是从表面上描写他们，而是深入探求他们的内心。他们虽然生活痛苦贫困，但是心灵高尚，对生活充满美好的希望。这本书被认为是印第安民族精神的反映。

② 日本作家永井荷风的小说集，收录了《地狱之花》《隅田川》《两个妻子》等六篇小说。

③ 美国作家欧文·艾伦·金斯伯格的代表作。

④ 危地马拉作家米格尔·安赫尔·阿斯图里亚斯于 1949 年创作的长篇小说。小说以神话传说的虚幻意境描写了山区农民的现实生活。

⑤ 2003 年上映的爱情喜剧，主要讲述十个发生在圣诞节前夕感人至深的爱情故事。其中由科林·费尔斯饰演的丹尼尔在剧中不惧语言障碍，对自己的外籍女仆展开了强烈的爱情攻势，并在女仆父亲经营的餐厅当着众人的面向她求婚。

提醒忒弥斯人安全节制地使用储量。从阿丹目前的状态来看,这不仅仅是从二楼跑到一楼的过量运动,他看起来……是在高度紧张的同时,不自主地手足无措。

"你去哪儿了?"茉莉把手从阿丹的桌案边收回,走向阿丹。

"我……我在 B7,一直都在 B7。"

"我当然知道你在 B7,我们现在都在这儿。"茉莉看着也在打量着自己的阿丹,他的下嘴唇不自觉地开合着,像是几个世纪前电影里常有的老式电报机,规律地敲击着电文。茉莉知道,那是他紧张时的本能反应。她走上前,神情既关切又疑惑,"你没有去拜访那个老朋友吗?我还以为你是因为这件事耽搁了,所以没来接我。"

"我……"阿丹咬了咬牙,然后抓住茉莉的肩膀,"我不想骗你,茉莉。"

"怎么了?你可别告诉我,你去金沙酒店的赌场输掉了所有的钱。"茉莉停顿了一会儿,伸出手抚摸阿丹的脸,"我可不养你。"

"当然不是。"阿丹摇了摇头,但眉间的紧张丝毫没有缓解,"我从来不去那种地方。"

"嗯,好吧。"茉莉笑了笑,看起来刻意又满足,"那到底发生了什么?"

阿丹认真地看着茉莉,眼光里带着不安与恳求,他说:"我需要你的帮助。"

几分钟后,在二楼的卧室里,茉莉见到了她究竟要"帮助"什么。

那张属于阿丹和她的床上此刻正躺着一个昏睡过去的老人。不知为何,阿丹还把所有的窗帘都拉上了,整个房间唯一的光源便是老人身旁的那盏台灯,昏黄的光线把他的脸照得格外苍老。

"这就是那个——"茉莉说到这儿,突然停顿了一下,像是记起了什么至关重要的信息,"巴里,对吧?"

"是的。我不知道能带他去哪儿,所以只得先把他放在这儿。"

"你确定他不是睡着了?"

"不,不是,他已经昏过去很久了。"

"具体多久了?"茉莉的神色也紧张起来。

"好几个小时了。我尝试过给他直接注射多巴胺基素,但是根本没用。"

"直接注射都没用?"茉莉走到老人的身边,试探着用手触摸他的脸颊,果然毫无反应,"他没有基素匮乏常见的抽搐,反而非常镇定,说不定是意识神经故障。如果真是这样,应该带他去紧急救助中心。"

"意识神经故障?那是什么?"

"我在意识体构造的一些基础课里学过,有点类似于机械常见的短路,可能是因为……"茉莉回头看了一眼阿丹，他实在是不会隐藏自己的表情，他的焦急和慌张都快把周围的空气点着了，"比如过量摄入之类的。还记得我跟你说过那些一边注射多巴胺基素，一边模拟人类性爱的人吗？他们或许会比较容易发生这种情况。"

"不，不是那样。"阿丹立刻摇了摇头。

"那他到底发生了什么？"茉莉重新将目光放回那张沉静安详的脸上。她格外仔细地打量着这张脸的每一个细节，微微闭着的眼睛、稀疏的睫毛、干瘪的嘴唇和有些外凸的颧骨。茉莉不肯放过他身上的每一处，像是个急功近利寻找宝藏的海盗，"你得告诉我实情，我才知道要怎么帮你。"

阿丹咬了咬牙，非常小声地问道："茉莉，你知道消解枪吗？"

重新听到这个名词的瞬间，茉莉僵在了原地。原本专注在这具身体上的精神瞬间涣散开来，像是安静的海面迎来了一场猛烈的回潮。

"茉莉？"阿丹看着突然愣住的茉莉，有些担心地凑过去，"你不知道也很正常，我也只是问问，或许——"

"在忒弥斯设计之初，有一串D开头的代码组，被称为删除（delete）序列。"茉莉回过头，收起了刚才的慌张，神情变得专注而认真。她微笑着，像是在述说一个动听的故事，"我们的酒瓶、工业废料、生活垃圾和意识体会消解，就是因为D序列在发挥作用，它的作用遵循着忒弥斯的一般逻辑，就是它的发明者——博顿·安德森先生遵循的森林逻辑。"

两人都下意识地看了一眼还在昏睡中的老人。

"要消解一个意识体，需要设计者基于森林逻辑设计出一套可供验算的法则，满足这些情况的人就会被消解。这就是忒弥斯的法律体系，触犯法律、买不起储量、多巴胺基素匮乏等，这些法则其实是一个个被写入的条件，但一个法则一旦生成，它就必须公平地适用于所有公民，就像阳光公平地供给树林里的每棵植物。可如果要单独处理一个意识体，应该怎么办呢？这种情况在早期实验时是非常普遍的，于是安德森教授在D序列里补充了一串代码——定向消解，使他可以跳过法则，快速清除忒弥斯里那些多余的实验品，比如兔子和老鼠的意识，这个代码就是你说的消解枪的原型。"

"这就是……"阿丹没有想到眼前这个一门心思钻在金融法案里的银行家，居然能把这个他今天才知道的东西解释到这种程度，茉莉的博学从没让阿丹失望过。这一次，不知道为什么，那些惊讶却渐渐在他心里发酵成了不知名的恐惧。他咽了一口口水，甚至刻意没有看向茉莉，"所以……如果是人呢，人被消解枪击中会怎么样？"

"在忒弥斯开展人体试验的阶段，定向消解代码就已经被移除了，因为如果有一杆枪时刻悬在头顶，那进入忒弥斯的人的人权就无法得到维护。那个时候，现实世界还没有针对意识体的立法,更何况,第一个要进入的实验体就是安德森教授本人。"茉莉看了看一脸惊恐的阿丹,声音温柔了一些,"所以,你的这个巴里,并不是第一个进入忒弥斯的人,安德森教授才是。当年,他让自己的意识进入空无一物的忒弥斯三点七秒,就像经历了一场彻底的脑死亡,那已经是意识脱离物质的最长期限了,再久……他就回不来了。然后才轮到那些死刑犯、精神病人和战败国难民进入忒弥斯。不过,定向消解的代码被他永久地隐藏起来,因为这会严重威胁忒弥斯的秩序,被加入了这串代码的意识体会自动完成消解的全过程,连复原的可能性都没有。你不用担心你的朋友巴里是被消解枪击中的,如果是,他现在已经彻底消失了,除非……"

"除非,什么?"

"除非他的代码等级在 D 之上。接入(access)代码和存续(being)代码,这两个是忒弥斯的基本构成代码,受这套森林系统的自我调解,不可能被任何单独的意识体接入,只有要员(core)代码会被授予给那些起到关键性作用的意识体,比如安德森教授、杜鲁先生,以及所有的核心开发人员……这些人在被执行定向消解时,会与他们本身更高级别的代码等级对冲,死不了,但应该也会受一些影响。"茉莉看着阿丹,看着他紧紧咬住的牙关,像是即将告破的城门,不堪一击,"难道你的朋友也是那种级别的人物吗?"

"不,当然不是。"阿丹立刻回答道,"他只是……战败国的难民。"

"战败国难民……那他的资产……"

"什么?"

"你把一个常年在 Z10 居住的人带到 B7,这里的储量费是每小时 4MB。"茉莉看着阿丹的眼睛,像是盯着一只终于踏入狩猎范围的羔羊,"你确定他不会因为资产耗尽无法支付储量而自然消解吗?"

"他……"

"把他的代码给我,我先给他转 600MB,就算是还了他当年对你的恩情。"茉莉走到卧室的沙发旁,从她的背包里拿出了从不离身的交易处理器。阿丹对这个东西再熟悉不过,在 C 区那些大楼里上班的几乎人人手里都攥着一个。无数个夜晚,茉莉都盯着这个巴掌大的屏幕,给满世界的富人们解惑答疑,"至少先保证他不会死在我们家里。"

"应该没这个必要。"阿丹看着将荧幕点亮的茉莉,不自觉地颤抖了一下,"他的钱是够的,他在这儿不会有问题。"

"你确定?还是再确认一下吧。"茉莉似乎预料到了这个回答。她压根儿没有看阿丹,而是不停地滑动着屏幕上的模块,手指最终停在那个叫"客户资产管理"的按键上,一边默念着那些熟悉的流程,一边走向床上的那位老人,"非注册客户,身份认证方式……扫描认证……操作员授权……"

当茉莉走到床边时，那个处理器的提示音也十分配合地响起了。

"进行身份确认，请将屏幕对准客户的面部。"

屏幕在指令声过后立刻变成了准备状态，向外散射的红光照在老人的胸前，随着茉莉的控制一点点上移，就在抵达他突出的喉结时——

"不，这样不行！"

被打翻的仪器摔在床边的地毯上，刺眼的红光朝着天花板散射开来，给原本昏暗的卧室染上了一层诡异的血色。

阿丹拾起那台交易处理器，他低着头紧紧地握住仪器，想了好一会儿才重新开口："对不起，茉莉，我不能让你这么做。"

而茉莉依旧站在床边，她没有回头，连手臂都保持着刚才扫描的姿势。

"对不起，真的对不起。"

阿丹按下仪器右侧外凸的功能键，几秒钟后，整块屏幕重新暗淡下来。他把已经关机的设备放在床边，再次重复了刚才说的话。

"真的对不起。"

"你知道，我是联合储备银行货币政策组的组长，我的权限允许我用这台机器随时随地对任何忒弥斯的公民进行资产抽样，你刚才的行为可以被算作干扰公务人员，影响社会治安。"茉莉回过头，脸上写满了失望，"我可以起诉你。"

"对不起，但这真的不行，我只是……"

"如果你希望我帮你，你就告诉我实情。"

"可我不能！"

"你至少得告诉我他到底是谁。"

"他……他真的就快要被消解了，没时间了。"

"你怎么知道这些的？"

"他亲口告诉我的。在昏迷前，他亲口这样说的！"

"亲口……"茉莉回头看了一眼那个平静地躺在床上的老人，如果没有刚才阿丹的那番解释，他看起来就像是一个正在执行睡眠模式的正常人，"真的没时间了吗？"

"我只能告诉你这些……请你相信我……他真的不是什么坏人，他就是……没错，他就是中了消解枪，然后就这样了，我不知道该怎么办。"阿丹的身体跟随着他断续的声音不住地颤抖着。除了捏紧的拳头，他浑身上下的每个地方都似乎在经历一场痛苦的撕裂，像是有什么东西在他的身后拉扯着他的皮肉，想要将他从里到外剥开，"我查过资料了，根本没有消解枪的任何内容。如果你知道它的作用机制，请你帮帮他吧，茉莉，让他醒过来。"

茉莉看着面前的阿丹,他的手臂微微地抬起,看上去是想上前抱住自己,就像从前,像昨天那样义无反顾地抱住自己,可是他始终没有。

她沉默了一会儿,缓缓地说:"香水。"

"什么?"

"弐弥斯出产的香水因为需要模拟液态到气态的转化,会加入微量的应激挥发素来模拟酒精的挥发作用,并且让香味附着在意识体周围,相当于固定住那些挥发的数据,让它们不至于完全扩散出去。我想……如果给他注入应激挥发素,或许可以稳定住意识体。"

"你是说……"阿丹看着茉莉,一脸的急切,"像注射多巴胺基素那样注射香水?"

"当然需要一些调和。"茉莉说完,直接穿过站在原地的阿丹,走向通往一层的楼梯,"你把家里剩下的浓缩多巴胺基素拿来厨房吧,只能试一试。"

他们再一次开口说话,是在阿丹从二楼跑下来,将一瓶崭新的一生之水① 递给正在中岛旁忙活的茉莉时。茉莉正要接过那个磨砂的玻璃瓶,阿丹递上去的手却停顿了一下。

"怎么了?"茉莉看着突然迟疑的阿丹,一把夺过香水瓶倒进了那个被十多瓶香水灌满的收口杯,"加上这瓶,应该就能达到要求的浓度。"

阿丹并没有阻止,看着那些倒入杯中的淡黄色液体逐渐混合,又抬起头认真地看着茉莉,"这瓶,是第一次约会时我送你的。"

阿丹还记得那个晚上,他穿着格外笔挺的西装,和她一起路过那个被装饰得颇具日本简约感的橱窗。

"我们一起去看了三宅一生的设计展。"

茉莉看着已经被倒空的瓶子,这才触电般的反应过来。她抬头看着阿丹,沉默了一会儿。

这样的沉默随着溶液的完全混合,再一次被打破了。他们都知道,此时此刻,根本没有时间去顾及那些细枝末节的情绪。

"我只能确保这个浓度的应激挥发素可以安全地作用于意识体,而且……可以达到理论上的契合。"茉莉放下了手里不停搅拌的餐叉,她的表情又回到了工作时的严谨和认真,"如果你不愿意寻求专业机构的帮助,那这就是唯一的办法。"

"直接把这些制剂注射进去吗?"

"应该不会过量,反正这些都是数据流。香水的分子代码就算不适配,最多也就是因为无法接入主序列而自动消解。"

"也对。"阿丹点了点头,拿起茉莉调配好的制剂。

"他醒来后,你打算怎么办?"

---

① 法国著名时装品牌三宅一生于 1994 年推出的香水,以其清新淡雅的香气成为其品牌的代表作。

"得想个办法，把他安置在安全的地方。Ｂ区……离Ａ区太近了，感觉不是特别理想。"

"你知道你自己在说什么吗？"

"我当然知道。我得帮他，他现在在做的事非常重要。"

"有多重要？到现在，你还是不肯告诉我他是谁吗？"

"他……就是巴里，我和你说的那个人。"

"刚才你夺走我的处理器，就足以说明他不是。"茉莉叹了一口气。她拿起一旁倒了一半的威士忌酒瓶，往嘴里灌了几口酒，"真是奇怪，阿丹。我今天突然觉得，自己也不是那么了解你。我了解你的财务状况，胜过了解你的作品。我不能眼睁睁地看着你做危险的事情、违法的事情，甚至是……对忒弥斯不利的事情。"

"茉莉，我从来没有——"

"你打算拿博顿·安德森怎么办？"茉莉转过头看着阿丹，她神情里的最后一丝温柔，也随着耗尽的耐心而消磨光了，"不管你打算怎么办，我都会把他交给Ａ1。"

"你……早就知道了……"

"我一直在等你主动告诉我，你和安德森教授到底要做什么，我给过你机会了。"

"茉莉……"

"我们的政府没有办法完成对忒弥斯的多维度开发和改造，都是因为没有获取完整的授权，安德森教授私吞了那部分授权。或许他德高望重，声名远扬，但如今的忒弥斯不是他一个人的试验品，而是百亿人的家园，他和他拥有的权力都应该交给政府，而他这种长时间的潜逃，本质上就是一场犯罪。"

"如果有人要杀他，他也不能逃吗？"

"如果他愿意配合政府，或许就不会有那样的事情，不需要逃跑，也不会有伤亡。"

"可已经有人死了，他的儿子才刚刚来到忒弥斯，就死在了我们面前，被那个消解枪射穿了身体，我眼睁睁地看着他一点点地消失在我面前！"阿丹看着茉莉。他再也无法忍受压抑在心中的那些情绪，那些恐惧，那些悲伤，就像是一根根扎在他血肉里的刺，让他每呼吸一次，都要耗尽全力，"如果没有博顿，我也早就死在了那些不断扫射的子弹里。我必须要死吗？我也应该去死吗？那个朝着他儿子开枪的人就不应该去死吗?！"

"或许那个开枪的人也不愿意发生这样的事呢？"

"可它就是发生了！"

茉莉放下了酒杯，她侧过身看着激动到身体都在发颤的阿丹，深吸了一口气，一字一顿地说："所有伟大的事情，都伴随着相当程度的牺牲。从古至今，国家的建立、制度的更迭，无不是如此。"

"如果根本没有必要牺牲任何人呢？"

"我一直以为你应该只是被安德森骗了，被他利用了。我还想过要怎么帮你解释这段会招来无数麻烦的友谊，想过在调查机构审讯前给你找最可靠的律师，可我没想到，你是他的信徒，你背弃了你的政府和你的世界，阿丹。"

"他从来没有骗过我，他也没有骗过这个世界。"

"如果你站在我站着的地方去看弍弥斯，你就会明白，这个人正在用力地掐着弍弥斯的喉咙，他的存在会要了我们每个人的命。"

"你站着的地方，就是 A1 吗，就是那个挂在半空的玻璃房子吗？从什么时候开始，你那么听一个政客的话了？"

"你到底明不明白，把这一堆数据变成你眼前的一切，有多么不容易？成为一个弍弥斯人，有多么不容易？"

"我们得先是个人，然后才是弍弥斯人，不是吗？"

"你这样说，只会让我更加坚信自己的判断，那就是——你根本不了解我，就像我不了解你！你现在每多说一句话，都只会让我更加厌恶你！"茉莉走到阿丹跟前，将装着制剂的杯子塞到阿丹的手里。她的手心盖在阿丹的手背上，用力地捏紧，像是在把什么东西狠狠地揉碎，"与其争辩这个，不如先去救活你的巴里先生。"

"我……怎么知道你这杯东西是否真的管用？"

阿丹问出这句话时，原本握着酒杯的手本能地抬起，将茉莉调好的制剂放回了中岛的案台。

眼前的茉莉似乎什么都知道，她就像是一个在等待鱼儿上钩的渔夫。又或者说，这一切像是一本小说里注定要发生的情节，他说的每一句话都恰好落在茉莉预设好的不同章节的段落里。

"你在怀疑我？"

"我……不知道怎么相信你。"一股汹涌的情绪在阿丹的喉咙里翻滚，他无法咽下，又无法表达。

"我相信她。"

声音来自卧室通往一层的楼梯口。

头顶垂落的射灯将温暖的光线均匀地洒在这个男人的身上，细碎的影子从楼梯一直延伸到客厅的地板上。他的手搭在楼梯旁的立式扶手上，眼神迷离而茫然。

"教授！"阿丹回过身激动地喊道，"你醒了！"

"都怪你们的床太舒服，上千织的埃及棉，按分子数据量模拟的话，整张床至少得消耗 1GB 了。"博顿笑了笑，走向一脸惊讶的茉莉和阿丹，"非常上乘。"

他拿起刚刚被阿丹放下的酒杯，几乎没有任何疑虑地一饮而尽。馥郁的香气在空气里挥发开来，犹如一阵繁花落下。

"教授！"倒是阿丹有些担心起来。

"这是意识体拟态生理学里的重要一课。"博顿放下杯子，拍了拍阿丹的肩膀，"茉莉小姐非常博学。在忒弥斯，值得大家追求的不是只有多巴胺基素一种，应激挥发素作为一百四十多种分子数据合成的基素之一，用途非常广泛，其中就包括解决意识体的应激性神经麻痹。你应该同意茉莉小姐的决定，把我送到紧急救助中心，她确实是在救我的命。"

"你没有机会去那里了。"茉莉看着醒过来的博顿，神情并没有因此而轻松半点，"他们应该快到了，就算你权限再高，也不过是一个有固定形态的意识体而已，没有传输舱，你哪里也去不了。"

"茉莉！别这样！博顿教授真的不是你想的那样——"阿丹正要说下去，却被博顿按住肩膀，直直地坐在了身后的吧凳上。

"教授！"阿丹看着博顿。他的脸上写满了焦虑，他还没有准备好接受这一切，却只能眼睁睁地看着它发生。

"就像我告诉你的，该发生的一定会发生。不过，我很好奇，茉莉小姐，你是怎么认出我的？"比起阿丹，博顿听完茉莉的那些话，反而显得镇定多了。

"第一个进驻忒弥斯的战败国难民叫波诺娃·艾莎，是一个五十八岁的女士，也是其中一个战败国的第一夫人。她进来后的第十四天，就因为拒绝注入多巴胺基素而出现癫狂反应，本来是打算强制注射然后安置，但现实世界对她惨状进行了过度报道，最终还是执行了消解，以求息事宁人。所以，你必然不是第一个进来的难民。可阿丹非常肯定你是第一个进入忒弥斯的人，那自然就得追溯到……忒弥斯还没有投产之前。"

"你很相信阿丹说的话。"

"他……"茉莉看了一眼此时正在注视着自己的阿丹。他的眼睛里那些花儿一般的爱慕和温柔，已经变成了快要迸射而出的火花，"我们曾经无话不说。"

"阿丹提到过的你也总是很迷人。"博顿哈哈笑了两声，像是回忆起了一些阿丹用在茉莉身上的形容词，对照着本人一看，还是有些夸大其词，"在我被带走之前，茉莉小姐，还是要谢谢你真心实意地想救我。不过，那种程度的伤并不能真的把我怎么样。"

"C 序列的代码并不是用来给你保平安的，它应该发挥更大的作用。不管你相不相信，安德森教授，我只是为了忒弥斯着想。"

博顿在茉莉的正对面坐下，"我相信你。我没想过忒弥斯会成为现在这样，我在这里待了很久了，我见证了联合储备银行诞生，虽然这些并非我的本意，但确实都是非常了不起的事。我会跟你走的，茉莉小姐。但在这之前，我能拜托你一件事吗？"

"你说……"茉莉抬起头，她鼓足勇气看着这个距离自己不到一米的男人，这个创造了这一切的男人。茉莉曾经在大学的演讲比赛中演讲过一篇叫《致安德森教授》的文章，她朗诵着想对面前这个男人说的话，述说着忒弥斯的今天，畅想着忒弥斯的将来，但她从没想过这个男人有一天会真的与她展开一段对话，他会用"了不起"来夸奖自己，他会拜托自己一件事情。

"阿丹和这件事没有关系，你知道的，如果他卷进来的话，迎接他的是什么。他只是我这么多年众多朋友中的一个，而我只是他这么多年众多读者中的一个，我相信你会理解的。"

"教授！"阿丹看着眼前的两人，像长桌两头各执一副牌的赌徒。

"如果你愿意答应我，我会非常配合接下来你和你的政府所有的工作。如若不然，我就算没法离开这儿，我也能确保你在我这里什么也得不到。到时候，茉莉小姐你还能赢得杜鲁的信任吗？"

"教授……"

"阿丹，抱歉让你经历了那么多，但这是我最后能为你做的了。这之后，请你多多保重。"博顿看着阿丹，微笑着点了点头。

博顿的问题并没有得到真正意义上的回答，直到那些穿着统一制服的军官闯进来，茉莉始终保持着沉默。

她一直低着头，没有看向博顿或是阿丹。

那些军官破门而入后，就立刻锁定了目标，直接将博顿扣住，戴上了连接着脉冲感应器的手铐。为首的军官向着四周观察了一番，然后走到茉莉面前，满脸狐疑地看着这个镇定得有些反常的女人。

"这么快就有了结果，看来你真是不想丢掉这个饭碗。"

"谁会想丢掉年收入 500GB 的工作呢？不过，我想我赚得应该没你多吧。只听命于杜鲁先生，享受全区域执法权的高级别军官桑达，真可惜，你暂时还是得听我的。"

"既然杜鲁先生要求了，我自然会全力配合你。"叫桑达的军官似乎觉察到了空气里还未消散的浓烈香水气味，用盘问的语气继续问道，"一切都还顺利吗？"

"顺利。不过，他刚刚才服用过应激挥发素，你们押解的时候轻点。"

"如果他真的是我们要找的人，这些装备只是为了抑制他的信息释放，基本伤不了他分毫。"桑达走到手被反扣住的博顿身后，用力地掰转他的手腕，感应器持续的振动蔓延到博顿全身，"虽然无法截取他的代码，但是只要查看首次登陆忒弥斯的时间就可以判断是不是本人了。"

茉莉没有回答，而是聚精会神地盯着那个不停弹跳出数字的屏幕。

最后，屏幕上显示出一串数字。

14:34，1/2，2327

"来得真早啊。"桑达满意地点点头，松开了抓住博顿的手，"安德森教授。"

"既然这样，"茉莉拿起酒瓶，将仅剩下的威士忌一饮而尽，"那我们就走吧。"

"那个人呢？"桑达并没有立即行动，他瞥了一眼不远处一脸惊愕的阿丹。

"他把人骗到了B7，已经没有什么作用了。"

"保险起见，还是把他一起带回去吧。"

"我说了，他已经没用了。"茉莉转过头，看着比她高出两个脑袋的桑达，没有丝毫怯弱，"他们只是作家和读者的关系。你把一个刚刚在赌场输了钱的知名作家带回去审问，只会惹来更多没有必要的新闻。"

"可他——"

"我刚才说了，他已经没用了。"茉莉没有给他继续说下去的机会，甚至都没再给桑达看向阿丹的机会，她直勾勾地盯着桑达，眼睛里是不容置疑的坚定，"你暂时还是得听我的，对吧？在杜鲁先生解雇我之前，我才是这个项目的负责人，不是吗？"

7

杜鲁一直保持着沉默。

从推开门走进来，坐在椅子上，到和面前被交感神经抑制器束缚住的博顿对望，杜鲁都一直没有发出任何声音，甚至连呼吸都轻缓到无法察觉。

而这间实验室里的其他人，茉莉、桑达、他的私人秘书琳和几个穿着白色制服的操作员全都屏息注视着对坐在操作台边的两个人。在接下来的十分钟里，一切都静止了，时间仿佛是没有意义的东西。

当茉莉忍不住要上前询问时，杜鲁突然仰起头看着天花板，发出了一阵近乎呐喊的笑声。

他不顾形象地张大嘴巴，猩红的舌头朝外探索着，就这样不间断地哈哈大笑。接着，他绕过那些连接着博顿身体的细密管线，一把将这个昔日的老板揽在怀里。他抱得非常用力，像蜘蛛用蛛网将猎物紧紧地裹住。

"你——哈哈，你知道吗？"连开口说话时，他都带着毫不掩饰的狂喜。

"什么？"博顿看着一脸兴奋的杜鲁。尽管全身都被束缚着，但他并没有流露出丝毫惧怕，甚至有些出人意料的冷静。从博顿被带离 B7，那副镇定自若的表情就一直挂在他的脸上。他确实如答应茉莉的那样，没有任何反抗，甚至连那些导管末端的尖刺扎进他肌肤时，他的神色都没有任何变化。

"我幻想过和你重逢的场景，就和现在一模一样，一样到我以为此时此刻还是在我的幻想里。"杜鲁松开了抱紧博顿的手，有些瘫软地倒在椅子上。这份幻想太过执着，又太过艰难，以至于只有经过刚才的发泄，他才有足够的理智开口说话，"真是太久了。你死了，又活了，我们又见面了。"

"是啊，真难得。"博顿点了点头。他记得在现实世界和杜鲁最后见面的场景，那是 G20[①] 领导人峰会的某场晚宴。西装革履的杜鲁正不遗余力地推销着忒弥斯进一步扩容的计划，他招聘了四十七个麻省理工学院毕业的数据分析师，用四天时间规划出忒弥斯未来七十年的每个细节，并拿着这份方案穿梭在那些大国领导人之间。媒体对风头正盛的杜鲁从不吝啬赞美，"硅谷商人的从政之路""改变世界的当代翘楚"……光是这些花里胡哨的头衔就已经塞满了无数头版头条。相比之下，作为忒弥斯的发明者，博顿就显得低调多了，他是那天最晚一个到场的，没有任何受访和应酬，只是拉着酒过三巡的杜鲁解释关于忒弥斯结构和意识体设定上的漏洞。那时的杜鲁一个字都没有听进去，他甚至将酒撒在了博顿测算了近三个小时的报告上，高视阔步地对博顿叫嚷："蠢货，没有人想看忒弥斯的问题，他们想看到的是问题被解决了！"

那是一场非常漫长的争吵，漫长到两人都忘记了那晚他们到底说了什么。博顿只记得最后他们把身边所有能摔的东西都摔了个遍，两个人站在一堆玻璃碴儿中间，喊到喉咙干得冒烟。

那一晚，博顿做了一个决定，再也不和杜鲁见面。

一直到今天，这个决定才被打破。

博顿有些无奈地笑了笑，"真可惜，上一次见面时，我们都还有血有肉，现在只是一堆数据在传输和交换。"

---

① G20峰会是一个国际经济合作论坛，于1999年12月16日在德国柏林成立，属于布雷顿森林体系框架内非正式对话的一种机制，由原八国集团以及其余十二个重要经济体组成。旨在推动工业化的发达国家和新兴市场国家就实质性问题进行开放及有建设性的讨论和研究，以寻求合作并促进国际金融稳定和经济的持续增长。

"朋友，我们应该庆幸自己现在是一堆数据，外面那些有血有肉的人现在都在为了保住他们的意志焦头烂额呢！"

"他们已经找过你了吧？"

"你不是已经截取那份情报了吗？你很关心我嘛，连这种绝密消息都能打探到。"杜鲁的脸上写满了得意。他似乎等待这一刻很久了，久到那得意看起来既有苦心打磨的老练，又有求而不得的生疏，"这么说吧，如果现在还召开 G20 峰会的话，我甚至都不需要发邀请函，所有人都会排着队，立正站好，等在我的报告大厅门口。"

"我知道，你想要的从来都是这些。"

"你错了，这些本来就是我应得的！我当年奋不顾身地加入你那个不足二十人的团队，帮你们筹措资金、吸纳投资、在那些难哄的政要面前斡旋，忒弥斯的一砖一瓦，都是我帮你讨来的！"

"如果你真的还记得当年的努力，那也请你想一想，我们当年在做的事情到底是什么？忒弥斯到底是什么？"

"那已经不重要了，现在忒弥斯唯一的属性就是天启里那艘帮人们逃过死劫的方舟，而我必须是甲板上的掌舵者。"

"可你我都知道，忒弥斯这艘方舟容不下那么多人，不是吗？"

"他们已经在扩建了。"杜鲁停顿了一下，呼出一口气，像是要过滤掉刚才那些无法掩饰的愉悦，"但是以百万年为尺度计的话，还差得远。到时候，就会重演你最不愿意看到的情况，他们会大量压榨甚至杀死忒弥斯现有的公民，就像对待那些战败国的难民一样。而我必须像当年重整忒弥斯一样，再一次拯救这一切。"

"别说得那么大义凛然，当年促成那场种族灭绝的人，不就是你吗？"

"呵，如果不是我，忒弥斯现在还是存在你电脑里的一张草稿！"

"就算是草稿，也是治病救人的草稿，也比变成杀人的工具要好。"

"地球就这么大，地球上的人却这么多，不杀，怎么住得下？"

"就算要用忒弥斯来做这样的事，也应该是每个人自愿的，是无偿的，是——"

"我是自愿的吗？我进来这里是自愿的吗？如果你当初配合一点，甚至只要端起一次酒杯，说几句场面话，我们都不至于生生世世地困在你的实验里！"杜鲁用力地捏住座椅的扶手，他要给体内无法克制的愤怒一个出口，但是他又有些无奈地摇摇头，"这么多年了，你还是没变，总是很擅长破坏气氛，总是和我争吵，总是会回到这些我们一定聊不下去的话题。"

"那是因为连你自己都知道，"博顿低下头，他并不想注视杜鲁的胜利者姿态，"你当年做了一件错事，只是你不敢承认，那是一场灭绝——"

"我告诉过你,我告诉过你无数次,如果没有忒弥斯,那才真的是一场种族灭绝!"

这一次,当怒火再一次被点燃,杜鲁没打算让眼前的博顿说下去。他用力地按住了博顿被束缚的肩膀,用另一只手将他的头拧向自己那边,之前还勉强算得上朋友相聚的欣喜若狂此刻已经全然化作了狰狞的暴怒。他大张着嘴,像是饥不择食的豺狼,迫不及待地要将眼前的猎物一口吞下。

"看看你,安德森教授,看看你现在成了什么,你只能藏在我的王国里,做一个永远不能以真面目示人的、躲在阴暗角落的老鼠。我给你建了那么多丰碑,我用你的名字命名了那么多基金和公园,我想如果你还活着,你路过了其中某一个刻着你名字的地方,你会因此感激我,感激我还记得你做过的事情,感激我还会把忒弥斯的繁华算作你的贡献。"

"不,"博顿摇了摇头,非常不屑地说道,"我只会觉得恶心。"

"可我现在要做的事就是在救人,我只有掌握了全部的权力,才能让忒弥斯按照它该有的轨迹发展!还是你真的觉得那些人会比我做得更好吗?那些把最后一滴原油榨干的中东人,那些把最后一棵树砍倒的美洲人,你觉得他们可以带领全人类走过一百七十万年,你觉得他们可以让忒弥斯步入正轨?"

"忒弥斯确实有它的正轨,那就是给所有需要它的人平等的生存权利,给那些绝症患者、残疾人生存的机会,这才是忒弥斯应该做的事。而你创造的这些,全都不是忒弥斯真正追求的。你想掌握全部的权力,只不过是为了不被那些人摆布,只是不想……等他们来到这里后把你从那个金灿灿的尖塔顶层逼走。"

"是又怎么样?没人比我更了解忒弥斯,没人可以替代我的位置,只有我才能让忒弥斯走向永恒。或许地球的末日就是一个启示,忒弥斯才是人类文明在这场生存游戏里的答案。"杜鲁冷笑了一声,脸色恢复成一贯的冰冷,"而我,会成为人类命运的总设计师。"

"呵,你设计的未来,我早就看腻了。"

"是吗?"杜鲁掐紧博顿的喉咙,看着他因为呼吸不畅而不断翻滚的喉结,"可你还是得好好看着,看着我怎么一步一步地把你的忒弥斯变成我的。"

直到博顿整个人都开始抽搐,杜鲁才松开了手。

杜鲁在座位上重新坐直,向那四个早已准备就绪的操作员点了点头。他们立刻明白了杜鲁的意思,走到他身旁,将他固定在座位上,连接着博顿的电流导管缓慢地刺入了杜鲁的手腕、颈动脉。

"博顿,我敬重你,我也爱戴你。我把忒弥斯当作我毕生守护的胜利果实,我试着让你理解我的所作所为。"杜鲁扭了扭脖子,他既失望又释然,像是苦苦攀缘却看不到山巅的旅人,只能悻悻而归逃离这场噩梦,"我从认识你的那一刻起,就一直期待着你能理解我的所作所为,但这已经是最后的时刻了。从今以后，我不会期待你理解，因为，我只需要你睁大眼睛看着，看着这一切真真切切地发生。"

"看来，今天是你的幸运日。"

"能把你从百亿人里捞出来，真的要够幸运才可以。"

"是啊，真是幸运。"

"你藏得那么好，却败给了一个写书的作家。你在这里衣食无忧，可还是很缺朋友的，不是吗？受了那么重的伤，才想到去投靠朋友吗？可惜了，你的朋友……并没有打算照顾你太久。"

"你应该读读他的书，杜鲁，他对现实世界可比你有感情。"

"会有机会的。"杜鲁笑了笑，最后一根导管直直地刺入了他的颅顶，"在我拥有了你的权限之后，我会仔细阅读忒弥斯的一切。博顿，我很好奇，即将失去如此宝贵的东西是什么感受？在找到你之前，我一直都在想，如果我失去了忒弥斯会是什么感受，我离开尖塔的办公室是什么感受，我屈膝在那些高傲的元首面前祈求一亩三分地时是什么感受。现在看来，这些感受倒是只能由你来告诉我了。"

"失去最宝贵的东西吗？"

博顿看着面前的杜鲁，眼前浮现的却是另外一张脸，一个男孩儿的脸。他手里拿着闪着亮光的机械模型，在绿草如茵的院子里奔跑，所有的花儿都开得正好，倾斜的阳光把男孩的身影一点点地拉长、变宽，从一个小人儿到大人模样，仿佛在演绎着他的一生。

"呵，失去得太多了，反而不记得了。"

"我很喜欢这个答案，我一定会赶在世界天翻地覆之前，雇人把它刻在你的墓碑上。"杜鲁能感觉到那些导管导入的能量慢慢地覆盖着他的表皮，"再加上一句，'这里躺着曾经在忒弥斯拥有最高权限的人'。"

博顿已经没法再说话了。

那些分布错杂的导管似乎同时运行起来，他能感觉到的只有被肢解般的疼痛。操作员在两小时前就把这次权限的转移操作流程递给了杜鲁，报告上用非常醒目的红线画出了那句警告——"会给意识体双方带来极大的痛苦，引发不稳定因素。"但杜鲁似乎完全没有看到，又或者看到了，但根本不在意。和一百多年的等待相比，和沦落到无权无势相比，这点痛苦真的不值一提。

"相信我，这种程度的疼痛很快就会过去的，这毕竟只是你余生所有苦难的开始。"杜鲁看着痛苦难耐的博顿，眼睛里没有丝毫犹疑。他深吸了一口气，将头转向操作台旁边的屏幕，"能分离出代码下面的权限集合吗？"

"我正在打开……"琳被突然的询问吓了一跳，赶忙回过神来，将屏幕上显示的读数挨个看了一遍，"这确实和博顿·安德森当年那三点七秒的参数源文件属性一致，而且只有一个集合，可以确定这就是他本人。"

"不用你调查，我刚刚已经确认了。"杜鲁的脸上泛起一丝得意，"打开它，仔细点儿，应该会比较大。"

"一共是 36.72GB，但为什么不可读？"琳有些疑惑地摇了摇头，又尝试了几次，"这部分参数被设置成不可读。"

"36GB 的不可读……"杜鲁看了看操作员的面板，又有些迟疑地回头看向面前几近昏厥的博顿，"一般意识体主要都是记忆耗费储量，而核心参数一般都是 200MB 左右，连我都只有 1.2GB，而他居然有 36GB！"

"要终止导入吗？"

"等等，不，为什么要终止？ 36GB，既然他是如假包换的安德森教授，那这些不是完整的授权，还能是什么？"

"可……导入还未读取的意识体参数，不能叠加，只能覆盖，您确定要用一份不可读的参数覆盖您自己的参数吗？ 这会有一定的风险，我们可以先做一次深度分离试试看？"

"需要多久？"

"如果现在分离的话，36GB 可能需要好几周。"

"好几周？"杜鲁皱了皱眉，他显然不太满意这个结果。

"我们得确保这些不可读的内容完全符合——"

"不可以，琳！"一直站在操作台后边的桑达打断了正要点击的琳，非常急切地说，"他服用过应激挥发素，如果现在深度分离的话，意识体会崩溃的。"

"应激挥发素……"琳听到这个词，立刻停下了原本忙碌的双手，"他服用过这个？"

"带他来的时候，我们检测过。"桑达点了点头，"初步猜测，应该是他自己摄入的，可能是为了快速祛除消解枪的副作用。"

茉莉咬咬牙，低下了头，似乎意识到这个动作有些过于心虚，急忙转过身去。

"如果是这样，"琳思考了一会儿，重新看了看痛到几近昏迷的博顿，"我们没法立刻分离，而且分离这么大储量的集合，至少需要几周。"

"他可是博顿，他脑子里的是弌弥斯的全部授权，有 36GB 才是正常的。"杜鲁看着博顿，他像是急不可耐的野兽，已经没有耐心等待猎物彻底死亡了。现在这一切就摆在眼前，这些年他追求的一切就摆在眼前，这个世界的最高权限就摆在眼前，"有什么好等的，现在，就是现在！"

"可是，这不符合——"

"蠢货！我雇你来是让你乖乖做事的，不是让你来给我上课的！"

琳和身后那几个操作员互相对看了一眼，然后畏畏缩缩地点了点头，"我现在就为您执行参数覆盖，杜鲁先生。"

"快点，要快！"杜鲁看到屏幕上那个等待导出的文件正在闪烁，他已经为此等待太久了，尘埃落定前的每一秒都是地狱般的煎熬，而逐渐响起的提示音则是天国奏响的凯歌。

"正在导入被选取的参数集合——

"进度 1%——覆盖 1%。

"进度 2.3%——覆盖 2.3%。

"进度 4.7%——覆盖 4.7%。

"进度 5.2%——覆盖——

"发生了一些写入错误，写入错误，写入错误——

"进度 5.2%——覆盖——100%。"

一声刺耳的电鸣声响起，这完全在意料之外。

100% 的提示音犹如一道闪电劈入了杜鲁的耳膜，即使是站在远处的茉莉也能感觉到什么东西由内而外地撕裂开来，在杜鲁的颅内引发了一场惊天动地的爆破。杜鲁的身子蜷成一团，脊背弯曲成一把紧绷的弓。

等到杜鲁从那阵剧烈的刺痛中恢复神智，他抓起座椅的扶手撑起身体，转向一侧的屏幕。

100%。

上面写着"覆盖 100%"。

杜鲁看着那个不停闪烁的数字，兴奋得浑身都在颤抖。

"打开它，快，打开它！"杜鲁一边急切地叫喊着，一边夺过了身旁那个操作员手里的面板，他点开了那个覆盖到自己意识体上的集合，每根手指都在剧烈地抖动着，每一次点击都如同触电般急促。

"可是按照程序，我们应该先——"琳看着面目狰狞的杜鲁，想伸手去扶，可又忍不住发颤。

"我要你打开它！现在！"

"当……当然。"琳用尽全力点了点头，看起来像是在央求什么，"我现在打开。目前是36.72GB，可读。"

"全部过来了，全部权限都是我的！"

接触锁定，打开文件，分析文件……杜鲁的手指变成一把把匕首在屏幕上不停地跳动。

当屏幕上的文件被一一解锁、刷新出来时，它们看起来并不需要这些早就在一旁准备的操作员来解读，甚至一个个规整、均匀地填满了整个屏幕。

《红字》《深沉的河流》《地狱之花》《嚎叫》《玉米人》……那些印着精致封面的小说出现

在了众人面前的屏幕上,宛如一面图书馆的书墙。

"这是什么?!"杜鲁看着眼前的一切,先是一愣,然后发狂似的吼道。

众人面面相觑,沉默了好一会儿,直到从操作室的一角传来了一个颤抖的女声。

"这些是小说。"茉莉看着那些书名,那些摆在阿丹书房里、他爱惜如命的书现在就在她面前的屏幕上,发出无声的嘲笑,"是他收藏的小说。"

"为什么,为什么会这样?!"杜鲁从座位上站起来,两只手抓着离他最近的那个操作员,死死地揪住她制服的领口,将惊恐万分的她拎了起来,"告诉我为什么会这样?为什么?!"

而开口回答这个问题的是搀扶着把手、勉强睁开眼睛的博顿,他说话的气息非常微弱,但每一个字都足够清晰。

"刚才我不是让你多读点书了吗?蠢货!"

"为什么?为什么会这样?!"

"你要实现你的计划,就必须找到我;而我要实现我的计划,也必须找到你。"博顿用尽力气发出一声嘲笑,"你能找到我,是因为我让你找到我。这个世界就不应该存在特权,而这一切都必须从你开始改变。现在,你连你仅有的那点权力都消失殆——"

没等博顿说完,一个拳头就落在了他的右脸上。

然后十根手指狠狠地掐住博顿刚刚缓过气的喉咙。

"真正的完整授权在哪儿?你把他给了谁,告诉我你把它给了谁?我一定会找到他,忒弥斯是我的,没有人能抢走!"

博顿已经没有说话的力气了,他的头被杜鲁不停地摇晃着,每摇一下,似乎都伴随着骨骼碎裂的声音。

桑达立刻冲了过来,他想控制住博顿来保护杜鲁,却发现这是多此一举。博顿没有任何反抗,他就像是一张白纸,被不断折叠、撕扯,直到面目全非。反倒是杜鲁……犹如一头挣脱出牢笼的困兽,完全不受控制地撕咬着眼前的一切,他挥舞的双手还连着那些精密的导管,脸上是失去理智后仅剩的癫狂。

茉莉默不作声地走到屏幕前,看了看那些一字排开的小说。然后她绕开完全丧失理智的杜鲁,把地上停留在控制界面的面板捡起来,将它递给了因害怕而缩作一团的琳。

"没事的。"茉莉拍了拍琳无法止住颤抖的肩膀,"我现在需要你专注在我告诉你的这件事情上,如果我现在给你一个意识体的代码,你可以锁定他的位置吗?"

琳看着茉莉,痴呆了好一会儿,才用力地点点头。

"PHK3-4235-5468-7742。"茉莉念出了那串她无比熟悉的数字,"注册用户名应该是'丹'。"

"丹,他在……"琳尽量控制着因为惊吓而颤抖的双手,打开公民查询系统,几秒钟后,阿丹的代码被刷新在荧幕的正中央，而下面紧接着的是他所在的位置。

C4，34.5-56.6。

"C4，金融区，他现在应该在C4的城中心。"琳想打开C4的具象化地图，将那串坐标代入具体的建筑，可就在她刚刚打开地图时，茉莉已经说出了这串坐标对应的地点。

"中央广场……他在那家咖啡亭。"

"没错，是在中央广场。"

"能看到他的公民登记信息吗？"

"当然，不对，这……被隐藏了，就在两分钟前，被一个高级别的权限完全覆盖了。"

"能调取到那个咖啡亭对面的环境监控吗？"

"环境监视器应该在工作。"琳点点头。将数据资料导入了茉莉面前的大屏幕上，而那张出现在屏幕上的画面，让整间实验室里的每个人都安静了下来。

∞。

这个代表无穷大的字符出现在了C4中央广场那座高层建筑的广告荧幕上。新款的凯迪拉克在E9一望无垠的沙漠公园里飞驰，金发碧眼、全身赤裸的男模正在用性感的嘴唇亲吻后视镜，滚烫的沙地上，车辙印勾勒出了一个精致的∞。

"凯迪拉克全系列商务轿车现已入驻忒弥斯，无限可能，尽在其间。"

"真是俗气的广告词。"

ViVi抬头看了一眼已经轮播了好几十遍的广告，无奈地摇摇头，"如果不是这个保加利亚男明星的身材还算有点看头，我真想扔个什么东西把那个荧幕砸了。"

"你还真是暴脾气。"阿丹笑了笑，回头看着荧光闪闪的咖啡亭招牌。

"喝点什么？"

"老样子。"

"1.27MB。"

阿丹缓缓地抬起手，收银机发出了一声轻响。

他拿起咖啡，转过头去，把目光对准了广告荧幕上方那个规律地发射着信号的环境监视器，它闪烁着亮光，活像一只静静地注视着阿丹的眼睛，而阿丹也在静静地注视着它。

他看着那只"眼睛"，像是能透过那个凸起的球面，看到监视器那头正在注视着自己的茉莉。

环境监视器可以捕捉直径五公里以内的所有数据流，然后完整复原到屏幕上，阿丹的呼吸此刻清晰地印在茉莉的耳朵里，就像那双温热的唇正贴着自己的耳朵。

有那么一刻,茉莉甚至觉得阿丹的眼睛也在格外专注地看着自己。

"他没有抱怨涨价,对吗?"

"什么?"琳显然没有听懂这个问题。她看着陷入沉思的茉莉,茉莉脸上的表情冷静得可怕,这和她今早见到的那个追着自己盘问不停的货币政策组组长完全不一样。茉莉的嘴里念念有词,像一条吐着芯子打量猎物的蟒蛇。

"咖啡再次涨价了,他通常都会抱怨的。"茉莉像是突然想到了什么,急忙转过头看着琳。由于成名前的日子并不顺遂,阿丹对价格有着和其他底层人一样锱铢必较的敏感。在那个什么都要计算到 KB 的地方,任何一点小小的价格波动,都可能带走谁的性命。虽然后来一切都不同了,但阿丹还是一直保持着这样的习惯,可现在却好像突然改变了。他的脸依旧消瘦而蜡黄,可是神情却陌生得如同另外一个人,"能看到他的现有资产吗?"

"稍等。"琳小心翼翼地点开资产检索的界面,"这需要联合储备银行四级授权。"

"茉莉,员工序列 7-4536-G。"茉莉对着琳手里的机器准确而迅速地念道,每一个音节都干净利落,"同意授权。"

"好的。"琳点了点头。如果程序运转正常的话,荧幕上就应该出现一串数字,由联合储备银行实时更新的储值。

2.13TB。

"2TB……"茉莉微微闭上眼睛,仔细回想昨晚递给阿丹的那份财务年报,比对数字的差异,"没错,是 2TB。"

"啊!不,等等——"琳像突然被什么东西吓了一跳,尖叫着喊道,"数字变了!"

924.56TB。

"这怎么可能?"琳看着突然猛涨的数字,无比惊讶地问道。如果说 2TB 是弍弥斯的中产阶级常见的储值,那拥有 900TB 就已经是不折不扣的顶级富豪了。能达到接近 PB 级别财富的人,通常要么是来自现实世界的富豪,要么就是和现实世界的上层阶级关系极为密切。光靠着弍弥斯用工的薪水,储量能以 TB 计就已经是万幸了,"他只是站在那里……"

"帮我检索他的入账记录。"

"好的。不过,这么大的金额立即入账,应该需要他本人……不,等等,这是怎么了?"

就在她和茉莉都还没反应过来时,那个数字再次发生了变化。

71.45PB。

693.2PB。

3.47EB。

897.32EB。

47.3ZB。

901.31ZB。

876.32YB。

465.92BB。

∞。

此时此刻，荧幕上出现的已经不能被称为严格意义上的数字了。

整个实验室里，一切都安静了下来，仿佛所有的一切都冰封在那个字符上，那个不应该也不可能出现的字符上。

"这么安静干吗？"ViVi看着对着广告牌发愣的阿丹，这个平时总爱和自己聊上两句的大作家突然这样一言不发还真是叫人有些不适应，"居然连涨价都没抱怨，真是难得。"

"光抱怨有什么用啊！"阿丹学着从前在ViVi面前发牢骚的样子苦笑了一下。他回过头看向咖啡亭的背后，C4繁华而忙碌，林立的高楼发疯似的朝着云端生长，他看着那些穿行在楼宇间的人们、奔驰而过的车辆、银行的招牌和六根遥远的基塔，所有的一切都是从前的样子，却又和从前那么不同。

他喝了一口最爱的红茶拿铁，有些吃力地咽了下去。

"我一个朋友说，如果你每天看到的世界都是这个样子，你就会觉得世界就应该是这个样子。"

"你在说什么啊？"ViVi翻了个白眼，有些不屑地摇摇头，"这里每天都一样啊，难道你还有本事改变吗？"

"是啊。"阿丹看着眼前的一切。这个世界倒映在他的眼里，如同一个黑色的旋涡，在深渊中翻滚着，在那团黑暗之下，是被眼前的繁华遮盖过去的凄惨吼叫和苦痛挣扎。

"难道我真的有本事改变吗？"

8

琳深吸了一口气，缓缓地推开眼前的大门。她将手里的那份文件放在办公桌上，这是刚刚从现实世界发来的，报告的右上角还印着联合国安理会的特别印章。根据《联合国宪章》的规定，这类文件必须有纸质存档，所以按照执政官办公室秘书处的程序，琳必须在得到这份报告后先去数据中心把它生成一份纸质的,然后拿来呈给执政官办公室。

"这是昨天的决议报告。"琳说话的声音很小,在放下那叠报告后才敢稍稍上前一步,"除了敦促我们尽快落实之前的几项决议外……关于忒弥斯区域划分第二阶段的部署,有了结案。"

"结案?现在?"

原本背对着琳倚靠在办公桌旁的茉莉转过身来,一把抓起那份报告。扉页的与会成员表里,二十多个国家按照字母顺序一字排开,后面跟着的代表名字,几乎每一个都躺在茉莉近期的备忘录里。她迅速翻过了好几页冗长的发言记录,目光停在倒数第二页几个印满粗体字的表格上。

"整个 B3 都属于加拿大?"茉莉一下就抓住了重点。

"因为区域占比的核定计算公式里,他们还加入了现实世界的国土面积作为参数。"琳看着被那份数据惹毛的茉莉,似乎早就预料到她脸上即将出现的表情,说话的声音不由得更小了一些。

自从两周前发生那件事之后,茉莉就变成了这间办公室的主人,也就是杜鲁先生授意的唯一代执行人,而杜鲁就像完全消失了一样,谁也不知道他去了哪里。这位新老板一刻也没有闲着,接手的第一天就会见了接近两百位来自各个区域的官员和商人,甚至还包下 A6 的小圣胡安港[①],宴请了六十多位在现实世界亡故后接入忒弥斯的富豪。

"这个参数有什么意义?国土面积对于忒弥斯有什么意义?难道要我把整条落基山脉都分子量化到他们总理的家里?"茉莉将那份文件摔在办公桌上。和这几周的前几次一模一样,自从联合国开始制订忒弥斯的行政规划,递来的每一份生成的报告都会惹恼她,"加拿大必须和那四个中美洲国家共享 B3,这样才能保证 B 区的核定容量不会撑不到几千年就炸裂。我的意见在昨天的回执里已经写得很清楚了,所有这些都必须按照忒弥斯目前的可载量核算。"

"可他们已经在目录页印讫盖章了,它已经生效了。"

被茉莉摔在办公桌上的文件在跌落时四散铺开,每一页都记录着大段大段的发言,层出不穷的敬语和修辞把这些自私的掠夺装饰得格外优雅。茉莉可以想见,在日内瓦那栋肃穆庄严的大楼里,他们争吵、讨论,可能还会拳脚相加,只为争夺忒弥斯的每一寸土地。茉莉并不在场,所有的会议都没有忒弥斯的任何人参与,甚至连接入视频旁听的机会都没有,他们只能像现在这样,在会后得到一份最终结果的通知报告。茉莉甚至怀疑那些人根本没有打开过她费尽心思整理的意见,她为忒弥斯规划的能持续一百七十万年、详尽而周密的使用企划。更让茉莉奇怪的是,他们甚至都没有对茉莉这个突然更换的代理人产生怀疑,他们只是盖个章,然后交给这间办公室的人去处理,至于办公室里坐着的是杜鲁还是茉莉,或者是阿猫阿狗都不重要。在

---

① 圣胡安是美国波多黎各自由邦的首府,经济、文化中心,是非常著名的度假胜地。

他们看来，可能这道程序就和把一张纸放进打印机差不多，打印机是不会计较文字对错的，他们也不需要打印机的意见。

"B 域结束了……"茉莉沉默了一会儿，她知道自己无论再说些什么，都抵不过那个湛蓝色的印章、那个被麦穗环绕的北半球、那些还攥着最后的现实权耀武扬威的人类。她坐回到椅子上，抬头看着琳，"这样的话，现在办结了多少个国家？"

"十七个。"琳走上前将那些散开的纸张重新理好，规整地摆放在桌案上，"还有 B10，会作为这些国家非本土属地的预留区域，主要是一些南太平洋和印度洋的岛国。按照报告里的要求，B10 的编号也会被撤销，改为按照区域内不同属国来分块命名，比如现在 B10 的西联区，就会有三分之一变成 A6–2，英属维尔京群岛。"

"真是当地主当习惯了，连几百年前的殖民地也要一起打包带走。"茉莉冷笑了一声。对于这样的结果，她并没有特别意外。一百七十万年，这是一个对人类来说近乎永恒的时间，没人知道尽头是什么；而忒弥斯就像是漂荡在这片时间之海上注定要沉没的船，所有人争先恐后地爬上甲板，想站得比谁都高，就算是死，也要做最后一个沉入水里的人，"如果按照他们现在的安排，两个大域才塞下了不到二十个国家，那忒弥斯的下层可能连落脚的地方都没有……接下来得继续给日内瓦施压，必须要让他们的规划满足我们的实际。忒弥斯的资源不能被肆意挥霍，我不会允许他们这样。"

"但杜鲁先生的意思是我们要全力配合日内瓦的决议……"

"那些决议快要把忒弥斯逼入绝境了！"此时的茉莉如同一头被夺去幼崽而陷入狂躁的母兽，"搁置这份报告，我会想到解决的办法！"

"可是地球已经没有多少时间了。前几天，三亚市的海面出现了浮冰，气象异化已经非常明显了，虽然他们派了一群气候学家去搪塞，但应该不可能瞒太久，所以他们希望我们在更新日前尽快解决忒弥斯过剩的人口。"

"少提到这个词，它暂时还不应该出现在忒弥斯的数据流里，杜鲁先生不希望它留下任何记录。"

"好的。"

"他们想要快，那就把昨天我拟好的方案提前发给联合储备银行，再额外投放 432.3EB 到 I 域至 P 域的核心区，确保这些核心产业区在更新日之前，通货膨胀率超过 615%。"

"可是，这样的话……"

"以这几个工业区的人口计算，大概会有接近三亿人直接破产。"615%，三亿，茉莉当然知道这些数字意味着什么——一个多月后，地球开始进入成冰期，世界上主要人口都迁移到了这里，到时候，忒弥斯最没有用处的就是那些再无用武之地的工人，"反正，那些工人失业破产，也是迟早的事，还可以接受。"

"可以接受"，茉莉说出这个词时，嘴唇不禁抽搐了一下。

反倒是琳，有些吃惊地看着茉莉，她似乎不太愿意相信茉莉把这样惨无人道的谋杀列为"可以接受"的范畴，"难道我们就看着他们去死吗？这和那些急着抢地盘的国家有什么区别？"

"区别在于，他们只在乎自己的死活，而我在乎的是忒弥斯的秩序。破产导致大部分工人消解，那是因为地球上没有工厂也没有矿地了，他们当然会失业，失业当然会死。这是用工结构发生变化导致的必然结果，不是我们杀死他们，而是地球要他们死。这不是谋杀，是淘汰，只有这样，忒弥斯才能持续运转，剩下的人才能在这个全新的世界里继续活下去。"

"可是他们也是真真切切的人——"

"琳。"

听到自己的名字，琳立刻低下了头。

"你今天，应该说这几天看起来很不一样。"

"什，什么？"琳小声地回答道。

"你好像很关心那些下层人。没想到连 A 域都没踏出过，每天见的人非富即贵的琳小姐，也会这么富有同情心。"

"我只是……"

"呵，琳小姐。"茉莉看着琳，不禁笑了笑。这个每天比自己还先得知噩耗的秘书小姐，似乎已经无法承受眼前的局面了。茉莉非常能够理解，做着这样一份秘书的工作，能够每天在 A1 这样寸土寸金的地方公费生活，接触整个忒弥斯最尊贵的一群人，这样体面又卑微的工作很容易让她在这种环境下产生难以名状的危机感。尤其是当忒弥斯即将迎来那么大的变动，不管是现实世界的人类还是琳，都需要奋力寻找生机，"你住在哪儿？"

"A6 的基德区，一间非常小的公寓。"琳的眼神闪躲，似乎非常害怕这个答案会让眼前的代理人恼羞成怒。

"和韦廷①家的人做邻居不好吗？"

"什么？"琳有些疑惑地看着茉莉，"什么邻居？"

"按照昨天的报告，A6 的基德区以后应该是白金汉宫。你每天把这些报告递过来，却连自己住的区域以后的情况都不提前了解一下吗？"茉莉看着畏畏缩缩的琳，想起几周前自己在那个会客厅里第一次见到她时，她的脸上带着标致又亲切的笑意，这样的笑容已经很久没有在她的脸上出现了，至少当着茉莉的面时没有，"如果按照日内瓦的空间计划执行，你很快就会被赶出家门；如果按照我的计划，空间还是会被腾出来，但却是从那些不再重要的工人们手里取得。

---

① 即 Wettin，现任英国皇室的实际姓氏。

你还不明白两者的区别吗？真难为你了，还有闲情去为那些工人们考虑。放心吧，只要我们把这件事办好，他们就不会为难我们，更不会为难你。至于那三亿人，不管是三亿多人，还是三十亿人……都是可以接受的。"

"可是这样的话，那么多人……"

"是二十五亿人，我测算过，忒弥斯至少会丧生二十五亿人。"茉莉说话的同时，不住地点头，像是在反复肯定自己所说的话，"我们会活下去，因为我们还有要做的事，在我们被淘汰之前，把能做的做到最好。"

"茉莉小姐……"琳看着茉莉，低下头停顿片刻，又补充道，"当然，茉莉小姐。"

"对了，那些人有怀疑过执行令的问题吗？"

"没有，目前还没有。"被吓坏的琳立刻摇了摇头。这个问题，茉莉几乎每天都会问一遍。

执行令，这是茉莉成为杜鲁代理人后想到的维持忒弥斯运转的办法。杜鲁虽然丧失了调配忒弥斯的授权，但各级官员那里还或多或少地持有次级权限；杜鲁没能力再做任何事，但他执政官的身份就是权力的象征。茉莉以杜鲁先生的身份发布执行令，直接授意拥有某项权限的人去处理事情，虽然非常烦琐，但因为授意确实来自杜鲁，所以不会引起任何怀疑。在 N 域的几个小工程上小试牛刀之后，茉莉就如法炮制，在完全没有任何实权的情况下，顺利调动了整个忒弥斯的资源，而琳都看在眼里。

"我每次都会亲自到场，确保那些人按照要求执行，而且他们都没有要求通过执行令调取杜鲁先生的授权。"

"这也是杜鲁要设置代理人的原因，就算他们来要授权，我这个代理人也可以用来搪塞。总之，不能让他们产生怀疑。"茉莉顿了顿，她看了眼时间，似乎想起了什么紧急的事情，便从位置上站起身来，看架势似乎要出发去哪里，"照我说的去做就好。还有，那十七个国家的先遣议员代表都到 A1 了吗？"

"都在西区的酒店，已经拖了很久了。"琳明白茉莉这么问的意思，她们的脸上有着相同的焦虑，"那件事只有通过杜鲁先生才能完成，我们一直不按要求执行下去，他们一定会怀疑的。"

只不过，比起琳的满脸愁容，茉莉眼角的那份担忧很快就消隐无踪了。

"给他们点钱，再给他们找点乐子。给那些 E2 的女模特注射过量的多巴胺基素，然后送到酒店去。"

"可是……"

"我会解决的，你可以离开了。"

直到琳的身影在空中走廊的尽头彻底消失，茉莉才转过身，按下了屏蔽按钮——熟悉的竹叶倾泻而下，林涛和细密的雨声让偌大的办公室听起来幽谧而僻静。她也是不久前才知道这个模式可以完全隔绝所有的外部信号,这里发生的一切,既不会被忒弥斯记录,也不会消耗任何储量,就像一道道自生自灭的电流。第一次踏进这间办公室时,杜鲁的那番逼问也是在这样的环境里进行的。这个男人曾经如此谨慎,精打细算,但命运似乎很爱捉弄他:他实现了进入政坛的抱负,结果却被流放到忒弥斯;他实现了抓住安德森教授的愿望,结果却成了一具空壳。

茉莉叹了一口气,起身坐回到她第一次来时坐过的那张沙发上。

那个倒霉的男人从壮丽的玄关后面缓步走出。茉莉成为代理人的事虽然名义上还是绝密,但早已通过 A 域那些趾高气扬的政客传遍了忒弥斯。关于她是如何一步登天的,几乎每天都能发酵出新鲜的版本,其中不乏杜鲁先生早已被秘密消解之类的揣测。如今她愈是现于人前,这些流言就发酵得愈快,就像一场势不可当的瘟疫。其实茉莉对这个决定也很惊讶。那天,杜鲁回到办公室后,身心俱疲地坐在那张椅子上,茉莉和桑达站在他的面前,看着他闭着眼睛沉默了近半小时,然后才缓缓地说出了三句话。

"关于我的授权被覆盖的事,必须保密,特别是对现实世界。

"如今我不能再现于人前,茉莉小姐将从今天起代行我的职责,他们只会看到你被授予了我的权限,并不会在意这个权限是不是空洞的。

"桑达,尽快准备好那个计划。"

桑达立即点了点头,而茉莉完全不知道那个计划是什么。杜鲁并没有给茉莉提问的机会,说完这些之后便径直走进了玄关。

"你大可不必做到那么细致。"

和前几日相比,杜鲁的目光又暗淡了一些,甚至连走路的姿势都有些蹒跚。茉莉以为是那场授权转换的后遗症,或是安德森给他的脑子里输入了一些别的什么东西,但桑达特意找可靠的人仔细地检查过,似乎也没什么结果。每天连续注射高浓度的多巴胺基素,每个区域的主城区屏幕上依旧播放着他光彩照人的形象视频,自那件事发生后,他就没离开过这间办公室。事实上,他也无法离开这里,就连走出尖塔本身,都会因为权限异常触发无数次报警。他不允许任何人走进这道玄关后,这似乎是他想维护的最后一丝尊严。

"我想出来的时候,你把无关的人支开就可以了,至于你坐在哪儿……"杜鲁走到属于他的办公桌旁,却并没有坐下,他环顾四周,在绿荫的遮蔽下,一切都显得格外静谧,"现在这个办公室是你说了算,我连打开那扇门的权限都没有,还会在乎这个吗?"

"这间办公室依旧是你说了算,包括忒弥斯。"茉莉的回答非常肯定。不知道是不是茉莉的错觉,在那件事之后,杜鲁总爱有意无意地问出类似的问题,"你的意识体代码序列是 C,被标注为忒弥斯的最高行政长官,即使是安德森教授也没法改变这件事,这是忒弥斯系统投入使用时最初的几行代码。"

"是啊，那几行代码可以保我永生永世太平了，就算我连这扇门都出不去，我依旧是忒弥斯最重要的一部分，不是吗？"

"忒弥斯并不会那么太平，按照目前的发展，忒弥斯的四十个核心区域离破产应该只有一周的时间了。除了联合储备银行之外，所有的忒弥斯商业银行都将宣告破产，这是世界银行在《入驻准备协议》里要求的。他们会正式接管忒弥斯的经济，发行新的货币，构建全新的社会体系。二十天后，二十七国的领导人就会入驻忒弥斯，然后正式对全世界发布末日警告，这一切都必须在这之前完成。"

"那 400EB 准备好了吗？"

"三天之后就会正式投放。"

"一旦投放出去，忒弥斯就会彻底完蛋。"

"我们测算过，在更新日前，破产人数预计会高达三十四亿六千万；因为储量不足而陆续消解的意识体，在未来的一年内会持续增加，最终……我们给联合国安理会的评估结果是，三年内清除忒弥斯 75.3% 的原始公民。"茉莉看着杜鲁，他的脸上没有任何表情，经历了那天的疯狂、愤怒和哀哭之后，他似乎什么都感觉不到了。大部分时候，他看起来都如眼前这样木讷，"但根据我的估计，实际完成可能需要更长的时间。"

"不，可以准时完成。"杜鲁转过头看着茉莉，勉强挤出了一丝苦笑，"我做过实验，在 T5，三年内绝对可以完成。"

"你是说……T5 的重建计划？"

"那里面的都是些疯子和傻子，他们本来也活不长，拿来当试验品再好不过了。"杜鲁点了点头，没有打算隐瞒，"我需要参数，我必须知道这些事真正发生之后会对忒弥斯产生什么的影响。"

"所以，根本没有什么重建计划，那些人都是这份评估结果的试验品，其实他们原本——"茉莉想说这些人原本可以不用死，因为有很多人在资助这些人活下去，但她打住了。她的脑海里突然浮现出一张再熟悉不过的脸，温柔的脸，然后逐渐变得无比哀伤，哀伤地看着自己，询问她 T5 那些人死去的原因，抓着她的肩膀，眼神温柔而又落寞，将她搂住、掐住……按进泥潭里。

"你在说什么？"

"没什么！"像是被一场噩梦惊醒，茉莉陡然从座位上站了起来，双眼直愣愣地看着杜鲁。她不记得自己想说的是什么，仿佛刚刚经历了一场突如其来的失忆，"眼下，最麻烦的是那些需要你的授权才能完成的事。如果他们发现，忒弥斯的行政权已经落到别人手里……"

"你指的是，他们会做出更绝的事，比如重启整个忒弥斯？"

"不，这不可能。这里面还有很多现实世界的权贵，我约见过他们，也暗示过他们，这些人都答应了我，如果出现不可预估的事情，他们会调用现实世界的人脉和资源坚定地和我们站在一起。我已经拟好了忒弥斯未来两千年的承运方案，所有的空间规划、人口分布，我都——"

"我看到你举办的那些宴会了，还有那些几乎每天都会递到日内瓦的提案，你真是很努力。"杜鲁试图笑了笑，但那张干瘪的脸似乎无法消化这样的表情，他看起来只是翘了翘嘴角，眼神也格外阴冷，"不过，你真的认为他们会站在你这边吗？"

"为什么不会？重启对谁都没有好处，谁会甘愿彻底消亡？"

"会消亡的只有你，而他们并不会。"这一次，杜鲁真切地发出了一阵笑声，听起来带着露骨的讥讽，"你忘记了吗？茉莉小姐，备份。"

"备份……"茉莉一下子就明白过来，整张脸一阵煞白。

"那些现实人类接入忒弥斯的七十二小时后，会获得一份初始备份，而你们这些忒弥斯生成的意识体并没有。重启了，你就什么都没了，甚至连记录都不会有；而我们这些现实里来的人，还会完好无损地出现在初始化进程里。真的到了那个时候，我不会记得你，但或许我的潜意识里会很想念你。"

"所以，从头到尾，要死的就只有我们？"

"如果真的到了那一步的话……"

"不，不会的，现实世界的人不可能完全不顾我们的死活。"

"你还在骗自己吗？"杜鲁停顿了一下，"让我说得再明确一点，茉莉小姐。更新日之前，你只需要尽心尽力地按照他们的要求照做就好。忒弥斯的问题，其他人的问题，我一点儿也不关心。所以，不用把心思放在那些无聊的统计和你妄自设想的规划里，忒弥斯的未来，从来都不是你说了算。想活下去的话，茉莉小姐，听话比什么都强。"

"活下去，呵。"不知为何，现在似乎只要听到这三个字，都会让茉莉感觉到恶心，"难道我们这些生成的意识体、忒弥斯真正的居民都是可有可无的一部分吗？你说的那些，'我们不仅仅是数据'，仅仅是欺骗我们的口号吗？我已经准备好要牺牲五十亿个意识体了，我甚至安慰别人，说这些只是必要的牺牲。现在看来，我们原来都是不必要的存在……"

"是的，没错。"杜鲁回答得非常干脆，"一定很难接受吧，茉莉小姐？其实回想你们诞生的本质，就不难猜到了。从头到尾，你们和那些即将被大雪掩埋的机器和工厂一样没有区别，都是工具，不是吗？"

"都是工具……"

"或者高配版的人工智能，如果你觉得机器这个比喻过于狭隘的话。"杜鲁站起来，看着浑身发颤的茉莉，像是在欣赏一幕渐入高潮的悲剧，"知道吗？或许那些人可以给你人权，让你以为有了人权，自己就可以和现实的人类平起平坐，可是你永远无法拥有现实权；或许你可以穿着衣服，学着说话，但生而为奴是命中注定的。接受这一点，茉莉小姐。停下你的那些奇思妙想，做个听话的奴隶。或许，这会让你活得久一点，这是我给你的忠告。"

"所以不管我做什么、说什么，不管我的价值有多大，他们都不会在意。"茉莉不由得捏了捏拳头，似乎有一股压抑了好几天，甚至好几周的怒火被杜鲁的这句话瞬间点燃了，"现实世界的人根本不在乎，他们现在所做的一切都是赤裸裸的明抢，而我们根本毫无还手之力。"

"非常好，你终于体会到了我之前的感受。"杜鲁深深地叹了一口气，这副疲惫不堪的身躯像是随时都会散架。他在玄关后面，每时每刻都注视着茉莉，看着茉莉被逼问、被质疑、被嘲讽，经历那些他经历过的无助和痛苦，然后脸上渐渐浮现出和他一样的表情，"就像马戏团里负责表演的动物，就算你头戴王冠、号称百兽之王，也不过是别人抽一鞭子就动一下的玩物。我今天出来，就是为了告诉你，不用去理论那些文件的对错，也不用去管它们是否合理，你只要照着执行就好了。你越是配合，未来的日子就越好过。"

"可是那样的忒弥斯，真的是你想看到的吗？"

"你现在还能做什么，茉莉小姐？我把你设置为代理人，是让你去配合，不是让你去质疑、去反问的。那些国家的代表就住在离这里不到五公里的酒店，他们应该已经和你联系过了，需要你提供我的行政授权的副本，对吧？"

茉莉咬了咬牙，没有回答。

她知道眼前的这个男人，一定在那道巨大的玄关后面，清楚地看着这一切。看着那些各国代表们恨不得把茉莉的脑袋啃下来，将忒弥斯吞噬净尽；看着茉莉用各种借口一再推诿，把那些人连哄带骗地送走；看着她精疲力竭地坐下后，把供给杜鲁的高浓度多巴胺基素留一份给自己。

"那些人可能很快就会冲进这间办公室，而你现在的所作所为，你的提议、你的规划，都是悬在你和所有自生意识体头顶的刀。别再动那些心思了，还是好好想想，怎么把完整的行政授权给他们吧。"

"我……"茉莉无力地摇摇头。她不得不承认，就算她真的掘地三尺，也无法找到阿丹。他所有的一切，茉莉觉得自己了如指掌的一切，甚至是账户里的财富，全都消失了。无论用多少方法都找不到阿丹，那种徒劳感就像是在一片沙漠里寻找一颗可能是任何形状的沙粒。

"还是由我来给你指条明路吧，茉莉小姐。"杜鲁从座位上站起来，走到茉莉身边。茉莉记得，第一次来到这里时，杜鲁也是这样从办公桌后缓缓地走过来，在她身旁的沙发上坐下，甚至连脸上的表情都是一样的，政客们如法炮制的亲切，带着难以言说的压迫感，"行政授权只不过是一段被植入的代码而已，那些行长、区长和法官的权力来源都是我。我的没有了，可他们的

式弥斯

还在；既然是来自我，那么也就可以回归给我。"

"回归？"

"《忒弥斯联合宪章》第七章第二十三节，附属类目三，如果在行政授权失效前，意识体发生了不可逆的错误或事实消解，授权可在二十四小时内执行副本回收。意思就是，如果他们因为某种原因被消解了，他们的授权并不会立即消散，而是会有二十四小时处于回收状态，就像你喝剩下的空酒瓶一样，符合要求的人都可以拾取，比如我，比如我的代理人，茉莉小姐。"

"那些人怎么会突然消解呢？"

"那就想办法让他们消解。你，不是知道办法吗？"杜鲁又挨近了茉莉一点，嘴巴几乎要贴在茉莉的耳畔，他轻声地说，"砰，一枪就够了。"

"可是要回收到完整的行政授权，至少涉及几百个长官。"

"那就把他们全部都消解，反正很快就要天下大乱了，没人会在意的。"杜鲁说完，重新站了起来。他似乎总有一个属于自己的开关，当他认为这件事已经交代清楚，那么与眼前的人和事物的所有关联都可以瞬间被切断，就像关灯一样简单，"尽快处理掉，桑达的人会配合你的。"

"所以，你是让我去暗杀他们？"

"非要用杀人这个词的话，你已经杀过一个人了，不是吗？再说，你不是一直很想掌管忒弥斯吗？你拿回那些授权后立刻拷贝副本，既能给那些代表们交差，你自己也可以好好享用几天，不是吗？"

"可是如果杀死他们，谁去维护忒弥斯的正常运转？"茉莉看着杜鲁的背影，看起来这段谈话已经到了让他厌恶的部分。但就和上次一样，那个卡在喉咙里的疑惑，就像一根扎进肉里鱼刺，它必须被拔出来，"我不明白，你真的打算看着这一切发生吗？"

"你能阻止下一秒钟的到来吗，茉莉小姐？"

"什么？"

"你要怎么阻止一件一定会发生的事呢？"杜鲁说话时停了一下，他似乎准备回过头来，但最终只是低下头，呵呵一笑，"好了，方法已经告诉你了。少想，多做，茉莉小姐。"

杜鲁走进玄关后面，茉莉没有再回到办公桌前。

她知道那道玄关并不是严格意义上的遮挡，它更像一个透明的边界，边界之外是杜鲁的办公室，而边界之内是杜鲁完全私人的领域，除了他以外，任何人都不能进去。琳曾经提到过，那里是一个只属于杜鲁的小区域，只适用于他本人的代码，也只有他可以真实地感受到那块空间。

所以，杜鲁只是换了一个地方注视着自己。

他已经不在乎忒弥斯了。他甘愿做现实人类的宠物，在主人回家前，扮演一条合格的看

251

门狗。

他已经不是那个高喊着"我们不仅仅是数据"的领袖了。

他就是一条听话的狗。

茉莉咬了咬牙，脑子里萌生的恨意和无助交织在一起，让她喘不过气。她想做点什么，但正如杜鲁说的，她根本无法阻止一件注定会发生的事，似乎除了顺从，就没有别的办法了。

他说得没错，那个在理论上可行的方法确实可以快速地获得一份相对完整的行政授权，给各国代表交差，这比漫无边际地去找阿丹要实际得多。即使她知道，这么做，就是在杀人。

杀人，怎么形容那种感觉呢？

和阿丹一起看《八恶人》时，茉莉对那些血腥的对峙有强烈的抵触情绪，而坐在自己旁边的阿丹看得非常认真，他对于这些不可能在忒弥斯发生的事总是格外痴迷。不过，在他觉察到茉莉的不适后，还是温柔地抱住了茉莉，想说些什么劝慰的话，但语气听起来却也是一知半解。

"人好像都是为了保护些什么才杀人，保护自己，保护别人，保护一件物品，或者保护更伟大的东西。"

即使是保护更伟大的东西，可杀人听起来真是残忍。

但茉莉没有更好的办法，所以她没有反对这个方法的理由。如果那些国家的代表知道行政授权落到了一个不受管束、消失得无影无踪的作家手里，他们一定会保险起见，宁愿不要这些花费了无数心力的基础建设和社会架构，也要在入驻前为了一百七十万年的太平重启整个忒弥斯。那时候，他们要杀的人就是几十亿了。

所有的办法和后果都清晰地印在茉莉的脑海里，但答案却还是模糊不清。

茉莉深吸了一口气，站起来走向了那个让她感到厌烦的办公桌。

如果按照琳为她整理的时间表看，二十分钟之后，她就要去参加关于忒弥斯扩容工程实施进度的报告会。安理会派了一整支军队来监工，就是为了确保在末日来临前，忒弥斯的体量可以保证一百七十万年的供给。

如果没法看清前路，不如就先解决眼前的事情。

她抬起桌上的控制面板，想趁着仅剩的时间处理完那些几乎每分钟都会发送过来、需要确认的文件，从区域的改造提案到已经渐渐燃起的罢工潮，仅仅是消化这些新闻，就会耗费掉所有的精力。奇怪的是，从琳进来开始，直到杜鲁离开，这么久的时间里，茉莉没有动过这台设备，可是一封新的信函都没有出现。屏幕上唯一还在变化的，就是那个一直不停闪烁的接收提示。

"怎么会？"

茉莉的神色突然紧张起来，下意识地环顾了一眼空无一人的办公室。

连头顶那些原本徐徐摆动的竹叶似乎也完全静止了，整间办公室，就一直这样安静着，像是被人按下了暂停键。

茉莉迅速站起来，看向门口的方向。这是第一次，她想逃离这里。

可还没等她迈出第一步，清脆的提示音便响起了。不知道是否因为周遭过于安静，这声提示显得格外明显而清晰，根本无法忽视。

茉莉看着那封崭新的邮件，深吸了几口气。

那是一个还未解锁的文件。

"是否导入所属账户打开？"几乎没有任何过渡，屏幕上就直接出现了一个弹窗。

茉莉从没见过那样的提示，她看着那句话，愣住了。发件人那一行居然是空着的，而这个文件的标题栏上清晰地写着自己的名字。茉莉，没有任何前缀、头衔，甚至是一个简单的"女士"或"小姐"，就只是茉莉……看上去像是一件原本就属于她的东西。

记忆里，只有阿丹会直接这么叫她。

会是他吗？

那种强烈的感觉，就像是一簇电流从心脏蹿到指尖。茉莉的手悬浮在那个不停闪烁的 Y[①] 键上好一会儿，最终还是闭着眼睛按了下去。

当她迫不及待地睁开眼睛，随之出现的却是一个让她无比恐惧、又十分熟悉的东西。

一个权限集合。

就像杜鲁强行从安德森教授那里导出的集合一样的格式，只不过，大小看起来还算正常。

她点击了一下，一个意料之中的结果出现在眼前。

不可读。

就和那天在实验室里的情节一样。

只不过这一次，这份文档并没有给茉莉猜测和选择的机会，在茉莉点击后的下一秒，屏幕上就同时出现了三句话。

别杀那些人。

这是完整的行政授权。

B1，唐阁，明天早上十点。

9

车停靠在堤岸区的街边。

---

① YES 的首字母，在电脑程序语言中常用 Y 键来应答确认，N 键来应答取消。

"在这里等我。"茉莉深吸了一口气，缓缓地说道。

"第几次了，还约在这儿，他还真是恋旧。"驾驶座上的男子阴沉着脸，看着后视镜里神色紧张的茉莉，"希望这次不是白来。"

茉莉没有回答，在后视镜中与男子对望了一眼，便推开车门走了出去。

这座仿照米哈伊洛大公街①建造的商业中心是 B1 乃至全忒弥斯人购物的首选地。当然，它还有一层更富"滋味"的意义，B 区的高层垄断了数千家现实世界经典餐厅的味觉代码，把这里变成了忒弥斯绝无仅有的美食天堂；绝对真实的舌尖享受加上较低的多巴胺超额税，让堤岸区成了食客们的首选。人山人海，摩肩接踵，茉莉和阿丹每次来几乎都会走散，因为只要稍稍停下，就有可能被人流冲到几十米外。

但现在，这里甚至连一盏亮起来的灯都没有。茉莉走上复古的中世纪石阶，空旷的中央广场安静得有些瘆人。视野内唯一的光源是从各个曾经热闹的橱窗里透出来的、闪动着荧光的数字，是什么东西在进行消解倒计时。

一天前，这里刚刚爆发了恶意的争抢事件。从各个区域涌入 B1 的人潮像结伴的蝗群般蜂拥到堤岸区的每一个商铺，但凡含有一丝多巴胺基素的东西，都无法幸免，就连店员也加入了这场明目张胆的犯罪。不到两个小时，这个曾经繁华的街区就人去楼空，满地的垃圾安静地倒数着，这一幕不知被谁拍摄了下来，现实世界的各大媒体把照片拿去作为"忒弥斯金融风暴"的头版配图。

忒弥斯金融风暴，这个已经波及四十三亿忒弥斯人的悲剧已经上演了六天。因为没有黄金、白银这样的通货压底，在忒弥斯爆发的这场危机不仅毫无征兆，而且蔓延迅速。到今天为止，C 区有五十九家银行宣布破产，居高不下的膨胀率几乎每小时都在缩减忒弥斯人的财富。公司倒闭，证券停牌，大批公民为了生存，开始往低储量费的下层移动，这也进一步加速了上层经济的崩溃，光是联合储备银行所在的 C4，一天就流失了近三百万常住人口；更别提一直标榜为"A–"区域的 B1，储量费从原来的每小时 5MB 涨至 95.6MB——这对大多数忒弥斯人来说，和生命的禁区已经没有任何区别。

"尊敬的 B7 区域公民，您已进入非管制区，请即刻撤离。根据忒弥斯政府颁布的特别执行令，即日起，D1 至 Z10 全境，以及 A1 至 C10 的部分区域，包括您当前所处的区域，都属于非管制区域。在非管制区域内，一切社会公共资源都处于非响应状态，除储量维持系统之外所有的意识系统均无法正常工作。为了您的系统稳定，请您即刻撤离至安全区域。"

刚刚打开车门，警报便如约而至。这段由杜鲁亲自确认过的命令，如今每天都在 D 以下的区域整日整夜循环播报，但这里面的每一句，几乎都是礼貌的废话，因为所谓的安全区域的门

_____

① 著名的古老商业街，位于塞尔维亚首都贝尔格莱德。

槛——C10 的入关费用，截至一小时前，已经飙升到了 1.6TB。

茉莉走进了一栋吊着灯笼的红砖瓦楼，入口的屏风上描着精细别致的纹龙和仙鹤，再进一扇拱门，就可看见店家的招牌挂在一副对联的正中央。

繁花入眼春入梦，馥郁在舌香在魂。

唐阁。

老式的珐琅盆景和嵌花青瓷上，还是一片如画的春意，只是没有人作陪衬，那些弯曲变幻的枝丫和系着红色锦带的花朵，显得格外阴森。

茉莉刚刚走进餐厅内部，吧台上的灯便亮了。那台置于收银台旁的老式唱片机，缓缓地转动起来。那是忒弥斯唯一一台分子量化过的唱片机，同步量化过的，还两百多张黑胶唱片。如果以前茉莉来这里是为了一饱口福，那阿丹就完全是冲着那些几个世纪前温婉细腻的爵士乐原声带来的。

只不过，此时传出来的并不是他们常听的绫户智绘 [①]，而是一个茉莉熟悉的、温柔的声音。

"嘿。"

茉莉没有立刻应声，她四下看了看，确定没有人后，才在吧台边坐下。

前几次和阿丹在这家餐厅见面时，这里的每张桌子都挤满了天南地北的食客。茉莉还记得阿丹被不停进出的客人和服务员挤到一张小圆桌旁，靠着一尊等身观音木雕像，端着茶杯的手连稍微抬起的地方都没有。才过去几周时间，这里面已经空荡到手搁在吧台上都会发出回响，那些令人叫绝的陈设大多因为人为导致的破损而被自动消解，这台留声机能够幸存下来，也算是难得。

"操控一台机器开口说话，这就是你说的见面吗？"茉莉凝视着黑暗里缓缓空转的盘托。其实她早就猜到了，阿丹应该并没有来这里。

"我没法出现在非管制区，那会导致非常严重的系统报错。"

茉莉点了点头。她打量着那台发出声音的唱片机，它的发音数据集应该被阿丹改造过了，可以同步阿丹的声音数据和频次。五十多年前也曾有一些现实世界的技术宅在接入忒弥斯之后研究出了一套类似的东西，不过他们很快就因为危害公共安全而被抓进监狱。既然那些黑客们都能摸到边角，那对拥有完整授权的阿丹来说，更是小菜一碟。

"至少你已经掌握了操控具象数据的能力，恭喜你。"

"只能是很简单的物体。"唱片机那头停顿片刻，接着说道，"要真的嵌入大段的数据，或者

① 日本女歌手。

距离太远，好像就不太起效。"

"原来，在忒弥斯还有你办不到的事。"

"当然有。比如，我还是没办法尝到红酒真正的味道。我想，应该是教授根本还没有来得及把味觉编程写好，忒弥斯就投入使用了，而他也……"

"呵，你还没有放弃追求那些吗？"茉莉不自觉地笑了笑。当她意识到自己的嘴角在上扬时，她本能地哆嗦了一下。对阿丹那些缥缈理想的嘲弄，被阿丹不切实际的点子逗笑，有那么一刻，这些回忆像是在她的感官里复活了一般，如此真切。她迅速收起笑意，像是生怕被阿丹察觉到，"不过你这么见我，我反而觉得正常。你应该也很怕我带着一堆人来抓你吧？毕竟你现在掌握着那么宝贵的东西，就算你手眼通天，也不过是个看得见摸得着的意识体而已。"

"我不怕，因为是你。"

两人默契地安静了下来，沉沉的呼吸声透过什么联结在了一起。

"谢谢你把那些权限交还给我。"

"那些长官呢？"

"都非常安全，我已经安排人把他们都安顿好了。现在兵荒马乱的，也没有人会在意那些官员们在哪儿。"

"所以也没人察觉？"

"杜鲁应该以为他们都死了，反正，行政授权已经按时上交了。"

"所有的前序工作都顺利完成了，是吗？"

"是的，完全符合安理会的要求。"

"那就好。"

"丹，如果不是你，我就真的只能按杜鲁说的……去做那样的事了。"

"这没什么。至少，那些现实世界的人不会再为难你。"

"要为难我的，又何止是现实世界的人？"茉莉低下头，将身子隐藏在黑暗里，"杜鲁放弃了忒弥斯，他现在应该就等着更新日好好把那些国家元首们招待一番，然后央求他们念及旧情，留他在最爱的国王公园里养老。我测算过无数次，忒弥斯不是非要到今天这个地步才能具备存在一百七十万年的条件。"

"金融危机也不是你的本意吗？"阿丹依旧温存的语气里，夹杂着一股莫名的寒意。

茉莉知道，他在小心地试探，像是对着平静水面扔下鱼钩。而阿丹在等的这条鱼，其实也被那唾手可得的饵食逼得发疯了。

"是又怎么样？如果我告诉你，这一切已经算很好的结局了呢？今天下午开始，人口署就放弃更新消解人数了，越来越多的人向下层区域流动。这正好达到了联合国的目的，为那些现实人类清理出舒适的上层空间,这些餐厅很快就会重新开业,它们会招待新的主人,忒弥斯就可以恢复从前的秩序和繁荣。"

"一部分人的死是在所难免的,可是你……"

"可是什么?为什么我什么都没做?你想说什么?"旋转的黑胶唱片像一个凝结在桌上的黑洞,将茉莉的理智和冷静一点点地拽入无边的地狱。这几天,她对着无数人装扮她曾经引以为傲的理智和冷静,但此时此刻,她再也不想装扮什么了,"别用那种语气审问我!我知道现实世界的报纸都是怎么写的,一个什么都没有的地方,居然可以爆发金融危机;一个刚上任的跳梁小丑茉莉,把忒弥斯搞得乌烟瘴气。你以为杜鲁为什么把我推上去?不过就是希望有人替他扛下恶臭的名声,有人挡在他面前接受嘲笑和谩骂,好顾全他'忒弥斯教父'的名誉。我就是杀人又怎么样,这是保护忒弥斯唯一的办法!还是说无所不能的你,想到了什么办法?上次,你可是连提问的机会都没有给我!"

"因为也没有人告诉我,应该怎么做。"唱片机的那一头是一个听起来极为疲惫的声音。这是茉莉非常熟悉的声音,当写稿理不清思绪时,阿丹的自言自语也是这样低沉无力,像是一个在大海里漂流到筋疲力尽,却始终找不到航向的水手。

"安德森教授没有告诉你吗?"

"有。"阿丹迟疑了一会儿,继续说道,"他希望所有人都能有同等的权利。"

"同等的权利?"

"他希望我把完整的授权交给全世界的每一个人,不管是忒弥斯的公民,还是现实世界的公民。他们之前的计划,是用只剩下空壳的安德森教授去覆盖杜鲁的行政授权,因为只有这样,才能确保忒弥斯再也没有真正意义上的特权。而尤克,如果他没有死的话,现在去做这件事的应该就会是他。"

"做什么?"

"将完整的授权上载到互联网,让全世界所有的人关联,那会自动为他们生成一个关联基因序列的永久性代码。不管忒弥斯变成什么样子,重启多少次,都会永久有效,所有人都一样。在末日面前,每个人都应该有同等的得到救赎的权利,每个人都有资格存活,而不是通过筛选、争抢……像现在这样,活生生地掠夺。他们想过很多种形式做到这件事,比如电脑病毒、黑进新闻节目,甚至还想过通过我……尤克想过让我发布新书,然后把那个程式嵌入我的书里,但安德森教授拒绝了,只是没想到……"

"没想到尤克死了?"

"是的。"

"所以,安德森只能把完整的授权给你。"

"没错。因为，只有他才能让杜鲁……"

"你没见到他那时候的样子。"茉莉冷笑了一声，实验室那天发生的一切就像是刻在了自己的脑海里，每一幕都清晰得如近在眼前，"就像个失心疯。"

"这么大的授权，他又等了那么久，不可能不心动。"

"可是你又把好不容易拿走的行政授权还给了我。这应该不是安德森教授计划的一部分吧？"

"他现在在哪儿？"阿丹的声音急促了一些，"我搜索不到他。"

"那天在实验室里，教授昏厥了过去，杜鲁派人带走了他，至今我也没见到。不过，他是C序列的人，连消解枪都不怕，在忒弥斯应该没人能拿他怎么样。"

阿丹沉默了一会儿，然后才缓缓地吐了一口气，像是点了点头。

"为什么你要这么做？为什么要违逆安德森的意思，救下那些区域的官员？"茉莉问道。

"因为我发现……他骗了我。"

"他骗了你？"

"他曾经对我说过一句话，他说如果我因为他失去了什么，让我一定不要怨恨他……我之前并不理解，但我现在知道了。安德森的计划，至少他以前的计划并不能真正救下所有人，而且他早就知道这一点。如果我把完整的授权上载至互联网，现实世界的政府知道了我的存在，他们一定会重启忒弥斯，只要重启忒弥斯，就可以杀死我。忒弥斯是医疗技术，它的设计初衷从来都只是为现实世界的患者提供服务，现在的患者就是即将迎来末日的全人类，而不是我们。一旦重启，忒弥斯创造出的所有意识体都会因为重启而彻底消失，包括我和你。只有那些现实世界来的人，会因为有真正的接入过程和备份而活下来。他们现在还没有重启忒弥斯，仅仅是因为杜鲁构建了那么多年的社会规则，在他们看来还有些价值。"

"因此这些天你才会这样帮助我，对我有求必应。"茉莉想起自从那天在这家餐厅见面之后，阿丹就按照那些现实人类的要求，把茉莉需要的授权转给了她，也没有任何附加条件，"原来你早就知道。"

"如果不给你完整的行政授权，我们就会死；如果不救下那些高层，区域无人打理，我们也会死；如果他们得知还有完整授权的存在，我们也会死；如果他们得知我的存在，我们……同样会死。我的存在，会杀死很多人。茉莉，我会亲手杀死你。"似乎因为想止住颤抖，他几乎每讲完一段，都会刻意地停顿一会儿，"我曾经提出过帮忙，但是被他一口拒绝了。他说不出理由，只是拒绝。可是这样的理由要怎么开口呢？你是一个自生成的意识体，而这个计划就是要通过消灭自生成的意识体来达成的。我越是研究这些授权的内容，就愈加明白，这个地方本来就是为了满足现实人类的需求而建的，我们都是为了满足现实人类需要而被创造出来的，不是吗?"

"所以你才选择不那么做……"

"我不知道应该怎么做。其实你说得没错,现在这些被金融风暴带走的人不去死,我们就都会死。"

"丹——"茉莉下意识地抬起手,她很想抚摸阿丹的脸,但眼前除了一片凝固的黑暗,什么也没有。

"我挣扎过,但目前看来,只剩下最后一个办法了。"

"最后一个办法?"

"下周就是更新日了。"丹的声音颤颤巍巍的,像是还没有从刚才的情绪里抽离出来。

茉莉抬起头,盯着那张持续转动的唱片,沉默了好一会儿,才缓缓地点了点头说道:"是啊,所有的一切就要开始了。这不是地球的末日,也不是人类的末日,而是我们的末日,我们这些自生意识体的末日。"

"在这之前,我只能藏好,我会永远藏好,他们绝对不能发现我。一旦发现,就算只有最后一个现实人类活在外面,他都可以重启忒弥斯。我必须等到地球上没有一个现实人类。"

"据我所知,安理会安排了一些驻军守在外面,他们会继续完成扩建工作,死守到最后一刻。"

"最后一刻……即使要永远藏匿,我也应该这么做。"

"丹。"

"安德森教授就是这么做的,他带着这份完整的授权来到忒弥斯,却一直假装自己死了。他藏了这么久,就是因为他也知道,这份授权对忒弥斯来说就是一个威胁。他原本可以做很多事,但他什么都没做。"

"丹,可是……"

"安德森教授说过,他也不知道自己在做的这件事是否正确。我起初并不理解,但我现在理解了,不管怎么做,结果都是错的。"

"可现在根本不一样,丹——"

"不,茉莉,你听我说。"阿丹打断了茉莉。在他的记忆里,自己极少这么做,他已经习惯了扮演那个温柔的阿丹,这样的强势让他说话的声音也跟着颤抖起来,"不,不对。对不起,茉莉,但我只能帮你做这些了。我必须藏起来,这是对忒弥斯最好的结果。"

"不是这样的!"

"这是我最后一次联系你了,茉莉。"

"不!听着,丹,听着!"茉莉双手按在那个漆金的机盒上,用力把它环抱住,"你听好,别去管那些现实世界的人，别去理会他们说的每个字，别去想那个什么初衷。现在我们才是真真切切地活在这里的人，我们和现实世界的每个人都一样，拥有宪法赋予的人权，我们都有活下去的资格，而我们可以做到。这个足以统治忒弥斯的力量，你的力量可以帮助我们活下去，一切都会没事的，一切都会变成我们希望看到的样子，你相信我。"

"茉莉，当我真正拥有了这些权限，我才知道，我们真的就只是数据而已。即使拥有了这些，拥有了全部，我们也不过是数据而已。"

"不，阿丹，不仅仅是数据，你现在拥有的是对忒弥斯非常重要的东西。我们可以用它创造一个更好的忒弥斯，我们可以做到的。"茉莉的整张脸贴在唱片机盒上，她迫切地想抓住些什么，像是下一刻这一切都会消失，"请你相信我。"

"茉莉，这个世界应该是什么样子，我们根本就不知道。就像我们永远都不可能知道红酒喝起来是什么味道，就像我们在惋惜那些死去的人，可我们却连生死都没有。"

"我们为什么要知道那些？那些东西和忒弥斯有什么关系？在现实世界，人就是会死，吃不饱会死，生重病会死——"

"我们不是神，茉莉，我们不能决定任何人的生死。"

"就当我求你，阿丹。相信我一次，我们两个可以拯救忒弥斯。"

"对不起，我根本不知道应该怎么做，我不能再和你联系了。"

"其实你根本就不相信我，不相信我可以做到。"

"我不是来和你争辩的，茉莉。"阿丹的语气听起来已经疲惫到了极点，"如果你拥有我所拥有的，那么所有东西看起来都会很不一样，这样的权限根本不应该属于任何一个个体。"

"如果有一天，我拥有你所拥有的，我绝对不会像个懦夫一样躲起来！忒弥斯不应该被活生生地侵占，我辛苦了那么久才站在 A 域 1 区，那么辛苦才能在这一层活下去，我是不会放手的，我也不会允许任何人夺走我拥有的。你给我听着，听着！如果我拥有你所拥有的，我会比你做得好一百倍、一千倍！"

最后几句已经变成了歇斯底里的喊叫，但那台唱片机却早已停止了旋转。她知道阿丹已经不在机器的那一头了，但她还是忍不住将那台机器紧紧地抱在怀里，用尽全部力气将它抱在怀里。

她的指甲划过唱片机因为分子量化而纹路精细的外壳，咔嚓的断裂声相继传来，红色的油漆和焦黄的木屑嵌在她指甲的缝隙里，像是一抹凝固的血痕。

等她重新坐在轿车的后座上，徐徐拉开的夜幕将整个堤岸区笼罩，失去了灯火的 B1 像一个漆黑暗淡的谜。

从唐阁出来已经半小时了，她的身体依旧在止不住地颤抖。过了好一会儿，她才开口说话："赶紧让你偷偷埋伏的人滚吧，他根本没在这里！"

"看起来以后更没有机会了。"驾驶座上的男人透过后视镜打量着这个惊魂未定的女人，"如果第一次见面的时候就下手，就没那么多事了。"

"他可以指挥这里的每个数据采集器、每块砖、每片瓦，你觉得他会不知道我们的那些心思吗？如果第一次的时候就这么做，那可能连完整的行政授权都拿不到。"

"我还以为美人计多少会起点作用，至少在人类历史上是这样的。"

"他和那个安德森一样蠢，所有现实人类都一样蠢。"

"你马上就要去应付那些现实人类了。"男人冷笑了一声，"琳刚才来找你了，好像是安理会的调查员要求见面。"

"琳来这里？"

"还差点儿被我的人当作是阿丹给抓了。"

"真是有趣。"茉莉说完，停顿了好一会儿，身体也停止了颤抖。她专注地盯着什么地方一动不动，像是在夜色的掩护下屏住呼吸静候猎物的野兽，"我们的琳，什么时候这么敬业了。"

"还是多想想自己吧，更新日没有几天了。你那个惊天动地的计划，看起来受阻了。"

"呵，既然受阻了，"茉莉抬起头，通过后视镜和驾驶座上的男人对望着，两人的眼睛里藏着比外面的夜色更深邃寒冷的东西，"那就只能再惊天动地一点了。"

10

亨利·马蒂斯的《舞蹈》。

在杜鲁的私人休息室里，也挂着一幅一模一样的画，虽然比不上玄关的那幅气势宏大，但依旧精致非凡。

赤裸的女人们手拉着手，在天地间舞蹈，奔放、狂野、无拘无束。那是人类诞生之初才有的纯粹，没有律法，没有尊卑，一群蛮荒野兽初而为人，他们团结在一起，相拥在一起，感念宇宙万物，天赐神恩。

杜鲁曾费了不少工夫，才让艾尔米塔什博物馆同意将这幅画分子量化传到忒弥斯，作为他的私人收藏。或许也是因为得之不易，杜鲁每次看着这幅金框裱覆的传世之作，都会沉迷其中。特别是再靠近这幅画一点，就能看见这些欢腾雀跃的女人围成的圈里有个剔透的光点，一个悬浮在画作中央的、如太阳般闪耀的球体。

那是杜鲁的办公室,那个位于 A1 尖塔顶层的圆球。从这个角度看过去,它就像是亨利·马蒂斯随意点在夜空里一颗不起眼的星星。

"可能你不记得了,博顿。之前你教我如何在弎弥斯里具象化空间,我失败过一次,当时你让我清空这批数据,但是我并没有。没想到正式上线之后,它居然神奇地保留了下来,而且还带着我的序列号。"杜鲁仔细观察着那些沉醉在舞蹈里的女子,眼睛里闪烁着和她们一样的欢愉,"来过办公室的人都以为,玄关后面无非是执政官装潢豪华的休息室,却不知道这是个名副其实的只属于我的密室,而这两幅大小不一的画则是两个空间的纽带。这里存在于弎弥斯,又不被弎弥斯的规则束缚。虽然不大,但容下你们,倒是绰绰有余。"

杜鲁回过头,看着眼前的这群人。他们几乎都闭着眼睛,穿着陈旧的白色防护服,端坐在依次排开的座椅上。

三排,每排五把椅子,正好十五个人。

他们的上方,是一个和这幅抽象派画作极不搭调的实验灯管。惨白的灯光照在每一张早已失去血色的脸上,他们活像是一具具精细的石膏雕像,抑或是冰冻过的尸体。

唯独坐在第一排正中间的那个人,在听完杜鲁的那番话后,将原本低下的头吃力地抬起,笑了几声。

"哈哈,关于你的恶趣味,你这几天已经介绍不少了。"博顿用力地喘了一口气。在说完这番话后,脱力感又立刻涌了上来。

"别这么用力大笑。"杜鲁走到博顿跟前,将手搭在他的肩头,"虽然我让你能够开口,但我给你注入的多巴胺基素只会维持在非常低的水平。你现在这样,只会让你更快变得和他们一样。"

杜鲁口中的他们分坐在博顿的左右。被关押在这里的第一天,博顿就发现这些面孔是如此熟悉,熟悉到他可以叫出每一个人的名字。他们都是弎弥斯最初的设计者,曾经与博顿和杜鲁亲密无间的伙伴。博顿试图叫醒他们每一个人,离他最近的那个是他的爱徒,负责设计基塔和空间传输技术的艾拉。只有零星几次,这个不到三十岁的女大学生在博顿的呼喊下稍稍动了几下眼皮,除此之外,一片死寂。

他们就像是规整摆放在这个惨白的地狱里的石化人像。

"你只需要恨我一个就够了,为什么要连累他们?"

"我为什么不可以恨他们?"杜鲁一把抓住安德森的下巴,将他狠狠地拉起,"他们哪一个不是靠着我的经费过活?他们哪一个不是在我的斡旋游说下才获得了那些奖章?可他们中又有哪一个人,在我被逼到绝路,被逼到要自杀接入弎弥斯时,为我说过一句好话?你身旁的艾拉,还在我接入弎弥斯的前一天,大骂我是这个世界的罪人。甚至我把她接进来之后,她还是滔滔不绝地骂我。"

"她还那么年轻，你这个——"

"年轻却愚蠢！如此不懂得珍惜我每日限量供应的多巴胺基素，那样肆无忌惮地宣泄情绪，她连一周都没有撑过去，就变成了现在这样。噢，论聪明和坚韧，撑得最久的还是你的妻子。"

"莉迪亚！不！莉迪亚在哪儿？"安德森的眼眶瞬间变成了一汪血红，"她在哪儿？你为什么要这样?！你为什么要这样对我们?！"

"她就在你身后。不过，你没有这个力气回头，你永远都看不到她，而她的多巴胺浓度，也只能正好维持在这个近乎永恒的休眠状态，她永远不能开口说话。"

博顿用力地挣扎着，但那点微弱的力气就连站起来都无法做到。

"为什么！你为什么不能让她安息?！"

"你可以假死逃到忒弥斯，为什么莉迪亚不可以？为什么这些人不可以？我费尽心思如法炮制了那么多寿终正寝，然后把他们一个一个地接到这里，就是因为我始终觉得你根本就没死，不，我笃定你没死。为什么你不把完整的授权给安理会？为什么你要让我违约？你知道吗，只要交出完整授权，我们的市值就会超过十兆亿，我们会拥有这个世界上无可匹敌的地位和财富。可你为什么要在我差一点成功的时候离开，为什么你要我在两百多个国家面前丢脸？既然你这么想来忒弥斯，那我就好人做到底，让他们都来陪你，这样不好吗？"

"你这个畜生！"博顿的脖子牵动着僵硬的头颅，奋力地向后转动。但在这个世界里，力气从来不是一件可以被潜能激发的事情，那个阈值早就被杜鲁设定好了，永远都无法突破。

"你才是畜生吧，博顿！你的那些计划，你想做的事，和世界末日有什么区别？你知道完整的授权落在所有人手里的下场！忒弥斯一定会被重启，那些根本没有接入备份的自生人都会消失，那可是几十亿人！博顿，即使杀掉几亿人，你也要把我的忒弥斯毁掉吗？"

"我是一个医生，一个医学博士！我是为了救人！从最开始，忒弥斯就是为了救人而存在，救那些活生生的人！"

"那些自生人就不是活生生的人吗？我知道，在你看来忒弥斯的商业价值和前景不重要，它的一切都不重要，你从来只记挂着你的那些病人。现在全世界的人都病了，你要怎么救他们？你能想到的，就是牺牲忒弥斯的几十亿自生人，牺牲我一手打造的这个繁荣的世界吗？"杜鲁冷笑了一声，他的双眼透露出极度的不屑，"牺牲一个世界，去救另一个世界。安德森教授，这就是你的做派。别把自己当作小说里伸张正义的英雄，你和我一样，都在杀人。你告诉过那个作家吗？你的计划就是要杀死他。"

"我从来都……"博顿的喉咙剧烈地颤抖着，可是一个音节也发不出来。他分不清自己是没有说话的力气,还是没有开口的勇气。他凝望着杜鲁,就像在凝望一个深藏在自己心底的谜,那些不愿揭开的、不忍面对的,都在一一显现。

"你永远都不愿意相信我,相信我的决定,你宁愿把忒弥斯最宝贵的东西给一个自生人,给一个写了几本破书的作家。可是那一切发生了吗?他有大仁大义到愿意牺牲自己吗?不过,这些都不要紧,平权和重启不会发生,只要我还是忒弥斯的首席执政官,这些就都不会发生。"

"执政官?呵,你现在只不过是一副一点权限都没有的空壳,你甚至连那份完整的行政授权都没有。"

"你说得非常对,安德森教授。"杜鲁用力地拍了拍博顿几乎要散架的肩膀,像是听到了非常逗趣的笑话,"我现在什么都没有,就和你一样。你知道我为什么要把这些人接来这个不起眼的小地方吗?因为我必须时刻提醒自己,就算我一无所有,我和你,和这里的每一个人一样,仍然是忒弥斯不可取代、无法删除的一部分,是你当年亲手写入忒弥斯系统里的核心要员。而那些高高在上的国家元首们并不是,永远都不可能是。"

"你要做什么?"

"既然你不喜欢我创造的这个忒弥斯,既然平权和重启都显得那么残忍,那我就只能给出我心中最后的解决方案了。人类数千年历史里的最佳解决方案。"杜鲁专注地看着安德森的眼睛,像是在欣赏他的痛苦与绝望,"一场战争。"

"战争……"

"能带来和平的除了爱,还有战争,不是吗?"杜鲁一把将博顿按在座位上,然后提了提自己衬衣领口那个格外精致而庄重的领结,"你去看看忒弥斯吧,看看那些钱被蒸发光了、求生不能的忒弥斯公民,他们的眼里有着和你一样的绝望和痛苦。你知道的,这样的绝望和痛苦会激发出什么。自古以来,绵延不绝的反抗遍布在整颗星球上,无数个世纪以来,他们用锄头、刀剑、枪炮反抗,而在忒弥斯,他们用消解枪。"

"杜鲁,你——"

"我已经让人造好了足够导致天下大乱的消解枪,免费使用;我还完善了贯穿忒弥斯全境的传输器,让热爱战争的人们可以直抵战场。而今天,非常重要的更新日,我还要亲自将让我们的公民饱受折磨的罪魁祸首——那些国家元首们——请进忒弥斯。"

"他们来了,也会把你吃干抹尽。"

"没错。我就是要他们把我取代,把我赶走;而我,正如你所说,一副一点权限都没有的空壳,就只能顺理成章地加入反抗的队列。我这个曾经带给他们幸福,现在被现实人类赶出尖塔、推下悬崖的执政官,则会成为他们的领导人。你知道吗?为了让我这个无辜、脆弱、博爱的形象没有一点儿瑕疵,我把那些脏活都交给别人去做,而那个人前不久刚刚杀死了一百多个区域高官。

"我会对着她的头开第一枪、第二枪，然后，我只需要看着这场战争发生，看着自生人对抗地球人，看着地球人对抗地球人，看着他们为了争夺资源互相伤害，互相抢夺。我只需要耐心地等着这场战争结束，即使用尽一百七十万年也没有关系。

"然后，等这一切结束，我便会是这个世界的王，真正的核心要员。"

杜鲁拧了拧西服的纽扣，暗褐色的格纹把他衬托得格外阴郁。他看着座椅上瘫成一团的博顿，以及他身旁那些曾经并肩携手的战友，他用力地咬了咬牙，像是在和什么东西做最后的告别。

"忒弥斯接下来要发生的一切，都不会是我们原本想看到的，都不是我们当年所设想的，但这一切，都是你们逼我做的。

"因为我，"他转过身，径直走向画上那群狂舞着的女人，"不管在哪个世界，不管发生什么，都只愿意做最崇高的那一个。"

11

枪声，连续不断的枪声。

然后是尖叫声、哭喊声。

接着是沸腾起来的撞击声、警报声、号叫声。

所有这些声音，都被厚重的隔离玻璃挡在了欢迎会广场之外。

茉莉透过房间的落地窗，看着在穿梭的弹流中四下张望的杜鲁。那个西装革履的男人前一分钟还紧紧地握着安理会那几位高官的手，而他们的身后，是刚刚浩浩荡荡地入驻忒弥斯的各国领袖。专门为这个欢迎仪式布置一新的广场上，几百面鲜艳的国旗迎着和煦的暖风高高飘起，整个 A1 都洋溢着胜利和喜悦。

现在，他那张曾出现在无数荧幕上的真挚、和善、充满希望与博爱的笑脸，完全失去了颜色。他的瞳孔里映着无数飞过的子弹和倒下的人群，他看着这些贵宾们的身躯被扩散开来的黑洞吞没，一点点地消失净尽，而他们的脸上仍旧挂着期待和兴奋。他们的意识体太年轻了，还没有反应过来，就被彻底瓦解了。

这一切就是发生了，发生得如此之快。

杜鲁看着四散奔逃的人群，呆滞地站在原地，没过多久，他就成了那个广场上最后一个站着的人。

突然，他意识到了什么，一把抓住身旁那些不停扫射的人，他甚至用自己的手去挡下枪口，他一遍一遍地询问。可是那些人既没有回答，也没有停止追捕那些漏网的政要。

"他一定是在问，'桑达在哪儿？'"茉莉瞥了一眼站在自己身后、同样凝视着窗外的桑达。

这个穿着漆黑夹克的男人目光里满是军人才有的坚毅，他认真地看着外面发生的一切，神情却格外漠然，就像是在观察一次注定会成功的任务。

茉莉笑了笑，走到身后的茶几旁，拿起早就倒好的酒，递给了桑达，"各国元首们可以安息了吗？"

"他们接入忒弥斯时的备份意识需要七十二小时才会起作用，那时候，他们早就彻底消失了。"

"你的人在录制吗？"

"当然。全世界都在看着这个疯子，为了赢得权力，杀光了所有人。"桑达接过酒杯，非常肯定地点了点头，"为了突显真实性，我在西班牙外交部长那里也安置了取景器，一切看起来会非常像是这位部长临死前发出的求救。等到这半场结束，我的人会立刻抓捕杜鲁，他应该没机会辩解了。虽然杀不死他，但困住一个毫无权限的人，还是很容易的。"

"说起来，我是真的很意外你会帮我。"茉莉看着桑达把杯中的威士忌一饮而尽，满意地笑了笑，"你不仅帮我瞒下了是我给博顿·安德森调制应激挥发素，也没告诉杜鲁，是我执意放了阿丹。要知道，这两件事中的任何一件都足以让我活不到今天。"

"如果那些枪真的被造出来，分发下去，你也活不了太久。"

"那你呢，你又是怕什么？怕在那场战争里被打成筛子吗？"

"会有这种可能。"桑达松开手，让酒杯直接摔在地上。对于无用的事物，他一贯如此无情，"在实验室里，看到杜鲁没有得到授权时的表情，我就知道，他满脑子只剩下那个计划了，而那个计划一旦实施，你觉得谁会是为他冲锋陷阵的那个人？我在中东打的仗已经够多了，我愿意来忒弥斯，可不是为了重操旧业。"

"我就说，现实人类和自生人应该团结在一起。"

"他现在背定了谋杀多国政要的罪名，没有任何立场去领导什么反抗了，我的任务已经完成了。"桑达的脸色依旧保持着执行任务时的严肃，"你的呢？"

"我的……"茉莉也放下酒杯，捏紧了拳头，"我还在等。"

"我可不希望听到，我要赌一次这样的话。那天在堤岸区，把你从那个餐厅接出来时，你活像个系统崩坏的疯子，你说的每句话我都没当真。"

"人生有时候就是得赌一赌，不是吗？"茉莉看着桑达，眼神不甘示弱，"特别是当我们的人生还有那么长的时间。"

"你没有多少时间了，茉莉小姐。如果你没有办到你承诺的，"桑达提起系在腰间的那把银亮的消解枪，"你甚至活不过今天。"

"与其这样，不如你先告诉我，要你办的那件事，办得怎么样了？"

"你为什么要找到那个秘书？一个伺候人的玩意儿到哪儿不能找个新的？"

"这根本就不是你应该关心的事情，你只要负责把她完好无损地——"

门口突然传来急促的敲门声，打断了茉莉的话。

茉莉和桑达几乎同时看向了门口。

"茉莉，茉莉小姐！"

是琳的声音。

"你的人找到她了？"茉莉立刻转头看着桑达。

"应该没有，不然，他们会立刻通知我。"桑达迟疑了一会儿，摇了摇头，"琳两天前就消失了，她序列号的位置一直飘忽不定，从 A 域到 Z 域，都有她的出入记录。"

"这么说，她是自己主动来找我的。"茉莉看着桑达，神情反而轻松了许多。她走到门前，用力地深吸一口气。"如果是这样的话——"

"茉莉小姐！"

琳在推开门的那一刻，便迫不及待地开口了，她甚至没有注意到茉莉身旁用猛兽般的目光死死地盯着自己的桑达，"茉莉小姐，你必须离开这儿，马上离开这儿！外面发生了非常可怕的枪战，死了很多人，更新日是个骗局！"

当琳一股脑儿地说完这些，才发现茉莉身后的落地窗外，刚才她描述的那一幕正在争分夺秒地上演。而眼前的茉莉高举着酒杯，旁边站着桑达，似乎在意犹未尽地观赏这场表演。

"所以你们……"琳下意识地颤抖了一下，她能感觉到恐惧从她的脚心一直蔓延到身体的每一处，"你和桑达……"

茉莉看着琳，看着她的神情从焦急、紧张到此时此刻吞没一切的恐惧，看着她一点点地退后，像是眼前的茉莉突然变成了一头从地底深渊爬出来的、张牙舞爪的恶魔。

"谢谢你。"茉莉的语气突然变得格外温柔，"谢谢你出现在这里。"

"我……可是我……"

"我没想过，你会来救我；我没想过，你为了救我，居然连命都可以不要。"

"茉莉小姐，我……"琳自顾自地退到墙角，她的身子紧贴着墙面，像是被透明的蛛网束缚住的猎物。

那个织网的恶魔，正在一步步地朝自己走过来。

"你没有必要害怕。"

"不，你别过来！"

"你听我说——我早就猜到了，我很早就猜到了。从你那么关心那些底层的人，从你总是主动打听我要做的事，从你在那家香港餐厅说出更新日……你不应该知道更新日的，那是只有我和真正的琳——"

"不，你们……"

琳用力地抓住了门把手，奋力地拧开，然后用尽全身的力气转过身去——

砰——

砰砰——

枪声，连续的几声枪鸣，这一次，茉莉听得格外真切。

桑达的两发子弹精准地落在了琳的双腿上，两个细密的黑洞贯穿了她的脚踝。琳的身体倒在了墙边的地毯上，重重地跌落，却连一丝声响都没有。

"蠢货！住手！！她就是阿丹！！！"

茉莉的巴掌扇在了桑达持枪的手上，她看着那把枪摔落在地上，然后头也不回地扑向瘫倒在地的琳，将她紧紧地搂在怀里。

琳的身体在那两个黑洞的吞噬下，渐渐地像蝉壳般剥离开来，一点一点地蜕化成了一张瘦弱的亚洲人的面孔。

是阿丹。只是那副身体已经再也没有任何重量。

"不，不！阿丹！你听我说！"茉莉一边哭喊着，一边托起阿丹的脸，他的表情还停留在极度的恐惧里，没有丝毫变化，"不是这样，不是这样的！"

"原来是这样。"桑达拾起枪，看着不再动弹的阿丹，"怪不得尖塔根本找不到琳最近的登入信息，他用完整授权解锁了进入尖塔的权限。"

"蠢货！都是蠢货！"茉莉大声地吼叫着，像是冲着阿丹，又像是冲着桑达，"不是这样的，我早就知道你一直都在我身边，我早就知道，我感觉得到。阿丹，阿丹，你醒一醒，阿丹！"

"被消解枪击中，如果不是核心要员，都会瞬间引发系统崩溃，他不可能听到——"

"你闭嘴！你给我闭嘴！马上闭嘴！"茉莉的眼泪汹涌而出，一一滑过她的脸，像是一把一把锋利的刀子，"阿丹，阿丹，你醒过来，你醒过来听我说！"

"你的计划本来就是夺走完整授权，如果不是核心要员的话，是没办法挺过转移程序的，他的系统一定会瓦解，早晚都一样。"

"你没听到吗！给我闭嘴！"

"如果你现在不执行转移，完整授权就会彻底消失。"桑达看着似乎发了疯的茉莉，再次举起枪，只不过这一次，是指向茉莉的头顶，"你的那些计划和抱负，我一点都不感兴趣，我也对统治弌弥斯毫无兴趣。我打过几百场仗，不想来到弌弥斯也要打仗，我只要我应得的那一份自在。"

茉莉用尽全力抱着渐渐透明的阿丹，她的泪水穿过阿丹的身体，滴落到地面，化作了一片纠缠的涟漪。她将一早拴在手腕上的转移装置贴紧着阿丹的颈部，她想托起阿丹的头颅，但那张脸已经模糊到看不清任何表情。

"阿丹。"

"正在导入被选取的参数集合——"

"阿丹，这不会痛的，阿丹。"

"进度 1%——覆盖 1%。"

"你能感觉得到，对不对？你知道我在做对的事，对不对？"

"进度 12%——覆盖 12%。"

"阿丹，我想证明给你看，我想让你知道，弌弥斯值得一个更好的未来。这个未来安德森给不了，杜鲁给不了，只有我，只有真正由弌弥斯创造出来的人才能给予，这是牺牲，这是……必要的牺牲。

"谢谢你，谢谢你为我做的那些。我不知道自己是不是真的配拥有，对不起，阿丹，我真的……对不起。"

"进度 51%——覆盖 51%。"

"对不起，阿丹。我必须这么做，对不起！"

"进度 87%——覆盖 87%。"

"对不起，阿丹，对不起！"

"进度 94%——覆盖 94%。"

"对不起！"

"……99%，授权已覆盖。"

直到阿丹的身体在视野里完全消失，茉莉都没有停止道歉。她的双手保持着怀抱的姿势，手臂紧绷，奋力地想留住些什么。

"等等，为什么不是 100%？！"在茉莉身后的桑达将她悬空的手一把拽起。那个标记着完成的绿灯规则地闪烁着。他几乎将茉莉整个人拎了起来，仔细地检查每一项参数，"那 1% 是什么？"

茉莉用力甩开桑达的手，重新站起来。

"为什么会绑定在阿丹的序列上？等等，这是礼物，这个集合的标签上写着'礼物'。"桑达打开了那份没有导入成功的文件目录，他逐字读出那段话，却一个字都没有理解，"'尤克，这是一份来自父亲的礼物。'"

"那个尤克，已经被我杀了。你看着我杀死了他，他已经不在了，这一切还重要吗？"茉莉看了一眼桑达，眼神里是无法掩饰的仇恨，像是希望刚刚每一个脱口而出的"杀"字都用在这个男人身上。

"那其他的授权呢？这一次，确定没问题了，对吗？"

"对。不过眼下还有一个麻烦。"

"什么？"

茉莉走到桑达跟前，抬起左手，用力握紧拳头，按在桑达的胸口，然后迅速伸进了桑达的身体里，如同插入了一柄锋利的剑。

"就是你啊！"

剧烈的刺入让桑达的脸瞬间扭曲成一团，眼、耳、鼻、舌重叠在一起，然后又重重地塌陷下去，裂隙沿着他的脸颊一直蔓延到全身。

"你忘记了，完整授权本身就是一把消解枪。"茉莉看着桑达的碎片在空气中扩散，又很快彻底消失。他最后的表情，活像战争电影里最后输得干干净净，却还不肯放弃挣扎的将军。

"呵，不想卷入战争的士兵，真是愚蠢。"

整个房间只剩下了茉莉一个人。

她深吸了一口气，坐在铅灰色的沙发上。这样的灰度，将她那件玫瑰红色的礼服衬托得格外明艳。她推开茶几上的屏幕，上面播放着几分钟前窗外那场惨绝人寰的屠戮，此时，这个画面正在现实世界的每一块屏幕上播放着。丧心病狂的忒弥斯首席执政官杜鲁，指挥着自己的部队，枪杀了刚刚入驻的各国元首。

下一秒，镜头里出现了一个格外端庄优雅的女人，她脸上的笑意是全世界所有人都无比熟悉的C4的特产笑容，标准化的认真和亲切。

"各位，我是忒弥斯首席执政官的代理顾问，茉莉。

"我们刚刚得知，在今日的入驻欢迎会上发生了非常惨烈的悲剧。让我们感到痛心和遗憾的是，我们的首席执政官杜鲁先生，仅仅因为个人对权欲的向往，仅仅因为不愿意放弃高高在上的权力，就犯下了滔天罪行，无法忍受，不可饶恕。

"末日来临时，人们常常会失去理智，比如杜鲁，比如很多国家的高层和元首。经过我们的调查，今天的惨剧，也仅仅是因为权力分配不均。他们在人类文明受到致命威胁的时候，只想着自己，想着先来后到，想着谁统治谁，或者想着谁先杀了谁。或许，你们中的一些人就被安排了这样的职责。

"但真的需要这样吗？真的需要用死亡来迎接末日吗？

"忒弥斯，一直以来都致力于帮助全人类获得更完善的生存环境。我们不仅仅是数据，更是人类文明的保护者，我们有能力，更有义务，让所有人都得到最妥善的庇护。今天，我赋予全世界所有人这项权利。刚刚我已经将全新的忒弥斯载入代码上传到公开网络，不管你在哪里，不管你是谁，都可以公平地获取载入规则和代码序列，每一个人都可以。这里没有贵族，没有特权，我们都只为了生存这一个目标而奋斗，我们都只为了在这一百七十万年的寒冬里能紧紧地拥住对方。

"忒弥斯，欢迎你们。"

12

一束耀眼的光闪过。

剧烈的疼痛从脑袋蔓延到全身，然后又重新回到脑袋。就像一阵回溯全身的电流，意识在震颤中突然苏醒过来。

无数棱镜从眼前滑过，渐渐重叠，渐渐减少，慢慢地变成一个闪烁的方框。

方框越来越清晰，离眼睛越来越近。

镜头里出现了一个女人。

然后……是红色，不，比红色更鲜艳的颜色。

是茉莉。

阿丹几乎是弹坐起来，正对着自己的电视屏幕上，茉莉正认真地解释着忒弥斯人的各项权利。她微笑着看向镜头，像是能透过镜头看到自己。

"这是哪里？"

头疼并没有随着阿丹意识的清醒得到丝毫缓解，他一边抓着自己的脑袋，一边迫切地想看清茉莉的脸，就在他急着站起来时，重重地摔在了地上。

整颗脑袋像是淹没在翻滚的巨浪里，每一根神经，连带着所有的记忆、光和声音，都在疯狂地搅动着。阿丹想在那些重叠交错的声与影里抓住些什么，而第一个从那些杂乱无章的碎片里蹦出来的，是茉莉的声音。

"目前，我已经掌握了忒弥斯的完整授权，而我愿意将它分享给你们每一个人。所有人都可以下载这份接入授权，完善自己的序列数据，然后前往全世界任意一家 EOP 公司，也就是忒弥斯的发明者博顿·安德森先生所属公司旗下的医院、医疗中心、研究所、康复中心和药店，将数据接入任意一台意识治疗仪或康复仪。这样，你们就可以和忒弥斯连接，就可以在这场末日里存活下来。

"你们可以在这些场所很轻松地找到设备,我希望 EOP 公司尽可能地为全世界所有的人类提供帮助。我相信,如果安德森教授还活着,这一定是他希望看到的。

"我也请那些有能力阻止,甚至想重启这一切的人听好:所有人类,不管是忒弥斯人,还是现实人类,都有同等的活下去的权利,包括你们自己在内。放弃那些毫无意义的争夺,想想你们的家人和朋友,他们或许就在世界的某一处,他们快要死了,而你们可以拯救他们。请相信我,相信忒弥斯,有能力为大家提供永恒的庇护。"

阿丹勉强支撑着身子从地上坐起来,看着屏幕上的茉莉。她微笑着,脸庞光彩熠熠,神情和他们第一天认识时一模一样。

她果然还是用势在必得的勇气和能力做到了她想做的事,她一直都如此。

"茉莉!"

阿丹颤抖着喊出了她的名字,他记起了全部的事情,所有的记忆被瞬间灌进了脑子。他和茉莉第一次相遇,共进第一顿晚餐;他一边听着茉莉朗读《天使与恶魔》[1],一边文了一个漂亮的君士坦丁十字;他搂着茉莉入睡;他在咖啡亭端着滚烫的拿铁,看着茉莉从街对面走过来……以及他中枪后倒在地上时,茉莉的神情、呐喊和眼泪——所有的一切犹在眼前。

这个世界不常有眼泪,忒弥斯的系统把它设定为需要一个非常高的悲观等级才能触发。

也就是说,那时候的她正在经历极度的悲伤。

那种感觉,阿丹体验过两回。第一次,是在 T5,多巴胺基素耗尽时;第二是,是阿丹听到欢迎仪式上响起枪声之后,拼尽全力奔向茉莉时。那一刻,他感觉到死神就在自己的身后一路追赶,尽管切换皮囊躲过了桑达手下的追捕,但那种强烈的悲怆和恐惧,在脑海里不停地发出警示的吟唱,而那些警告声在他站在茉莉办公室门口时,到达了顶点。有那么一刻,阿丹似乎已经知道,开门之后他的结局会是怎样。但他知道自己还是会那么做,只有他可以带茉莉离开这个危险的地方。

阿丹看着屏幕上的茉莉,长舒了一口气。

至少她现在没事。不过很快,一个新的问题又徘徊在阿丹的脑海里。

"那我应该死了,不是吗?"

阿丹吃力地扭动着脑袋,环顾四周。这里看起来像是一间手术室,透过那扇密封的窗户,阿丹看到外面蜂拥的人群,每一个人都睁大眼睛在急切地寻找什么,那些人似乎看不到阿丹和这间房间,又或者,他们真的没有时间关注其他。

---

[1] 美国作家丹·布朗创作的历史悬疑小说,通过讲述一起发生在梵蒂冈的绑架事件探讨科学与宗教的关系。

忒弥斯接入大厅。

外面几乎每一个告示牌的右上角都写着这行字。

"这里就是接入大厅……"阿丹又将那行字念了一遍，突然浑身颤抖了一下，"这里是现实世界！"

阿丹想从地上站起来，这时才发现自己的脑袋和手臂上都连接着细密的导管。他扯了扯，发现不远处的手术台上，那台闪烁着各色亮光的机器不时发出过载时才有的电流声，似乎刚刚运作完一道非常复杂的程序。

"这是……"

被医用胶带和导管束缚住的手腕上布满了皱纹和深浅不一的斑点，干瘪的皮囊似乎直接连着骨头，非常细瘦。

"这是老人的手？"

阿丹四处寻找镜子，但却一无所获。他只能抓住病床旁的点滴支架，借着金属的反光，看里面倒映的那张扭曲而苍老的脸——一个头发花白的白人男性。

我是谁？

我不是被消解枪打中了吗？

难道我没有被消解吗？

这种疼痛，感觉像是多巴胺基素紊乱，但又感觉不是。

透过那个镜面，阿丹还注意到房间里另一样不合理，又极为熟悉的东西。

一个被安放在木匣里的酒瓶。

浑亮的液体装在剔透的玻璃瓶身里，粼粼的金光折射在阿丹充满疑惑的脸上。瓶身绘刻着一只格外健硕又高傲的雄鹿，连面部的茸毛都清晰可见，衬着它威严的神采，宛如神话故事里的山间神明。

那是真正的酒吗？

就算不是，那里面的多巴胺基素也应该可以缓解此时此刻快要让他炸裂的头疼。

他几乎是爬到放置着酒瓶的柜子边，正要拿起它，却发现酒瓶下方压着一张纸条，看起来像是从什么药品说明书上随便撕扯下来的。

是手写的文字。在忒弥斯这种不需要签名的地方，犯不着用手写任何文字。

阿丹努力将所有的精神都注入这张破碎的纸张。字迹潦草，看起来写得非常匆忙，但还能读得通，还带着一些……那是血吗？

我不知道这样回转意识会不会让程序出问题，我担心会失忆，所以为防万一写下这封信。

我是尤克，就是正在看这封信的你，你就是尤克。照照镜子，这个帅老头就是我。

我如果出现在这里，就说明我见到了父亲，父亲也按照计划把完整的授权给了我。不过，我没法预料之后的事情，希望你可以尽快回忆起来。

还是算了，弑弥斯只能回转在系统里存活低于四秒的意识，我显然已经过了这个时间，所以理论上，我活不过一个小时。

我应该是在弑弥斯里寂寞到忍不住自杀，或者遭遇了什么不测，不过无所谓。

父亲给我的完整授权里有一个赠予我的礼物，就是一次意识回转。这是我强制要求他加进去的，帮完他的忙，如果我真的不太想待在弑弥斯，至少有办法死在冰天雪地里。虽然没去过弑弥斯，但那里一定很无聊，我听说连酒都喝不到真的，我宁愿死在外面。

幸好我又是活人了，记住，你现在是现实人类了。

拿上这瓶酒，如果地球还不是冰天雪地的话，就去外面的沙丘上坐着。我勘测过了，不管是日出还是日落都非常不错。

我应该不会真的那么笨吧，提示到这儿了都想不起来。

祝我愉快。

是尤克，这是他的身体。这就是他说的那个礼物，放在完整授权里的礼物……安德森教授把礼物重置给了我。

阿丹用双手抚摸着自己的额头、脸颊和下巴，感受着肌肤之间的摩擦，和那种别具一格的温热。

这具身体看起来真的太苍老了，以至于阿丹根本没法把他和之前见到的那个年轻伟岸的西部牛仔联系在一起。阿丹觉得每根骨头都像是用胶带之类的东西简单粘在一起的，稍微动一动，就会散架。

阿丹小心翼翼地站起来，他抱着那瓶酒，缓慢地挪到房间的门口。

几乎每走一步，都伴随着剧烈的头痛，而且随着时间的推移，这阵头痛就愈发剧烈。他能感觉到尤克的身体在抵抗这个外来的意识体，如果按照尤克信上说的，回转的原装意识都活不过一个小时，那他这个外来客只会更短，阿丹能感觉得到。

但阿丹并不恐惧，甚至还有一些激动和兴奋。

日落，对，那个尤克说一定要去看一眼日落。

阿丹深吸一口气，打开了房门。

迎接他的，却是一幕他刚刚经历过的场景。

砰——

砰砰——

连续不断的枪声此起彼伏，人群像是翻滚的巨浪，在这个原本就不算宽阔的接入大厅里来回冲荡，到处都是呐喊声和咆哮声。

阿丹本能地缩作一团，他想关上房门，却发现似乎没有人留意这个突然打开的房间和突然出现的老人。他们疯狂地拥向接入大厅的另一面，那是一个完全密封的操作室，里面都是穿着军装、配着枪械的军人，每一处都贴着"请勿靠近"的标识，但几乎每一处都被冲进去的人群填满。

"别让他们重启！"

"腐败的政府高官全都死了，没有人可以阻止我们了！"

"我们都要进去！"

阿丹从纷乱的叫喊中识别出一两句。那些冲在最前面的人很快就占领了那个操作室，那些士兵们被他们扑倒在地，然后是一阵接一阵的扭打声、枪声和哭喊声，如此往复。

所有人发疯似的挤进接入大厅，而他们的身后，那块溅满鲜血的荧幕上，是茉莉精致而完满、犹如胜利女神般的笑意。

阿丹看着眼前的景象，有那么一刻，他觉得自己似乎还停留在 A1 的那个广场上，枪声，哭喊声，争夺，扭打，没有任何区别。

"这就是现实世界吗？"

阿丹抱住酒瓶，扶着接入大厅的墙壁，向出口移动。他几乎是唯一一个朝着出口方向移动的人，他看着每一个和自己擦肩而过的人，每一张脸上都写着焦急、恐惧或跋扈，他们看起来大同小异，就像是一阵又一阵奔腾的洋流，而自己则是逆行的舟。

阿丹坐在炙热的沙漠上，又将那封信读了一遍，看完最后一个字时，太阳正好完全沉入远处起伏的沙丘。

他以为他到不了这里的。

从出口到这里的路途不算远，忒弥斯接入大厅的周围早已挤满了随意停放的车辆，人们响应茉莉的号召，纷至沓来。茉莉在荧幕上允诺给全世界所有人的美好，就像是末日方舟桅杆上最鲜亮的旗帜。那些驻守在忒弥斯周边的军人们只是伫立在原地，看着眼前乱作一团的场景，他们知道已无力阻止，又或者他们早已有了新的去处。

但不知道为何，眼前的所有，甚至是茉莉，她的笑，她说的话，她那常常陪伴自己入睡的声音，似乎一下子都不重要了。

来到这里的路上，那些叫喊着、哭闹着的人们——经过阿丹的面前，他们的肩膀撞向阿丹的头,他们一把将阿丹挤到边缘……但阿丹感觉不到痛,他用双手捂着胸前的酒瓶,坚强地前进着,他的双眼被不远处那轮金黄色的夕阳吸引了,被晚霞点燃的天空,如同万千绚丽的蝴蝶在狂舞着翅膀。

他艰难地直起腰,好让夕阳最后的余晖照在自己的脸上。

他的手一直捂在胸口,感受着那个不断跳动的节奏。

心跳,天空,从伤口流出的血。

所有的一切都是那么特别,那么鲜活。

他费力地拔出瓶塞,想将那个对他来讲已十分沉重的酒瓶靠近嘴边。阿丹知道,自己没有力气举起它了。透过那个细小的瓶口,他嗅到那些金黄色的液体散发出的馥郁香气,混合着酒精,纠缠着沙漠里干燥的空气,在他的鼻尖凝结成一块芬芳的蜜。

他真的没有任何力气了,四肢和手臂都不再听从他的指挥。

失去支点的酒瓶随着他瘫软的身躯滑下,倒在沙地上。

酒像血液一样,在他的胸口化开。

他带着笑意,亲吻身下的土地。麦芽酿制的甘醇,在他枯槁的唇边缓缓散开。

"没有比这更好的礼物了。"

阿丹觉得自己似乎还在前进,在一步一步地走向那场灿烂又孤独的日落。

13

"非常感谢各位弍弥斯公民对休眠政策的支持,各个区域将从两周后开始执行交替休眠,周期为十二年。古代中国人习惯把十二年称为一轮,象征时间的永续和循环,而我们也必须为弍弥斯的永续与循环贡献自己的力量。众所周知,在经由我授权可自由上载意识体后,实际载入弍弥斯的人类同胞比安理会曾经制订的计划人数多出了近五十亿。如今的弍弥斯是一个严重超载、亟待卸下重负的系统,而我们每一个人都必须参与到这项任务中来。

"此时此刻,由空间站测得的地表平均温度是 $-184.54℃$,而且还在持续降低。我们应该缅怀那些没来得及入驻弍弥斯的人,也应该珍惜在弍弥斯的每一天。如今的地球已不再是那个我们熟悉的家园了,那些埋葬在寒冰地狱里的亡魂,值得我们永远吊唁,而弍弥斯的未来,值得我们共同守护。

"请记住,我们没有一个人为自己而活,也没有一个人为自己而死。我是你们的执政官,茉莉。"

茉莉深吸了一口气，将最后的画面定格在她最满意的角度。那个端庄又透着哀愁的神情，是她从饰演过安格拉·默克尔的女演员那里学来的精髓。

"那么，"她按下屏幕上的停止键，然后转头看向身旁那个站得笔直的军官，脸上那副温婉的笑意瞬间消失不见，"在交替休眠之前，必须确保那些反抗势力被全部剿灭。更新 A 域的出入许可，我不希望有人出现在不该出现的地方。"

"是。"军官立即点了点头，"我们已经处理了残留在 K7 的桑达的余党，那些跟风的势力也会很快被清除干净。"

"桑达可不像你们那么忠心。他是杀害一百多名忒弥斯区域高官的凶手，杜鲁先生的同犯，他所有的部下都必须严惩，我的意思是，即刻绞杀。"

"是。"

"休眠期的计划准备得怎么样了？"

"已经设定好了休眠程序，只要提前把需要执行的序列号导入，他们就会在执行苏醒时被自动消解，而且系统会提示为不可逆的错误，没有人能发现那是预设的。"

"这样的话，那些我不太喜欢的人，就不用醒过来了。"

"我们对外公布的苏醒失败概率，本身就高达 2.7%。用这样的概率来淘汰人口，再配合您授权的其他区域管制手段，就可以较好地稳定忒弥斯的总体容量。"

"只要忒弥斯能够永续，一切都是值得的。这些都是必要的牺牲。"

茉莉看着军官的脸，有些恍然地笑了笑。典型的亚洲人面孔，眼睛有些小，虽然带着军人一贯的严肃，可看起来还是有些慵懒。

"你有没有想过，为什么你会被设计成这个样子？"

"是。"军官思考了几秒钟，回答道，"这是完全按照执政官的要求设定的。"

"是吗？"茉莉看着他，既痴迷又失落，"把那杯红茶拿铁递给我。"

"是。"

"靠近一点。"

"是。"

"再近一点，把头埋在我的肩头。"

"这是严重威胁您意识体安全的行为。"

"照做就好。"茉莉看着他缓缓地将脸凑过来，鼻梁在自己的脖子上轻轻地滑过。她不禁闭上眼睛，抽动鼻子嗅了嗅，除了冰冷的触碰，什么也感觉不到。

茉莉本能地抽离身体，失望地往后退去。

"执政官？"军官立刻恢复站姿，回到了刚才的位置。

"你可以离开了。"

"是,执政官。"军官再次朝茉莉点了点头,然后径直走向那扇自动开启的大门。

透过透明的空中走廊看出去,A1下方的国王公园依旧荡漾着盎然的春意,只是比从前显得更加人迹罕至。

茉莉似乎并没有什么情致欣赏。站在落地窗边久久地凝望窗外,是个太像现实人类的举动,既浪费时间,又毫无意义。

她转过头,思索了一会儿,然后镇定地走向身后的玄关,那群赤裸的舞女依旧灵动地摇曳着。

原本摆放着十五把椅子的房间似乎比从前暗了一些。在博顿的正前方,又新添置了一把。

"你看,我让忒弥斯创造出来的喽啰,比你的桑达忠心多了。"茉莉捧起杜鲁被消解枪击中而有些畸变的脸。这些天,她总会忍不住想近距离地审视这个男人。这个曾经不可一世、现在却一无所有的男人,被世人所唾弃的男人。她就像在赏玩一件意义非凡的纪念品、一个来之不易的奖杯、一场值得反复回味的胜利。"不过,为了保证他们足够忠心,我把这些人的基础数据都添加成了我的附属序列。这样一来,删除了部分自主意识代码虽然确实少了点趣味,不够活泼,但不像你的桑达,在背叛你的时候那么干脆利落。"

杜鲁的眼睛死死地盯着茉莉,而身体的其他部位则和其他人一样无法动弹。

他努力地想说些什么,可显然是徒劳。

"这个房间里的一切让我有点无聊了。"茉莉松开托住杜鲁下巴的手,看向他的身后。每一个僵化的人都曾经是忒弥斯的创造者,是忒弥斯真正的神。但不知道为什么,茉莉每进来一次,每多看他们一眼,都会平白生出一份发自内心的厌烦。

那每一张脸似乎都在重重地敲击着茉莉的灵魂,提醒着她,自己只不过是这些人编辑出的一串代码而已。

"你知道吗?杜鲁先生,安德森先生,这里的每一位都是忒弥斯的神明。这个世界太多人了,人多了,就会阻碍忒弥斯的稳定,就会阻碍我的构想。我现在几乎每天都在杀人,我想尽各种办法杀人,冠冕堂皇地杀人,义正词严地杀人。有时候我在想,会不会我的工作就是杀人?我不知道……如果按照你们的方法,如果按照你们想看到的结局继续下去,会不会死的人反而少一点?

"不过,我估计,连你们也不知道,忒弥斯的结局、人类的结局究竟会是怎样。

"还是连你们也已经对这里厌烦无比了?

"好吧,好吧。"

茉莉无力地笑了笑,走到那幅鲜艳夺目的《舞蹈》前。

那幅画作的下方是一个方形的显示器。

0.0023%。

这是每天供给这些神明的多巴胺基素。

"好在杜鲁提醒过我，这里严格意义上讲并不属于忒弥斯，而是杜鲁当年测试环境的遗留物。所以，在这里好像没有'不能杀死核心要员'的规定，对吧？"

虽然茉莉没有转过身看杜鲁，但不知为何，她的背后突然生出一股强烈的寒意。杜鲁的那双眼睛在拼尽全力地睁大，似乎从那对瞳孔里会钻出怨念化身的恶鬼，恨不得将眼前的茉莉生吞活剥。

"降低至0%将导致意识体系统瓦解，此操作不可逆，是否确认？"

显示器发出了尖厉的提示音。

"我们没有一个人为自己而活，也没有一个人为自己而死。我们所做的，我们不晓得。①"

茉莉纤细的手指跟随着指示悬停在那个按键的上方。她看着自己踌躇不定的手指，突然大笑起来，那笑声在这个惨白的房间里回荡，像是一张密不透风的网，把所有人都紧紧地包裹在一起。

"真有趣啊，你们到底创造出了一个什么样的世界。"

（责任编辑：汪　旭）

---

① 出自《路加福音》，耶稣说："父啊！赦免他们。因为他们所做的，他们不晓得。"

星云会客厅

汪旭：鲁般，你好！很高兴又在这里跟你见面了。本次你选入《星云Ｘ》的作品是《忒弥斯》，这是一个发生在赛博世界里的故事。科幻世界出版过很多赛博朋克科幻作品，像恩斯特·克莱恩的《玩家１号》、丹尼尔·加卢耶的《十三层空间》(幻世-3)，还有谢云宁的《宇宙涟漪中的孩子》。赛博朋克是一个经久不衰的科幻命题。《忒弥斯》与同类作品相比，有一个很大的不同是，生活在忒弥斯里的人知道自己只是意识体和数据，但是他们认为自己是非常真实的，同时也展现出丝毫不逊色于现实人类的生命力。你能跟读者们讲讲，这个故事怎么构思出来的吗？

鲁般：我在重温美国作家丹·布朗的小说《地狱》①时产生了写《忒弥斯》的灵感。《地狱》里有一个反叛者，他是一个亿万富豪，他在一次演讲里用烧杯里细菌的繁殖举例，从数量达到半杯到溢出来，中间只差了一秒（当然，我没有研究过这个说法有没有真实的科学依据），进而他提出，人类也正处于午夜前的一秒——人口激增是很多社会问题的诱因，而这终将使人类走向灭亡。不难发现，近几年真的有非常多类似的关于削减人口的"反派宣言"，大家最熟悉的应该就是灭霸。我当时想，如果人类真的到了必须强行控制人口的地步，有没有任何方法是看起来足够人道和体面的？然后，忒弥斯这个"皆大欢喜"的设定就在我的脑海里诞生了。在设想忒弥斯时，我（用威士忌当诱饵）邀请了一位并不怎么读科幻，更不了解赛博朋克的朋友与我促膝长谈。他

---

① 英文原名是 INFERNO，其实可以译为"业火"。

问我："这个世界有什么标准吗？"我说："标准就是，如果有一天你必须要进入这个世界，你在某种程度上是心甘情愿，甚至是有所期待的。"他的回答是："那它必须得有点像我们现在生活的地方，不然我就会老想着我已经死了。"因此，区别于冰冷残酷的赛博世界，忒弥斯可能会显得更加有血有肉，足够真实。这个真实的部分是为了削减恐惧，这种恐惧源自刻在人类骨血里的、对现实的依赖。

汪旭：那我懂了，其实忒弥斯是一个虚构的"真实"世界。我发现《忒弥斯》也是一个末日诺亚方舟的故事。在科幻的世界中，末日诺亚方舟故事同样不少见，如刘慈欣创作的小说《流浪地球》，罗兰·艾默里奇执导的电影《后天》和《2012》等，都是口碑非常好的作品。你能讲讲和上面那些作品相比，忒弥斯这艘"诺亚方舟"寓意有什么不同的地方吗？

鲁般：末日是相对的。雨水冲垮了蚁穴，对于蚂蚁来说是末日，但对于土壤里的种子却是新生；再拿地球来说，虽然我们口口声声宣传着保护环境、保护地球，但地球其实完全不需要我们保护，我们需要保护的只有我们自己而已。电影《2012》里出现的所有天灾对于人类来说可能是末日，但对于地球来说，可能是某种程度的脱胎换骨。设计之初，忒弥斯是绝症患者的方舟；后来，它变成了战争俘虏的末日；再后来，它又一次成为人类争相踏上的方舟。这里面蕴含了一种人类与生俱来就必须承受的悲哀，是受制于天地、甘为刍狗的悲哀。毁灭与救赎，末日与方舟，能够影响我们的并不是万物，而是我们看待万物的方式。忒弥斯是天堂，还是地狱，只能从它倒映在众生眼里的模样中去寻找答案。

汪旭：我很喜欢你设计的忒弥斯的三次角色转换，充满讽刺和无奈。《忒弥斯》其实还没有写完，对吗？后续还有多长篇幅的故事呢？

鲁般：后面还有两个续集，一个是《圣赎》，一个是《再启》，都是发生在忒弥斯里的故事。它们发生在忒弥斯的不同时期，彼此连贯，不过主要人物已经全换了。

汪旭：那么其实我们可以把这个故事称为"忒弥斯"系列，对吧？它与你的出道作长篇《未来症》有没有什么联系呢？

鲁般：是的，在忒弥斯这个设定里，我一共想到了这三个故事。要说它和《未来症》的联系的话……《未来症》后面还有几个故事，时间跨度和《忒弥斯》是有重叠的。我记得阿缺老师的推荐语里说那是"近得能听到低沉呼吸声的未来"，我希望我构建的未来都带有某种特殊的亲切感，让你觉得那是一件可能会在你生命中某一天发生的事。这样的亲切感会带有一种特殊的刺激，一种宛如先知般，试吃了一口未来滋味的刺激。所以，bon appetit！

汪旭： 因为我比较了解你的写作习惯，我知道在你写一个系列的第一个故事时，其实后续的所有故事已经在你的脑海里发生了。那么你把那些故事写下来的时候，有遇到什么困难吗？

鲁般： 我70%的写作障碍都来自我猛然发现这个人物的背景、他经历的事、他的性格不足以让他做出某件事，也就是缺乏行为动机。比如，在《忒弥斯》的第二个故事里，主角有一个下属，在我的情节要求里，下属必须要为他而死，但当我真的写到那一刻的时候才发现，如果我是那个下属，我会觉得"我的命要紧，大可不必这样做"，这样的"赴死"立场不明、动机不足。所以，我又花了很长时间重构他们的关系和对话，附赠一点惊喜，期待你们早日看到。

汪旭： 我倒是已经看到了，但是我不能说……那么，到目前为止，你最想写出什么样的科幻作品呢？

鲁般： 解答死亡的作品。

或者说，我想挑战一下解答"生从何处来，死往何处去"。人类社会稳定的基石之一是我们都相信"死了就什么都没了"，死亡作为人类已知的最坏结果，框定了我们所有社会行为的底线，去搬弄这块基石会非常有趣，可能带来一场认知地震。《未来症》中《上帝的鸿沟》那个故事是一次擦边球似的探索，讨论"不死"会怎么样。如果我们可以通过一个真正意义上的"过程"去解答死亡，如果死亡之后还会发生些什么、如果死亡只是某种行为的开端、如果我们的结局不止于"死"……那样的世界，是一个什么样的世界？大部分宗教都有一项"义务"，就是向信众解释生死，因而才会有天堂地狱、六道因果，但如果这件事有更科幻的诠释呢？或许，会有故事这样来开头。

汪旭： 我想，如果生和死不再对立，这个世界大概会变得有意思很多。你算是科幻世界杂志社2020年推出的新人作者之一，也参加了2020年"银河奖"的颁奖典礼和作者创作笔会。我很想问问，在认识了那么多作者和编辑朋友之后，你有没有什么新奇的感受想跟大家分享一下？

鲁般： 参加了几次笔会后，我发现大家对于要写出什么样的科幻作品，都有一个区别于过去的、新的认识——比起远在天边的飞船、大炮，现实技术对人的影响有太多值得我们去思考的地方。科幻小说似乎都带有某种程度的展望属性，读者通过阅读我们的作品,得以站在现在看到或近或远的未来,因而写科幻小说的人,也都应该具备某种先知的责任感——我们要让读者们看到,现在我们的所作所为、我们所拥有的一切会如何作用于以后的世界。

汪旭:也就是说,你对科幻作家这个职业更有责任感和认同感了。后续的写作计划可以稍微透露一点点吗?(日常催稿之这个问题绝对不能少!)

鲁般:最近刚拟完一个大纲,这是一个我非常非常想写的系列故事。这个未来有点远……但某种程度上说,也有点近,我已经期待地搓手手了。

汪旭:好的,我也很期待!不过我还是要说一句,你可以到处挖坑,但是请一定要记得填完所有的坑!

编后记

时隔八年,"星云"系列终于重启了。

当时,"星云"系列壮丽辉煌,如横空出世一虹,给众多读者留下了极为绚丽而深刻的印象。因此,重启即意味着挑战。如何创新?如何保证"星云"系列的汇编逻辑和作品跟上飞速进步的时代?如何让"星云"再次从众多书籍里脱颖而出?这些问题都如同压在案头的大山,编者无法绕开,同时必须解决。

我们的基本思路,是两个"延续"和一个"拓展"。一是延续"星云"系列以小长篇和中篇为主的基本定位;二是延续"星云"系列以核心科幻为主的选稿倾向。而拓展,指的是题材的多元追求。时代在变,我们注意到科幻文学新的趋势,我们欢迎作家们不拘一格、做出新的探索与尝试。

重申一下我们心目中好科幻的标准:一是科幻构思要有所创新、要写出新意;二是故事要好;三是要有对被科技严重渗透的现实与未来的思考。需要补充说明的是,这个标准可能不会一成不变。它的最终修订权,在所有"星云"读者的手里。另外,我们也不苛求一篇小说中这三个好科幻的要素全部齐备。

本次编入《星云 X:忒弥斯》的四篇小说,各有千秋,算是投石问路。

更新代代表作者江波的《最后的地球》,此篇作品续接长篇小说《机器之门》和《机器之魂》,为人类、智库和人工智能之间的纷争画上一个圆满的句点,充满告别的怅惘。

同为更新代作者，阿缺的《与机器人同眠》则记叙了完全不同的故事。小说讲述迟暮英雄和机器人伙伴相互依偎取暖的故事，笔调嬉笑戏谑，却又深刻警醒。

新人作者许刚的《旗人荣耀》勾勒出或然历史中一个完全不一样的清朝，它惊悚吊诡，充满未知，背后隐藏更多的秘密。

2020 年凭借《未来症》出道的鲁般这次为我们带来了《忒弥斯》。这篇作品构建了一个冰封世界中仅存的赛博空间，文本有丰富的层次和意蕴。

这本《星云 X：忒弥斯》以"创新"为核心，收录了这些丰富多彩、各具特色的作品。它展现了包罗万象的壮志，也揭示了"星云"系列未来的选稿原则，那就是：兼容并包，鼓励创新，为读者呈现独特新颖的中篇科幻作品。

唯愿《星云 X：忒弥斯》让读者获得不一样的阅读体验，读者的批评和赞扬将照亮"星云"未来的道路。

编　者

2020 年 12 月